Leon Specht

# Das mysteriöse Bienensterben

AF 139486

Bibliografische Information der Deutschen Nationalbibliothek:
Die Deutsche Nationalbibliothek verzeichnet diese Publikation
in der Deutschen Nationalbibliografie; detaillierte bibliografische
Daten sind im Internet unter http://dnb.dnb.de abrufbar.

2. Auflage von "Das dunkle Echo" unter neuem Titel
© 2019 Leon Specht
Herstellung und Verlag: BoD - Books on Demand, Norderstedt
ISBN: 9783735777591

1. Auflage
© 2014 by Waldemar Kramer Verlag, Wiesbaden
ISBN: 978-3-7374-0452-5

## Zum Buch

Der Frankfurter Kommissar Seibold möchte ein paar Tage Urlaub machen. Doch es kommt anders als geplant. Dort im Jossgrund, einem schon immer besonders dunklen Teil des Spessarts, sterben unzählige Bienen und nicht nur diese. Auf mysteriöse Weise kommt auch ein Bienenforscher ums Leben.

Zur Aufklärung des Geschehens bittet Seibold seine aufgeweckte Kollegin LTM, Leonie Theophila Möller, um Verstärkung. Ein Rabe und ein Hund führen das Ermittlungsteam auf die richtige Spur, während zwielichtige Personen, ein unbeugsamer Biobauer, ein cholerischer Arzt und eine schweigsame Kräuterhexe ihre Geheimnisse nur mühsam preisgeben. Doch schließen Seibold und LTM den Fall im Einvernehmen mit dem Staatsanwalt ab.

Im Jossgrund ticken die Uhren aber anders. Im zweiten Teil holt die Wirklichkeit den Kommissar ein und beweist, dass es für viele Ereignisse unterschiedliche Deutungen gibt. Zumal dann, wenn Tote auf einmal sehr gesprächig werden.

Insofern ist das dunkle Echo ein Nachklang des stillen Schreis, den man aber nicht gelesen haben muss, um dieses Buch zu verstehen – aber gern lesen darf.

## Der Autor

Leon Specht ist das Pseudonym des Unternehmensberaters, Dr. Hans-Jürgen Breuer, unter dem er Kriminal-Romane schreibt. Er ist verheiratet, hat vier Kinder, lebt mit seiner Familie im Raum Frankfurt am Main und ist als Coach für Führungskräfte tätig. Ferner hat er unter seinem Namen einige Sachbücher über psychologische Themenstellungen in der Unternehmenswelt veröffentlicht.


Bisher erschienen:

Der stille Schrei, 2012
Das dunkle Echo, 2014
Das letzte Mal, 2015 (nur als eBook)
Das erste Mal, 2015 (nur als eBook)
Die schöne Blinde, 2015

## Teil 1

Kommissar Seibold aus Frankfurt macht gern Urlaub im Spessart. Die dunkelste Gegend dort ist der Jossgrund. Und nicht nur, wenn es Herbst wird oder Nacht. Oder die Sonne zu wenig Kraft besitzt, durch die dichten Wälder zu dringen.

Offenbar gibt es noch einen weiteren Grund. Geschichtlich interessierte Menschen führen ihn auf die finstere Zeit des Mittelalters zurück. Während des dreißigjährigen Kriegs wurde dieser Ort samt seiner Kirche fast vollkommen zerstört. Die Brandschatzer gingen mit beispielloser Brutalität vor und ließen selbst Kinder und junge Frauen auf Scheiterhaufen verbrennen. Besonders obszön und gotteslästerlich war die letzte Tat, die Menschen in der Kirche einzusperren und das Gotteshaus in Brand zu stecken. Die Schreie der Menschen wurden erst leiser, als das Feuer an Kraft gewann, erstarben aber nie. Selbst heute meint man, das Echo in den dunklen Wäldern noch hören zu können. Jede verstorbene Seele lebt weiter als ein stiller Schrei.

Nur ganz wenige Menschen konnten diesem Inferno entkommen und rechtzeitig und mit viel Glück im Jossgrunder Forst Zuflucht finden. Sie gaben Zeugnis von diesem Schrecken, der sich bis zum heutigen Tage auszuwirken scheint. Die dunklen Seelen der Verstorbenen sind es, die sich wie ein Schatten auf die hiesigen Menschen legen. So wird es hinter vorgehaltener Hand von Großmüttern ihren Kindern und Enkeln bedeutet. Ein spätes Erbe, *das in den Genen mancher Bewohner verankert ist und immer wieder in unkontrollierbarer Weise zum Vorschein kommt. Auf düstere und mysteriöse Art und Weise Menschen ums Leben kommen lässt. Die Geschichte setzt sich unerbittlich fort.*

*Für die Erstleser, die sich für dieses Buch entschieden haben, sei dies der guten Ordnung halber berichtet, weil sie die Vorgänge aus dem ersten Teil nicht kennen. Gleichwohl lässt sich dieser zweite und dritte Teil der Trilogie unabhängig von „Der stille Schrei" lesen: Die Bezüge werden nachvollziehbar gemacht.*

# Prolog

## Wolfsburger Nachrichten

## Sonntagsausgabe, 17. Juni 2012

Bekannter Biologie-Professor verschollen

Blum zu Forschungsarbeiten in Bad Orb / Umstände des Verschwindens mysteriös

Wolfsburg – Wer Gerald Blums Umfeld nach seinen Charaktereigenschaften fragt, bekommt vor allem ein Attribut zu hören: zuverlässig. Der Biologie-Professor sei kein Mann der Überraschungen, heißt es. Doch seit elf Tagen fehlt von dem renommierten Forscher jede Spur. Sein Verschwinden gibt der Polizei Rätsel auf.

Blum war am achten Juni zu einem befreundeten Bienenzüchter nach Bad Orb gefahren. Dieser hatte den Biologen darum gebeten, gemeinsam mit ihm das rätselhafte Verschwinden seines Bienenstamms zu erforschen. In Bad Orb wohnte Blum in der Pension Sonnenschein, doch weder die Besitzerin noch das Personal konnten Hinweise auf seinen Verbleib geben. Laut Polizei wurde sein Zimmer in normalem Zustand vorgefunden. Sein Gepäck wäre da gewesen, und Spuren der Gewalt hätte sie nicht feststellen können. Auch Blums grüner Lada hätte noch auf dem Parkplatz der Pension gestanden.

Wie Blums Frau den Wolfsburger Nachrichten berichtete, hätte sich ihr Mann jeden Abend bei ihr telefonisch gemeldet. Dass er am Mittwochabend nicht angerufen hätte, wäre ungewöhnlich. Daher hätte sie ihn bereits am nächsten Tag als vermisst gemeldet. „Bei unserem letzten Gespräch wirkte er sehr aufgeregt", sagte Blum, „offenbar hatte er eine Erklärung für das Verschwinden der Bienen gefunden." Details hätte er seiner Frau aber nicht genannt, weil ihm noch Beweise für seine Theorie fehlten.

Laut Polizei gibt es bislang keine Hinweise auf einen Zusammenhang zwischen der Forschungsarbeit und dem Verschwinden des Professors. „Wir gehen derzeit aber jedem Hinweis nach", so ein Sprecher der Polizei.


## Schatten und Licht

Endlich Urlaub. Aber ich war so ausgebrannt, dass ich mich nicht einmal darauf freuen konnte. Im Büro war ich zum Glück der Erste. Unwillig packte ich meine Sachen auf dem Schreibtisch zusammen. Als ob das Ordnen der Akten auch Ordnung in meine Überlegungen bringen konnte.

Toni, unsere Teamassistentin, kam durch die Tür: „Guten Morgen, Seibold. Gut geschlafen? Noch einen Cappuccino zum Abschied?"

Sie riss mich aus meinem Grübeln. Müde nickte ich ob der Verlockung eines leckeren Kaffees und hörte mich aber standhaft sagen: „Nein, Toni, du weißt doch. Meine Waage hat mir heute früh wieder signalisiert, dass ich nicht darf, was ich gern möchte."

„Och, Chef", schnurrte sie. „Gönn dir doch was. Ich trinke einen mit. Unser Abschiedstrunk. Ich werde dich vermissen."

Nein. Trotzig bewegte sich mein Kopf. Ich hatte viele Kilos zu viel. Drei Wochen Wandern und Walken sollten davon einiges verbrennen. Trübe richtete sich mein Blick auf lebloses Papier, das sortiert werden wollte. Der Auftrag des Staatsanwalts. Mein Blick ging ins Leere. Dann traf ich eine Entscheidung.

„Toni", rief ich durch die offene Tür. „Ist LTM schon da?"

„Nein, sie kommt heute später."

Meine kleine ängstliche Auflehnung gegen den Staatsanwalt sollte einen zweiten Schub bekommen. Ich würde meine Assistentin LTM mit der Ausarbeitung beauftragen. LTM war der Spitzname für die vorwitzige Leonie Theophila Möller, die sich einst als Praktikantin bewährt hatte. Ich drückte ihre Handynummer. Es bimmelte lange. Eine Mailbox sprang nicht an.

„Ja?", meldete sich eine kratzige Männerstimme.

„Wer ist da?"

„Wen wollen Sie denn sprechen?"

„LTM".

„Die schläft noch."

Ich schaute auf die Uhr. Kurz nach neun. Unsere Dienstzeiten begannen deutlich früher. Typisch LTM. Sie schuf sich ihre eigenen Regeln. Wohl kein Über-Ich, flüsterte mir meine kleine rebellische Stimme zu. Nimm dir mal ein Vorbild an ihr.

„Wer sind Sie denn?", fragte ich die unbekannte Stimme.

„Leon."

„Neee", ich dehnte diesen Laut. Wollte er mich veralbern? „Leonie und Leon?"

„Warum nicht? Und wer sind Sie?"

„Ihr Chef, Seibold."

„Der Kommissar."

Pause.

„Und Sie gehen an ihr Handy?"

„Ja, und?"

„Dann können Sie sie jetzt auch wecken."

„Logisch ist das nicht."

Freche Jugend. „Doch. Ich brauche sie. Sie sollte schon längst an ihrem Arbeitsplatz sein."

„Na gut. Schneckchen, Schneckchen", man hörte ein Rascheln, vermutlich der Bettdecke, und dann ein Grummeln. „Dein Chef will dich sprechen."

Chef schien wohl nicht das Zauberwort für ein blitzschnelles Erwachen zu sein. Erst einmal hörte ich ein herzhaftes Gähnen, das gemächlich in ein gehauchtes Ja überging.

„LTM, alles o.k.? Wieso bist du nicht im Büro?"

„Habe ich doch Toni gesagt."

„Nein, sie hat nur gesagt, dass du heute später kommst, aber keinen Grund genannt."

„Der Grund ist, ich wollte ausschlafen. Aber das ging wohl schief."

Ich holte tief Luft und wusste nicht, ob ich mich über so viel Unverfrorenheit freuen oder ärgern sollte. Freuen, hörte ich die Stimme in mir, die mich zu erziehen suchte.

„Also. Du bist wach. Dann komm bitte möglichst schnell ins Büro. Ich bin am Zusammenräumen und möchte dir noch einen Auftrag erläutern. Du weißt, dann bin ich weg. Im Urlaub."

„Geht das nicht auch am Telefon?"

„Nein, es ist zu komplex. Bitte beeil dich."

„Ohne Frühstück?"

„Ja, ohne. Toni besorgt dir ein paar Croissants aus der Cafeteria und einen Milchkaffee. O.k.?"

„Nein, bitte einen Latte."

Ich beendete das Gespräch und seufzte. Ein liebenswertes Balg. Blitzgescheit, nie auf den Mund gefallen, jung, knusprig. Ich konnte ihr nichts übel nehmen, zumal ihre Leistungen außergewöhnlich gut waren.

Also sortierte ich weiter von links nach rechts, notierte Hinweise für Toni, heftete gelbe Zettel an Unterlagen. Der große Stapel auf der linken Seite schmolz wie Eis in der Sonne.

Ein Papierflieger flatterte sanft auf meinen Schreibtisch. Ich schreckte hoch, was mir sonst nicht passierte. Die Nerven. Mein Blick fiel auf LTM, die wieder in ihrer typischen Art grinste.

„Also, Cheffe."

Ihr kryptischer Stil. Ich seufzte. Die Aufforderung lautete wohl: Na los, den Flieger auseinander falten. Geheimbotschaft lesen.

Ich folgte dem stummen Befehl. Toni stand schon erwartungsvoll hinter mir, weil sie mitlesen wollte. Mal wieder ein LTM-Limerick, in ihrer kaum lesbaren Handschrift dahin gekritzelt.

*Cheffe jetzt eine Auszeit braucht,*
*da sein Kopf noch mächtig raucht.*
*Falsche Liebe und tote Verbrecher,*
*sind ein äußerst giftiger Becher.*
*Die Seele war völlig verstaucht.*

Ihre liebevolle Ironie tat mir gut.

„Ja", nickte ich ob der tiefsinnigen Botschaft.

„Prima", freute sich Toni, „ich hole dir jetzt einen Cappuccino."

„Nein, Toni", rief ich. „Ich meinte den Limerick von LTM. Keinen Cappuccino", fügte ich mit Nachdruck hinzu.

„Aber du solltest LTM Gesellschaft leisten", insistierte Toni. „Sie knabbert ein Croissant und schlürft einen Latte. Da kannst du nicht einfach zusehen. Vor deinem Urlaub gönnst du dir noch etwas. Danach kannst du abgemagert zurückkommen. Keine Widerrede!"

Ich ergab mich in mein Schicksal und sah LTM fassungslos an. Die Verspätung. Schneckchen. Ich wollte es ausprobieren. „Schneckchen", und schüttelte den Kopf. So hatte ich sie noch nie gesehen.

Sie grinste. „Süß, nicht?"

„Na ja, ich weiß nicht. Mit Schnecken verbinde ich etwas anderes."

„Ich meine doch ihn."

Da ich wohl noch immer etwas ungläubig schaute, setzte sie nach. „Außerdem kann ich manchmal ganz langsam sein. Das gefällt ihm."

Ich glaube, ich wurde ein wenig rot. Jedenfalls fühlte ich eine Hitze in meinem Gesicht, als ob ich aus dem Schatten in die pralle Sommersonne wechselte. Schnell griff ich das Thema auf und erklärte LTM umständlich den Auftrag, den mir der Staatsanwalt erteilt hatte. Den alten Fall aufarbeiten. Die Kriterien nennend, die ich verstanden hatte.

LTM schwieg die ganze Zeit, machte sich wie üblich keine Notizen, biss herzhaft in das Croissant und ließ sich den Latte Macchiato schmecken. Erst als sie grinste, hörte ich auf.

„Was ist?", fragte ich sie.

„Mensch Cheffe, der Fall ist doch völlig klar. Sie kennen meinen Papa wohl immer noch nicht, oder?"

Ich muss wohl erneut ziemlich verdutzt geschaut haben, denn aus dem Grinsen wurde ein beherztes Lachen.

„Jetzt hätte ich gern einen Schnappschuss von Ihnen gemacht", erholte sich LTM von ihrem kurzen Lachanfall. „Goldig! Also, Cheffe, mein gestrenger Herr Papa möchte mit dieser Auswertung nichts anderes als seine Statistik-Libido befriedigen. Das ist Ihnen wohl nicht hinreichend klar geworden, oder?"

Statistik-Libido. Interessantes Wort. Ich dachte darüber nach. Sie könnte Recht haben. Ihr Vater war ein Fan von Zahlen, Daten, Fakten. Dann wäre die Ausarbeitung gar nicht so aufwändig.

LTM war das Gegenstück zu meinem Intimfeind, dem Herrn Staatsanwalt, der ihr Vater war. Der Apfel war sehr weit vom Stamm entfernt gefallen, ja schien in diesem Fall überhaupt nicht von dem Stamm des Vaters zu stammen. Sie war offensichtlich der Gegenentwurf zu ihm: frech, vorwitzig, unkonventionell, kreativ, lustig, intelligent. Interessanter Gedanke: Vielleicht war sie ja wirklich ein uneheliches Kind? Ich musste schmunzeln. Vielleicht hatte die Ehefrau dem Staatsanwalt die Hörner aufgesetzt, und er hatte es gar nicht gemerkt? Der Gedanke machte mir Spaß. Kleine Schadenfreude eines unterdrückten und gequälten Mannes.

„Stimmt. Ganz ehrlich, du weißt ja, bei deinem Vater bin ich immer blockiert. Ich komme mit ihm nicht klar."

„Das kann ich nachempfinden, Cheffe", tröstete sie mich. „Ich habe mein ganzes Leben lang den einen oder anderen Streit mit ihm ausgetragen und bin durch eine harte Schule gegangen. Es ist nicht leicht, seine Tochter zu sein."

„Aber du bist so komplett anders, dass ich mich frage ..." Gerade noch rechtzeitig bremste ich mich. Wie so oft wollten sich die Worte über die Lippen drängen, wenn sie zuvor im Kopf schon einmal formuliert worden waren.

„Die Frage habe ich mir auch schon gestellt", las LTM offensichtlich meine Gedanken erneut. „Und, Cheffe, ganz ehrlich, ich habe sogar meine Mama gefragt, ob ich nicht ein Kuckucksei bin. Aber sie hat standhaft geleugnet."

„Na ja, wie nennt das heute die Genforschung? Genlotterie?"

„Ja, die Zwillingsforschung lehrt …", wollte LTM zu einem ihrer größeren Vorträge ausholen, den ich dieses Mal aber rüde unterband.

„Nein, LTM, heute bitte nicht. Ich bin in beginnender Urlaubsstimmung und möchte jetzt los. Bei unserem nächsten Treffen dann bitte eine Vorlesung über die Zwillingsforschung. O.k.?"

Sie setzte ihren süßen Schmollmund auf. „Och Cheffe, ich genieße es immer so sehr, wenn Sie mir gespannt zuhören. Aber versprochen, beim nächsten Treffen. Sie halten Wort, ja?"

„Ja. Und jetzt gehe ich."

„Lässt du uns eine Adresse da, wo wir dich erreichen können?" Toni streckte ihre Nase in mein Büro.

„Nein, ihr schickt mir eine Email auf mein Handy. Ich lasse es an, aber stummgeschaltet."

„Und, was werden Sie machen?" LTM war nicht weniger neugierig.

„Geheimnis."

„Nee", LTM war naseweis wie immer. „Sie werden wieder irgendeinen Fall magisch anziehen und dann nicht mehr loswerden. Seibold, der Verbrecher-Magnet."

Toni nickte. „Ja, Chef. LTM hat Recht. Lass einfach mal die Finger davon und erhole dich. Dann finden auch weniger Verbrechen statt."

Die Kommentare und gut gemeinten Ratschläge der beiden im Ohr und noch über die unsinnige Logik Tonis nachdenkend, nahm ich sie in den Arm und drückte sie. Lange. Der Abschied fiel mir schwer. Ein Teil meiner Seele wollte weg. Ein anderer Teil verlangte nach Schutz, Geborgenheit und alt vertrauten Muttergefühlen. So hielt ich sie viel zu lange in meinen Armen. Sie ließ es geschehen.

LTM gab ich nur die Hand. Mit ihr war ich weniger vertraut. Außerdem war sie viel zu jung. Sie hätte meine Tochter sein können.

Aber sie überraschte mich wieder. Schnell drückte sie mir einen Kuss auf die Wange und grinste.

„Nicht so schüchtern, Cheffe."

Ich wurde das Gefühl nicht los, dass ich nun wirklich rot wurde.

## Ziegenbart

Nach dem Abschied im Büro brachte ich noch meine Wohnung in Ordnung, ehe der Aufbruch erfolgen sollte. Aufräumen vermittelt gute Gefühle. Gedankenleer saß ich dann am frühen Abend in meinem Polo und wollte aus Frankfurt hinaus. Richtung Osten. Spessart. Und danach immer geradeaus.

Der Verkehr war spärlich. Die Ampelphasen hingegen waren so blöd geschaltet, dass man mit dem Fahrrad schneller gewesen wäre, wenn man die Rotphasen nicht beachtet hätte. Wer kontrollierte eigentlich dieses System? Ich empfand diese willkürlichen Verzögerungen als Behinderung. War man in Frankfurt nicht in der Lage, den Verkehrsfluss besser zu steuern?

Grell blitzte es. Oh Schreck! Ganz in Gedanken war ich bei Gelbrot kurz vor Maintal-Dörnigheim in die Kreuzung gefahren und nach links in den Autobahnzubringer eingebogen. Der Polo war brav den anderen Autos gefolgt, konnte aber weder wissen noch sehen, dass hier ein Starenkasten installiert war. Blitz!

Wenn ich meine Beziehungen zu einem hochrangigen Kollegen in Hanau, Werner Ziegenbart, nicht spielen ließ, wäre mein Führerschein für einige Zeit weg. Bei Rot über die Ampel: Die Schmach im Polizeirevier! Nicht auszudenken. Aber er dürfte um diese Zeit nicht mehr im Büro sein. Ich tippte daher auf seine Mobilfunknummer.

„Ziegenbart?", bellte er ins Telefon. Im Hintergrund waren sehr laute Geräusche zu hören. Es klang nach einem Restaurant. Erleichtert atmete ich auf. Glück im Unglück.

„Thomas hier. Wie geht es dir?"

„Wie soll es mir am späten Dienstagabend gehen? Noch drei Tage, bis endlich wieder Wochenende ist. Ungelöste Fälle auf dem Schreibtisch, ein pubertierender Sohn, der neulich erwischt wurde, wie er mit anderen die Fensterscheiben von Hanauer Geschäften eingeschmissen hat, einige Kollegen, die ich am liebsten auf den Mond schießen würde. Die bestellte Pizza kommt auch nicht …"

Offenbar hatte ich keinen guten Zeitpunkt für meinen Anruf erwischt und versuchte es mit etwas Ironie. „Also wie bei uns in Frankfurt."

Er schwieg. War also wirklich nicht gut drauf.

„Werner, ich bin gerade in Maintal-Dörnigheim geblitzt worden, die Ampel vor der Autobahnzufahrt."

„Ja, und?"

„Kollegialer Beistand."

„Nein."

Also wohl doch das reine Unglück. Pur. Es hätte nicht schlimmer kommen können. Sollte ich eine gemeinsame Leiche im Keller bemühen? Ich versuchte es einfach nur mit Hilflosigkeit. Es war nicht gespielt.

„Werner, bitte. Du weißt doch, was passiert, wenn dieses Vergehen ausgewertet und verfolgt wird." Ja, für mich klang es echt.

„Thomas, das ist grenzwertig. Du weißt", griff er meine Formulierung auf, „dass wir dies unter dem Druck vieler Fälle, die leider an die Öffentlichkeit gelangt sind, nicht mehr dürfen. Erst neulich hatten wir eine interne Revision, und auch ich habe mir einen Verweis zugezogen."

Ich schwieg und überlegte. „Werner, ja, ich weiß. Aber du weißt auch, was ich schon für dich getan habe." In meiner Verzweiflung zog ich also doch die Leichenkarte. Fühlte mich gar nicht wohl dabei. Was blieb mir aber übrig?

Nun war es an ihm, zu schweigen. Offensichtlich dachte er nach. Dann hörte man überlaut eine Stimme mit italienischem Akzent rufen: „Pizza Mafiosi!"

Vielleicht hatte ihn die Ansage inspiriert. Denn er sagte: „Wie sollen wir es deichseln?"

Nicht ungeschickt, mir den Ball zurückzuspielen.

„Was brauchst du, damit es funktioniert?"

„Ich profitiere von dem Gespräch mit dem Revisor. Als Ausnahmemöglichkeit nannte er, dass man im Zivilfahrzeug ein anderes Fahrzeug verfolgt. Hierzu müsstest du mir eine Notiz schicken."

Seufzend sagte ich: „Gut. Also halten wir fest, dass ich dich gerade entsprechend telefonisch informiert habe und dir später eine Notiz schicke. Ich habe mein Smartphone dabei und kann dir nachher eine kurze Email schicken. Reicht dir das?"

„Ja. Und, Thomas. Wo warst du mit deinen Gedanken? Diesen Kasten kennt doch jeder und zu übersehen ist er auch nicht."

„Stimmt. Ich war so auf die Verfolgung des Fahrzeugs konzentriert und musste dranbleiben, sonst hätte ich es verloren. Die Ampel war ja schon gelb."

„Schlitzohr."

„Danke. Ich fahre für drei Wochen in den Spessart. Mache Urlaub. Bin völlig ausgebrannt. Danach komme ich wieder. Dann trinken wir ein Bier."

„Schönen Urlaub."

Nach 30 Minuten runter von der Autobahn und rein nach Bad Orb. Nun passte ich besser auf. Tempo 40 am Ortseingang. Kurstadt. Es war zu erwarten, dass hier fest installierte Blitzer stehen würden. Ja. In der Tat. Die modernen hohen, schlanken und runden Säulen. Schlank. Schlank oder auch nicht. Ich jedenfalls nicht. Eher rund. Mein Übergewicht.

Jedes Gefühl, jede Unzufriedenheit, jede Qual wurde immer wieder aktualisiert. Wie gemein doch unsere Gehirnwindungen sind. Keine Information der äußeren Welt, die nicht irgendeinen Impuls in unserem Innenleben auslöste. Hatte nicht ein berühmter Psychologe dies einmal erklärt? Wir können unseren Schattenseiten nicht entkommen. Das Leben hält immer genau diejenigen Impulse für uns bereit, die wir bewältigen sollten. Tun wir es nicht, werden wir immer wieder in dieselben Fallen hineintappen, bis wir uns endlich dauerhaft davon befreit haben. Ja, Carl Gustav Jung.

Ich hatte Ruhe und konnte nachdenken. Wieso gab es immer wieder diese Impulse? Schneller, höher, weiter, kam es mir in den Sinn. Das olympische Prinzip war wohl ein Gesetz der Evolution. Wenn man stehenblieb, wurde man von der permanenten Entwicklung überrollt. Das galt folglich auch für die eigene Persönlichkeit. Man musste sich immer weiter entwickeln. Die Schwachpunkte wirkten dabei wie Bremsen. Also musste uns die Umwelt immer wieder daran erinnern, wo wir auf der Bremse standen.

Am Ortsausgang von Bad Orb in Richtung Jossgrund ging es in mittlerweile tiefer Dunkelheit den Berg hinauf, mitten durch einen dichten Wald. Ich grübelte noch immer über die unbeantwortbaren Fragen des Lebens nach, während der Polo vor sich hin schnurrte. Einfache Poloseele. Beneidenswert. LTM kam mir in den Sinn. Kein Wunder bei dieser Gedankenkette. Ihre spielerische Leichtigkeit. Ihre Unbefangenheit. War es ein Fehler gewesen, ihrer Deutung zu folgen und den Auftrag des

Staatsanwalts als pure Statistik zu verstehen? Schon wieder meldeten sich Zweifel.

## Pizza

Sie saßen an der Theke, wo man dem Koch beim Zubereiten der Pizzas zuschauen konnte. Mit extra viel Käse hatten sie ihm zugerufen. Wenig später holte er ihre Pizza Diavolo mit einem langen hölzernen Schieber aus dem Holzkohleofen. Auf dem Teig hatten sich Blasen gebildet und der Käse blubberte noch einige Sekunden vor sich hin, bevor er zur Lava erstarrte. Der Koch zerteilte sie mit dem Metallrad und schob sie auf einen Teller, den er ihnen reichte.

Leon griff als Erster zu. Er schob sich ein großes Stück in den Mund und kaute mit halboffenem Mund. „Ganz schön heiß", pustete er die Luft und die wenigen Worte zwischen den Pizzateilen und seinen Zähnen hervor.

„Selber schuld", grinste ihn LTM an, „wenn du so gierig bist."

Mittlerweile hatte er seinen heißen Brocken mit etwas Cola gekühlt und konnte wieder normal kauen und reden. „Vorhin hat es dir doch auch gefallen", spielte er auf ihre heißen Spiele im Bett an.

„Aber du kannst mich doch nicht mit einer Pizza vergleichen. Coitus Diavolo, die neueste Variante im sexual life von Leon."

Breit grinste er. „Es war doch schließlich teuflisch gut, oder nicht?"

„Ja, nur wie immer viel zu schnell", neckte sie ihn.

„Schneckchen, in jungen Jahren ist das so. Ich übe mich ja schon in der Kunst der Zurückhaltung."

Statt einer Antwort drückte sie ihm schnell einen Kuss auf den Mund, bevor er sich den nächsten Bissen hineinschob.

„Sag mal, dieser Seibold, was ist der für ein Typ?"

„Der ist o.k. Ich mag ihn."

„Am Telefon heute früh klang er nicht so prickelnd."

„Doch, doch. Ein guter Typ. Intelligent. Scharfsinnig. Gutmütig."

„Du kommst gut mit ihm klar?"

„Ja, nicht nur gut. Sogar sehr gut."

„Wieso?"

„Seine ruhige Art gefällt mir. Er nimmt sich Zeit. Erklärt gut. Geht den Dingen auf den Grund. Und ich habe ihm meine Stelle zu verdanken."

„Du und dankbar?"

LTM trat ihm unter dem Tisch gegen das Schienenbein und traf offensichtlich perfekt. Das spürte sie am Druck der Berührung und seinem kleinen Aufschrei."

„Nein, keine Dankbarkeit an sich. Ich habe im Kommissariat während meines Studiums ein Praktikum absolviert. Das hat viel Spaß gemacht. Besonders toll fand ich, dass er mir große Freiräume gelassen hat. Ich durfte einfach mein Ding machen. Er hat ein tolles Team. Auch Toni, seine Assistentin, ist eine ganz bemerkenswerte Persönlichkeit. Ich habe mich dort so wohl gefühlt, dass ich mir meine eigene Stelle als Profilerin gebacken habe."

„Aha, also weniger Dankbarkeit, sondern dein üblicher Narzissmus."

LTM trat wieder zu, traf aber ins Leere. Er grinste sie an, weil er sein Schienenbein rechtzeitig in Sicherheit gebracht hatte.

„Schuft!"

„Also stelle ich fest: Seibold, ein Top-Kommissar, toller Vorgesetzter und vor allem, wie pflegst du als Psychologin immer wieder zu dozieren: eine gereifte Persönlichkeit."

LTM schwieg einen Moment.

Für Leon der Anlass, sofort dazwischen zu grätschen, weil er Verzögerungen bei ihr nicht gewohnt war.

„Oder doch nicht?"

LTM zuckte die Schultern. „Einerseits ja, andererseits nein."

„Was fehlt ihm denn?"

„Er ist ein bisschen träge und hat ständig einen Winterblues, auch im Sommer. Vielleicht die Midlife-Depression, vielleicht mein Papa."

„Wieso dein Papa?"

„Ach, das habe ich noch nicht gebeichtet. So lange kennen wir uns schließlich nicht, dass du alles über mich wissen solltest. Und natürlich halte ich die dunklen Seiten meiner Persönlichkeit bewusst von dir fern."

„Die dunklen Seiten? Ist dein Papa ein Verbrecher und hat Seibold ihn in den Knast gebracht?"

„Nein, eher umgekehrt."

„Hä?"

„Mein Papa ist Staatsanwalt und die Beziehungen zur Kripo sind meistens etwas angespannt. Sie sind natürliche Fressfeinde."

„Verstehe ich nicht."

„Ja, du als Sportstudent interessierst dich eben für andere Leistungsbereiche", sagte sie und berührte unter dem Tisch seinen Oberschenkel, gefährlich weit oben. Er zog die Augenbrauen hoch.

„Also. Kleine Nachhilfe in Sachen Staatsanwaltschaft und Kriminalpolizei. Das kann man ganz einfach auf den Punkt bringen. Staatsanwälte haben die Erlaubnis zum Meckern. Man könnte diese Behörde auch Meckerbehörde oder Anklagebehörde nennen."

„Ach so. Also so, wie James Bond die Lizenz zum Töten hat, hat der Staatsanwalt die Lizenz zum Anklagen bzw. Meckern."

„Yep." LTM widmete sich vorsichtig kauend ihrer Pizza.

„Das macht es für einen Kommissar, der die Lizenz zum Ermitteln hat, sicher nicht leicht."

„Yep."

„Und als Vater möchte man so einen Menschen auch nicht unbedingt haben. Vermutlich kommt er nie aus seiner Rolle heraus."

„Kluger Junge. Deswegen liebe ich dich ja auch, nicht nur wegen deiner starken Muskeln."

Leon hatte den Schalk im Nacken. „Nicht gerade der ideale Schwiegerpapa, oder?"

„War das jetzt ein versteckter erster Heiratsantrag oder wie soll ich das verstehen? Rückzugsgefechte, das sage ich dir gleich, scheiden aus!"

„Och Schneckchen, du bist mein Augenstern, meine Prinzessin, meine Giselle Bündchen, meine ..."

„Du findest sie gut?"

„Ertappt, ja, sie ist cool. Aber verheiratet möchte ich mit ihr nicht sein."

„Wieso nicht?"

„Ich mag's lieber französisch als brasilianisch."

„Wie geht denn brasilianisch?"

„Manche sagen so, andere sagen so."

„Du weißt es also gar nicht. Oder?"

„Na, ich kann ja mal frei assoziieren, wie du es mir beigebracht hast. Brasilien. Zuckerhut. Zuckerschnute. Zuckerpüppchen. Karneval in Rio. Rum. Caipirinha."

„Oh ja, sollen wir uns einen als Absacker gönnen? Die Cola hat mich munter gemacht. Eine Caipi wäre jetzt lecker."

„Hat das dein Italiener hier?"

„Weiß ich nicht. Glaube eher nicht."

„Also noch eine Runde durch die Bars?"

LTM schaute auf die Uhr. „Just midnight. Ganz schön spät. Aber morgen kann ich definitiv ausschlafen. Il Commissario ist nicht im Büro und wird nicht anrufen. Also können wir ruhig noch ein wenig weiterziehen."

Die Pizza hatte nun die richtige Temperatur, und die beiden schaufelten die Stücke mit großem Appetit in sich hinein. Das Gespräch pausierte einen Moment. Im Restaurant ging es zu dieser späten Stunde noch immer hoch her. Es war fast Mitternacht, dennoch kamen weitere Gäste. Heiter. Beschwingt. Von Eindrücken des Abends berichtend.

„Uff". Leon war als Erster fertig. „Das tat jetzt richtig gut." Er streckte sich. „Leckere Pizza!"

„Sage ich doch, mein Geheimtipp."

„Und jetzt, Schneckchen, die Caipi oder lieber wieder zurück ins Bettchen?"

„Du als Sportstudent kennst doch sicher den weisen Satz unseres Franz Beckenbauers. Wie pflegt er immer zu sagen?"

„Schau´n wir mal."

„Richtig. 100 Punkte. Oder was hat Sepp Herberger hierzu beizutragen?"

Leon schaute mit groß geöffneten Augen. Darauf fiel ihm wohl keine Antwort ein.

„Nach dem Spiel ist vor dem Spiel."

Jetzt grinste er. „Nicht schlecht. Siehst du, Fußballer sind eben weise Menschen."

## Hexenhäuschen

Schlagartig spürte ich bohrende Kopfschmerzen und ein Brennen in Hals und Nase. Ich fluchte. Das durfte nicht wahr sein! Ich hatte mich so auf meinen Urlaub gefreut und wollte nicht krank werden. Meine Laune gefror und mich fröstelte. Jetzt schnell eine Bleibe finden und dann ab ins Bett. Mein Blick fiel auf ein Schild. Pension. Ein sehr schmuckes Häuschen mit Blumenkästen vor den Fenstern. Auch wenn es weniger einladend ausgesehen und der Hexe aus Hänsel und Gretel gehört hätte, keinen Meter wäre ich weitergefahren.

Eine Klingel war nicht zu sehen. Stattdessen hing eine große Kuhglocke direkt neben der Haustür. Vorsichtig bewegte ich sie und störte mich an ihrem tiefen Lärm. Eine alte Frau öffnete die Tür und musterte mich. Ihre grünblauen Augen zogen sich ein wenig zusammen. Ich fühlte einen Röntgenblick, der mir in jede Pore drang. Ihr Gesicht war faltig, trotz ihrer Ernsthaftigkeit wirkte sie fröhlich, aufgeräumt und sortiert. Welch interessante Gefühlsregung, die ich spürte, und die mir völlig unbekannt war. Neugierde? Verwunderung? Was die Erschöpfung mit einem Menschen alles anstellen kann. Ich konnte mein Gefühl nicht einordnen.

So standen wir einige Sekunden schweigend da. Keiner wollte den ersten Zug machen. Durch die geöffnete Tür kroch eine schwarze Katze mit weißen Tupfern heraus, sich an den Beinen der alten Frau entlang windend, wie eine Schlange. Tonlos. Auf leisen Samtpfoten. Sie setzte sich neben die Tür auf ihre Hinterbeine und beobachtete mich. Ihre Brust war strahlend weiß. Leise konnte man einen schnurrenden Ton vernehmen.

Dann nickte sie. Die alte Frau. Hatte sie zuerst die Reaktion der Katze beobachten wollen?

„Kommen Sie, ich koche Ihnen einen Tee. Sie sind krank."

Verdutzt folgte ich ihr ins Haus und nach links durch eine Tür in die gute Stube, wie ein Schild an der Tür auswies. Der Raum enthielt einen Bauerntisch mit einer rotweiß-karierten Decke, geschnitzte Holzstühle und verschiedene kleine Schränke mit unzähligen Schubladen und Regale, auf denen kleine Gläschen standen. Ferner einen alten Herd, wie ich ihn nur von Fotos kannte. Hypermodern hingegen ein riesengroßer breiter Kühlschrank, auf dem zahlreiche Magnete zu einem eigenartigen Muster angeordnet waren und viele kleine Zettel an das Metall hefteten. Eine interessante Mischung aus alt und neu, miteinander verschmolzen.

Die Frau setzte einen Kessel Wasser auf und zündete einige Holzscheite an. Trotz meines Schnupfens konnte ich den Geruch von Harz, Holz und Schwefel riechen. Angenehm. Aber meine Blase drückte und störte meine Wahrnehmungen.

„Wo ist die Toilette?" Nicht gerade höflich von mir.

„Draußen vor der Tür. Und dann nach links." Draußen vor der Tür. Eine dünne Erinnerung an meine Schulzeit kam mir in den Sinn. Doppeldeutig. Denn unser Klassenlehrer, der nicht Borchert hieß, bestrafte uns oft dadurch, dass wir das Klassenzimmer verlassen mussten und dann draußen vor der Tür standen. Vielleicht war er eine Wiedergeburt des bekannten Autors oder ein heimlicher Fan, der ihm und seinem berühmten Titel nacheiferte?

Als ich zurückkam, setzte ich mich erleichtert an den Tisch und streckte meine Beine aus. Während die alte Frau an den Schubläden herumhantierte und mir den Rücken zukehrte, führte sie unser einsilbiges Gespräch fort.

„Was machen Sie hier?"

„Wandern."

Mit einem Blick voller Erstaunen schaute sie sich um.

„Wandern?"

Sicher, meine Kleidung passte gar nicht zu meinem Vorhaben, und ich machte nicht den Eindruck eines Wandersmanns. Also sollte ich ehrlich sein.

„Abnehmen. Vergessen."

Sie nickte und drehte mir wieder den Rücken zu.

Schweigend bereitete sie etwas zu. Auch ich hatte keine Lust, zu reden.

Sie kam mit zwei Gefäßen und einem großen Tuch wieder.

„Da, trinken Sie. Möglichst heiß."

Es blieb mir nichts anderes übrig, als ihr zu gehorchen. Der Tee schmeckte bitter, aber angenehm.

„Was ist das?"

„Tee. Gegen Ihre Erkältung."

Das heiße Gebräu lief in meinen Magen und brannte wie Whiskey. Der Schweiß auf meiner Haut veränderte sich. Er wurde warm und strömte immer schneller aus meinen Poren. Endlich hatte ich die Tasse leer getrunken.

Dann zog sie das große Gefäß heran.

„Beugen Sie sich mit Ihrem Kopf darüber. Sie inhalieren jetzt. Zehn Minuten."

Ich war total erschöpft. Konnte ich ihr vertrauen? Eine innere Wahrnehmung meldete sich und flüsterte mir zu: Du bist krank. Deine Mutter. Vertraue. Du suchst doch Geborgenheit.

Willenlos ließ ich auch das mit mir geschehen. Ich hatte keine Energie mehr in mir. Irgendjemand legte ein Tuch über meinen Kopf. Meine Mutter?

„Nein, nicht mit dem Mund einatmen. Mit der Nase. Und mit dem Mund ausatmen." Die Stimme klang völlig anders. Das Tuch dämpfte alles. Wirklich alles. Mein Kopf fing an, sich auszuschalten.

Das heiße Wasser brannte in meinem Gesicht. Besonders nach dem Ausatmen, weil ich die Dämpfe aufwirbelte.

„40 Euro das Zimmer. Pro Nacht. Frühstück 10 Euro, Mittagessen 10 Euro, Abendessen 10 Euro. Also 30 Euro Vollpension. Alkoholische Getränke extra, wenn Sie darauf nicht verzichten können."

Ich nickte unter dem Tuch, das sie mir in diesem Moment wegnahm. Definitiv nicht meine Mutter. Die Kälte erfrischte meine Züge.

„Kommen Sie."

Leichtfüßig ging sie voraus, während ich dröhnend in meinen Wanderstiefeln folgte. Die Holztreppe knarrte unter meinem Gewicht.

Augenweide stand auf einem Holzschild über der Tür, die sie geöffnet hatte.

„Das ist Ihr Zimmer. Sie werden jetzt schlafen. Ziehen Sie sich aus."

Kommissar Seibold, flüsterte mir eine innere Stimme zu. Tun Sie, wie Ihnen geheißen wird.

Ich gehorchte ihr, weil ich zu nichts anderem fähig war. Fast schon einschlafend ließ ich geschehen, dass sie mir beim Auskleiden half. Bis zur Unterwäsche. Dann regte sich doch noch die Scham, und ich stockte.

„Weiter."

Nach kurzem Zögern obsiegte die Wiederholung der inneren Stimme. Lass es geschehen! Als ich ganz nackt war, wickelte sie mich in eine dicke Baumwolldecke und verschnürte mich zu einem versandfertigen Paket. Ab in die Hölle. So schien es mir. Ich war völlig fertig. Bereit zum Sterben. Als eine dicke wohlriechende Bettdecke über mich gelegt wurde, schöpfte ich wieder Hoffnung. Andere Gefühle stellten sich ein: Wolkig. Himmlisch duftend. Lavendel? Ich schnappte einige Male kurzatmig nach Luft und war binnen Sekunden eingeschlafen.

## Toni Office

Zur selben Zeit in Frankfurt kam LTM ins Büro. Im Laufe des Nachmittags. Toni sah sie mit hochgezogenen Augenbrauen an. „Na, heute bist du aber wirklich spät. Hattest du Außentermine, die ich nicht kannte?"

„Nein, Toni. Leon und ich sind gestern Abend versackt. Und da mich Seibold gestern früh viel zu früh aus dem Schlaf geholt hat, habe ich heute mal ausgepennt."

„Deine Ehrlichkeit ehrt dich."

LTM schwieg und grinste.

„LTM, ich bin nicht deine Mama, nicht dein Papa, nicht dein Chef. Gleichwohl solltest du aufpassen, dass du nicht überziehst."

„Toni, Mensch, das war doch nur ein Spaß. Hier, schau!"

Sie zog ihr MacBook heraus, klappte es auf und klickte auf die Datei. Ein Dokument mit viel Text, Tabellen und Grafiken erschien. LTM scrollte mit schnellen Fingerbewegungen durch den Text. „Der Auftrag von Seibold. Von gestern. Fast schon fertig."

„Wie hast du das denn angestellt?"

„Ich habe mich heute früh in unsere Datenbank eingeloggt und von zu Hause die Informationen recherchiert und aufbereitet, die mein Herr Papa als Ausarbeitung erwartet."

„So schnell? Seibold glaubte, dafür über eine Woche zu brauchen."

„Ja. Aber ich glaube, dass er meinen Vater nicht richtig verstanden hat. Wer tut das schon! Und mit dem Computer geht unser Chef auch nicht besonders geschickt um, um es vorsichtig zu sagen."

„Toll", lobte Toni. „Da wird sich Seibold aber freuen."

LTM strahlte. Für ehrliches Lob war sie sehr empfänglich.

„LTM? Ein Tipp. Wir sind eine Behörde. Geniale Leistungen werden uns leider nicht abverlangt. Eher deutsche Gründlichkeit. Gewissenhaftigkeit. Ordnungsliebe. Pünktlichkeit."

„Ich weiß, ich weiß. Aber das ist nervig."

„Hör zu! Wir hatten hier mal eine tolle Frau, die wirklich Karriere gemacht hatte und auf dem Sprung nach ganz oben war. Warum auch immer, ich weiß es nicht, wurden Unregelmäßigkeiten bei ihren Reisekostenabrechnungen entdeckt. War sie nachlässig, war sie zu faul oder ..."

„... hatte sie keine Toni, die auf sie aufpasste", fiel ihr LTM blitzschnell ins Wort.

„Oder, oder, oder. Das Ergebnis jedenfalls: Ihre Karriere war damit erledigt. Sie musste ausscheiden."

„Soll ich dir morgens eine SMS oder ein Mail schicken: bin im Home Office statt im Toni Office?"

Toni seufzte. Sie war ein hartnäckiger Fall. Wenn sie nicht wollte, dann wollte sie nicht. „Ja, im Grundsatz schon. Aber du brauchst dafür eine Genehmigung."

„Wie! Richtig schriftlich?"

„Nein, aber das sollte mit Seibold abgestimmt sein. Und wir sollten immer wissen, wo du während der Dienstzeiten erreichbar bist."

„Big sister is watching you."

„Nein, LTM. Das hat mit mir nichts zu tun. Ich finde, dass du ein richtiges Talent bist. Das allein reicht aber nicht aus. Es gehören auch Zuverlässigkeit, Disziplin und Willenskraft dazu. Dann wird daraus eine Erfolgsgeschichte."

„O.k. Du hast Recht. Ich werde mich zukünftig daran halten. Und als Buße hole ich dir jetzt einen Milchkaffee aus der Kantine. Einverstanden?"

„Gern, LTM. Bitte bring mir einen Obstsalat mit. Heute Abend gibt es bei uns zu Hause Pizza, die mir überhaupt nicht schmeckt. Da muss ich noch etwas vorsorgen."

„Wie?" Völlig entsetzt. „Du magst keine Pizza?"

„Doch, schon. Aber nicht die, auf die mein Sohn schwört. Tiefkühlkost, nachbelegt. Er liebt sie so heiß und innig, dass er die Reste am nächsten Morgen in der Mikrowelle aufwärmt und zum Frühstück ist."

„Oh. Krass. Pizza zum Frühstück. Wie alt ist dein Sohn eigentlich?"

„Mein lieber Léon wird 12 Jahre alt."

„Er heißt auch Leon?"

„Wieso auch?"

„Mein Freund heißt Leon."

„Nein, er heißt Léon. Ganz bewusst habe ich mich für diesen Namen entschieden "

„Stimmt, das ist wohl immer so." LTM grinste. „Pass auf." Sie schrieb dann folgenden Satz auf.

*Das nicht gefüllte Staubecken hat mehrere Staube-cken.*

„Lies vor."

Toni: „Verstehe ich nicht. Das nicht gefüllte Staubecken hat mehrere Staubecken. Das ergibt keinen Sinn."

„Doch", grinste LTM. „Also, hör zu. Das nicht gefüllte Staubecken hat mehrere Staub-Ecken."

„Witzig. Hast du noch mehr solcher Beispiele?"

„Ja. Was sind Gespen-Sterchen?"

Toni grübelte. „Gespen-Sterchen? Weiß ich nicht."

„Gespensterchen."

„Na ja. Das hinkt aber ganz schön."

„Man muss sich das Leben so hinbiegen, dass es für einen bequem ist. Oder nicht?"

„Hinbiegen. Das Leben. Ist das deine Philosophie?"

„Na ja, anders ausgedrückt: Das Leben so sehen, dass mir gefällt, was ich sehe. Der Konstruktivismus, ein Gebiet der Kommunikationspsychologie, definiert das so: Jeder Mensch konstruiert sich seine Wirklichkeit. Es gibt keine absolute Realität. Jede Wahrnehmung ist subjektiv und wird quasi von jedem Menschen in jedem Moment erfunden, also konstruiert."

„Ja, das entspricht auch meiner Erfahrung. Wir geben den Dingen unseren eigenen Sinn."

„Ja, auch den Unsinn."

Sie lachten.

Toni: „Gibt es jetzt Milchkaffee mit Obstsalat?"

„Auch wieder eine unsinnige Kombination: Obstmilch mit Kaffeesalat."

„LTM, du bist albern."

„Dein Bauch mischt es aber so. Oder lieber Obstkaffee und Milchsalat?"

„Verschwinde." Toni widmete sich dem PC, und LTM eilte aus dem Raum, hüpfend und springend, wie ein Kleinkind.

Wenig später kam sie zurück. „Hier, etwas ernsthafter. Also. Hör genau zu." Gleichzeitig balancierte sie zwei große Tassen mit Kaffee und eine Plastikdose mit Obstsalat. „Zehn Finger hab ich an jeder Hand, fünfundzwanzig an Händen und Füßen."

Toni bekam einen Silberblick, als sie einen Schluck aus der Tasse nahm und gleichzeitig versuchte, das Rätsel zu lösen. Sie entschied sich, dem Kaffee mehr Aufmerksamkeit zu schenken.

LTM zappelte ungeduldig. „Toni!"

„Also los. Bitte übersetzen, du Schlaubergerin."

„Zehn Finger hab ich, an jeder Hand fünf, und zwanzig an Händen und Füßen."

Toni murrte. „Das erste Mal hast du es ganz anders betont!"

„Och Toni, ein bisschen Spaß muss sein."

Sie tranken schweigend ihren Kaffee. Aber LTM musste reden. „Noch einen Witz. Ja? Das Ehepaar lebte auf großem Fuße. Die einen sagten: Der Mann soll viel verdient und sich etwas zurückgelegt haben. Die anderen sagten:

Die Frau soll sich etwas zurückgelegt und dabei viel verdient haben."

Toni lachte. „Der ist gut. Lernt ihr solche Witze im Psychologiestudium?"

„Ja, aber meistens nicht von den Professoren."

Sie lachten wieder.

„So", bestimmte Toni, „unter Scherzen und Lachen ist es jetzt fast Feierabend geworden. Wir arbeiten noch ein wenig, ja?"

„Ja, ich mache den Bericht fertig und schicke ihm Cheffe zur Abstimmung per Mail."

## Dämmerung

Ein Sonnenstrahl weckte mich sanft. Durch das Fenster fiel er direkt auf mein linkes Lid. Dahinter schimmerte es rötlich. Störte mich. Also öffnete ich die Augen. Ich lag noch genauso da wie beim Einschlafen. Konnte das sein?

Langsam stieg ich aus dem Bett, nahm ein bereitgelegtes Handtuch vom Stuhl neben dem Bett und ging durch die Tür, die Dusche suchend. Der Gang führte zu weiteren drei Zimmern namens Regenbogen, Ohrenschmalz und Sonnenweiher. Ich entschied mich für den Regenbogen und hatte Glück oder die richtige Intuition: das Bad roch mir frisch entgegen. Eine Mischung aus verschiedenen Kräutern und das Versprechen von Sauberkeit zogen mich in den kleinen Raum hinein.

Der Regenbogen umhüllte mich, und ich ließ das Wasser so heiß wie möglich über meine Haut rinnen. Das kleine Bad war vom Wasserdampf erfüllt und versank im Nebel. Nach dem Duschen rubbelte ich mich trocken und strich mir die Feuchtigkeit aus den Augen.

Später unten. Die Frau hantierte auf dem Tisch zwischen Herd und Spüle herum.

„Setzen Sie sich", sagte sie völlig unnötig. Ich hätte nichts anderes getan.

„Geht es Ihnen besser?"

Erstaunt registrierte ich, dass dies der Fall war. Ich hatte noch gar nicht darüber nachgedacht. Die Nase fühlte sich viel freier an und brannte nicht mehr. Aber irgendwie schien der Nebel im Bad direkt in mein Gehirn gezogen zu sein, weil ich noch immer keinen klaren Gedanken fassen konnte.

Also murmelte ich brav ein Ja. Dann, etwas lauter, weil sich regenerierende Kräfte in mir regten: „Wie heißen Sie eigentlich?"

„Bulling."

Schweigend bereitete sie etwas zu. Offensichtlich, da es Abend wurde, mein Abendessen. 10 Euro. Ich war gespannt. Still musterte ich die gute Stube. Nun fiel mir auf, dass in der Ecke des Raums eine Voliere stand. Die Tür stand offen. Wo war das Tier? Langsam blickte ich mich um. Da! Auf einer Stange in der anderen Ecke des Zimmers. Ein schwarzer Rabe, mit weißer Brust. So ein Tier hatte ich noch nie gesehen.

„Was ist das für ein Tier? Ein Rabe?"

„Ja."

„Raben sind doch pechschwarz."

„Dieser nicht."

„Kriege ich ein Bier?"

„Nein."

Die Frage nach dem Warum konnte ich mir sparen, weil ich die Antwort zwar nicht kannte, aber vorhersah. Wer war diese alte Frau? Meine Neugierde wurde in dem Maße größer, wie meine Lebensenergie wuchs.

Sie hantierte weiter. Dann ganz unvermittelt. „Corvus albus."

„Was?"

„Ein so genannter weißer Rabe. Der lateinische Fachbegriff lautet corvus albus."

Aha. „Haben Sie den hier im Spessart gefangen?"

„Sie kennen sich bei Tieren wohl gar nicht aus."

„Nein." Da hatte sie Recht.

„Corvus albus, auf Deutsch auch Schildrabe, lebt hauptsächlich in Afrika. Ich habe ihn von einer Reise mitgebracht."

„Sieht eher wie eine Elster aus."

„Pica pica."

„Wie bitte?"

„Der lateinische Name der Elster."

„Ach so."

Ich schwieg angesichts der Belehrungen und wollte nicht noch ungebildeter erscheinen. Dann konnte ich aber meinen Mund nicht halten.

„Sie lieben wohl schwarz-weiß?"

Sie antwortete nicht. Also setzte ich nach. „Katze und Rabe sind Zwillinge, was das Gefieder bzw. Fell anbelangt."

Sie ließ es unkommentiert. Ich schien einen Punkt gemacht zu haben.

Einige Minuten später brachte sie ein Holzbrett, auf dem dekorativ kleinere Snacks angerichtet waren.

Eine Augenweide, schoss es mir in den Sinn. Ich sprach es auch aus.

„Ja, Quark, Käse und Schmalz, jeweils mit verschiedenen Kräutern. Es wird brav gegessen, sonst gibt es etwas auf die Ohren." Ups. Welcher Tonfall. Sie hatte Haare auf den Zähnen.

„Schmalz und abnehmen?"

„Es ist ohne tierische Fette zubereitet und enthält wertvolle Mineralien, die Sie dringend brauchen."

Vorsichtig biss ich in das Brot und zerkrümelte es in meinem Mund. Knäckebrot. Ein tolles Geschmackserlebnis breitete sich aus.

„Was ist das?"

„Ohrenschmalz nenne ich es. Haben Sie nicht zugehört?"

Ihr tadelnder Ton nervte mich, zumal sie es so überhaupt nicht gesagt hatte. Aber das Geschmackserlebnis betäubte meinen winzigen Widerstand.

Gierig biss ich hinein, kaute schnell und schluckte hinunter.

„Langsam. Sie kauen sorgfältig und schlucken erst dann, wenn alles in Ihrem Mund flüssig ist."

Frau Bulling hatte mir auch ein Getränk hingestellt. In einem großen Steinkübel. Ich schaute hinein und schnupperte. Es roch tatsächlich nach Bier. Fragen oder gleich probieren?

Letzteres. Überrascht schaute ich auf. Es schmeckte nach Bier, war aber etwas anders.

„Was ist das?"

„Jetzt erzählen Sie mal. Wer sind Sie, und was tun Sie hier?"

Wandern. Abnehmen. Vergessen. Das wusste sie doch schon alles. Ich folgte meiner Neugier.

„Was war diese weiße Creme mit den bunten Tupfern?"

„Das war Ziegenkäse, selbst gemacht, mit einigen Kräutern, die bei Herzschmerzen und Schnupfenverstimmungen die Seele reinigen."

„Und das leichte Brennen im Hals?"

„Chilis."

Besonders redefreudig war sie nicht. Aber ich hatte mich erneut in ihr getäuscht.

„Also, Sie sind auf der Flucht. Sie wissen allerdings noch nicht, wohin. Ihr einziges Motto ist, weg. Das Wohin fehlt Ihnen noch völlig. Ein Kommissar ohne jegliche Orientierung. Ein hoffnungsloser Fall."

Kürzer und prägnanter konnte man meine Verzweiflung nicht auf den Punkt bringen. Ich betrachtete sie neugierig. Woher nahm diese alte Frau ihr Wissen? Und ihre Menschenkenntnis?

Sie lächelte.

„Mit Zen-Techniken haben Sie sich noch nie befasst."

Eine Antwort war nicht nötig.

„Es geht um das Loslassen des Falschen. Sie sind noch völlig in der Sackgasse und suchen das Falsche. Man muss Ihnen aber zu Gute halten, dass Sie zumindest den ersten Schritt tun."

Ich verstand gar nichts. Sie wiederum verstand mich.

„Der erste Schritt ist bei Ihnen, das Falsche zu suchen. Dann spüren Sie, dass es kolossal schmerzt. Erst dann lassen Sie los. Gezwungenermaßen, weil die Schmerzen zu groß werden."

Diese Theorie hörte sich irgendwie richtig an. Jedenfalls entsprach sie meinen Erfahrungen.

„Dieser Prozess könnte schneller und viel einfacher gehen."

Wie? Diese unausgesprochene Frage stand dröhnend im Raum.

Plötzlich löste sich der Rabe von seiner Stange und segelte nach einem kurzen Flügelschlag auf ihren ausgestreckten Arm. Sie trug ihn zu seiner Voliere und kraulte ihn mit der freien Hand im Nacken. Die Katze kuschelte sich dabei an ihren Beinen entlang und folgte ihr. Der Rabe verschwand in seinem Käfig und empfing noch einen Leckerbissen. Die Katze wartete geduldig, bis die erste Zeremonie ihr Ende nahm. Die alte Frau füllte einen Napf mit einer Flüssigkeit. Die Katze schlabberte sie mit schnellen Zungenbewegungen auf.

Ich realisierte, dass hier eine klare und feste Ordnung herrschte. Die alte Dame führte ein hartes Regiment, kümmerte sich aber auch liebevoll um ihre Tiere, wenn sie parierten. Ich ahnte, was nun geschehen würde. Genau.

Die Frau drehte sich um und schaute mich mit ihrem grünblauen Röntgenblick an. „Ich gehe jetzt zu Bett. Sie dürfen Ihr besonderes Bier noch austrinken. Das Geschirr räumen Sie dort auf diesen Tisch. Dann gehen auch Sie schlafen. Morgen früh sind Sie gesund. Gute Nacht."

**Käuzchen**

Plötzlich war ich hellwach. Reglos lag ich im Bett. Nichts war zu hören. Weniger als nichts. Absolut nichts. Ich fühlte eine Anspannung wachsen, die ich nicht erklären konnte. War ich vom unterschwelligen Lärm in Frankfurt so konditioniert, dass ich die Stille nicht ertrug?

Dann kroch eine andere Empfindung wie eine Ameisenherde kribbelnd das Rückgrat hoch und machte mir Angst. Das Bett vibrierte und schüttelte sich. Ein Ächzen ging durch das Haus. Der Kleiderschrank knarzte. Das Rumpeln wurde stärker. Erschrocken stieg ich aus dem Bett und legte mir das große Badetuch um meine Hüften. Genau in diesem Moment hörte das Wackeln auf. Ein Erdbeben?

Auf dem Nachttisch stand eine Flasche Wasser. Auf einmal verspürte ich starken Durst. Meine Kehle war staubtrocken und kratzte. Gierig trank ich fast die ganze Flasche leer und fühlte mich auf einmal benebelt und schlaftrunken. Ich legte mich sofort wieder ins Bett und war binnen Sekunden eingeschlafen.

Was immer es war, es schien mich nicht loszulassen. Als ich erneut erwachte, flüchtete ich aus einem fürchterlichen Albtraum. Dieses Mal war ich schweißgebadet. Der Durst war noch größer, die Flasche allerdings leer.

Ich ging nach unten in die gute Stube und wollte meine Verwirrung mit einem Glas Bier wegspülen. Das Knarren der Holztreppe, die lärmende Kritik an meinem Übergewicht, war ohrenbetäubend. Ich betrat die gute Stube und ließ die Tür offen, um nur schnell ein Getränk zu holen und dann wieder nach oben zu gehen. Plötzlich hörte ich ungewöhnliche Geräusche. Gerade als ich den Kühlschrank öffnen wollte, ging die Haustür auf und Frau Bulling kam herein.

„Sie wollen einen Tee trinken?", sprach sie mich an.

„Nein, ich brauche jetzt ein Bier", sagte ich trotzig.

„Setzen Sie sich hin. Ich mache Ihnen etwas zu trinken."

In der kurzen Zeit hatte ich gelernt, dass Widerstand zwecklos war, wenn sie diesen Ton anschlug. Sie nahm eine Flasche Bier, öffnete sie und füllte den Inhalt in einen Topf. Zuvor hatte sie weitere Holzscheite in den Ofen getan, der eine angenehme Wärme erzeugte. Für den Sommer war es eindeutig zu kühl. In den Topf warf sie einige Kräuter und fügte zwei große Löffel einer bernsteinfarbenen zähen Flüssigkeit hinzu. Vorsichtig rührte sie und schnupperte an den aufsteigenden Dämpfen.

Dann goss sie die Flüssigkeit durch ein Sieb in eine rote Tasse.

„Hier. Ihr Bier."

„Was war das?"

„Ein Erdbeben."

Ich trank von dem Hexentrunk und war überrascht, wie lecker er war.

„Was ist das?"

„Gesundheitstrunk Teil 2. Ich hatte Ihnen doch versprochen, dass Sie morgen wieder gesund sind, wenn Sie sich an meine Anweisungen halten."

Schweigend saßen wir eine Weile da. Wir hatten am Abend so viel miteinander gesprochen, dass jedes weitere Wort unnötig war.

Trotzdem konnte ich das Schweigen nicht ertragen, weil ich viel zu unruhig war.

„Bier, und?"

„Viel Honig, naturbelassen, direkt hier im Jossgrund vom Imker gekauft. Verschiedene Kräuter, die Ihre Nasenschleimhaut reparieren und Bakterien töten. Dazu einige Zutaten für Ihr Immunsystem und einen erholsamen Schlaf."

Plötzlich gab der weiße Rabe einen krächzenden Laut. Ich erschrak und bekam sofort eine Gänsehaut. Auch draußen waren ungewöhnliche Tierstimmen zu hören. Frau Bulling legte den Kopf schief.

„Was ist?", fragte ich.

Nach kurzem Zögern sagte sie: „Jemand ist gestorben."

Meine Gänsehaut verstärkte sich und breitete sich am ganzen Körper aus. Sogar meine Haarspitzen schienen sich aufzurichten. Ein Zittern lief über meine Haut.

„Woher wissen Sie das?"

Sie lachte nur mit ihren Augen. „Das können Sie Städter nicht verstehen."

„Können Sie es mir bitte erklären?"

„Na gut, Sie sind kein schlechter Mensch", entschied sie. „Wenn man eins mit der Natur lebt, achtet man auf deren Zeichen. Es gibt so viele davon."

„Und wenn Tiere nachts solche Laute machen, ist ein Mensch gestorben?"

„Erzählen Sie, wie Sie das Erdbeben erlebt haben."

Wer verhörte hier eigentlich wen?

„Also, ich wurde auf einmal wach. Schlagartig. Es war totenstill. Ich lag im Bett und grübelte, warum ich wach geworden war. Der fehlende unterschwellige Lärm von Frankfurt? Dann fing auf einmal das Erdbeben an."

„Sehen Sie. So ist das. Sogar Sie als Stadtmensch haben noch einen Teil Ihrer tieferen Instinkte bewahrt."

„Und da Sie hier in der Natur leben, haben Sie gelernt, auf weitere und feinere Signale zu achten?"

„Ja."

Ich dachte nach. Der Kommissar in mir erwachte.

„Woran ist der Mensch gestorben? Wer ist gestorben?"

Sie wartete lange. „Es hörte sich so an, als ob er umgebracht wurde. Ein Fremder."

Die Gänsehaut war wieder da. Ich fühlte mich wie ein Igel.

„Wie können Sie das wissen? Umgebracht? Ein Fremder?"

„Ich weiß es. So. Und jetzt gehen Sie schlafen. Das Bier und die Gewürze beginnen zu wirken. Morgen früh sind Sie wieder gesund."

Völlig verwirrt und benebelt stieg ich die Treppe hoch und nahm mir vor, der Sache am nächsten Tag mit klarem Verstand auf den Grund zu gehen. Ich kroch ins Bett und zog mir die Decke noch etwas höher unters Kinn als zuvor. Ich fühlte mich einsam, krank und müde. Schnell löschte der Schlaf meine destruktiven Gedanken aus.

## Auferstehung

Dunkelheit. Fahles Mondlicht. Nebelschwaden. Ich saß in einer Pferdekutsche und fuhr durch den Wald. Auf dem Kutschbock hockte eine düstere Gestalt. Sie knallte mit der Peitsche in die Luft und gab den Takt vor. Die Pferde fielen mit ihrem Gewieher in diese Komposition ein und trabten munter voran. Dann löste sich die schwarze Gestalt auf. Zuerst bildeten sich weiße Zonen, die sich zunehmend ausbreiteten und nach und nach durchlässig wurden. Es sah aus, als ob sich Rauch entwickelte, der sich in kleinen Wirbelstürmen zu einem weißen Nebel vereinigte. Zum Schluss war nur noch der Kopf zu sehen. Er schwebte in derselben Höhe, ohne Körper. Als Erstes verschwanden die Augen. Zwei dunkle Löcher starrten mich an. Das Fleisch des Gesichts löste sich nun ebenfalls auf. Die Lippen verzogen sich zu einem Grinsen und ließen dann das gebleckte Gebiss stehen. Ich zitterte. Vor Kälte? Vor Angst? Wegen des Fahrtwinds? Die Fratze des Totenschädels fixierte mich noch einige Sekunden, bis auch sie im Nebel verschwand. Die Kutsche war führerlos geworden, schlingerte und raste in eine Erdspalte. Die Pferde wieherten in Todesangst. Ich wurde hinausgeschleudert und war plötzlich hellwach. Zwitschernd hatte mich ein Vogel aus meinen Träumen geholt, der hartnäckig an seinem Geträller festhielt, obwohl ich schon längst wach war.

Merkwürdig. Blöder Traum. Wieso war ich nicht früher wach geworden? Hatte mich der Vogel geweckt, dessen Gesang wie das Wiehern eines Pferdes klang? Zumindest im Traum.

Keine Ahnung. Ich setzte mich auf und wollte aufstehen. Wieso fühlte ich mich bleischwer und gleichzeitig leicht im Kopf, als ich aus dem Bett stieg? Nach wenigen Schritten war allerdings zu spüren, dass Luft oder Energie in meine Muskeln strömten. Was auch immer. Ich fühlte mich jedenfalls erheblich leichter.

Ein äußerst merkwürdiger Abend. Die Erkrankung hatte meine Sinne getrübt, aber doch nicht ganz. Hexentrunk. Wieso kam ich auf diese Formulierung? Keine Ahnung. Vermutlich deshalb, weil ich trotz meiner Mattheit, Dumpfheit und Schwermut so schnelle Fortschritte verspürte. Auch war Frau Bulling dominierend wie eine Hexe, der man nicht entkommen konnte. Alt. Faltig. Kräuterig. Ihre äußere Schale war hexenartig. Ihr inneres Wesen aber herzlich. Ihre Tiere behandelte sie sehr liebevoll. Ihren Gast eigentlich auch, wenn man von ihrer eher rüden Kommunikation absah. Hart aber herzlich, das allseits bekannte Konzept. War das nicht sogar ein Evolutionsprinzip? Nach außen hart, um den Nachwuchs zu schützen und vor Gefahren zu bewahren. Nach innen weich, liebe- und verständnisvoll.

Hatte mich meine Wirtin in ihren Bann gezogen oder folgte sie nur einem banalen Muster? Oder eher ich? Ja, bei näherer Betrachtung wies sie einige Verhaltensweisen auf, die ich von meiner viel zu früh verstorbenen Mutter kannte. Meine Brust straffte sich. Aufpassen, Herr Kommissar!

Schnell in die Klamotten und ab nach unten zum Frühstück. 10 Euro für das nächste Vergnügen. Dennoch nahm ich mir vor, skeptisch zu sein.

Frau Bulling hantierte in der Küche. Katze und Rabe saßen geordnet auf ihren Plätzen. Anders als bisher bewegte sich der Kopf des Raben, als ich die gute Stube betrat. Die Katze lies ein leises Miau hören, als ich mit dröhnenden Schritten die Holzdielen verbog. Was wollte sie mir sagen?

Ich hingegen sagte: „Guten Morgen, Sie hatten recht. Ich fühle mich deutlich besser." Mal sehen, was nun geschehen würde.

Zunächst einmal nichts. Sie nahm von meinen Worten keine Notiz. Auch Rabe und Katze schwiegen. Bewegten sich kaum. Allmählich verstand ich sie. Frau Bulling machte den Mund nur auf, wenn sie eine wichtige Frage stellte oder eine noch wichtigere Erkenntnis zum Besten gab. Ansonsten schwieg sie. Für Banalitäten oder Nebensächlichkeiten hatte sie kein Wort übrig. Die Tiere folgten ihr. Manchmal allerdings eilten sie ihr voraus. In der Körpersprache.

„Bitte schön."

Eine erneute Augenweide. Verschieden belegte Knäckebrote und eine Tasse Tee, köstlich duftend. Voller Appetit ließ ich mir alles schmecken. Natürlich in der gebotenen Langsamkeit. Ich lernte dazu.

„Sagen Sie mal, heute Nacht, habe ich das nur geträumt oder ist das alles wirklich geschehen?", fragte ich mit halboffenem Mund kauend. Leicht daher gesagt, ihr vorspielend, dass ich voll und ganz auf das Essen konzentriert war, was so nicht stimmte.

„Essen Sie. Wir können uns danach unterhalten. Die Zeit läuft uns nicht davon."

Der stille Machtkampf ging weiter. Kam ich nicht an sie heran? Oder durchschaute sie meine aus ihrer Sicht billige Aktion? Nachdem der letzte Krümel langsam verputzt war, kam sie von selbst auf meine Frage zu sprechen.

„Alles geschah so, wie wir es besprochen haben."

„Also ist hier ein Mord geschehen?"

„Ja."

„Dann müssen wir ihn aufklären."

Sie schwieg.

„Frau Bulling", ermahnte ich sie.

„Ja?“

„Der Mord!“

Sie zuckte mit ihren Schultern. Es schien ihr nicht wichtig zu sein. Wieso nicht? Was dachte sie? Wie fühlte sie? Was hatte sie mich gelehrt? Zen. Loslassen. Ja, grundsätzlich hatte sie Recht. Aber ich war Kommissar, und meine Lebensaufgabe bestand darin, Vergangenes in die Gegenwart zu führen. Um es aufzuklären.

Plötzlich durchzuckte mich eine Erkenntnis. „Sie haben oben noch zwei weitere Gästezimmer?

„Ja.“

„Darf ich eine Kollegin anrufen, die mir bei der Aufklärung des Falles hilft?“

„Warum nicht? Sie kennen meine Preise.“

Ganz schön ausgeschlafen, meine alte Spessarthexe. Wirklich geschäftstüchtig! So langsam glaubte ich, schlau aus ihr zu werden.

Schnell schaltete ich das Handy ein und wartete ungeduldig auf das Empfangssignal. Ich wählte die Nummer von LTM, ohne auf die Uhr zu schauen. Es klingelte lange. Dann ein verschlafenes „Ja?“

„LTM, hör zu. Du schmeißt dich in dein Auto und fährst – Frau Bulling, wie lautet die Adresse?“ Ich versuchte, LTMs Ton zu treffen. Schmeißen. Würde ich so normalerweise nicht sagen.

„Villbach.“

„Nach Villbach“, fuhr ich fort. „Hinter Bad Orb. Spessart. Du erkennst das Haus sofort. Es hat einen riesengroßen Kräutergarten. Hörst du?“

Offensichtlich nicht, denn ich hörte ein Kichern. Mein linguistischer Code war nicht angekommen. Ich überlegte. Langsamer. Meine Lektion hatte ich gerade gelernt. Da sie nicht antwortete, fasste ich behutsam nach.

„LTM, was ist?"

„Er küsst mir gerade die Frühstücksbutter aus den Kniekehlen", säuselte sie.

„Nein, dieses Mal kannst du mich nicht reinlegen. Das ist von Christoph Meckel aus seinem Roman Licht."

„Doch, es stimmt. Er macht es aber."

„Er. Also Leon? Ich habe mit ihm schon einmal telefoniert."

„Ja."

„Na, Gott sei Dank bist du nicht promiskuitiv."

„Nee Cheffe, das wäre ein falsches Prinzip. Ständig mit anderen herummachen. Das funktioniert nicht. Also die wissenschaftliche Forschung hat herausgefunden, dass ..."

Es tat mir leid. Aber schon wieder musste ich sie unterbrechen. „Beeil dich, wir müssen einen Mord aufklären."

„Cheffe, Sie haben sich nicht an meine Anweisung gehalten. Außerdem durfte ich gestern schon nicht ausschlafen. Wieso rufen Sie jeden Morgen so früh an?", maulte sie.

Anweisung. Ganz schön anmaßend für eine Jungkommissarin. Ich ließ es ihr durchgehen.

„Keine Widerrede. Los, mach schon. In einer Stunde musst du hier sein", hatte ich die Strecke ausgerechnet, ohne allerdings zu berücksichtigen, dass sie noch im Bett lag.

Und sie hatte natürlich noch einige Einwände und Argumente. Typisch für sie. „Haben Sie eigentlich meinen Bericht für den Herrn Staatsanwalt gelesen und für gut befunden?"

Jetzt brachte sie mich aus der Fassung. Einen Bericht? Hatte ich nicht bekommen. Oder besser: wahrgenommen. Da waren einige Mails gekommen, die ich nicht geöffnet hatte. Hatte sie diesen komplexen Bericht womöglich schon fertiggestellt? Das konnte nicht sein!

„LTM, nein. Wie schon gesagt: Ich habe Urlaub und schaue nur selten in meine Emails." Ein wenig Motivation wäre wohl nun nötig, merkte ich. „Danke für den Bericht. Wie gesagt. Ich habe ihn noch nicht angesehen. Kannst du bitte endlich kommen?"

„Wir sind doch gar nicht zuständig. Bad Orb. Da müssen bestimmt die Kollegen aus Hanau oder Offenbach ran, keine Ahnung."

„Das ist mir wurscht. Der Fall ist so mysteriös, das müssen wir selber machen. Also los jetzt." Ich legte einfach auf. Mann! Sie konnte so penetrant sein. Ihre Durchsetzungsfähigkeit hatte die Kraft eines Hurrikans. Und meine Gegenwehr war so schwach wie ein Regenschirm bei Windstärke 12.

„Sind Sie immer so hyperaktiv und chaotisch?" Frau Bullings trockene Stimme holte mich wieder zurück in die gute Stube.

„Wieso?"

„Na, Sie scheinen Ihre Kollegin aus dem Bett gescheucht zu haben. So hat es sich jedenfalls angehört. Unnötigerweise und ohne Plan. Sie haben doch Zeit! Und jetzt?"

Genau. Und jetzt. Ich hatte wirklich keinen Plan. Aber ich hatte eine Eingebung.

„Sie haben gesagt", ich betonte ausdrücklich das Wort Sie, „ein Mord, ein Fremder. Das reicht doch für den Beginn der Ermittlungen."

Meine Betonung hatte offensichtlich bewirkt, dass sie endlich auf mich einging. Ich nutzte die Chance ihrer fehlenden Replik. „Und wo ist der Tote?"

Sie sagte nichts. Wie immer. Wenn sie nicht reden wollte, schwieg sie einfach. Worüber man nicht reden kann, muss man schweigen. War das von Wittgenstein oder von meinem Psycho? Ich wusste es nicht mehr.

Was nun? Auch das wusste ich nicht. „Aber Sie können uns doch helfen, oder nicht?"

„Wie?"

„Ich weiß nicht."

Der schwarzweiße Rabe setzte sich in Bewegung und flog direkt auf mich zu. Ich erstarrte erschrocken und wurde zu seinem Anflugpunkt. Baumstamm. Mein Kopf sagte mir: Er wird dir nichts tun. Ich hörte auf ihn und behielt zum Glück Recht. Dann setzte sich der Rabe auf meine Schulter. Wir beäugten uns aus nächster Nähe. Er hatte erkennbar weniger Angst als ich. Sein spitzer Schnabel war direkt vor meinem Auge. Aus einem mir nicht bekannten Grund vertraute ich dem großen Tier.

Ihr auch. Ich wandte den Kopf. Wer einen Menschen innerhalb von zwei Tagen von seinem Schnupfen befreien konnte und nachts anhand der Tierstimmen darauf schloss, dass ein Mensch ermordet worden war, sollte noch weitere Fähigkeiten besitzen.

Ein komisches Gefühl. Ein Rabe auf der Schulter. Ich hatte sie als Hexe eingestuft. Und was war ich? Mit einem Raben würde ich wohl als Hexenmeister durchgehen. Während ich ihn aus den Augenwinkeln beobachtete und seinen leicht modrigen, doch irgendwie angenehmen Geruch wahrnahm, dachte ich nach. Raben sollten sehr kluge Vögel sein. So viel Allgemeinbildung war abrufbar. Und du, meldete sich eine meiner inneren Stimmen: Was für ein Vogel bist du? Streng dich gefälligst an!

Meine Wahrnehmung war: Der Mord schien Frau Bulling nicht zu interessieren. Eher, dass Ordnung in ihrem Haus herrschte. „Jetzt räumen Sie den Tisch auf. Sie wissen ja, wie. Dann gehen Sie eine Stunde spazieren. Ich betone: spazieren. Langsames Tempo. Dann kommen Sie wieder."

Während ich noch über die unterschiedlichen Prioritäten von uns Menschen nachdachte und überlegte, ob ich in dieser Zeit nicht lieber die Email von LTM mit ihrer Auswertung lesen sollte, sagte ich: „Was mache ich mit ihrem Raben?"

„Wenn Sie aufstehen, wird er schon wissen, was zu tun ist."

Sie hatte Recht. Als ich mich leicht erhob, flog er zu seiner Voliere, einen tiefen krächzenden Ton ausstoßend.

Klang er aggressiv oder wohlmeinend? Mochte er mich oder nicht?

Und ich? Mochte ich ihn? Und die Katze? Und vor allem die Kräuterhexe? Oder ließ ich mich von ihr um den Finger wickeln? Jedenfalls folgte ich ihrem Rat, spazieren zu gehen, anstatt den Bericht von LTM zu lesen. Davor gab die kritische Stimme in mir mächtig Gas. Zuerst stellte sie nur Fragen. Dann aber redete sie ununterbrochen und setzte hinter rhetorische Fragen kräftige Ausrufezeichen. Sag mal: Spinnst du? Bist du völlig meschugge? Immer noch krank? Wie kannst du dieser alten Frau so vertrauen? Sie spielt mit dir Katz und Maus. Pass auf! In dieser Geschichte stimmt einiges nicht. Das ist doch nicht die Wirklichkeit. Eine Kräuterhexe mit zwei schwarzweißen Tieren. Die Katze. Der Rabe. Typische Symbole für eine Hexe. Und woher soll ein Mensch einfach wissen, dass jemand gestorben ist? Esoterischer Blödsinn. Verlass dich auf deinen Verstand!

Während ich brav spazieren ging, beschloss ich, meiner inneren Stimme Gehör zu schenken. War ich zu angepasst? Oder war ich meschugge? Oder gab es andere Antworten auf weitere Fragen? Ich musste mich endlich entscheiden.

## Einsatzkommando

Konnte es Zufall sein? LTM und ich kamen zeitgleich vor Frau Bullings Haus an. Ich begrüßte sie freudig und war überrascht, wie schnell sie gekommen war.

„Kompliment. Wirklich schnell."

„Ich habe etwas bei Ihnen gut. Leon und ich hatten uns gerade geliebt. Da wir nicht auf Quickies stehen, haben wir abgebrochen. Interruptus nennt man das in der Fachsprache. Er ist sauer auf Sie."

Die Offenheit der Jugend.

„Hoffentlich postet er seine Wut nicht auf Facebook", konterte ich geschickt. Obwohl ich davon nicht viel verstand, hatte ich mich zumindest eingelesen und wusste, was mit Facebook alles möglich war. Einladungen zu Partys und Räumungen durch die Polizei, weil auf einmal 500 Jugendliche dem Aufruf gefolgt waren und die einladende Person die falsche Community angeklickt hatte. Oder die Verabredung zu einem Spaziergang rund um ein NSA-Gebäude in Frankfurt. Wenige Minuten später stand die deutsche Polizei vor dem Haus des Studenten, der diesen Event bei Facebook gepostet hatte. Klagen. Schadenersatzforderungen. Persönliche Insolvenz. Scheidungen.

„Touché, Sie lernen ja doch dazu. Ein Wunder ist geschehen!" Ihr Kompliment saß wie ein Hieb. Konnte sie wirklich meine Gedanken lesen? Nicht meine erste diesbezügliche Erfahrung.

„Wie wär's mit zwei Kinogutscheinen?" Ein lahmer Versuch der Entschuldigung. Entschuldigung, wofür überhaupt?

„Einverstanden. Cheffe. Aber es gäbe noch einen anderen Ausgleich. Ich habe noch nicht gefrühstückt. Gibt es hier was zu futtern?"

„Ja, komm rein."

„Frau Bulling, das ist LTM. Sie heißt zwar anders, möchte aber so genannt werden."

Artig gab LTM ihr die Hand.

„Frau Bulling, mein Chef hat angedeutet, dass ich vielleicht ein Frühstück bekommen könnte?"

„Ja. Setzen Sie sich dort auf die Bank."

„Ich hätte gern knusprig buttrige Croissants, einen mit Milch aufgeschäumten Kaffee und Nutella."

LTM musterte den Raum. „Oh, wie süß! Ist das ein Rabe? Der sieht ja toll aus mit seinem weißen Bauch." Sie näherte sich dem Käfig. „Darf man den kraulen?"

Frau Bulling hantierte an ihrem Arbeitstisch und antwortete nicht. Sie war darauf konzentriert, LTM das Frühstück zuzubereiten und schaute nicht zur Seite. LTM zuckte mit den Schultern und näherte sich dem Vogelkäfig, leise gurrende Laute ausstoßend. Ihre Hand schwebte in Zeitlupe auf den Raben zu. Als ihre Finger nur noch wenige Zentimeter von seinem Kopf entfernt waren, senkte ihn der Rabe und bot ihr seinen Nacken an. Sie kraulte ihn dort sanft und vorsichtig. Sein Gefieder stellte sich auf, und er hielt still.

Frau Bulling war fertig, drehte sich um und sagte: „Ja, das mag er. Aber nicht bei jedem. Kommen Sie zum Frühstück."

Drei trockene Knäckebrote, eine weiße Kugel, eine gelbe Kugel, eine rote Kugel. Und in meiner großen roten Tasse eine dampfende goldene Flüssigkeit. Irritiert schaute LTM auf das Arrangement. Ich ärgerte mich, dass meine Tasse verwendet wurde.

„Sie beißen in das Knäckebrot und kauen genau zehn Mal. Dann nehmen Sie mit dem Löffel etwas von den Kugeln und lassen es im Mund zergehen. Pro Brot eine Kugel. Genau einteilen. Den Tee trinken Sie erst, wenn Sie den Bissen zwanzig Mal gekaut und hinuntergeschluckt haben. Ich werde Sie beobachten."

LTM tat, wie ihr geheißen. Interessant.

„Und wie heißen Sie wirklich?"

„Leonie Theophila Möller."

„Ich verstehe. Ich nenne Sie Leonie. Einverstanden?"

LTM aß weiterhin das Knäckebrot und lutschte an den Eisbällchen. Auch sie schien eingeschüchtert. Ein neuer Zug an ihr. Oder sie gab sich nur so. Ich konnte es nicht unterscheiden.

„Das schmeckt total gut. Diese Kugel hier enthält Curry, die andere Knoblauch und Schnittlauch? Die dritte weiß ich nicht. Aber am leckersten."

„Methia."

„Was?", fragten LTM und ich gleichzeitig.

„Methia ist eine Kräutermischung. Teufelsdreck, Bockshornklee, Paprika, Kreuzkümmel, Chilis."

„Teufelsdreck", wieder unisono. Ab und zu zeigte sich doch, dass LTM und ich ein gutes Team waren.

„Ja, gut gegen aufgedrehte Nerven einer Jugend, die sich mit Nutella die Zellen zukleistert."

LTM sah mich an und verdrehte spielerisch die Augen. „Cheffe, nun erzählen Sie mal. Was für ein Mord?"

Wie sollte ich anfangen? Als ich meine Gedanken sortierte, wurde auf einmal alles mysteriös und unwirklich. Am besten, ich fing mit dem Erdbeben an.

„Gestern Nacht hatten wir hier ein kleines Erdbeben." Noch bevor ich in meinem eher langsamen Tempo weitererzählen konnte, kam der Einwurf.

„Cool. Typisch Cheffe. Wo der ist, passieren die unglaublichsten Dinge. Habe ich Ihnen nicht gesagt, dass Sie alles Mögliche und vor allem Unmögliche magnetisch anziehen?"

„Ich meine mich zu erinnern, dass du von Verbrechen gesprochen hast."

„Der Tote des Erdbebens. Erschlagen von herunterfallendem Gestein. Der Felsbrocken als Mörder", fabulierte sie drauflos.

„Nach dem Erdbeben", fuhr ich sachlich fort, „saßen Frau Bulling und ich in der guten Stube, als plötzlich der Rabe schrie und eine Krähe oder andere Vögel im Wald antworteten und noch weitere Tierstimmen zu hören waren. Frau Bulling sagte daraufhin, dass jemand umgebracht worden sei. Ein Fremder."

LTM schaute Frau Bulling an. „Woher wissen Sie das und wann war das?"

Sie hielt es erwartungsgemäß nicht für nötig, darauf zu antworten. Also sprang ich ein.

„Wann? Oje, ich war gestern Nacht so durch den Wind, dass ich gar nicht auf die Uhr geschaut habe. Woher? Das ist eine lange Geschichte, LTM. Laut Frau Bulling hängt es damit zusammen, dass wir Menschen Signale der Natur deuten können, wenn wir nur darauf achten."

LTM nickte und schien überhaupt nicht verwundert. „Na klar, die Aborigines können das auch. Sie wissen, wenn jemand von ihnen stirbt, egal, wo er sich gerade aufhält. Das nennt man zum Beispiel Synchronizität, ein Begriff von Carl Gustav Jung. Und Aborigines und andere Naturvölker können noch andere Zeichen der Natur deuten."

„Was bedeutet Synchronizität?"

„Jung hat definiert: Das akausale Zusammentreffen von zeitgleichen Ereignissen. Also frei übersetzt: Jemand stirbt, jemand anders spürt dies zeitgleich, aber wir können dies nicht kausal erklären."

„Lernt ihr das im Psychologie-Studium?"

„Das hängt vom Prof ab. Wir hatten einen, der beim legendären Professor Bender in Freiburg Parapsychologie studiert hat und sich neben seinen offiziell anerkannten Forschungsgebieten auch mit ESP befasst."

„ESP?"

„Extra sensory perception, der englische Fachbegriff für außersinnliche Wahrnehmungen."

Für LTM schien das alles ganz klar zu sein. Ich tastete mich erst vorsichtig in die für mich völlig neue Materie hinein. Wenn das Erdbeben nicht gewesen wäre …

„LTM, ich habe das Erdbeben irgendwie vorher gespürt. Ich wurde wach, bevor es losging."

„Ja, genau. So ist das, wenn man seine sieben Sinne noch beisammen hat. Mmmh, das war äußerst lecker, Frau Bulling. Drei Michelin-Sterne für Ihr Frühstück. Also Cheffe, wie ermitteln wir jetzt?"

Ich wusste es auch nicht. Deshalb hatte ich doch LTM hierher beordert.

„Frau Bulling, können Sie uns noch weitere Hinweise geben?" LTM folgte einfach ihrer Neugierde.

„Nein."

„Also", resümierte sie, „was haben wir an Fakten? Die Hinweise eines Mediums, das ESPs empfangen kann und von einem Mord an einem Fremden ausgeht. Ein Fremder ist jemand, wie der Kommissar oder ich es sind. Richtig?"

Frau Bulling nickte.

„Also müssen wir nach jemandem suchen, der verschwunden ist." Sie stand auf und flitzte durch die Tür. „Ich hole mein Notebook."

„Eine aufgeweckte junge Frau, Ihre Kollegin."

„Ja, sie ist sehr talentiert."

LTM kam genauso schwungvoll zurück in die gute Stube. Sie klappte das Notebook auf und ging per UMTS-Stick ins Internet. Ich schaute ihr von der Seite her zu.

Der Rabe krächzte. LTM schaute auf. „Was hat er?"

„Ich weiß nicht", antwortete Frau Bulling. „Vielleicht wundert er sich über den weißen, angebissenen Apfel auf dem Deckel Ihres Notebooks, weil er leuchtet?"

„Mag er Äpfel?", fragte LTM zurück.

„Seine Leibspeise", gab Frau Bulling zur Antwort.

Mich störte dieses lockere Gerede. „Was machst du?", fragte ich.

„Ich schaue zuerst, wann gestern das Erdbeben war. Hier habe ich die Information. 0 Uhr 22 Minuten. Wann habt Ihr die Tierstimmen gehört?"

„Keine zehn Minuten später", antwortete ich, war mir aber gar nicht sicher. Irgendwie trieb mich die Ungeduld. Hatte ich die Zeit wirklich realisiert? Ich dachte nach und beobachtete Frau Bulling. Sie saß regungslos da. Wenn es nicht gestimmt hätte, hätte sie sich zu Wort gemeldet.

„Jetzt logge ich mich in die Polizeidatenbank ein und suche nach Vermisstenmeldungen." Die Katze kam aus ihrer Ecke, sprang auf LTMs Schoß und kuschelte sich schnurrend zusammen.

„Ist das nicht zu früh?", bezweifelte ich LTMs Strategie, während sie munter auf der Tastatur herum klapperte. Wieselflink und nur mit einer Hand, weil sie mit der anderen die Katze kraulte.

„Hier, es gibt drei Meldungen. Eine Seniorin ist aus dem Altenheim verschwunden. Sie wird als verwirrt beschrieben und hat das nicht zum ersten Mal gemacht. Dann ein 16-jähriger, der im Streit mit seinen Eltern auf seinem Mofa davongebraust ist. Laut Protokoll das erste Mal. Und schließlich ein Mann, der zu einer Wanderung im Spessart aufgebrochen ist und am Freitag wieder bei seiner Freundin in Hanau sein sollte. Sie habe sich eine Nacht lang Sorgen gemacht und erst am Samstag in der Nacht den Mut gefunden, die Polizei zu verständigen."

„Die drei Fälle können wir wohl ausschließen", lautete der trockene Kommentar von Frau Bulling.

Wir sahen uns fragend an.

„Doch. Der Wanderer könnte es sein", insistierte LTM."

„Wieso?", fragte ich nach.

„Er blieb, warum auch immer, länger. Vielleicht wurde er gekidnappt oder er hat sich verlaufen. Und dann ist er, wie auch immer, am Samstag umgebracht worden. Vielleicht hatte die Freundin ja auch eine ESP-Wahrnehmung und erst dann den Mut gefasst anzurufen."

Gar nicht implausibel. Also sollte man diese Freundin in Hanau mal anrufen.

„LTM, die Telefonnummer der Freundin."

Ein Rauschen war zu vernehmen. Der Rabe brach zu einer kleinen Flugeinlage auf und setzte sich dieses Mal auf LTMs Schulter. Dann nickte er drei Mal in schneller Folge mit dem Kopf und senkte ihn. LTM verstand und kraulte ihn.

„Der mag dich wohl", sagte ich ein wenig eifersüchtig.

„Ja, ich ihn auch. Ein tolles Tier." Während sie ihn weiter kraulte, bediente sie das Notebook mit einer Hand. Die Katze schien keinesfalls eifersüchtig zu sein, obwohl nun der Rabe seine Streicheleinheiten bekam. Sie schnurrte weiter und regte sich nicht.

Einige Tastenklicke später. „Hier!" Sofort wählte sie und telefonierte mit laut gestelltem Handy.

„Cornelia Baumann?"

„Möller, Kripo Frankfurt. Wir bearbeiten gerade Ihre Vermisstenmeldung."

„Dieser Blödmann, er kann mir gestohlen bleiben." Dann war eine Mischung aus Schluchzen und Schniefen zu hören.

„Frau Baumann, Frau Baumann, was ist los?"

Lautes Naseputzen war zu hören. Dann eine Stimme, die etwas versöhnlicher klang. „Tut mir leid. Ich musste mich erst ein wenig beruhigen. Klaus hat sich mittlerweile gemeldet. Er hat mich verlassen und ist zu einer anderen gezogen."

„Das tut mir leid", sagte LTM. „Aber die Vermissten-meldung?"

„Habe ich vergessen. Ich bin völlig durch den Wind. Seine ganzen Sachen sind noch hier."

„Rufen Sie bitte die zuständige Polizeidienststelle an, bei der Sie die Meldung aufgegeben haben. O.k.?"

„Ja, mache ich."

LTM schien zu überlegen. Dann kam ihre soziale Seite zum Vorschein.

„Darf ich Ihnen noch etwas Persönliches sagen?"

„Ja?"

„Also, wenn er sie einfach so verlassen hat, war er de-finitiv der Falsche. Oder?"

Nach einigem Zögern: „Danke."

LTM beendete das Gespräch.

Nun saßen wir da und schauten uns an. Aus den aktuellen Informationen ließen sich keine weiteren Möglichkeiten entwickeln.

Also war es an mir, die Führung zu übernehmen. Wer fragt, der führt.

„Was haben wir? Einen toten Fremden. Ermordet. Kurz nach dem Erdbeben. Etwa um 0.22 Uhr, wenn man den Rehen, Krähen und Waldkäuzchen hier im Spessart glauben kann. Eine Vermisstenmeldung, die passen könnte, haben wir bislang nicht."

Leider fiel mir keine passende Frage ein.

„Also haben wir Zeit. Habe ich Ihnen doch vorhin schon gesagt. Wir gehen spazieren." Frau Bulling hatte das Kommando übernommen.

Ich protestierte. „Ich war doch schon!"

„Na und? Man kann auch mehrere Male spazieren gehen. Der jungen Dame hier wird das auch gut tun."

LTM hatte sich überhaupt nicht bewegt und dennoch sprang der Rabe von ihrer Schulter auf den Tisch. Von dort startete er seinen Rückflug zum Käfig. Hatte er Frau Bulling verstanden und antizipierte, dass LTM aufstehen würde?

Meine Gedanken flogen vom Raben zu meinen Mails. Sollte ich die Zeit nicht nutzen, den Bericht von LTM zu lesen? Dann wäre diese lästige Pflicht erledigt. Aber ich entschied mich dagegen. Ich konnte mit ihr auf dem Spaziergang darüber sprechen.

## Hund

Das Wetter hatte gedreht. Die Eiseskälte der letzten Tage war mit einem Schlag verschwunden, und eine für die Jahreszeit viel zu hohe Temperatur ließ mich fürchterlich schwitzen. Der Himmel war bedeckt. Die Luftfeuchtigkeit war hoch. Gegenüber gestern musste ein Sprung von zwanzig Grad eingetreten sein. Frau Bulling führte uns so, dass wir auf guten Wegen immer einen schönen Blick auf weite Felder oder enge Baumschluchten hatten. Ab und zu hielt sie an, um Kräuter oder Pflanzen zu pflücken. Sie sprach kein Wort.

Anfangs genoss LTM die kleine Wanderung schweigend. Dann aber brach ihr innerer Staudamm. Noch nie hatte ich erlebt, dass sie so lange ruhig hielt. Schließlich öffnete sich eine Schleuse und Worte in gestauter Fülle brachen aus ihr hervor. Nun bekam ich auch den Vortrag über Zwillingsforschung zu hören. Sehr interessant! Dann Ausführungen zu Leon, ihrem Freund. Ohne Punkt und Komma ging es weiter. Das vor kurzem erledigte Studium. Ihr Wunsch, über ein spannendes Thema zu promovieren. Ihr Doktorvater, der verschiedene Themen offeriert hatte. Keines schien aber zu passen. Ihr Vater, der Oberstaatsanwalt, der langsam aber sicher senil wurde. Ich rechnete nach. Er war deutlich jünger als ich. Ich versteifte mich.

Als sie endlich Luft holen musste, unterbrach ich ihre Gedankengänge. „Du hast die Ausarbeitung für deinen Vater schon erledigt?"

Und schon sprudelte es wieder aus ihr hervor. Ein Geysir im Jossgrund. Ich bekam nur wenige Spritzer ab, weil sie in atemberaubendem Tempo erklärte, wie sie den Auftrag ihres Vaters verstanden, die notwendigen Informationen in der Datenbank recherchiert und in Tabellen und schließlich Grafiken umgewandelt hatte. Die Aussage mündete in einer Schlussformel, die etwas über Zeiten, Kosten und Effizienzquotienten aussagte. Ein Lob auf die Kriminalpolizei.

„LTM, ich habe nicht viel von dem verstanden, was du gerade erklärt hast. Aber wieso ein Lob?"

„Ihr Herr Staatsanwalt, mein Herr Vater, interessiert sich nur für Statistiken. Es gibt in Deutschland einige Benchmark-Untersuchungen, die die Effizienz der polizeilichen Ermittlungsarbeit überprüfen sollen. So wie in der Industrie Durchlaufzeiten bei der Erstellung von Produkten oder die Pünktlichkeit von Lieferterminen gemessen werden, gibt es analoge Überlegungen, die Geschwindigkeit und Effizienz bei der Kripo zu messen."

„Das ist doch absoluter Quatsch."

„Stimmt. Aber das sagen besser Sie meinem Papa."

Ich schwieg. Das würde ich mir nicht antun. „Und das Ergebnis in diesem Fall ist ein Lob, also mit anderen Worten statistisch betrachtet gut ausgefallen?"

„Ja. Das belegt meine Analyse."

Ich nickte. Glück gehabt. Im doppelten Sinn. Ein gutes Untersuchungsergebnis, eine pfiffige Assistentin, die mir die Arbeit abnahm, und eine richtige Entscheidung, die Aufgabe an sie zu delegieren und mir diesen merkwürdigen Urlaub zu gönnen. Also nicht doppelt, sondern dreifach gut.

Ein dickes Lob war angebracht. „LTM, super. Und ganz ehrlich, ich hätte die Analyse vermutlich falsch angefasst, viel zu sehr auf qualitative Aspekte abgestellt."

Sie zuckte die Schultern, was lustig aussah, da sie gleichzeitig eher hüpfte als wanderte.

„Danke! Also nicht nur ein Kinogutschein für dich und deinen Freund, sondern gleich ein 10er-Set."

„Cheffe, das sind knapp 200 Euro", antwortete sie. „Das ist Beamtenbestechung."

„Du bist nicht beamtet, sondern Angestellte." Ich mochte sie. Ja, es war ein wenig verrückt, für eine normale Arbeit eine Prämie von 200 Euro zu zahlen und das von meinem privaten Geld. Ich erforschte meine Motive und mir wurde klar, dass ich sie viel zu selten gelobt hatte und sehr glücklich war, sie als Assistentin zu haben. Sie war außergewöhnlich talentiert, sehr einsatzfreudig und hatte in der kurzen Zeit bemerkenswerte Erfolge zu verzeichnen. Noch wichtiger war mir aber, dass sie ein lustiger Vogel war. Locker. Frei. Völlig unangepasst. Also fast das Gegenstück zu mir, meldete sich wieder die meckernde Stimme.

Plötzlich kam uns ein Hund entgegen. Er hatte ein schwarz glänzendes Fell und begrüßte Frau Bulling mit wedelnder Rute. Sie streichelte ihm den Nacken und wartete auf sein Herrchen. Ein beeindruckender Mann näherte sich langsam. Gebückt und ganz leicht hinkend kam er auf uns zu.

„Guden."

„Kenia geht es gut?"

„Jou."

„Schönen Sonntag noch, Alex."

Kenia und Alex zogen von dannen. LTM und ich schauten uns an. Guden? Vermutlich im Dialekt für guten Tag. Lange Gespräche wurden hier offensichtlich nicht geführt. Frau Bulling hatte diese Blicke natürlich bemerkt.

„Ihr Städter. Kommt, setzt euch auf die Bank. Ihr wollt wohl Antworten auf unausgesprochene Fragen haben."

„Also. Alex ist unser großer Imker hier. Seibold, Sie haben mehrfach seinen Honig zu sich genommen. Im warmen Bier. Seine Bienenstämme produzieren unterschiedliche Sorten. Waldhonig. Maishonig. Kleehonig. Rapshonig. Salbeihonig."

Eine für Frau Bulling sehr lange Rede. Aber sie war noch nicht am Ende.

„Kenia ist sein Hund. Genauer gesagt eine wunderschöne Labrador-Hündin. Anfangs war sie sehr schüchtern. Mittlerweile hat sie ihre Ängste abgelegt und geht auch auf Fremde erwartungsfroh zu. Das wäre was für Sie, Seibold. Ein Hund. Dann müssten Sie sich öfter bewegen und frische Luft tanken."

LTM und ich schwiegen. Wohlbedacht.

„Der Rest ist einfach. In jedem Landstrich begrüßt man sich anders. Grüß Gott in Bayern und Baden Württemberg, Moin moin in Hamburg und Umgebung ganztägig und einen guten Tag hier im Jossgrund." Sie machte es noch einmal vor. „Guden."

Unglaublich, aber wahr. Die längste Rede von Frau Bulling. Rede? Nein, Belehrung. Offensichtlich hatte sie telepathisch erspürt, dass wir nichts verstanden haben.

LTM schaute fröhlich drein. Ihr war wohl alles klar.

„Also los", kommandierte Frau Bulling erneut.

Wir folgten ihr brav, als ob sie bei Fuß gesagt hätte.

Am späten Nachmittag kamen wir wieder in Villbach an. Ich wusste nicht, ob ich erschöpft, erleichtert oder zufrieden sein sollte. Eine Mischung vielleicht. Verschwitzt auf alle Fälle. Ich ging nach oben, um mich frisch zu machen. Mein Kopf war leer und voll zugleich, angefüllt mit LTMs Geschichten. Frau Bulling hatte die Taschen voll. Mit Kräutern. LTM war auf eine andere Art voll und leer zugleich, die ewige Quelle. Sie sprudelte immer noch vor sich hin, wie ich hörte, als ich wieder zurück in der guten Stube war.

Die beiden Frauen, eine sehr alte und eine sehr junge, klapperten mit dem Besteck herum. Ich hörte sie leise miteinander reden und beobachtete sie. Frau Bulling gab die Anweisungen. Hatte sie Leonie genannt. Nennen dürfen. LTM folgte den Vorgaben, nicht ohne ihre kreativen Spuren zu hinterlassen.

Brummig verlangte ich ein Bier. Frau Bulling kam auf mich zu und fragte: „Was wollen Sie wirklich? Abnehmen oder ein Bier?"

„Beides." Die Antwort kam von LTM. Dennoch war sie richtig.

„Also gut. Wenn Sie Ihren Chef so gut kennen."

Sie schenkte eine Flasche Bier in ein Weizenbierglas. Langsam. Vorsichtig. Behutsam. Die Flüssigkeit floss in das Glas, während der Schaum nach oben drang. Hypnotisiert schaute ich zu. Das Tempo und der Neigungswinkel der Flasche waren ideal gewählt. Der letzte Tropfen löste sich von der Flasche und das Glas war gefüllt. Perfekt.

Sie stellte es vor mir ab. Ich musste warten, bis sich der Schaum ein wenig gesenkt hatte. Dann nahm ich einige tiefe Schlucke, genoss das Brennen der Kohlensäure im Hals.

„Das Bier schmeckt sehr gut." Ich lenkte ein.

„Es ist alkoholfrei." Sie schlug erneut zu.

Ich gab mich geschlagen. Gegen diese Frau war kein Kraut gewachsen. Sie kannte sich mit mir offensichtlich wesentlich besser aus, als ich mich mit ihr. Schweigend aßen wir die leckeren Knäckebrote mit den verschiedenen Aufstrichen. Smørrebrød? Eine dänische Spezialität? Ich musste diese Frage stellen, bekam aber eine Verneinung. Eine Erfindung von Frau Bulling. Kräuteraufstriche.

Nun kam mir meine Frage zum Fortgang der Ermittlungen wieder in den Sinn. „Wie machen wir weiter? Ihrer Meinung nach haben wir einen Toten und einen Mörder."

Dieses Mal erzeugte ich Wirkung. Beide überlegten. Natürlich war es das Vorrecht der Jugend, nach vorne zu stürmen.

„Ich stelle einen Dauerauftrag ins Polizeiarchiv, damit die weiteren neuen Vermisstenmeldungen sofort weitergeleitet werden."

Schweigen. Als Zustimmung zu deuten. Ein schwarz glänzender Hund kam mir in den Sinn.

„Kenia könnte etwas wissen", sagte Frau Bulling.

Wer war hier telepathisch veranlagt? Hatte ich den Gedanken von Frau Bulling gelesen oder sie den meinen? Oder hatten wir zufällig einen ähnlichen Gedanken gehabt? War das dieses Synchronizitätsprinzip, von dem LTM berichtet hatte?

„Der Hund des Imkers vom Spaziergang?", fragte LTM nach.

„Jou", versuchte ich den Imker sprachlich zu imitieren. Mein Lohn war ein leises Lachen der beiden Frauen. War das Zustimmung oder machten sie sich über mich lustig? Ich ging daraufhin schlafen.


**Wartezimmer**

Der Samstag begann langweilig. Keine neuen Erkenntnisse zum Frühstück. Das Gespräch zu dritt verlief ruhig. Selbst LTM hatte nicht viel zu sagen. Also beschloss ich, meinem eigentlichen Ziel zu folgen, und streifte wandernd durch die Wälder.

Als ich wiederkam, sah ich, wie LTM im Internet recherchierte und zusehends muffiger wurde. Sie fand wohl nichts, was zu dem Fall passen konnte. Ich tröstete sie und ging mit ihr die Fakten noch einmal durch.

Wir steckten fest, was kein Wunder war. Außer der Behauptung von Frau Bulling gab es praktisch keine Informationen. Da sie gerade nicht da war, sprach ich meine Skepsis aus. „LTM, vielleicht gibt es gar keinen Toten und keinen Mord. Vielleicht hat sich Frau Bulling das nur ausgedacht."

„Wieso sollte sie das?"

„Nun, ein wenig wunderlich ist sie schon. Oder nicht?"

„Nein, finde ich gar nicht", verteidigte sie sie.

„Und dann noch Rabe und Katze, ihre Beschäftigung mit Kräutern. Früher hätte man eine solche Frau als Hexe auf dem Scheiterhaufen verbrannt."

Das hätte ich nicht sagen dürfen. Nun folgte eine Eloge über intelligente Frauen, die ihrer Zeit voraus waren und den Männern Angst machten. Ein historischer Abriss vom Mittelalter bis heute, der in der Forderung gipfelte, Frauen an die Macht! Das hatte ich auch schon von anderen Frauen gehört und gelesen, die man abwertend unter die Rubrik Emanzen packte. Jedenfalls, wenn es in dieser ideologischen Schärfe vorgetragen wurde. Während LTM mit ihrer Argumentation noch nicht zu Ende war, schweiften meine Gedanken ab, und ich spürte wachsenden Unmut. Es war nicht mein Zeitalter. Die zunehmende Forderung nach Frauenquoten war in Deutschland an keiner Branche und natürlich auch keiner Behörde vorbeigegangen. Im Gegenteil: Gerade der öffentliche Dienst meinte, Vorreiter spielen zu müssen. Von der Kanzlerin runter über weibliche Minister bis hin zur Besetzung jeder noch so kleinen Führungsposition, immer wurden Frauen vorgezogen. Nein, ich war kein Chauvi. Aber wenn das Geschlecht bei der Entscheidung über eine Personalie Vorrang vor der Qualität der Arbeit haben sollte, war ein grundsätzlich sinnvoller Trend vollkommen überzogen worden. Ich erklärte es mir mit der Pendeltheorie, die ich mir bei einem Gespräch mit meiner früheren Frau einmal so zurechtgelegt hatte: Wenn Entwicklungen für längere Zeit eingefroren sind und das Pendel sich dann doch löst, schwingt es erst einmal viel zu weit in die Gegenrichtung, bevor es ein neues und gutes Gleichgewicht findet.

Erst als LTM schwieg, nahm ich sie wieder richtig wahr. Ihre Augen glühten mich an. Ihre Stirn war hochgezogen. „Und, haben Sie meinen Argumenten etwas entgegenzusetzen?"

„Nein", antwortete ich, „wir pendeln ja schon dorthin."

„Pendeln?"

Ich erklärte es ihr. Überraschenderweise nickte sie.

Dann, in das Schweigen hinein, LTM: „Nein, Frau Bulling ist weder eine Hexe noch an Altersstarrsinn erkrankt. Auch hat sie keine Wahnvorstellungen. Sie lebt im Einklang mit der Natur. Ich glaube ihr."

Seufzend ergab ich mich in mein Schicksal. Warum eigentlich nicht, fragte eine Stimme in mir? Du machst Urlaub. Entspann dich. Du kannst alles tun, was du möchtest. Wandern. Abnehmen. Lesen. Und obendrein hast du noch nette Gesellschaft. Kein Staatsanwalt sitzt dir im Rücken. Der Fall ist inoffiziell, vielleicht auch gar keiner. Genieß einfach die Zeit und spiel ein wenig Sherlock Holmes. Vielleicht ist es nur ein Spiel.

Frau Bulling kam mit Spielkarten zurück und machte den Vorschlag, eine Runde Skat zu spielen. LTM stimmte sofort zu, weil sie in ihrer Jugend auf Tempo stand. Ich machte mit, weil mir die Decke auf den Kopf fiel. Keine neuen Erkenntnisse. Ich teilte die Karten aus und spielte wenig konzentriert, weil meine Gedanken sich mit dem mysteriösen Fall und Frau Bullings Rolle befassten. So merkte ich erst später, dass LTM die Regel des Bedienens entweder nicht richtig verstanden hatte oder bewusst mogelte. Als ich sie zur Rede stellte, grinste sie. Na klar, sie wollte ein wenig spielen und schauen, ob sie uns austricksen konnte. Luder.

Gerade mischte ich die Karten, als zwei Töne unsere vermeintliche Idylle störten. Das Telefon klingelte. Das Notebook piepste.

Frau Bulling ging an den Hörer, und LTM öffnete die Datei. Ich war erneut außen vor.

Wie konnte man telefonieren, ohne fast nichts zu sagen? Frau Bulling konnte es. Meine lauter gestellte innere Stimme raunte mir zu: Siehst du! Sie verbirgt etwas. Ich bekam tatsächlich nichts mit. Genauso wenig bei LTM. Schweigend studierte sie ihre Datei.

Frau Bulling ging aus dem Zimmer. Sie kam aber schnell wieder zurück, heftete einen Zettel an den Kühlschrank und setzte sich an den Tisch. Was hatte sie gemacht? Ich klebte einen gelben Zettel an mein Gedächtnis.

„Eine Vermisstenmeldung in Niedersachsen. Ein Bienenprofessor ist verschwunden." LTM ging in die Vorhand.

„Ich weiß", sagte Frau Bulling aus der Hinterhand. Skatsprache. „Alex vermisst seinen Schulfreund."

Ich schaute sie an. Sie verstand meinen Blick. „Der Imker, den wir trafen, hatte seinen Schulfreund zu Besuch. Diesen Bienenprofessor aus Niedersachsen."

So schnell war ich noch nie aufgestanden. Ich schlug mir mein Knie am Tisch an und jaulte auf. Der Rabe griff meinen Ton auf und antwortete mir.

„Also los. Nehmen wir den Polo oder passen wir alle drei in den Cinquecento?"

„Cheffe, Sie fahren, Martha sitzt auf dem Vordersitz, und ich kann mich kleinmachen."

Martha? Offensichtlich hatte LTM den Vornamen von Frau Bulling herausbekommen.


**Imkerzeit**

Der Imker war auch heute wieder beeindruckend. Wieso eigentlich? Was strahlte dieser Alex Noll aus? Gab es etwas wie Bienenruhe? Das wäre paradox. Er tat doch gar nichts. Bienen hingegen waren emsig, unruhig, immer in Bewegung. Er wirkte in sich ruhend.

Kenia hingegen wedelte freudig mit ihrem Schwanz. Sie begrüßte nicht nur Martha Bulling, sondern auch LTM und sogar mich. Ich freute mich über das Gefühl der Zugehörigkeit und streichelte sie besonders ausgiebig. Auf den Hund gekommen. Ein völlig neues Gefühl für mich.

Alex und Martha tauschten einige gutturale Laute miteinander aus. Spessart-Steno. Ich verstand gar nichts. LTM hingegen schon. Sie übersetzte mir den Small Talk und übernahm dann die Initiative.

„Also, der Bienenprofessor wollte hier einem Bienensterben auf die Spur kommen", war die kürzest mögliche Zusammenfassung. Noch kürzer war die Antwort von Alex, dem Imker. „Jou".

„Und dann hatten sie beide eine Spur." LTM.

„Jou."

„Die Bienen, die auf Rapsblüten landeten, starben wie die Fliegen."

„Jou."

„Das Feld mit den Rapsblüten liegt westlich, in der Nähe eines Maisfeldes. Beide Felder gehören dem Biobauern."

„Jou."

Ich kam nicht richtig mit. „Biobauer? Maisfeld?"

LTM hatte offensichtlich alles mitbekommen, verstanden und sortiert. „Ja, richtig", lobte sie meine Fragen. „Der Biobauer baut im Laufe des Jahres auf verschiedenen Feldern unterschiedliche Saatgüter an. Raps. Mais. Getreide. Das Sterben der Bienenvölker steht im Zusammenhang mit der Rapsblüte."

Nun kam ich mit. Ich nickte. LTM nahm es als Aufforderung.

„Dann sehen wir uns das jetzt gemeinsam an." LTMs Spontaneität setzte sich durch, und wir folgten ihr.

Mich hatten das Streicheln des Hundes, mein Nachdenken über die beeindruckende Ausstrahlung des Imkers und einige andere Gedanken völlig ausgebremst. Insofern war ich dankbar, dass es irgendwie weiter ging. Wir waren auf dem Weg.

Kenia hatte uns offenbar verstanden und lief voraus. Gerade so schnell, dass wir folgen konnten. Dahinter folgte LTM, die zwischendurch mit Kenia spielte. Stöckchen hier, Stöckchen dort. Beide waren begeistert. In der Mitte dann Alex und Martha Bulling, beide sehr gut zu Fuß. Leichtfüßig. Als Lumpensammler dann ich. Schwerfüßig bis schwermütig.

Kenias Bellen war eindeutig. Wir waren da. Vor uns wogte ein riesengroßes Rapsfeld, betäubend blühend. Und jetzt? Ich sah ein Feld, konnte damit aber nichts anfangen.

Alex sagte unnötigerweise: „Hier ist es."

Ich war wieder zu Atem gekommen und fragte: „Und? Das blüht ja noch. Ich dachte, der Raps wäre schon überall verblüht."

Der Imker antwortete. „Hier im Jossgrund ist es kälter. Wir liegen ziemlich hoch. Der Raps blüht später."

Aha. Nachhilfe in regionaler Biologie. Das war nicht meine Frage gewesen. LTM schob an. „Und Ihr Freund?"

„Ja, hier war Gerald, also Professor Blum. Er meint, dass es einen Zusammenhang gibt zwischen dem Bienensterben und diesem Maisbauern."

„Maisbauer? Wieso?" LTM.

„Jou, die Bienen starben, als der Raps blühte. Die Rapsfelder und die anderen Felder gehören dem Biobauern."

„Wir nennen ihn zwar Biobauer oder Maisbauer. Er nutzt aber Pestizide." Frau Bulling.

„Der Professor hat viele tote Bienen in der Umgebung gefunden." Alex.

So langsam verstand ich. Zumindest, was das Sterben der Bienen betraf.

„Und wieso ist der Bienen-Professor verschwunden?"

„Der Maisbauer war´s", forderte Alex.

„Nein", entgegnete LTM, „das ist doch nur Ihre Projektion aus Frustration." Psychosprache, die der Bienenflüsterer Alex aber nicht verstand.

„Alex, Leonie meint, du seist verärgert, weil viele deiner Bienen gestorben sind und du die Schuld daran dem Maisbauer in die Schuhe schieben möchtest, und auch den Tod an deinem Freund, dem Bienen-Professor."

Alex nickte. Diese Übersetzung hatte er verstanden.

Für mich gab es nichts mehr zu sehen. Ich war einfach nur müde. Aber der Fall wies eine neue Spur auf.

„Gehen wir zurück?", fragte ich gequält. Meine Beine waren bleischwer. Die Hitze machte mich völlig fertig.

Ich ließ LTM fahren. Im Auto schlief ich dann auf dem Beifahrersitz ein. Zurück in Villbach schleppte ich mich ins Haus und ging sofort zu Bett. Der kleine Ausflug und die Hitze hatten mich völlig erschöpft.

## Haarspaltereien

Am nächsten Morgen erwachte ich und fühlte mich zu meiner Überraschung total frisch. Es war noch sehr früh. Meine Beobachtung kam mir in den Sinn. Ich würde nachschauen, was Frau Bulling sich notiert hatte. Leise schlich ich mich nach unten. Im Haus war es ruhig. Auf dem Kühlschrank in der Küche klebten viele Zettel. Ich versuchte mich zu erinnern, an welcher Stelle Frau Bulling ihn platziert hatte. Da. Pimpinelle, Kerbel, Sauerampfer. Das waren doch Kräuter. Wenn ich mich richtig erinnerte, waren sie alle Bestandteile der Frankfurter Grüne Soße. Und die umliegenden Zettel? Auch keine kryptischen oder geheimnisvollen Worte. Nur Alltagsbanalitäten. Also hing der Zettel wohl doch nicht mit dem Telefonat zusammen.

„Hey, Cheffe, guten Morgen! Sie sehen erholt aus", flötete LTM direkt neben mir. Ich hatte sie nicht kommen gehört.

„Guten Morgen, LTM. Ja, mir geht es besser."

Hatten sich die beiden abgesprochen? In diesem Moment kam Frau Bulling in die gute Stube. Sie schaute mich prüfend an und nickte. „Gut." Ihr einziger Kommentar. Dann beschäftigte sie sich mit der Vorbereitung des Frühstücks.

Dann sagte LTM: „Martha hat berichtet, dass Alex noch einmal angerufen hätte. Ihm wäre eingefallen, dass sein Freund am Donnerstag noch einmal losgezogen wäre. Er wäre sehr unruhig gewesen und hätte etwas überprüfen wollen."

„Ja, und?" Ich verstand nichts.

„Das Erdbeben!" LTM hatte riesengroße Augen.

„Ja?"

„Er könnte in eine Erdspalte gefallen sein". Triumph in LTMs Augen?

„Das sind doch Hirngespinste."

Diesen Blödsinn wollte ich nicht wahrhaben. Obwohl: Mir fiel mein Traum ein. Ich sagte jedoch: „Viel wahrscheinlicher ist aber, dass der Maisbauer ihn umgebracht hat, weil ihm der Bienenprofessor auf die Schliche gekommen ist."

„Das hat der Alex ja auch behauptet." LTM.

„Und Frau Bulling, was sagen Sie dazu? In der Nacht des Erdbebens behaupteten Sie, ein Fremder wäre ermordet worden. Sehen Sie das immer noch so?"

„Ja."

„Also könnte es der Biobauer gewesen sein?"

„Ja."

Ich beobachtete sie gespannt. Ihre beiden Jas kamen fest und entschlossen. Kein Zögern war zu spüren. Aber sie lieferte keine weiteren Argumente.

„Wieso?"

„Sagte ich doch schon. Pestizide."

Wieder war sie sehr einsilbig. Wollte sie nicht ausführlicher sprechen? Sollte ich ihr die Worte in den Mund legen?

„Das rechtfertigt doch keinen Mord."

Sie zuckte mit den Schultern. „Lernen Sie ihn erst einmal kennen."

„Was spricht denn gegen das Erdbeben? Also hört zu." LTM kam in Fahrt und verteidigte ihre Idee mit Feuer und Flamme.

War ihre Interpretation ansteckend? Jedenfalls fasste ich Mut, von meinem verrückten Traum zu berichten.

„Cheffe, na also. Vielleicht sind sie auf x-fachen Umwegen mit den Aborigines verwandt? Jedenfalls haben Sie sich einige Ihrer Urinstinkte noch bewahrt. Und das haben Sie wirklich geträumt? Cool", setzte sie fort, weil ich nickte.

Ich blieb skeptisch. „Das klingt doch alles dubios. Der Kutscher. Die Pferde. Das Gewieher. Und das soll auf den Toten in der Erdspalte hindeuten?"

„Also, Cheffe, passen Sie auf. Wir machen jetzt mal eine klassische Traumanalyse. So, wie Sie den Kutscher beschrieben haben. Welche schrecklichen Personen fallen Ihnen spontan ein?"

Der Staatsanwalt kam mir in den Sinn. Ich sagte es.

„Ja, das passt. Seine bohrenden Augen, die Sie sogar im Traum verfolgen. Und das Tempo der Kutsche steht für das Getriebensein, sein eigenes Leben nicht mehr kontrollieren können. Die wiehernden Pferde, das Martinshorn als Symbol für Gefahr und Geschwindigkeit."

„Und die Erdspalte?" Für mich ergab das keinen Sinn.

„Na ja, entweder der Tote oder ...", machte sie eine Pause.

„Oder?" Ich fragte nach.

„Na ja, wenn man bei Freud nachschaut, der schließlich alles unter dem Aspekt der verdrängten Sexualität analysierte, dann steht die Erdspalte für den Schoß der Urmutter, aus dem wir alle gekommen sind, in den es die Männer zeitlebens hineinzieht und in dem wir alle wieder zugrunde gehen, wenn das Leben endet. Eric Burdon declares war! Kennen Sie doch bestimmt. Birth and mother earth. You know, when you're born, you first see light of day through a gap in your mother's legs. That's the truth. And from that minute on most of us guys and some of you girls spent your life trying to get back into a hole", zitierte sie aus dem Gedächtnis.

In der Tat kannte ich diese Platte von ihm. Tolle Musik! War LTM ernst geblieben, während sie dies deklamierte? Oder schmunzelte sie dabei? Ich fragte sie: „Meinst du diese Interpretation wirklich ernst?"

Nun grinste sie offenkundig. „Nee, aber Meister Freud hätte Ihnen das so verkauft."

„Also war der Traum bzw. die Analyse und der Zusammenhang zur Erdspalte einfach nur Blödsinn."

„Das wiederum kann man so nicht sagen. Träume verarbeiten Ereignisse unseres Lebens und erinnern uns an ungelöste Aufgaben. Sie spiegeln unsere Emotionen. Wünsche und auch Ängste. Vieles davon ist allerdings überhaupt noch nicht erforscht. Carl Gustav Jung hat sich, wie andere Psychologen auch, intensiv mit den Träumen befasst. Er hat Fälle dokumentiert, in denen Menschen während ihres Traums Ereignisse erlebt hatten, die an anderer Stelle des Planeten stattfanden. Menschen die starben, Unglücke, die sich ereigneten, sogar Ereignisse, die erst in der nahen Zukunft stattfanden."

„Und das ist kein Humbug?" Ich war noch nicht überzeugt.

„Nein. Er war ein begnadeter Wissenschaftler, der seriös gearbeitet hat. Seine Erkenntnisse über die Psyche von uns Menschen sind legendär."

Schließlich einigten wir uns darauf, dass alles möglich war. Erdspalte und Erdbeben und Biobauer. Vielleicht auch noch ein Blitz aus heiterem Himmel. Also ging ich nach oben und holte die Wanderkarte. Gemeinsam beugten wir uns darüber. Ich bestand darauf, zu malen.

„Hier sind wir, in Villbach." Ein Kreuz, mit Kugelschreiber. „Wo ist das Gehöft des Imkers?"

Frau Bulling deutete auf ein kleines schwarzes Viereck. Ich kringelte es blau ein.

„Der Maisbauer?"

Wieder ein Fingerzeig von Frau Bulling. Noch ein blauer Kreis. Mit einem V bezeichnet.

„V?" LTM.

„Verdächtiger!"

„Das besagte Maisfeld?"

Auch dieses wollte ich kennzeichnen. „Haben Sie ein Lineal?", fragte ich Frau Bulling. Sie schüttelte den Kopf.

LTM sprang auf und holte aus der Kochecke einen langen Kochlöffel. Dann zeichnete ich ein blaues Rechteck ein. Das Maisfeld.

Die entscheidenden Punkte verband ich mit einer dünnen Linie. Der Kochlöffel half erneut. „Und nun?"

„Ich denke, dass der tote Professor zwischen dem Gehöft des Maisbauern und dem Maisfeld zu finden sein wird." LTM.

„Wieso?"

„Weil er dem Maisbauern auf die Spur kam, etwas überprüfen wollte und ihm dabei der Maisbauer auf die Spur gekommen ist."

„Damit bist du jetzt auf meine Hypothese eingeschwenkt."

„Sie sind doch der Cheffe."

„Und was meinen Sie, Frau Bulling?"

Sie zuckte mit ihren Schultern. Wortlos. Wie immer, wenn es nichts zu sagen gab.

„Wie ist das mit den Tieren?", fragte ich nach. Meine kritische Stimme hatte mich angestupst.

„Was meinen Sie?"

„Nun, wir haben doch ein Reh und eine Krähe gehört. Über welche Entfernungen nehmen Tiere dies wahr? Und wieso haben die Tiere uns diese Signale hierher übermittelt? Warum haben nicht alle Tiere im Jossgrund Laut gegeben? Haben die Tiere es gesehen? Ist es hier in der Nähe geschehen?"

Wieder zuckte Frau Bulling nur mit den Schultern.

„Sollen wir einen Geist befragen?", schlug LTM vor.

„Was meinst du?" Ich verstand gar nichts.

„Wir setzen uns kreisförmig um den Tisch, schließen die Augen und fragen einen Geist. Am besten den des Professors. Dann wackelt der Tisch, die Pfeffermühle fällt

um und weist uns die Richtung zum Fundort zur Leiche."
Sie grinste.

„Du spinnst, LTM."

Schweigend saßen wir da, den Blick auf die Karte gerichtet.

„Ich denke, am besten ist es, wir statten dem Maisbauern einen Besuch ab und konfrontieren ihn mit dem Verschwinden des Professors."

„Jou." Dieses Mal von LTM.

„Vorher wird in Ruhe gegessen. Und ich gehe nicht mit. " Frau Bulling.


## Wortspalterei

Der Maisbauer war auch ein Grüner. Er kam mir vor wie mein Zwilling. Grüne Hose, grüne Jacke, grüne Mütze. Dicker Bauch.

Mit bürgerlichem Namen hieß er Röder, wie fast alle hier im Jossgrund. Wenn ein Gesichtsausdruck Eindruck hinterlassen konnte, war das hier der Fall. Feindselig glotzte er uns an. Er hatte eine Mauer um sich errichtet und wollte uns nicht gestatten, dahinter zu schauen.

„Was wollen Sie?"

„Frau Möller", stellte ich LTM vor, „und ich, Kommissar Seibold von der Kripo in Frankfurt, untersuchen das Verschwinden von Professor Gerald Blum."

„Wer ist verschwunden?"

„Der Bienen-Professor aus Wolfsburg", assistierte LTM.

„Wolfsburg?

Seine Konversationsmöglichkeiten schienen auf Sätze mit drei Wörtern und stumpfsinnige Wiederholungen beschränkt.

„Kennen Sie Herrn Professor Blum?"

„Nein."

Es rächte sich, dass wir von Alex Noll so wenig wussten. Hatte sich Blum mit dem Maisbauern getroffen? Hatte er ihn zur Rede gestellt? Was war mit den Aufzeichnungen? Der gestrige Ausflug zum Maisfeld war ermittlungstechnisch als Katastrophe zu werten, um nicht das peinliche Wort Versagen zu gebrauchen. Also beschloss ich zu bluffen.

„Er hat uns aber mitgeteilt, dass er mit Ihnen gesprochen hat." LTM verhielt sich taktisch klug und nickte zur Bestätigung.

„Nein."

Ich versuchte es auf seiner Sprachebene.

„Doch."

„Nein."

Wie zwei kleine Kinder, die sich trotzig darum stritten, wer Recht hätte.

„Es gibt Aufzeichnungen." Noch ein Satz mit drei Wörtern.

„Nein."

Wusste er mehr? Oder war er nur stur? Oder stupide?

„Doch."

„Nein."

Endlosschleifen deuteten sich an.

Auch LTM hatte offenbar keine geniale Idee.

„Wir kommen wieder." Sein Sprachmuster schien ansteckend zu sein.

Im Auto sagte dann LTM: „Wir fahren zum Imker. Der muss mehr wissen."

Wir hatten den falschen Zeitpunkt für den Besuch beim Biobauern gewählt. „Unser Handeln war voreilig", sprach ich meinen Gedanken aus. „Schlechte Vorbereitung."

„Schlechtes Karma", konterte LTM.

Alex Noll war zu Hause. Es war schließlich Sonntag.

„Herr Noll, wir möchten mit Ihnen noch mal über den Professor sprechen."

„Jou."

„Der Professor hat doch sicherlich Aufzeichnungen zu dem Fall gemacht."

„Wahrscheinlich."

„Wo sind die?"

„Weiß ich nicht."

„In seinem Zimmer?"

„Wahrscheinlich."

„Können wir rein?"

„Brauchen Sie da keinen Durchsuchungsbefehl?"

LTM und ich schauten uns irritiert an.

„Also, ich denke, Sie wollen Ihrem Freund doch helfen?"

„Jou."

„Dann zeigen Sie uns das Zimmer."

„Nöi, das kann ich nicht."

„Wieso nicht?"

„Weil ich nicht weiß, wo es ist."

„Was?"

„Nou, er hat irgendwo in Bad Orb in einer Pension gewohnt. Ich habe ihn nicht gefragt, wie sie hieß, und er hat auch nichts gesagt."

LTM telefonierte mit laut gestelltem Handy, so dass wir mithören konnten. „Bitte geben Sie mir die Telefonnummer von Professor Blum in Wolfsburg. Ja, auch gleich verbinden."

„Blum?"

„Frau Blum, hier ist Möller aus dem Spessart, Kripo Frankfurt. Wir untersuchen das Verschwinden Ihres Mannes."

„Haben Sie ihn gefunden?"

„Nein, wir sind gerade bei seinem Schulfreund, Alex Noll, und brauchen die Adresse, wo Ihr Mann übernachtet hat."

„Warten Sie. Ich habe es aufgeschrieben." Nach einer Pause: „Pension Sonnenschein in Bad Orb. Werden Sie ihn finden?"

„Ja, wir werden ihn finden", versprach LTM leichtsinnig.

Wir fuhren nach Bad Orb und fanden die Pension sehr schnell, weil LTM die Adresse gegoogelt hatte und mir den Weg wies. Ich fuhr.

In der Pension fanden wir eine aufgeregte Wirtin vor, die sich nach unseren ersten Fragen und Hinweisen ihren eigenen Reim auf die Geschichte machte und dann lärmend über das Wegbleiben des Professors klagte. „Wer zahlt mir jetzt die Rechnung? Der Professor hat nichts angezahlt. Eine kleine Pension ist auf alle Einnahmen angewiesen. Kommt der Staat dafür auf? Schließlich zahlen wir alle Steuern."

Während ich das Zimmer durchsuchte, hörte ich sie im Hintergrund lamentieren. Ich fand diverse Aufzeichnungen. Wie es sich für einen ordentlichen Professor gehört, hatte er in einem dicken Buch handschriftliche Einträge vorgenommen. Die Schrift war gestochen scharf und so ebenmäßig, dass man seine Aufzeichnungen sofort hätte drucken können. Außerdem gab es ein Notebook mit Netzteil. Ich nahm alles an mich und verließ schnell die Pension. Die Verabschiedung überließ ich LTM.

Zurück in der guten Stube machten LTM und ich uns an die Arbeit. Die Sonne ging unter und zauberte warmes Licht in den Raum, während unsere Wirtin wieder die köstlichsten Speisen und Getränke zubereitete. Ich brütete über den Akten und LTM machte sich am Notebook zu schaffen.

„Und?" Offenbar waren die Viren der Einsilbigkeit auf mich übergegangen.

„Gar nicht so einfach, da reinzukommen. Er hat seinen Computer mit einem Passwort gesichert."

„Das dürfte für dich doch kein Problem sein.

Sie schwieg. Also doch.

„Und Sie?" Im Kontern war sie immer gut.

„Hier sind nur Zahlen, Daten, Fakten. Bienen. Stämme. Sorten. Flugbewegungen. Todesraten. Fundorte. Statistiken. Unverständliche wissenschaftliche Begriffe." Frustriert blätterte ich schneller und schneller. Das Muster blieb gleich.

„Heureka!"

Sie war drin. „Wie hast du es geschafft?"

„Ich habe ein Programm installiert, das beim Hochfahren des Rechners das BIOS ausspioniert. Einfache Passwörter sind dort abgelegt und können ausgelesen werden."

Interessehalber fragte ich nach. „Wie hieß es?"

Sie grinste. „Bienen-Blümle."

Oh nein. Was sagte das über den Professor aus? Eitelkeit? Ironie?

Mittlerweile hatte Frau Bulling uns ihre knackigen Farbkompositionen serviert. Interessanterweise bestand sie heute nicht darauf, dass wir die Arbeit ruhen ließen, während wir aßen.

Ich rückte näher zu LTM, um einen besseren Blick auf den Bildschirm zu haben, und biss noch einmal herzhaft in ein Knäckebrot, das mit einer weiß-rosa Paste mit einem herben und scharfen Geschmack bestrichen war. Ungerührt putzte LTM einige Krümel von ihrem Pullover, die sich dort niedergelassen hatten.

„Was ist das?", fragte ich Frau Bulling.

„Frischer Rettich."

„Frau Bulling, da passt doch ein richtiges Bier dazu. In Erwartung eines Erfolgs unserer Aufklärungsarbeit", versuchte ich noch ein logisch klingendes Argument nachzuschieben.

„Haben Sie schon abgenommen?"

„Bestimmt", flunkerte ich.

„Zuckerbrot und Peitsche."

„Was?", fragte ich erstaunt, weil ich sie nicht verstanden hatte.

„Also gut, ich erlaube Ihnen ein richtiges Bier. Dafür versprechen Sie mir, dass Sie morgen richtig fasten. Nach meiner Anleitung."

Nickend stimmte ich zu, wusste allerdings nicht, welchen Pakt mit welcher Teufelin ich gerade geschlossen hatte.

„Da", rief LTM triumphierend. „Emails an seine Frau. Klare Andeutungen, aber keine Fakten. Und hier ein Textverzeichnis. Er nannte es Bienensterben im Spessart. Darunter ein Dokument mit dem Namen Maisbauer."

„Öffne es, schnell!"

„Mist. Schon wieder passwortgeschützt."

„Versuche es mit Bienen-Blümle."

Sie versuchte es. Mal mit Umlaut, mal mit Bindestrich, mal in einem Wort, in Groß- und in Kleinschreibung, geduldig alle sinnvollen Varianten ausprobierend, die sie zuvor auf einem Blatt aufgeschrieben hatte. Die Minuten rannen dahin, mein Bier war trinkbereit, weil sich der Schaum gelegt hatte. Gierig genoss ich drei große Züge!

Dieses Mal kein Heureka von LTM. Dafür ein wohliges Gefühl in mir ob des hervorragenden Geschmacks.

LTM startete ihr Spionageprogramm. „Wie funktioniert das?"

Sie erklärte etwas von Algorithmen und Wahrscheinlichkeitstheorien, von einem lernenden System, dass die Begriffe der Verzeichnisse auslas, diese als Grundlage für eine Sprachanalyse verwendete und daraus nach einem mathematisch definierten Konzept ...

„Bingo!" Ich hatte sowieso nicht mehr zugehört, weil ich nichts verstand.

Gemeinsam beugten wir uns über das Dokument und lasen. Hinter uns stand Frau Bulling und schaute uns über die Schulter. Also doch neugierig. Rabe und Katze verhielten sich heute ruhig und ließen uns in Ruhe.

LTM hatte schneller gelesen als ich und war aufgesprungen. Sie schnappte sich ihren Autoschlüssel. Das war das Aufbruchssignal. Ich hastete ihr hinterher.

„Ich fahre. Sie haben Bier getrunken."

„Doch nur ein halbes Glas."

„Trotzdem."

Und mein restliches Bier? Schnell nahm ich noch einige große Schlucke. Es brannte mir in der Kehle. Muffig fügte ich mich in mein Schicksal. Ich wollte nicht zugeben, dass ich ungern gefahren wurde. Manchmal wurde mir dabei schlecht, selbst wenn ich vorne saß. Wir hasteten zu ihrem Cinquecento und stiegen ein. LTM gab ganz schön Gas. Was die kleine Kiste so hergab! Auf alle Fälle deutlich schneller als mein Polo.

„Wieviel PS?”

„Not yet tested. Oder in der Sprache von Rolls Royce: ausreichend. Merken Sie doch, oder?"

Während wir fuhren, versuchte ich meine Verhörtechnik auszuarbeiten. Aber ich konnte mich bei der rasanten Fahrt nicht konzentrieren.

Beim Maisbauern angekommen, fanden wir sein Gehöft in absoluter Dunkelheit vor. Wir ließen die Scheinwerfer brennen und den Motor laufen. Ein Hund bellte, als wir ausstiegen. Vorsichtig sicherte ich die Umgebung. Mich von einem wütenden Hund beißen zu lassen, stand mir nicht im Sinn.

Aber der Köter war hinter einer Umzäunung angebunden. Das Haus lag völlig im Dunkeln. Wir gingen zur Eingangstür und klingelten. Nichts rührte sich. Mist.

Also zurück zum Auto. Etwas flatterte direkt hinter mir vorbei. Erschreckt zuckte ich zusammen.

„Waren nur ein paar Fledermäuse", klärte LTM mich auf.

**Erdspalterei**

Traumlos wachte ich am nächsten Morgen auf. Der Hund Kenia kam mir in den Sinn und die sich daran anknüpfende Frage. Schnell in Hemd und Hose geschlüpft, polterte ich ungeduldig in die Küche, in der Hoffnung, dass die beiden Frauen das Frühstück zubereitet hätten. Aber ich war alleine dort. Also Kühlschrank auf. Inhalt inspiziert. Es gab verschiedene Frischkäse und reichlich Gemüse, Obst und Kräuter. Ich nahm mir eine Auswahl. Dann suchte und fand ich kleine Schalen, Messer und Brettchen. Das Gemüse schnitt und hackte ich klein, so fein wie möglich. Die Frischkäse rührte ich cremig und fügte dann unterschiedliche Mengen des Gemüses und der Kräuter zu. Wo war das Knäckebrot? Hier in einem Schrank. Während ich die Brote bestrich, kam Frau Bulling durch die Tür.

„Ich sehe, Sie sind fleißig und machen sich nützlich. Wie schön."

Sie setzte Teewasser auf und nach wenigen Minuten war alles fertig. LTM kam auch gerade herunter.

Gemütlich saßen wir beim Frühstück.

„Mmh, dieser Aufstrich ist besonders lecker. Was ist das?", fragte LTM Frau Bulling.

„Weiß ich nicht", antwortete sie trocken.

LTM runzelte die Stirn.

„Ich war´s", gestand ich ein.

„Cheffe?" Ein ungläubiges Staunen stand in ihrem Gesicht.

„Ja, aber was es ist, weiß ich auch nicht. Ich habe verschiedene Gemüse und Kräuter klein gehackt und nach Belieben gemischt."

„Das Jahrhundert-Rezept – und direkt verloren gegangen."

Stimmt, dieser Aufstrich schmeckte wirklich gut. Ein wenig Stolz kam auf. Das Lob tat mir gut.

„Mir ist heute früh noch etwas in den Sinn gekommen. Direkt nach dem Aufwachen." Ich machte es spannend.

„Kenia." Frau Bulling.

Ein wenig erstaunt zog ich die Augenbrauen hoch. Telepathie? Synchronizität?

„Ich verstehe gar nichts", warf LTM ein.

„Hunde haben einen besonderen Orientierungssinn. Kenia hat den Bienenprofessor kennengelernt und war sehr zutraulich. Lässt man sie an einem Kleidungsstück des Professors riechen, findet sie ihn vielleicht!", erklärte ich.

„Gute Idee, Cheffe. Hunde haben wesentlich mehr Riechzellen als wir Menschen und ihr Riechorgan auch besser trainiert. Ständig sind sie am Schnüffeln. Also los. Einen Versuch ist es wert. Etwas frische Luft kann uns auch nicht schaden. Auf zur lamentierenden Wirtin."

Dieses Mal schnappte ich mir den Autoschlüssel. In Bad Orb blieb ich vor der Pension im Auto sitzen. Auf die Wirtin hatte ich keine Lust. Wenig später kam LTM mit einer Hose und einer Jacke des Professors wieder.

Wir fuhren zum Imker, der gerade im Outfit mit Pfeife und Maske einige Bienenstöcke leerte. Wie aus dem Lehrbuch. Das Summen klang aufgeregt laut.

„Vorsicht, rief er uns von weitem zu. Bleiben Sie dort. Ich komme."

„Guten Morgen, Alex. Wir haben eine Idee", begann ich.

LTM hielt ihm demonstrativ die Kleidung des Professors hin. „Hatte er diese Hose und Jacke während seines Aufenthalts an?"

„Kann sein. Habt Ihr ihn gefunden?"

„Nein. Wir wollen versuchen, ob Kenia ihn aufspüren kann. Wenn sie an seiner Kleidung riecht, dann …"

„Ach so. Jou. Machen wir." Er pfiff und Kenia kam angeschossen.

„Ich kann nicht mitkommen. Muss den Honig abliefern." Alex hielt Kenia fest. Wir hielten ihr die Kleidung des Professors hin. Sie schnüffelte daran. Dann bellte sie.

„Also los", rief Alex Kenia zu. Sie lief auf und davon. Wir stürmten hinterher. Sie lief den Feldweg entlang und bellte ab und zu. Dann bog sie nach rechts ab. Hier ging es zum Maisfeld. Dann wieder nach links in einen anderen Weg. Schließlich sah man in der Ferne das Gehöft des Maisbauern. Einige Hundert Meter davor bog sie nach links in einen Feldweg ab. Der Wald grenzte hier an das Maisfeld und verlief steil nach oben. Kenia rannte in den Wald hinein und sprang in schnellen Schritten bergauf. Wir hatten Mühe, ihr zu folgen. Vor einem umgestürzten Baumstamm blieb sie stehen und bellte drei Mal laut. Dann war sie still.

Etwas außer Atem näherten wir uns der Stelle. Das Erdbeben hatte offensichtlich den Baum gefällt, der an einer Klippe gestanden hatte. Er war umgekippt, und seine Wurzel hing frei in der Luft. Ein großes Loch tat sich auf. Etwas weiter unten zog sich eine Spalte durch den Boden. Vermutlich ein alter Flusslauf. Man konnte sehen, dass ein Mensch darin lag. Kenia war bereits hinunterge-klettert und schnüffelte an dem Mann. Sie bellte wieder.

LTM hielt sich an Wurzelenden fest und robbte halb rutschend, halb gehend hinunter. „Ein Mann", rief sie hinauf. „Eiskalt. Kein Puls zu spüren. Ein dichter fast wei-ßer Bart. Der Kopf merkwürdig verrenkt. Das ist er be-stimmt!"

Für mich war der Fall klar. Ich griff zu meinem Handy und schaltete es ein. Ungeduldig wartete ich. Es piepste. Zum Glück hatten wir hier Funkempfang. Ich wählte die Nummer der Spurensicherung von Frankfurt. Die Zustän-digkeiten waren mir egal. Das war mein Fall.

Den Professor hatten wir also gefunden. Dank eines Erdbebens, einer Krähe, einer alten Frau, die viel von Kräutern und Zeichen der Natur verstand, und eines Hun-des. Nun mussten wir noch aufklären, wie der Professor gestorben war. Erdbeben oder Maisbauer, hieß hier die Frage. Aber es kamen natürlich noch andere Möglichkei-ten in Betracht.

LTM und ich diskutierten eifrig. Als die Spurensiche-rung endlich angekommen war und ihre Arbeit erledigt hatte, konnten wir unsere Planung umsetzen.

Wir machten uns auf den Weg zum Maisbauern, den wir aber nicht antrafen. Voller Adrenalin beschlossen wir, uns auf die Suche zu machen. Also kurvten wir verbote-nerweise auf nur für landwirtschaftliche Fahrzeuge zuge-lassenen Feldwegen herum und hatten Glück. Da vorne tuckerte ein Traktor. Beim Näherkommen erkannten wir den Maisbauern. Wir blockierten den Weg mit unserem kleinen Cinquecento. Der Maisbauer schrie uns an. „Aus dem Weg." Wieder drei Worte.

Ich sprang aus dem Fiat und brüllte ihn an: „Runter vom Traktor. Wir müssen reden."

Er schien mich zu verstehen und stellte das Ungetüm ab. Die Stille tat gut.

„Sie haben gelogen", eröffnete ich das Verhör.

„Was meinen Sie?" Er glotzte wieder so einfältig wie das letzte Mal.

„Sie haben mit Professor Blum gesprochen."

„Nein."

„Doch. Das geht aus seinen Aufzeichnungen hervor."

„Er hat mit mir gesprochen. Nicht ich mit ihm."

Welch lange Rede! Und vermutlich entsprach sie sogar der Wahrheit. Wenn der Maisbauer mit dem Bienenprofessor genauso wortreich umgegangen war wie mit uns, konnte man seine Einlassung sogar als Wahrheit einstufen. Also musste ich anders mit ihm sprechen.

„Professor Blum hat mit Ihnen gesprochen. Und er hat Sie mit Anschuldigungen konfrontiert. Wegen der gestorbenen Bienen."

Er schwieg.

„Was ist dann passiert?"

„Ich habe zugehört."

„Und dann?"

„Er fuhr weg."

„Das soll alles sein?"

Der Maisbauer schwieg erneut. Ich auch.

Ein kleiner Funken glomm in seinen sonst so trüben Augen.

„Wo wohnen Sie?"

Was sollte diese Frage? Ich dachte nach.

LTM schien aber einen Sinn darin gefunden zu haben und antwortete schnell: „In Villbach."

„Bei der Kräuterhexe." Mit schwerem Haupt nickte er.

Kräuterhexe. Er konnte nur Frau Bulling meinen. Das Nicken seines Hauptes schien auf etwas hinzudeuten. Worauf? Ich fand keine Antwort. Also ging ich zurück. Zu meinen Überlegungen, mit denen ich vertraut war.

Die Aufzeichnungen besagten nur, dass der Bienen-Professor einmal auf dem Gehöft des Maisbauern gewesen war und um Informationen über das Raps- und Maisfeld gebeten hatte. War es normaler Mais? War er gentechnisch verändert? Wie hatte er das Feld gedüngt? Doch der Maisbauer hatte beharrlich geschwiegen. So war der Professor unverrichteter Dinge wieder von dannen gezogen. Das sollten wir auch tun, da wir keine Beweise oder Indizien hatten. Ich stand vor der Frage, uns besser vorzubereiten oder ihn sofort stärker unter Druck zu setzen. Ein Verhör mitten auf dem Feld ohne gute Vorbereitung ergab wenig Sinn. Also sagte ich meinen Standardspruch auf: „Wir kommen wieder."

Dann brachten wir Kenia dem Imker zurück. Natürlich durften wir ihm nichts sagen. Der Hund würde auch schweigen.

## Liebeskummer

Nächster Morgen. Eigentlich hätten wir feiern können. Diese äußerst gemischte Ermittlungsgruppe hatte einen bemerkenswerten Erfolg erzielt. Ein zu dicker, depressiver, alternder Mann, dessen Vitalität jeden Tag schwindet. Eine junge, aufgeweckte Frau, auf dem aufsteigenden Ast ihres Lebens. Und dann die Kräuterhexe. Interessante Bemerkung des Maisbauern. Er hatte nicht Unrecht. Sie verstand viel von Kräutern. Als Hexen wurden früher Frauen bezeichnet, die einen siebten Sinn hatten oder einfach der Männerwirtschaft im Wege standen: zu selbstbewusst, zu schön, zu schlau. Also wurden sie verbrannt. Das aber durfte der Maisbauer nicht. Also prangerte er sie als Hexe an. Die Kräuterhexe.

Ich schaute sie mir genau an. Eine äußerst kluge und weise Frau. Unermüdlich ging sie ihren Verrichtungen nach. Zen in der Kunst der Kräuterkäsezubereitungen. Um ihre Augen hatte sie viele Lachfalten, die noch gar nicht zum Einsatz gekommen waren. Hatten wir sie unterfordert?

„Tja, und nun?", brummte ich fragend.

LTM, na klar, war hellwach.

„Hey, Cheffe, das war cool. Wir haben ihn gefunden. Bienen-Blümle vom Blitz, vom Beben, vom Biobauern erschlagen."

Frau Bulling zog ihre Augen zusammen. Etwas schien ihr zu missfallen. Ich schaute LTM an.

„Biobauer? Blitz?", fragte ich nach.

„Erwischt", sagte LTM. „Das war literarisch. Alliteration. Ein Stabreim stöbert oder stochert hypothetisch im Ableben des Bienenprofessors herum. Schließlich wissen wir nicht, wie es geschehen ist. Ursache könnte auch das Erdbeben gewesen sein. "

„Aber nicht der Blitz. Sonst hätte die Leiche Verbrennungsspuren aufgewiesen." Das sagte ich eher zu mir als zu den anderen, weil meine Gedanken ganz woanders waren. Dann wollte ich eine ruhige und sachliche Diskussion herbeiführen. Typisch Kommissar.

„Ist der Maisbauer eigentlich ein Biobauer?", fragte LTM Frau Bulling in meine Gedankengänge hinein.

Sie nickte. „Ja, er hat eine entsprechende Zertifizierung."

„Was haben wir an Fakten?", nahm ich die Gesprächsführung wieder auf.

Beide schwiegen. Klar. Wieso auch Selbstverständlichkeiten wiedergeben. Nach diesem rhetorischen Umweg ging ich direkt aufs Ziel zu.

„O.k. O.k. Also, wir haben zwei widersprüchliche Hypothesen. Erdbeben oder Maisbauer."

„Rein logisch kommt auch die Kombination infrage. Erdbeben und Maisbauer.

*Der Maisbauer stieß ihn sehr kräftig,*
*der Boden wackelte zu heftig,*
*drauf fiel der Bienen-Blümle um*
*und war mausetot, wie dumm.*"

Makaber so ein Gedicht? Nicht bei LTM. Sie assoziierte immer munter drauflos, weil sie ihrer Kreativität freien Lauf ließ.

„Wer von euch hat Recht? LTM und das Erdbeben oder Sie, Frau Bulling und der Mord?"

Ich schaute beide abwechselnd an. Niemand sprach. Frau Bulling kraulte ihren Raben, der dieses Mal auf ihrer Schulter saß. LTM sah Martha Bulling lange an. Sie selbst hatte zuerst die These Erdbeben vertreten. Aber sie hatte absoluten Respekt vor Martha. Also würde sie ihr im Zweifel den Vortritt lassen.

Natürlich sagte Frau Bulling gar nichts. Sie wiederholte nie etwas.

Ich seufzte. Und wieder lag die Last der Welt auf meinen Schultern.

„LTM, wenn sich die Obduktion aus Frankfurt meldet, ich habe auch deine Nummer angegeben, dann sag mir schnell Bescheid." Zu Frau Bulling: „Ich gehe spazieren, wandern, walken. Ganz wie sie wollen."

„Nicht, wie ich will. Sondern wie es Ihnen gut tut."

Hexe, schoss es mir in den Sinn. Gleich bereute ich den Gedanken. Sie hatte Recht!

Draußen vor der Tür nahm ich Kurs in Richtung Golfplatz. Unbewusst war mir klar, dass ich neue Wege gehen musste.

Meine Beine trugen mich irgendwo hin, und meine Gedanken flogen frei in alle Richtungen. Mal schwiegen sie, mal schnatterten sie. Ich hörte in Ruhe zu und folgte meinen Beinen. Ein Gefühl der Leichtigkeit stellte sich ein.

Voller Energie schritt ich vorwärts. Ich kam in Schwung. Je flüssiger ich voranschritt, umso ruhiger wurden meine Gedanken, bis sie sich endlich ganz ausschalteten. Dann erst nahm ich den Wald um mich herum vollständig wahr. Die Sonne stand hoch am Himmel und leuchtete ihn hell und freundlich aus. Vögel zwitscherten munter, und das ferne Klopfen eines Spechts war zu hören. Ich vergaß die Zeit und ließ mich treiben, ohne groß auf die Orientierung zu achten. Zu Beginn meiner Wanderung hatte ich mir einen großen Kreis vorgestellt, dem ich instinktiv zu folgen suchte.

Viel später am Tag stellte ich fest, dass es mir gelungen war! Ich erfreute mich an meinem Erfolg. Die Sonne stand schon tief am Horizont, als mir die Gegend wieder vertraut vorkam und ich am frühen Abend wieder Villbach erreichte. Ich betrat die gute Stube im Haus von Frau Bulling. Beide Frauen saßen dort. LTM streichelte die Katze auf ihrem Schoß. Die Atmosphäre wirkte ruhig und friedlich.

„Gibt es etwas Neues?"

„Ja, die Obduktion hat ergeben, dass Professor Blum einen Genickbruch erlitten hat." LTM.

Darüber wollte ich erst ein wenig nachdenken. Ich ging zum Kühlschrank, weil ich Hunger hatte. Fertige Speisen waren dort aber nicht zu finden, sondern nur die Zutaten.

„Sie haben Hunger, Herr Kommissar?" Eine ungewöhnliche Anrede von Frau Bulling.

„Ja, ein wenig."

„Ich bereite Ihnen etwas zu."

„Genickbruch?" Ich schaute LTM an.

„Ja."

„Sonstige Erkenntnisse?"

„Laut telefonischem Bericht nein."

„Haben wir den schriftlichen Bericht?"

Es klapperte im Hintergrund. Frau Bulling schnitt Kräuter. Vermutlich.

„Nein. Er ist noch nicht fertig."

„Wann kriegen wir ihn?"

„Er wurde für heute zugesagt. Ich schaue mal nach."

Neben dem Klappern aus der Küche klapperte auch die Tastatur des Notebooks. Klappern. Ein Schüttelreim kam mir in den Sinn. Der Impuls war zu laut. Ich musste ihn loswerden.

„Es klapperten die Klapperschlangen, bis ihre Klappern schlapper klangen."

„Cool, Cheffe, ein super Schüttelreim. Aber der Bericht ist noch nicht da." LTM.

Schweigen. Auch die Geräusche im Küchenbereich wurden leiser.

„Selbst erfunden?", fragte LTM neugierig. Hoffnungsvoller Respekt schien in ihren Worten zu liegen.

„Nein", blieb ich ehrlich. „UFO-Maier."

„UFO-Maier?"

„Ja, ein Lehrer am Gymnasium. Leider nicht mein Klassenlehrer. Physik, Mathe. Immer wenn er Vertretung hatte, erzählte er uns Geschichten. Von UFOs. Trug Schüttelreime vor."

„Cooler Lehrer." LTM.

Meine Knäckebrote waren fertig und schmeckten so gut wie noch nie. Ich grunzte.

Beide Frauen schwiegen. Ich hatte alles aufgegessen. Wir schwiegen immer noch.

„Eine Runde Skat?" Schwacher Versuch von Frau Bulling. Keine Reaktion von LTM. In der guten Stube wurde es dunkler, da sich im Laufe des Nachmittags düstere Wolken über den Himmel gelegt hatten.

„Ich gehe auf mein Zimmer. Ich möchte meinen Freund anrufen. Bis gleich."

Frau Bulling schaute mich an. „Eine Partie Rommé?" Sie ließ nicht locker.

„Kann ich nicht."

„Dann bringe ich es Ihnen bei." Sie holte die Karten und unterwies mich in den Spielregeln. Schon nach der zweiten Partie hatte ich Spaß. Mir gefiel es, wie man die ausgelegten Karten auf dem Tisch wieder entfernen und neu kombinieren konnte. Detektivische Puzzlearbeit. Das Spiel erinnerte mich an die Aufklärungsarbeit bei der Kripo. Nichts hatte Bestand. Legte man sich auf eine Karte oder Serie fest, konnte der Gegner die Pläne durchkreuzen. Dauernd kamen neue Karten ins Spiel, das sich permanent wandelte.

LTM kam mit hängendem Kopf wieder herunter. Sie wirkte betrübt. „Was ist, Leonie?", fragte Frau Bulling.

„Er geht nicht an sein Handy."

„Er?"

„Leon, mein Freund."

Ich hörte gespannt zu und beobachtete LTMs Mimik. „Liebeskummer?"

„Nein, aber wir waren heute zum Telefonat verabredet. Das ist nicht seine Art. Er ist sehr zuverlässig."

„Vielleicht ist etwas dazwischengekommen?"

„Dann hätte er sich gemeldet."

„Sie machen sich Sorgen, Leonie?" Frau Bulling schaute etwas betroffen.

LTM nickte. Nun piepste zum Glück ihr Notebook.

„Der Obduktionsbericht liegt vor."

LTM trug vor. Alle möglichen medizinischen Fachbegriffe. Ich versuchte, auf das Wesentliche zu achten. Irgendwann hörte sie auf.

Niemand wagte es zunächst, das nachdenkliche Schweigen zu stören. Ich aber musste reden.

„Genickbruch. Hämatom am Hinterkopf."

LTM kommentierte begeistert. „Ja, die eine Verletzung führte zur Bewusstlosigkeit, die andere zum Tod."

„So möchte ich auch gern sterben." Frau Bulling.

Erneutes Schweigen. Erneutes Nachdenken.

LTM dachte wohl über Frau Bulling und ihre Bemerkung nach. Martha für sie. Der Blick war klar nach rechts ausgerichtet, wo Frau Bulling saß.

Ich hingegen versuchte andersherum zu denken.

„LTM, das Hämatom am Hinterkopf? Was wissen wir über die Entstehung?"

Sie scrollte in der Datei. Ich ließ ihr Zeit.

„Cheffe, keine klare Angabe."

Mist. In der Obduktion übersehen? Nicht präzise genug protokolliert?

„Also haben wir immer noch zwei Hypothesen. Was meint Ihr klugen Frauen? Erdbeben und Sturz oder Maisbauer und Tötung, vorsätzlich oder fahrlässig?"

Die Ungeduld der Jugend: „Es sah ganz nach einem Sturz aus. Also, ich konstruiere diese Variante. Bienen-Professor beobachtet Bio-Bauer. Möchte schauen, ob er etwas finden kann. Schleicht sich nachts an den Bauernhof ran. Nimmt Deckung hinter einem großen Baum. Bumm. Das Erdbeben fällt den Baum und den Bienenprofessor."

Frau Bulling und ich schwiegen. Lange. Sehr lange. LTM wurde unruhig.

„Die Gegenhypothese lautet: Der vermeintliche Bio-Bauer, der entweder gentechnisch veränderte Produkte angebaut oder mit Pestiziden gespritzt hat, hat auf alle Fälle Tausende von Bienen auf seinem Gewissen. Und vielleicht auch den Bienenprofessor, der als Oberkönig heldenhaft versucht hat, die Bienenköniginnen und -stämme zu retten.

*Er traf ihn des Nachts im dunklen Wald*
*und machte ihn gar vorsätzlich kalt.*
*Schlug ihn mit einem Knüppel auf sein Haupt*
*und hat ihm so sein Leben geraubt.*"

Nun diskutierten wir zu dritt und fanden keinen Ausweg aus unserem Dilemma. Ich hatte Partei für die Kräuterhexe ergriffen, weil es mir als Kommissar entsprach, die Schuld immer bei Menschen zu suchen. So war ich es gewohnt. Außerdem, Antipathie hin oder her, entsprach der einsilbige und dunkle Biobauer meinem Vorurteil eines möglichen Verdächtigen. Zwar hatte ich in meiner Ausbildung gelernt, alles sachlich und vorurteilsfrei zu analysieren, aber schließlich war auch ich ein Mensch. LTM hingegen verfocht nach wie vor mit Verve ihre Hypothese des Erdbebens. Die Aufsässigkeit der Jugend konnte ich nicht umstimmen. Dann plötzlich.

„Cheffe, du hast Recht." LTM gab nach. Wollte sie mit ihren ewigen Diskussionen nur den advocatus diaboli mimen? Die letzten Argumente herauskitzeln? Das konnte schon sein.

Wie sehr ich mich doch irrte. Das hieß aber doch, Frau Bulling und ihren esoterischen Wahrnehmungen Recht zu geben? Das wäre ein Ding der Unmöglichkeit. Wir mussten das Geschehen polizeilich dokumentieren und vor allem beweisen. Ich brauchte Hilfe.

„Frau Bulling?"

„Keine Ahnung."

„Der Maisbauer hat Kräuterhexe zu Ihnen gesagt." Ich versuchte, sie mit einer Provokation aus der Reserve zu locken.

Sie schwieg. Klar, ich hatte sie wieder unterschätzt.

LTM schritt ein. „Der Typ spinnt doch total. Kräuterhexe! Ich fass es nicht. Die Dummheit springt ihm doch aus den Augen."

Frau Bulling schaute irgendwohin in den Raum hinein. Was sollte ihr Blick uns sagen?

Nun folgte eine Eloge von LTM, die einer Doktorarbeit würdig gewesen wäre. Ich schaltete ab, weil ich meinen eigenen Gedanken folgen musste. LTM sprach und sprach und sprach. Wie früher der VW Käfer, der lief und lief und lief. Meist verkauftes Auto der Welt? Oder der Golf? Ich wusste es nicht.

Ich war total durcheinander, fühlte mich benebelt, dabei hatte ich nicht einmal einen Tropfen Alkohol getrunken. Schon früher hatte ich die Erfahrung gemacht, dass eine Phase der Verwirrung der Erkenntnis vorausging. War es so, dass unser Gehirn dann alles neu sortierte? Weil alles durcheinander gewürfelt wurde, fühlten wir diesen Zustand als völliges Durcheinander. Das Oberstübchen wurde neu aufgeräumt. Möbel wurden verrückt. Staub wurde aufgewirbelt. Dieses scheinbare Chaos stiftete so lange Verwirrung, bis alles gesäubert und neu zusammengesetzt einen anderen und besseren Platz gefunden hatte. Dann erst stellte sich Ruhe und Wohlgefallen ein. Ich war wieder sprachfähig.

„LTM, wir sollten die Witwe Blum über den Tod ihres Mannes informieren. Das geht natürlich nicht telefonisch. Wir fahren morgen in aller Herrgottsfrühe los. Du rufst sie an und vereinbarst den Termin. Wir hätten im Zuge der Ermittlungen noch einige Fragen. Wie lange brauchen wir bis Wolfsburg? Ach ja, und schreib doch an Dr. Heger, dass er beim Hämatom am Hinterkopf noch einmal präzisieren soll, wie es entstanden ist. Durch den Sturz oder durch äußere Einwirkung? Gibt es gentechnisch verwertbare Spuren? Können wir einen Zusammenhang zum Biobauern herstellen? Sobald uns bessere Erkenntnisse vorliegen, sollten wir den Biobauern vernehmen. Am besten natürlich im Präsidium."

LTM arrangierte alles und legte die Abfahrtszeit auf 7 Uhr fest.


**Liebeskammer**

Plötzlich klopfte es an der Haustür. Frau Bulling zog die Augenbrauen hoch. Sie war wohl auch überrascht, wer so spät am Abend bei ihr vorbeikam. Wir hörten, wie sie die Haustür öffnete und fragte: „Ja?"

„Ist Leonie hier?", hörte man eine junge Männerstimme fragen. LTM sprang auf und lief zur Tür. „Leon!", hörte ich sie rufen und dann war Stille. Ihr Freund war nicht nur nicht verschwunden, sondern hatte es offensichtlich vorgezogen, ihr einen unangekündigten Besuch abzustatten. Wie süß!

Sich eng umarmend kamen beide in die gute Stube, gefolgt von Frau Bulling. „Guten Abend", sagte Leon artig und hielt mir die Hand hin. „Sie sind der Kommissar."

Ich gab ihm meine Hand und konnte gerade noch rechtzeitig etwas Druck aufbauen, um schmerzfrei seine kraftvolle Begrüßung zu überstehen. Ein großer breitschultriger Mann stand mir gegenüber. Braune lockige Haare. Kantiges Gesicht. Sein Blick war genauso fest wie sein Händedruck. „Und Sie sind Leon, der mit LTMs Handy telefoniert, aber an sein eigenes Gerät nicht rangeht."

Er grinste und setzte sich auf die Bank. LTM hatte sich eng an ihn geschmiegt. „Ich wollte meine kleine Schnecke überraschen. Da wir telefonisch verabredet waren, wusste ich ja, dass ich sie hier antreffen würde."

Ich nickte. Eine junge und fröhliche Liebe. Sein Gesicht wirkte entspannt und gelöst. LTM schmolz dahin und gurrte wie eine Taube. „Eine schöne Überraschung. Ich hatte mir schon Sorgen gemacht, weil ich dich nicht erreichen konnte."

„Weißt du, Fahrradfahren und mit dem Handy telefonieren, das mache ich nicht."

„Du bist mit dem Fahrrad hierhergekommen?"

„Ja, hat Spaß gemacht."

„Von Frankfurt bis hierher?", fragte ich.

„Wieso nicht? Sind doch nur 72 Kilometer."

„Er trainiert für den Ironman", warf LTM ein.

Ach so. Wie lang war noch die Distanz? 180 Kilometer, meinte ich mich zu erinnern.

„Und wie lange haben Sie gebraucht?", fragte ich interessiert nach.

„Zwei Stunden."

Ich schaute wohl sehr ungläubig. Ein Schnitt von 36 Stundenkilometer? Mit dem Fahrrad? Hier im Spessart gab es einige Steigungen.

„Ja, ziemlich schnell. Bei einem Rennen auf einer abgesperrten Strecke fahre ich diese Zeit nicht ganz. Die Zeiten der Spitzenathleten liegen knapp über 40 km/h. Aber die vielen Ampeln waren ein Problem. Nicht immer konnte ich flüssig über die Kreuzungen fahren. Erst außerhalb

Frankfurts lief es dann glatt. Offenbach, Hanau, Niederro-
denbach, Hasselroth, Linsengericht, Bieber und dann hier
über die Berge." Ich staunte. Die anderen aber auch, wie
ich ihren konzentrierten Gesichtern entnehmen konnte.

„Aber", dehnte er das Wort in die Länge, „es gab noch
einen Trick. Sonst hätte ich diese sehr gute Zeit nie geschafft. Na?", schaute er keck in die Runde und stellte uns
auf die Probe.

„Elektrobike", sagte ich trocken, ohne zu glauben, dass
ich richtig liegen könnte. Diese Lösung kam mir nur deshalb in den Sinn, weil ich selbst über die Anschaffung eines solchen Geräts nachgedacht hatte. Etwas mehr Bewegung, aber auch etwas mehr Bequemlichkeit. Schließlich war ich in die Jahre gekommen.

„Bingo, Herr Kommissar", war seine Antwort.

Ich zeigte meine Freude über diesen intuitiven Einfall
nicht, sondern schaute ganz ernst, um die Wirkung dieses
Zufallstreffers noch zu verstärken.

„Du hast ein E-Bike?", fragte LTM nach.

„Ja, Papa hat es mir zum Geburtstag geschenkt. Genauer gesagt, habe ich einen Gutschein bekommen, den
ich heute eingelöst habe. So gesehen war es die Jungfern-
fahrt, mit der ich dich überraschen wollte."

„Süß, mein Bärchen", gurrte LTM.

Frau Bulling hatte sich die ganze Zeit nicht zu Wort
gemeldet. Nun fragte sie ihn: „Möchten Sie etwas essen?"

Er schüttelte den Kopf. „Nein danke. Ich habe während
der Fahrt einige Müsliriegel und damit genug Kalorien zu

mir genommen." Und zu LTM gewandt. „Wollen wir auf dein Zimmer gehen?"

LTM lächelte und schaute Frau Bulling an. „Wenn uns Martha den Doppelzimmeraufschlag mitteilt?"

Sie lächelte zurück und winkte ab.

Da ich gewisse Zweifel hatte, fragte ich sicherheitshalber nach. „Bleibt es bei 7 Uhr Abfahrtszeit?"

„Klar, Cheffe. Bis dahin haben wir ausgeschlafen. Gell, Bärchen?" Er fasste sie an der Taille und bugsierte sie aus der guten Stube.

Vielleicht war doch ein wenig Liebeskummer im Spiel gewesen. Zumindest viel Sehnsucht. Und jetzt kam es bestimmt zu einer zärtlichen Wandlung des Gästezimmers in eine Liebeskammer.


**Wolfsburg**

Am nächsten Morgen. Erfrischt wachte ich auf und sann über den Fall und die letzten Tage nach. Mein Befinden hatte sich deutlich verändert. In den ersten Tagen meines Urlaubs war ich durch den Schnupfen und meine Erschöpfung sehr gehandicapt. Das zeigte sich vor allem am Abend. Mein Denken wurde dumpf und träge. Frau Bulling gewann die Oberhand. Dann akzeptierte ich sogar esoterische Erklärungen von ihr. Am nächsten Morgen im Bett erwachte nicht nur ich, sondern auch wieder der Kommissar in mir. Wurde kritisch. Skeptisch. Zweifelnd. Das rationale Denken gewann die Oberhand. Gestern

Abend war es erstmals anders gewesen. Das Ergebnis der körperlichen Ertüchtigung? Das Wandern hatte offensichtlich meinen Metabolismus gereinigt und meinen grauen Zellen einen frischen Anstrich verpasst. Die gesunde Ernährung schien ein Übriges getan zu haben. Auch hatte ich fast jede Nacht hervorragend geschlafen.

Ich ging nach unten. Frau Bullings Gesichtszüge wirkten deutlich jünger. Offensichtlich genoss sie es, für drei Gäste das Frühstück zu machen. LTM und Leon kamen kurz nach mir. Es war gerade halb sieben geworden und die bunten Knäckebrote lachten uns fröhlich an.

Nach dem Frühstück bestaunten wir kurz das Hightech-Gerät von Leon. Cooles Teil! Meine Technikneugierde ließ mich fragen: „Wie viel Strom haben die Akkus noch?"

„Sie sind voll. Ich habe Frau Bulling gestern um ein Verlängerungskabel gebeten und sie wieder aufgeladen."

Nachdem sich Leon von Frau Bulling und mir kurz verabschiedet hatte, seine Arme um LTM geschlungen und sie dabei fast erdrückt hatte, schwang er sich auf das Fahrrad und trat sportlich in die Pedale. Sicherlich wollte er uns demonstrieren, welche bemerkenswerten Fahreigenschaften das E-Bike hatte, und schaltete wohl die maximale elektrische Unterstützung hinzu. Jedenfalls schoss er mit beeindruckender Geschwindigkeit davon. Ein Kavalierstart auf dem E-Bike. Nur die quietschenden und qualmenden Reifen fehlten.

LTM und ich fuhren mit ihrem Auto gen Norden. Und dann immer weiter geradeaus. War das nicht eine ehemalige Wodkawerbung? Sie gab mächtig Gas und hatte darauf bestanden, zu fahren. Ihr hohes Tempo ließ darauf schließen, dass sie die Routenberechnung unterbieten wollte. Der kleine weiße Flitzer flog mit annähernd 200 Stundenkilometer über die fast leere Autobahn dahin.

Sie fuhr sehr sicher. Ich entspannte mich langsam. „LTM?"

„Ja?"

„Warum rast du so?"

„Ganz einfach, Cheffe. Die Routenplanung wies von Bad Orb nach Wolfsburg 337 km aus. Die berechnete Zeit: 3 Stunden, 18 Minuten. Übrigens die frühere Postleitzahl von Wolfsburg. 318. Als wir noch dreistellige Postleitzahlen hatten. Ich habe mit Frau Blum 10 Uhr ausgemacht. Wir sind aber erst kurz nach 7 Uhr losgefahren, weil Sie nicht in die Gänge gekommen sind. Also sind Sie schuld, dass ich so rase."

Ich nicht in die Gänge gekommen? „Wenn du meinst, dass ich in stoischer Ruhe die minutenlange Umarmung von Leon und dir ertragen hätte, hast du Recht."

Sie grinste und drückte das Gaspedal noch ein wenig tiefer durch.

Ablenkung hilft gegen Angst. Also reden. Das Gespräch weiterführen. „Wieso kennst du die alte Postleitzahl?"

„Ich fand es cool, Zahlen auswendig zu lernen. Die Schule war so langweilig. Beate, meine Nebensitzerin und ich gaben uns immer Gedächtnisaufgaben. Autokennzeichen, Telefonnummern, Postleitzahlen alt, Postleitzahlen neu. Und in den äußerst langweiligen Geschichtsstunden

haben wir uns dann gegenseitig abgefragt und eine Strich-
liste geführt."

„Wer hat gewonnen?"

LTM grinste. „Beate war sehr gut."

„Also Beate?"

Jetzt grinste sie noch mehr.

„Also du."

„Ja, ich habe ein gutes Zahlen- und Faktengedächtnis.
WOB ist übrigens das Autokennzeichen von Wolfsburg."

„Und Winnenden?", wollte ich sie reinlegen.

„Winnenden hat kein eigenes Kennzeichen. Die Kreis-
stadt ist Waiblingen. WN."

„Und WWW?"

„World Wide Web oder Wir wollen Wulle oder Willi
will´s wissen. WW steht dann für den Westerwaldkreis.
Oh du schöner Westerwald, Eukalyptusbonbon, über deine Höhen pfeift der Wind so kalt", sang sie munter mit
ihrer hellen und klaren Sopranstimme drauflos.

Mein Herz machte wilde Sprünge. Sie war eine bemerkenswerte, junge Frau. Man musste sich in sie verlieben.
Apropos verlieben. Leon.

„LTM, was macht dein Freund?"

„Er promoviert in Sportwissenschaften. Sein Berufsziel
ist Sportlehrer. Oder Coach. Oder Trainer."

Aha, daher die muskulöse Erscheinung und der stäh-
lerne Händedruck.

„Macht er auch Krafttraining?"

„Nein, kaum. Aber er muss einfach aufpassen. Selbst kleine Impulse führen bei ihm dazu, dass die Muskeln sprießen. Er ist ein Kraftpaket."

Stimmt, erinnerte sich meine rechte Hand.

Während sie singend im Kopf durch den Westerwald marschierte, raste der Cinquecento unbeirrt auf seiner Fahrt nach Wolfsburg weiter. Um 9.48 Uhr, also nach deutlich weniger als drei Stunden, standen wir vor der Haustür der Blums. Am Teichgarten. Am Ende der Straße. Mit Blick auf den Schillerteich mitten in der Stadt.

Frau Blum stand schon in der offenen Haustür. Sie hatte uns erwartet und vermutlich aus dem Küchenfenster geschaut.

„Frau Müller?"

„Möller, Frau Blum. Das ist Kommissar Seibold."

„Kommen Sie herein." Schnell schloss sie hinter uns die Haustür und führte uns ins Wohnzimmer. Dunkle Holzregale standen voller Bücher. Die Buchtitel zeugten von dem Beruf des Professors. Bienen über Bienen zierten die Rücken der Bücher. An der Wand ein kleiner Sekretär, auch in tiefem dunklen Braun. Ein völlig aus der Mode gekommenes, leicht nach außen versetztes Blumenfenster barg einen kleinen Urwald verschiedener Pflanzen, nahm dem Raum aber völlig das Licht. Dezent noch einige Gelbtöne verteilt. Eine Vase. Ein Blumenstrauß. Ein Bienenzimmer, den Farben nachempfunden.

„Möchten Sie etwas trinken?"

„Ja, sehr gern. Haben Sie einen Milchkaffee?", fragte LTM. Frau Blum nickte. „Und Sie?", schaute sie mich an.

„Gern. Und ein Glas Wasser. Still."

Sie verschwand. LTM schaute sich in Ruhe um und entwickelte wohl ein Psychoprofil des verstorbenen Professors. Und seiner Frau.

Frau Blum kam mit den Getränken zurück, reichte sie uns und setzte sich in einen Lehnstuhl.

Ich übernahm die Pflicht, sie über den Tod ihres Mannes zu informieren.

„Frau Blum, es tut uns leid, aber Ihr Mann ist verstorben."

„Ich weiß", entgegnete sie ohne eine erkennbare Gefühlsregung.

„Woher?", fragte ich erstaunt.

„Herr Noll, sein Schulfreund, hat mich darüber informiert. Er hat heute früh angerufen."

Alex Noll, der Imker. Wieso wusste er es? Diese Frage würde sie kaum beantworten. Also indirekt.

„Sie standen in so engem Kontakt?"

„Nein."

„Das verstehe ich nicht. Also. Sie standen nicht in einem besonders engen Kontakt. Aber er hat sie trotzdem angerufen."

Die Frau des Professors schwieg. Wieder ein gelber Zettel in meinem Gedächtnis. Diesem Gedanken musste ich nachgehen. Woher wusste er es? In welcher Beziehung standen die beiden zueinander?

„Bitte berichten Sie, wieso Ihr Mann in den Jossgrund gefahren ist."

„Haben Sie nicht den Artikel in den Wolfsburger Nachrichten gelesen? Da stand alles drin."

Ich schaute LTM an. Sie erwiderte meinen Blick und wertete dies als Signal, ins Interview einsteigen zu dürfen.

„Doch, Frau Blum. Wir haben den Artikel gelesen."

„Sie möchten aber von mir hören, wie sich alles zugetragen hat."

Interessant. Frauen untereinander. LTM musste nicht einmal eine Frage stellen, um eine weiterführende Antwort zu erhalten. Widerstände gegen die Männerzunft?

Frau Blum berichtete. Ihr Mann und Herr Noll waren Schulfreunde. Damals lebten beide in Büdingen. Herrn Noll zog es dann einige Kilometer südlich, wo er sich erst als Gemüsebauer und später als Imker niederließ. Ihr Mann studierte in Frankfurt, promovierte und habilitierte dort in Biologie. Dann bekam er den Ruf als Professor an die kleine Universität in Wolfsburg. Hier heirateten sie dann auch.

„Woher stammen Sie, Frau Blum?" LTM nahm ihren Faden wieder auf.

„Aus Büdingen."

„Auch?"

„Ja."

„Haben Sie dort Ihren Mann kennengelernt?"

„Ja. Ich war auf der Realschule. Wir sind uns erstmals in der Tanzschule begegnet."

„Und den Imker?" Systematisch überprüfte LTM die Beziehungen. Facebook for Oldies.

„Alex?"

Jetzt auf einmal Alex. Bisher immer Herr Noll.

„Ja, ihn habe ich auch dort kennengelernt."

„In der Tanzschule?"

„Nein, zuvor. Über Freunde kamen wir ab und zu zusammen."

Interessant. Also eine uralte Beziehung. Hieraus ließ sich einiges ableiten.

„Zurück zu den Bienen. Als das Bienensterben im Jossgrund auftrat, erinnerte sich Herr Noll seines Schulfreundes und informierte ihn darüber."

„Ja."

„Hatten die beiden in den Jahren davor keinen Kontakt?"

„Meines Wissens nicht."

„Und Sie beide?"

Frau Blum schaute kurz aus dem Fenster, bevor sie antwortete. Eine Spur zu lang?

„Wir sind erst wieder durch den aktuellen Fall zusammengekommen. Jahrelang hatte ich von Alex nichts mehr gehört."

Während sie dies sagte, schaute sie zuerst LTM und dann mich an. Ich konnte noch einen Funken glitzernden Lichts in ihrem Auge erkennen. LTM musste mehr gesehen haben. Ich notierte es gedanklich auf einem weiteren Klebeetikett.

Es folgten noch zahlreiche Fragen, die aber keine neuen Erkenntnisse vermittelten. Wir verabschiedeten uns und fuhren zurück. Dieses Mal weniger schnell.

„LTM, was denkst du über sie und den Imker?"

„Ihre Augen glitzerten in besonderer Weise, wenn sie über den Imker, später dann Alex, sprach."

„Und, was denkst du darüber?"

„Also Cheffe, das kann alles Mögliche bedeuten."

„Ja. Und in diesem Fall?"

LTM schwieg extrem lang, für ihre Verhältnisse. Die Millisekunden galoppierten dahin, bevor sie sagte: „Ich glaube, die hatten mal was miteinander."

Das würde die schimmernden Augen gut erklären. Die Vergangenheit floss in Strömen darüber hinweg. Wie ein Bach, der einen Kieselstein formt. In unendlicher Zeitlupe. Alles wurde weich und milchig und glatt. Aber man musste es erkennen können.

In einer Autobahnraststätte aßen wir eine Kleinigkeit, die uns beiden aber nicht mundete. Alt und jung vereint. Das Essen in der Raststätte taugte nichts. Oder wir waren die falsche Zielgruppe. Genauso wenig schmeckte uns der Fall, den wir auf der weiteren Fahrt solange durchkauten, bis er zu einem ausgelutschten Kaugummi wurde. Fad und klebrig.

**Forellendiät**

Zurück in Villbach. Trübe Stimmung in der guten Stube. Ich hatte Frau Bulling zur Rede gestellt, ob sie die Information an den Imker weitergegeben hatte. Unverblümt hatte sie bejaht.

Im Grunde konnte ich es ihr nicht verdenken. Schließlich hatte ich sie nicht speziell ermahnt, von unseren Ermittlungen nichts nach außen zu tragen. Wieder war meine Naivität die Ursache für diesen Fehler. Der Mord entwickelte sich mehr oder weniger zufällig während meiner Anwesenheit, Frau Bulling hatte uns sogar auf die Spur gebracht und die gute Stube diente als zentrales Ermittlungsbüro. Ich war im Urlaub, raunte mir eine innere Stimme als Entschuldigung zu.

Trotzdem ärgerte ich mich und musste mir Luft verschaffen. Der erste, wirklich sehr gemäßigte Ausbruch traf natürlich Frau Bulling. Ich verpackte die Kritik schonungsvoll und nahm die Schuld auf mich.

„Liebe Frau Bulling, ich kann es Ihnen nicht verdenken. Schließlich hätte ich Sie ermahnen müssen, und das habe ich versäumt. Ermittlungen müssen absolut geheim bleiben. Merken Sie es sich bitte für die Zukunft."

„Werter Herr Kommissar!" Schon ihr Ansatz der Erwiderung ließ Schlimmes vermuten. „Undank ist der Welten Lohn. Ich habe sie informiert, dass ein Mord geschehen ist. Dank meiner Hilfe sind Sie diesem Fall auf die Spur gekommen. Und nun werde ich wie ein Schulmädchen abgekanzelt? Ich verbitte mir das!"

LTM hielt sich fein heraus. Aber sie beobachtete, wie ich die Kurve kriegen wollte. Ich schlingerte.

„Frau Bulling, Sie haben ja Recht. Dennoch muss ich Sie als Kommissar offiziell ..."

„Sparen Sie sich Ihre Belehrungen. Sie sitzen in meinem Haus, in meiner guten Stube. Also respektieren Sie meine Hausordnung und das Gebot der Höflichkeit von Gästen. Oder Sie ziehen mit Ihrem Ermittlungsbüro um."

Das wurde mir zu viel. Außerdem spürte ich neben dem Groll auch noch Hunger. Keinesfalls war ich in der Stimmung, hier in Ruhe zu Abend zu essen.

„Na gut. Ich werde etwas Essen gehen. Vielleicht haben Sie sich beruhigt, wenn ich wiederkomme. Einen Hausschlüssel habe ich ja. Ciao, LTM." Ich wollte alleine sein.

Das Motto des Abends war klar und bestand aus Verneinungen: Kein Knäckebrot. Keine Frischkäsebällchen. Und vor allem, kein Kräutertee. Meine kleine Revolution!

Ich stieg in den Polo und fuhr nach Lettgenbrunn. Hungrig. Links das Restaurant Znaimer Hof. Hier standen sehr viele dicke Motorräder herum. Das sah gut aus. Leider kein Parkplatz verfügbar. Ich kurvte in eine Nebenstraße und parkte den Polo am Ende einer Straße vor einer Hecke. Ich stieg aus, ging zur Gaststätte und studierte die Speisekarte. Wow! Schaffst du ein Kilo Fleisch oder einen Liter Bier auf ex? Dann bekommst du kostenlos unsere Hausmacherleberwurst geschenkt. Ich hörte die Biker auf der Terrasse grölen. Sie schienen es zu schaffen oder hatten zumindest viel Spaß an diesem Wettbewerb. Mir war es zu laut. Also ging ich zurück zu meinem winzigen Polo, er hatte vermutlich weniger PS unter der Haube als die freiliegenden Motoren der Bikes, und fuhr noch hungriger, aber auch demütiger weiter.

Rechts sah ich ein Schild: Sudetenhof. Davor einige Autos. Höhere Kategorie. Ich wusste von meiner Wanderkarte, dass der nächste Ort noch einige Minuten entfernt war. Der Hunger ließ mich bremsen. Außerdem sah das Restaurant von außen sehr einladend aus. Egal. Mein Hunger hätte sowieso positiv entschieden. Es hätte auch eine Dönerbude sein können. Aber auch hier gab es kaum Parkplätze. Direkt vor dem Restaurant standen fünf Autos. Weitere Parkplätze waren nicht in Sicht. Ich fuhr im Schritttempo weiter. Neben der Holzgroßhandlung konnte ich den kleinen Polo in einer dunklen Nische abstellen.

Im Restaurant war es sehr gemütlich. Nur wenige Gäste waren hier. Die Atmosphäre war gedämpft. In einer versteckten Ecke hinter dem Kachelofen bekam ich einen ruhigen Tisch und bestellte ein dunkles Weizenbier. Die Kellnerin, mit einer schönen Tracht, brachte es mir schnell. Wie sehr genoss ich die Befreiung! Ich setzte das Glas an und trank es fast zur Hälfte aus.

Der Blick in die Speisekarte zeigte eine überraschende Vielfalt Wild. Hirschbraten. Rehkeule. Wildschweinwürste. Sogar Antilope mit Aprikosen. Tief durchatmend besann ich mich auf meinen Urlaub. Also kalorienreduziert und lecker. Ich bestellte eine Forelle. Blau. Dazu einen trockenen Weißwein.

Danach sank ich in meine Gedanken zurück und trank langsam die andere Hälfte des Bieres. Der Fall war sehr verwickelt. Ich überprüfte alle Hypothesen, kam aber nicht weiter. Dagegen kam mein Essen. Während ich das Fleisch von den Gräten löste, hörte ich auf einmal eine mir bekannte Stimme. Der Maisbauer!

Vorsichtig schaute ich nach oben. Ich konnte niemanden sehen, da der Kaminofen die Sicht auf einen Teil der Gaststube verdeckte. Leise rutschte ich auf der Bank an die Ecke und schaute vorsichtig durch ein Blumengebinde nach links. Dort in einer Nische saßen drei Männer, deren Hereinkommen ich nicht bemerkt hatte, weil der Kaminofen die Gaststube in zwei Bereiche aufteilte. In der Mitte der Männer saß der Maisbauer. Ich zog mich wieder an meinen Platz zurück.

Der Maisbauer führte große Reden. Er dämpfte zwar seine Stimme ein wenig, dennoch konnte ich fast alles hören. Zum Glück war es im Lokal sehr ruhig. Hier speiste die Society des Jossgrunds, während die Biker den Znaimer Hof lärmend unter Kontrolle hatten. Schon stutzte ich. Keine Sätze mit drei Wörtern? Merkwürdig. Im Gegenteil: Äußerst eloquent schlug er seine beiden Zuhörer in den Bann.

„Ihr glaubt es nicht. Hier geschehen sonderbare Dinge. Momentan trödelt ein Kommissar aus Frankfurt hier herum. Er will irgendein Verbrechen aufklären. Quatsch, sag ich euch. Dieser Mann kapiert gar nichts."

Das tat weh. Aber ich duckte mich mehr über meine Forelle. Die nächsten Worte konnte ich nur bruchstückhaft verstehen, weil die Bedienung im Trachtenlook durch die Gaststube ging und neu angekommene Gäste laut begrüßte. Ärgerlich. Also rutschte ich wieder an die Ecke des Kaminofens und schaute durch das Blumengebinde. Dort hatte ich Sichtverbindung und konnte auch besser hören.

„Letztes Jahr, ihr wisst es noch. Da starb der Röder an einem Herzinfarkt. Angeblich beim Joggen. Der Jossgrund munkelt, dass seine junge Frau ihre Hände im Spiel hatte."

Die beiden nickten stoisch. Für sie offensichtlich bekannt und langweilig. So sahen sie auch aus. Langweiler. Ich klebte mir einen weiteren gelben Zettel ans Gehirn. Frau Röder hatte ihren Mann umgebracht. Noch ein Röder.

„Dieser Fall wurde nicht richtig untersucht. Auch der Kommissar aus Frankfurt hat keine Fragen dazu gestellt."

Seine Fangemeinde nickte.

„Stellt euch vor!" Er beobachtete sein Publikum. „Eure Frauen bringen euch genauso um. Und dann?"

Die Kopfbewegungen seiner Kompagnons wackelten zunächst noch nach oben, schwenkten dann aber langsam in seitliche Richtung ein.

„Genau", hieb er in die Kerbe. „Ihr liegt irgendwo in der Erde, die Würmer knabbern an euren Füßen und eure Ex-Lady vergnügt sich mit eurem Geld. Genauso wie Frau Röder. Und dann noch mit ihrem Lover, dem Trainer."

Die Körpersprache der beiden Zuhörer ließ darauf schließen, dass sie diese zukünftige Entwicklung ihres kargen Lebens unbedingt ausschließen wollten. Ihre Blicke richteten sich auf.

„Ich sage euch, was wir tun müssen. Dieser Kommissar ist eine Gefahr."

Sie nickten wieder stoisch. Dann beugte er seinen Kopf über den Tisch und redete so leise, dass ich kein Wort verstehen konnte. Alle drei steckten die Köpfe ganz dicht zusammen. Was geschah hier? Brüteten sie eine Verschwörung aus? Planten sie einen Anschlag auf mich?

Da ich nichts mehr hören konnte, rutschte ich wieder zurück. Ich schaute auf meinen Teller und besah mir die Forelle. Sie lag dort umrahmt von Kartoffeln. Angeknabbert. Klein. Kalt. Der Appetit war mir vergangen. Der Maisbauer verschaffte mir ein diätetisches Abendessen. Ich versank in meine meditativen Gedanken.

Als ich deutlich später, das Zeitgefühl hatte ich längst verloren, den Kopf wieder hob, hörte ich den Maisbauern laut nach der Bedienung rufen. Bezahlen. Wenig später hörte ich dann, wie sie mit schweren Schritten über den Holzboden gingen und das Restaurant verließen.

Ich atmete tief durch. Sie hatten mich nicht bemerkt. Was war hier los? Eine Überraschung jagte die nächste. Der Maisbauer schwang große Reden. Ich kannte ihn nur mit Drei-Wörter-Sätzen.

Die nächste Schlussfolgerung: In unseren Gesprächen wirkte er demütig bis doof. Hier hingegen hochmütig. Trat als Chef auf und hatte einen Fanclub.

Der Fall war klar: Er verarschte mich völlig. Er festigte seine Anwartschaft auf Platz eins der Verdächtigen. Außer dem Erdbeben gab es niemanden auf den weiteren Plätzen.

Dann wurde mir auf einmal klar, dass ich diese fremde Welt des Jossgrunds in der Tat nicht verstand. In Frankfurt war alles anders. Hier war ich ein Fremdkörper. Wie war das mit dem Immunsystem des Menschen? Fremdkörper werden abgestoßen!

Vorsicht! Ich musste aufpassen.

Ich bestellte die Rechnung und bezahlte. Leicht beschwipst und beschwingt, vorsichtig nach allen Seiten tastend, verließ ich den Sudetenhof. Der Polo wartete in der dunklen Ecke auf mich und brachte mich in meine Pension.

Dort war alles dunkel und ruhig. Frau Bulling schien zu schlafen. Von LTM war auch nichts zu sehen oder zu hören. Ich schrieb ihr einen Zettel. Eine Mischung aus Auftrag und Entschuldigung.

*Tut mir leid. Blöder Fall. Recherchier doch mal Informationen über den Imker, den Maisbauern, Frau Bulling, die Frau des Bienenprofessors und den Bienenprofessor selbst. Beziehungen? Auf Facebook wirst du wohl nichts finden.* ☺

Leise ging ich die Holztreppe nach oben, die merkwürdigerweise gar nicht knarrte. Wieso nicht? Hatte ich abgenommen? Den Zettel schob ich unter dem Türspalt in LTMs Zimmer.


**Pendelnd**

Am nächsten Morgen wollte ich nicht wach werden. Die Scham blockierte mich wohl. Lange wälzte ich mich im Bett hin und her. Die Stimmen aus der guten Stube, nur äußerst leise wahrzunehmen, lockten mich schließlich nach unten.

„Entschuldigung, Frau Bulling."

Sie hantierte am Herd. „Setzen Sie sich doch endlich, Kommissar."

Ich gehorchte.

„Haben Sie sich schon mal gewogen?" Abrupter Themenwechsel.

„Nein."

„Im Gästebad steht eine Waage."

Oh, Herr Kommissar, wieder nicht wahrgenommen.

„Habe ich nicht gesehen."

Ein sehr merkwürdiger Blick von LTM. Womöglich Entsetzen. Worüber? Dass ich nichts mitbekam? Über meinen Ausfall gestern Abend? Oder meinen Auftrag, über alle möglichen Personen zu recherchieren? Auch über Frau Bulling?

„Los, gehen Sie nach oben." Frau Bulling.

Wie ein braves Schaf folgte ich dem Bellen des Schäferhunds. Neben der Holzbadewanne sah ich sie. Schnell entkleidete ich mich und stellte mich vorsichtig auf die Waage. Nein, unmöglich! Sieben Kilogramm weniger? Unglaublich! Unfassbar schnell kleidete ich mich wieder an. Aufgeregt. Wie ein Schuljunge. Ging nach unten. Eher stolpernd.

Stolz setzte ich mich wieder auf meinen Platz in der guten Stube. „Sieben Kilogramm!"

„Ein guter Anfang. Hauptsächlich Wasser. Damit Sie einigermaßen gesund aussehen und vor allem sind, müssen noch mindestens zehn Kilogramm runter."

Hochmut kommt bekanntlich vor dem Fall. Mein Stolz wurde schnell zur Demut. Die Kräuterhexe hatte mich im Griff. Aber sie hatte recht, und ich hatte ihr zu verdanken, dass ich langsam wieder zu mir fand. Und sie hatte uns auf die Spur eines äußerst spannenden Falls gebracht. Eines, ja, was: Mords? Unfalls? Und dann noch im Urlaub!

Folgte ich meiner Intuition, war klar: Es war Mord. Ich glaubte ihr. Zu 100 Prozent.

Wie aber sollten wir es beweisen?

„LTM, hat Dr. Heger geantwortet?"

„Ja, das Hämatom ist eindeutig beim Sturz entstanden, so seine Antwort. Ein spitzer Stein, die Mineralien waren in der Wunde nachweisbar. Die Einschlüsse folgten einer parabelförmigen Drehbewegung, wie sie bei einem Sturz eintreten. Die Gegenhypothese wäre ein Schlag gewesen. Ganz andere Symptome."

Also doch ein Unfall. Aber ich wusste, dass Frau Bulling Recht hatte.

„Und ein Stoß in die Grube des ausgehebelten Baumes?"

LTM las in dem Bericht. „Darüber finde ich nichts."

„LTM, was meinst du?"

Sie hatte Loyalitätsprobleme, das war zu spüren. Sie verehrte Martha Bulling, wollte aber auch ihre Erdbebenhypothese stützen, zumal der Obduktionsbericht auf ihrer Seite war.

„Los, wir fahren zum Maisbauern."

Ich hatte ihn gefressen, zumal er mich gestern im Sudetenhof mehrfach beleidigt hatte. Außerdem eine Drohung ausgestoßen und vielleicht sogar eine Verschwörung angezettelt hatte.

Dieses Mal brauchte ich nicht nach dem Schlüssel zu schnappen. LTM war in Gedanken versunken.

Frau Bulling schien zu verstehen, was ich vorhatte. Mit gütigen Augen schaute sie mich an.

Die Fahrt verging sehr schnell. Dieses Mal trafen wir den Maisbauern auf seinem Hof an. Leider auch den Hund, der frei herumlief. LTM schien das überhaupt nichts auszumachen. Sie stieg aus. Was blieb mir anderes übrig, als ihr zu folgen.

Der Riesenköter, eine deutsche Dogge, kam auf uns zugeschossen. Bellend. Ein Pfiff des Maisbauern stoppte ihn.

„Sie schon wieder." Seine Eröffnung.

„Ja." Ich versuchte es mit einem Bluff. „Wir wissen, dass der Bienenprofessor ein zweites Mal bei Ihnen war."

Schweigen. Der Hund saß an der Seite seines Herrn und sah mich die ganze Zeit an. Er schüchterte mich ein.

„In der Nacht." Ich machte eine Kunstpause und beobachtete ihn scharf. „Beim Erdbeben", schob ich dann nach.

Seine Augen zuckten kurz. Ansonsten war keine mimische Reaktion zu entdecken.

„Und, was haben Sie mir zu sagen?"

„Nichts." Seine Antwort fiel noch knapper aus. Was hatte das zu bedeuten? Waren wir auf der Zielgeraden oder befanden wir uns in der Sackgasse?

„Dann sage ich Ihnen, was geschehen ist." Ich musste improvisieren, nah an der Wirklichkeit bleiben, aber einige Vermutungen einstreuen, die stimmig sein könnten.

„Der Bienenprofessor kam nachts gegen 22 Uhr und schlich hier herum. Vielleicht hat Ihr Hund ihn gespürt, oder Sie haben etwas gemerkt. Dann sind Sie rausgegangen und haben ihn entdeckt. Es kam zu einem Wortgefecht. Der Professor hatte Ihnen mit einer Untersuchung gedroht. Sie fürchteten um Ihren Hof, um Ihre Finanzen, um Ihren Ruf als Biobauer. Das Rapsfeld und die Bienen. Die Situation eskalierte. Sie wurden handgreiflich. Das Erdbeben. Der Boden bebte. Sie waren von Sinnen. Der Baum knickte um. Sie gaben dem Professor einen Schubs, und er fiel in die Erdspalte."

Ein Doppelzucken seiner Augen war der einzige Kommentar des Biobauern. Die deutsche Dogge saß genauso unbeweglich da, wie der Biobauer stand. Eine deutsche Eiche.

„Wir kommen wieder." Denn ich hatte eine Idee. Außerdem würde er sowieso nichts sagen. „In einer halben Stunde. Sie warten auf uns."

Zum Imker war es nicht weit. Hoffentlich war er zu Hause. Wir hatten Glück. Ich überredete ihn, uns Kenia mitzugeben, ohne genau zu sagen, was ich vorhatte. Sie legte sich hinten auf die Sitzbank im Auto.

Als wir beim Biobauern ankamen, schickte ich LTM vor. „Er soll seinen Hund einsperren."

„Alles klar, Cheffe." LTM sprang aus dem Wagen.

Ich nahm Kenia am Halsband und hockte mich neben sie. „Braver Hund. Du sagst uns jetzt, ob der Biobauer der Mörder ist. Ja?"

Als Antwort wedelte sie mit dem Schwanz.

Dann gingen wir auf den Maisbauern zu. Er wartete vor seinem Haus.

„Sie sind gesehen worden. In der Nacht."

Nun weiteten sich seine Augen ein wenig. Kenia knurrte leise und zog den Schwanz ein.

Das war für mich der Beweis. Wie sollte ich den Maisbauern aber überführen? Provokation? Zuckerbrot und Peitsche?

„Geben Sie es zu. Dann bekommen Sie mildernde Umstände. Man kann es so darstellen, dass es Totschlag im Affekt war. Das gibt die geringste Strafe."

Er stand wieder da wie eine Eiche. Im Jossgrund. Hunderte von Jahren alt. Konnte ich das Duell gewinnen?

Schweigen. Drei Menschen und zwei Hunde. Kein Laut war zu vernehmen, außer dem Zwitschern einiger Vögel.

Ich war mit meinem Latein am Ende.

„Wir kommen wieder."

Dann lieferten wir Kenia beim Imker ab und fuhren nach Villbach. Zurück in der guten Stube diskutierten wir wieder zu dritt. Eine wichtige Frage spielte dabei die Rolle der Hündin Kenia. Für Frau Bulling war der Fall klar. Sie glaubte an die Natur und die Stimmen und Sinne der Tiere. LTM und ich wechselten heute die Position. Zwar hatte ich den Gedanken gehabt, Kenia als Spürhund einzusetzen und vorher an diese winzige Chance geglaubt, doch dieses Ergebnis war unbefriedigend. Vielleicht wollte mein Verstand nicht wahrhaben, dass Kommissar Zufall in Form der Hündin Kenia unsere Ermittlungen vorangebracht hatte? Ich akzeptierte zwar das Ergebnis, wollte aber Kenia den Erfolg oder ihre Fähigkeiten absprechen. Anders LTM. Sie verteidigte Kenias Fähigkeiten in bester rhetorischer Manier. Wir lieferten uns ein Wortgefecht, das von Frau Bulling schmunzelnd zur Kenntnis genommen wurde.

Unabhängig von dieser an sich völlig unwichtigen Frage war der Fall klar. Frau Bulling, die Kräuterhexe, und die Hündin Kenia hatten ein Verbrechen entdeckt und fast aufgeklärt. Allerdings wurde eine ganz starke Hypothese durch eine Bemerkung von Frau Bulling auf einmal ganz schwach. Ich erzählte vom Verhalten Kenias, als ich sie zum Maisbauern mitnahm. Sie hatte geknurrt und den Schwanz eingezogen. Laut Frau Bulling wohl deshalb, weil der Bauer sie in jungen Jahren einmal kräftig getreten hatte. Mist. Das war plausibel. Knurren ohne Schwanz einziehen hieß Mörder, mit eingezogenem Schwanz wohl Angst.

Die polizeiliche Ermittlungsarbeit hingegen hatte keine Indizien vorzuweisen, die eine Verhaftung und Bestrafung des Täters ermöglicht hätten. Auch unsere Diskussion ergab keinen neuen Ansatzpunkt, wie wir den Maisbauern überführen konnten. Gentechnische Spuren auf der Kleidung? Widersprüche im Kreuzverhör? Belastende Zahlen oder Fakten aus den Protokollen des Professors?

Die Verdachtsmomente waren immerhin so offenkundig, dass man den Maisbauern festnehmen und einem Verhör unterziehen konnte. Ich leitete alles in die Wege und gab LTM die entsprechenden Aufträge.

Sie verabschiedete sich von Martha Bulling mit einer Umarmung und sagte, dass sie an einem der nächsten Wochenenden mit ihrem Freund zu Besuch kommen würde. Mir gab sie wieder einen Kuss auf die Wange. Das war offenbar die traditionelle Form der Verabschiedung geworden.

Nach dem neu geschätzten Knäckebrot ging ich auf mein Zimmer und fand dort einen Zettel vor.

*Ich habe Ihre Aufträge recherchiert und ein kleines PDF-Dokument erstellt mit den wichtigsten Informationen. Sie müssen nur Ihre Emails abfragen.*

LTM. Genial. Aber heute war ich zu müde. Morgen würde ich nachschauen. Außerdem war ich frustriert ob meiner Unbeherrschtheit. Hatte ich mir nicht vorgenommen, erst belastbare Indizien und Fakten zusammenzutragen, bevor ich den Maisbauern einem Verhör unterziehen wollte? Überschätzte ich mich maßlos und obendrein die Leute hier im Jossgrund? Ließ ich mich von seiner vermeintlich drögen Art übertölpeln? Alles keine guten Fragen, weil sie mir spiegelten, dass ich nicht professionell handelte. Bevor mein Selbstbewusstsein weiteren Schaden nehmen konnte, so mein letzter Gedanke, dämmerte ich hinweg in den Schlaf.

## Eingeschwungen

Am nächsten Morgen erwachte ich sehr spät. Ich hatte so gut geschlafen wie lange nicht mehr. Wohlig aalte ich mich in meinem Bett. Dann fiel mir die Notiz von LTM ein. Ich nahm mein Handy und schaute nach den Emails.

Eine Flut brach über mich herein. Es dauerte einige Minuten, bis sich das Gerät aktualisiert hatte.

Da war das Dokument von LTM. Meine staatsanwaltliche Hausaufgabe kam mir in den Sinn. Pflichterfüllung. Ich fand die Ausarbeitung von LTM richtig. Na klar. Sie musste ihren Papa besser verstehen als ich. Also würde ich sie freigeben. Toni sollte noch einmal darüber schauen, um mögliche Fehler durch ihren Intuitionsfilter laufen zu lassen. Wenn ihr Bauch signalisierte, dass alles in Ordnung war, sollte sie es weiterleiten.

Dann nahm ich mir den Text von LTM zum Bienenprofessor und Maisbauern vor. Langsam las ich mich durch die Informationen. LTM hatte das Dokument so angelegt, dass Unwesentliches und Wichtiges getrennt aufgeführt waren. Zu Beginn: Das Wichtige. Mit Links in das weitere Dokument. Für die Details und das weniger Wichtige.

Es wurde aufregend! Sie hatte etwas über den Imker herausgefunden und auch über Frau Bulling. Ich klickte auf die Hyperlinks und war sofort im vertiefenden Teil.

Der Imker: In Büdingen war doch einiges über ihn zu finden gewesen. Tanzsportgruppe. Und auch andere Sportarten. Die Informationen über seine Beziehungen waren noch etwas oberflächlich. Aber es deutete sich mehr an, als uns die Frau des Professors verraten hatte. Gelber Zettel: Imker aufsuchen!

Während ich nachdachte, holten mich meine vielen gelben Zettel ein. Ich wusste, dass ich im jeweils richtigen Moment ein Gespür dafür hatte, welchen Informationen ich nachgehen sollte. Leider hatte ich mir keine Notizen gemacht. Würden sich die Erinnerungen zum richtigen Zeitpunkt wieder einstellen? Ich vertraute mir und machte einfach weiter.

Also: Was schrieb LTM? Alarmierend war eine Information über Frau Bulling. Vor vielen Jahren hatte sie eine Strafanzeige aufgegeben. Die detaillierten Inhalte waren nicht mehr auffindbar. Interessant war: Anzeige gegen einen Herrn Röder. Ohne Vornamen.

Das half nicht viel weiter. Röders, die Müllers des Jossgrunds. Dennoch: Wen hatte sie angezeigt? Und warum?

Ich beschloss, erst einmal zu frühstücken. Nachdem ich mich ein wenig frisch gemacht und angekleidet hatte, ging ich nach unten. Die gute Stube war verwaist. LTM war weg. Von Frau Bulling auch keine Spur. Vielleicht machte sie noch einige Besorgungen. Für mich war Selbstbedienung angesagt.

Dann fuhr ich zum Imker. Eigentlich wollte ich nur ein wenig mit ihm plaudern. Das Gespräch entwickelte sich aber völlig anders.

Zunächst begrüßte mich Kenia. Überschwänglich. Ich fand richtig Gefallen an ihr. Wenn ich im Jossgrund lebte, gefiele mir ein solcher Hund. Hatte Frau Bulling das nicht sogar vorgeschlagen? Und ein E-Bike. Der Hund würde mich begleiten.

Der Imker kam ebenso gut gelaunt auf mich zu. „Hallo Commissario."

Ein italienischer Einschlag in seiner Familie?

„Guten Morgen." Ich blieb förmlich. Mein Ziel war, noch mehr belastende Indizien gegen den Maisbauern zu sammeln.

„Sagen Sie bitte, der Maisbauer, also Herr Röder. Kenia hat geknurrt. Was denken Sie: Welches Motiv könnte der Maisbauer gehabt haben?"

Allein die Formulierung suggerierte schon meinen Verdacht.

„Jou, ich weiß nicht. "

Ich zuckte mit den Schultern. Irgendwie verlor ich die Lust, weiter in diese Richtung zu fragen. Wolfsburg kam mir in den Sinn. Einer der gelben Zettel. Ein leichtes Lächeln legte sich auf meine Züge. Meine unterbewussten Erinnerungen funktionierten!

„Wir waren in Wolfsburg", sagte ich leichthin.

Plötzlich versteifte er sich. Was ich wiederum bemerkte und mich noch etwas wachsamer werden ließ. Er sagte nichts. Aber seine Augen wurden ein wenig größer.

„Bei Frau Blum." Nun beobachtete ich ihn mit voller Aufmerksamkeit. Er schien zur Salzsäule zu erstarren. Wieso? Schlechtes Gewissen?

„Frau Blum hat uns darüber informiert, dass Sie sie angerufen hätten. Sie hätten sie über den Tod des Professors informiert."

Er sagte nichts. Ich deutete das als Zustimmung.

„Woher wussten Sie davon?"

Nun schwieg er noch lauter. Ihm war anzusehen, dass er diese Frage nicht beantworten wollte.

„Herr Noll. Bitte. Von wem hatten Sie diese Information?"

Etwas zuckte in seinem Gesicht. Aber er wollte es nicht aussprechen.

Ich wusste es ja schon. Also konfrontierte ich ihn damit.

„Frau Bulling?" Nur andeutungsweise als Frage formuliert. Eher wie eine Aussage.

Er zuckte zusammen. Ein leichtes Opfer.

„Woher wissen Sie das?"

„Das war nicht schwierig."

Wir schwiegen uns an.

„Also. Nun packen Sie endlich aus, was Sie wissen."

„Ich weiß nicht mehr, als ich Ihnen schon gesagt habe." Panik in seiner Stimme.

Meine Intuition leitete mich.

„Sie und Frau Blum."

Er wurde bleich. Ups. Offensichtlich ein Volltreffer. Nun konnte ich geduldig warten.

Langsam und zögerlich begann er.

„Dass Sie das herausgefunden haben. Ja, die Barbara und ich. Also, das war so." Er versuchte offensichtlich, seine Gedanken zu ordnen.

„Wo fange ich an? Am besten vor der Tanzschule. Die Barbara und ich, also wir haben uns mal geküsst. Ich war

143

zwei Jahre älter. Das passte irgendwie. Auf einer Schulfete hatten wir einen Blues-Abend. Schließlich rang ich mich durch, Barbara aufzufordern."

Er versank völlig in der Vergangenheit.

„Langsam tanzte ich mit ihr. Ich war hin und weg. Dann zupfte sie plötzlich an meinem Ohrläppchen. Zwar verstand ich das Signal nicht, aber es elektrisierte mich. Ich drehte den Kopf ein wenig und schon trafen sich unsere Lippen. Mein erster Kuss!"

Dann schwieg er lange. Verträumt. In die Vergangenheit versunken.

Schließlich zuckte er mit den Schultern. „Wenn ich nun dachte, dass wir ein Paar wären? Ich hatte mich getäuscht. Ich war enttäuscht. Die nächsten Tage mied sie mich. Dann sah ich, wie sie am helllichten Tag mit Gerold schmuste."

Er erstarrte. Noch immer schien es ihm weh zu tun. Entwickelte sich hier ein Motiv?

„Aber wenig später wechselte das Spiel wieder. Es war wie, ja, wie eine Achterbahn."

„Achterbahn?", fragte ich nach.

„Ja, mal er, mal ich." Nun grinste er. Das Motiv verschwand wieder ein wenig.

Nach einer längeren Pause: „Ich war dann der Erste."

„Der Erste?"

„Ich habe als Erster mit ihr geschlafen." Triumph in seiner Stimme. Aber er hatte ein Wort merkwürdig betont.

„Als Erster?"

Nun schwieg er länger. „Ja, Barbara machte sich einen kleinen Sport daraus. Nach mir dann Gerold. Aber dann ging es munter weiter. Ein kleiner Reigen. Sie landete auch wieder bei mir. Eben wie in einer Achterbahn. Viele durften mal."

Ich schwieg. Erst einmal nachdenken. Meine Gefühle der Anteilnahme ausschalten. Dann fragte ich. „Wie ging es weiter?"

„Sie zog zu ihm. War immer in seiner Nähe. Nach und nach schien sie sich ausschließlich auf ihn zu beziehen. Er hatte das beste Examen. Dann die Promotion. Schließlich der Ruf auf einen Lehrstuhl. Ein Professor als Ehemann: ein riesiger Aufstieg für sie. In Wolfsburg haben sie dann geheiratet."

Das klang alles glaubwürdig. Einerseits.

Andererseits? Eine Stimme regte sich in mir. Sie war noch zu leise. Ich konnte sie nicht hören.

Also verabschiedete ich mich von dem beeindruckenden Imker. Wenn ich eine Frau gewesen wäre …

## Beschleunigung

Sonntag. Allein im Jossgrund. Ich vermisste LTM. Frau Bulling war spät am Samstag wieder zurückgekommen, aber noch einsilbiger als zuvor. Wollte sie nicht mit mir reden? War sie ebenfalls traurig, dass LTM nicht da war? Mehrere Versuche, mit meiner Wirtin ins Gespräch zu kommen, scheiterten. Auch für eine Partie Rommé war sie nicht zu begeistern.

So hing ich eben meinen Gedanken nach. Wanderte.

Tage später. Im Fall des verstorbenen Bienenprofessors steckte ich fest wie eine verrostete Schraube. LTM schrieb mir weitere Emails und hielt mich auf dem Laufenden. Der tote Bienenprofessor war nach Wolfsburg zu seiner Beerdigung überführt worden. LTM hatte es auf sich genommen, daran teilzunehmen, und mir einige Fotos geschickt und zahlreiche Kommentare verfasst. Auch der Imker war vor Ort. Er trug einen schwarzen Anzug und eine schwarze Krawatte. In der Öffentlichkeit hielt er sich von der Witwe fern. Mehr hatte LTM nicht herausgefunden. Hatten sich Witwe und Imker heimlich getroffen? Ich fühlte eine große Schwäche in mir. Hätte ich nicht selbst vor Ort sein sollen?

Meine Anweisungen hatte LTM präzise umgesetzt. Der Biobauer war in Frankfurt vernommen worden. Das Verhör mit dem besten Spezialisten der Kripo war ergebnislos verlaufen. Eigentlich wäre meine Anwesenheit erforderlich gewesen. Aber aufgrund der Zuständigkeitskonflikte hatte ich mich dann doch herausgehalten, weil es schon einigen Ärger gegeben hatte. Wichtiger aber für mein Vorgehen war, dass ich meine Befangenheit so deutlich spürte wie einen Mückenstich, der permanent juckte. In dieser Form hätte ich kein gutes Verhör führen können. Also hielt ich mich lieber heraus.

Das Ergebnis war wie erwartet. Der Maisbauer hatte sich auf Sätze mit drei Wörtern und Verneinungen beschränkt. Außerdem hatte er ein Alibi, das überprüft worden war. Zur Tatzeit hatte er mit zwei Freunden Skat gespielt. Mangels Beweisen wurde er aus der Untersuchungshaft entlassen. Der Staatsanwalt, zum Glück dieses Mal nicht der Papa von LTM, hatte einen bösen Kommentar geschrieben. Egal.

Ich schaute mir das Protokoll noch einmal ganz genau an. Die Adressen der beiden Freunde waren angegeben. Gelber Zettel. Ich würde das Alibi des Biobauern überprüfen.

Die gesamte Situation ging mir nah. Ich vertraute Frau Bulling und Kenia. Der Maisbauer war der Täter. Darauf hatte ich mich jetzt festgelegt. Vielleicht wäre der Professor noch am Leben, wenn es kein Erdbeben gegeben hätte. Der Schubser und die Erdspalte waren die Kombination, die zum Tod geführt hatte. War somit das Erdbeben mitschuldig? Hätte ein Schubser ohne Erdspalte die Situation deeskaliert? Fragen über Fragen, auf die ich keine Antwort fand. Verkettung der Umstände. Das ging gegen meinen Gerechtigkeitssinn.

Da ich mit Denken nicht mehr weiterkam, musste ich mich bewegen. Ich schnappte mir den Zettel mit den Adressen der Freunde, mit denen der Biobauer angeblich Skat gespielt hatte. Mein Polo fand sie sehr schnell. In Lettgenbrunn. Ich klingelte bei A. Weis. Ein Mann öffnete die Tür. Ich erkannte ihn sofort wieder aus dem Sudetenhof. Er war einer der beiden, die mit dem Biobauern zusammen gesessen hatten, als ich meine Forelle kalt werden ließ. Ich sparte mir eine größere Unterredung und wusste schon, wie es weitergehen würde. Natürlich bestätigte er das Skatspiel und somit das Alibi.

Nichts anderes im zweiten Fall. Vorhersehbar. Der Polo fuhr nur wenige Kilometer weiter. Der nächste Entlastungszeuge entpuppte sich als der Dritte im Bunde. Die kleine Bande des Biobauern war komplett. Das Alibi konnte man vergessen. Wie schlampig Frankfurt ermittelt hatte! Unglaublich.

Ich fuhr zurück. Erkenntnisse konnte man nur gewinnen, wenn man vor Ort war. Wenn man präsent war. Daraus wurde klar: Wer sich so sein Alibi besorgte, war besonders verdächtig.

Zurück in der guten Stube. Leer. Aber nicht erschöpft. Im Fall kam ich nicht weiter. Musste ich mich von meinem Denken lösen? Ganz anders an die Sache herangehen? Ich vermisste LTM. Sollte ich sie anrufen?

Am Abend war Frau Bulling wieder aufgeschlossen. Sie erzählte mir alles Mögliche. Wollte sie sich aussprechen? Ich stellte keine Fragen und hörte einfach zu. Vieles war interessant. Die Leute hier im Jossgrund. Kräuter. Manches war uninteressant. Dann schaute ich sie an, blendete mich aber aus. Schließlich berichtete sie mir von ihren Erfahrungen mit Hunden. Zunächst schilderte sie Erlebnisse, die sie mit Kenia hatte. Ich schüttelte den Kopf. Unglaublich. Wahrheit oder Esoterik? Dann kam sie auf einen Hund in einem Altersheim in Bad Orb zu sprechen. Sie selbst war damals als Krankenpflegerin tätig und 29 Jahre alt. Noch ledig. Auf der Station gab es einen Foxterrier, der Liebling des Altersheims. Schon zwölf Jahre alt. Ein Hundegreis. Er hieß Max.

Max hatte die Fähigkeit, das Sterben der Menschen vorauszusagen. Frau Bulling fiel auf, dass er an manchen Tagen gezielt zu einem Zimmer lief und sich vor die Tür setzte. Freudig wedelte er mit dem Schwanz. Mal ließ man ihn ein, mal nicht. Er wartete immer ganz geduldig vor der Tür. Beim dritten Fall stellte Frau Bulling fest, dass am nächsten Tag der Bewohner des Zimmers starb. Ab diesem Zeitpunkt beobachtete sie das Verhalten sehr sorgfältig und notierte alle Daten. Die Eintrittswahrscheinlichkeit betrug 100 Prozent. Jedes Mal starb am nächsten Tag ein Mensch. Nach den ersten zehn dokumentierten Fällen informierte sie den Leiter des Altenheims, der die Geschichte als völlig verrückt abtat. Daraufhin ging Frau Bulling auf den Arzt zu, der das Altenheim medizinisch betreute. Er war offen dafür und versprach, sich darum zu kümmern.

Der Arzt hielt Wort und ließ eine Untersuchung durchführen. Das Ergebnis, wissenschaftlich dokumentiert, lautet: Sterbende dünsten ein bis zwei Tage vor ihrem Tod besondere Moleküle aus, die von Hunden mit ihrem enorm feinen Geruchssinn wahrgenommen werden. Max hatte dieses Muster erkannt und sich von den Bewohnern auf seine Art und Weise verabschiedet.

Frau Bulling gähnte. Es war das erste Mal, dass ich sie so sah. Sie verabschiedete sich und ging in ihr Zimmer. Wir waren wieder versöhnt. Schön! Eine gute Stimmung breitete sich in mir aus.

Nach Frau Bullings Erzählung überdachte ich das Verhalten Kenias erneut und änderte meine Meinung. Also gut. Es konnte wohl sein, dass Hunde solche außergewöhnlichen Fähigkeiten hatten. Gab es dazu einschlägige Literatur? Mit dem Smartphone wurde ich schnell fündig. Rupert Sheldrake, Der siebte Sinn der Tiere. Man konnte einen Blick ins Buch werfen. Ich begann, die ersten Seiten zu lesen und war fasziniert von den Berichten des Professors. Leider war die Leseprobe viel zu schnell zu Ende. Ich nahm mir vor, das Buch zu bestellen. Gelber Zettel.

Es war noch früh am Abend. Gedankenverloren blätterte ich durch meine Emails. LTM hatte mir erneut geschrieben.

*Cheffe, mein Bauchgefühl sagt mir, da stimmt etwas nicht. Der Imker und die Professorenfrau. Ich habe herausgefunden, dass beide etwas miteinander hatten! Und ihr Verhalten in Wolfsburg war psychologisch betrachtet sehr merkwürdig.*

An dieser Stelle verharrte ich. Wenn ich auf eins etwas gab, dann auf LTMs Bauchgefühl. Ja, auch ich hatte das Wohnzimmer merkwürdig gefunden. Es war kein Wohnzimmer. Es war ein Studierzimmer. Voller Bücher. Dunkel. Kein Fernsehgerät. Vermutlich hatte der Professor, außen sehr beliebt, innen seine Beziehung dominiert. Als Frau wäre ich erstickt in diesem Wohnzimmer. LTM hatte Recht. Ich las weiter.

*Also folgere ich: Beide hatten möglicherweise einen Grund, den Professor um die Ecke zu bringen. Alte Liebe rostet nicht. Die Frau ist doch sicherlich in diesem dunklen Wohnzimmer erstickt.*

Jou, rief der selbstbewusste und verspielte Teil meiner Seele!

*Also könnten die beiden, Imker und Professorenfrau, beschlossen haben, den Professor um die Ecke zu bringen. Wir machen den Weg frei, für unsere Liebe, für eine genossenschaftliche Bienenzucht, für ein Wohnzimmer im Licht des Spessarts.*

Erstaunlich. LTM. Ich liebte sie!

Dann versuchte ich mit meinen dicken Daumen, eine Antwort zu schreiben. Sie dauerte eine Ewigkeit und war immer noch voller Fehler. Die Botschaft lautete: Fahr nach Wolfsburg. Verhör Frau Blum erneut. Setz sie unter Druck. Ich mache es hier mit dem Imker. Getrennt marschieren, vereint schlagen.

Fast so schnell wie die Feuerwehr schlüpfte ich in meine Klamotten und verließ das heimelige Haus. Mein Polo nahm Kurs auf das Anwesen des Bienenzüchters. Dort brannte Licht. Er war zu Hause.

Ich klingelte unnötigerweise Sturm. LTMs Adrenalin hatte mich angesteckt.

Er öffnete und wurde erneut bleich. „Kommen Sie rein."

„Herr Noll, wir wissen, dass es engere Bande gibt zwischen Ihnen und Frau Blum."

„Jou, gut, dass Sie mich noch einmal ansprechen. Ich halte diesen Druck des Schweigens nicht mehr aus."

Dann gab er zu, dass er wesentlich engeren Kontakt zur Professorenfrau hatte, als wir bisher gewusst hatten. Das machte ihn sehr tatverdächtig. Da waren einige Informationen hin und her geflossen, aus denen man mehr schließen konnte. Da er irgendwie leutselig wirkte, ließ ich ihn im Glauben, dass seine Offenheit ihn entlastete.

Mir war hingegen wichtig, in Ruhe nachzudenken. Also verabschiedete ich mich und fuhr in meine Pension.

Dort setzte ich mich in die gute Stube. Ich nahm einen Zettel und sortierte den Fall neu.

Mögliche Täter:

-das Erdbeben (erste Hypothese von LTM)

-der Biobauer (mein Favorit)

-der Imker (ganz neu)

-die Professorenfrau (auch ganz neu)

-beide zusammen (nicht unwahrscheinlich)

-eine andere Möglichkeit??? Drei Fragezeichen!


**Inflation**

Wieder lange geschlafen. In Ruhe ging ich nach unten. Frau Bulling war nicht da. Alles ein wenig merkwürdig. Die letzten Tage waren anders verlaufen.

Hunger? Nein. Ich kochte mir einen Tee. Die Mischung war interessant. Bitter, zitronig, süß. Keine Ahnung, welche Kräutermischung ich erwischt hatte.

Dann ging ich los. Erstaunt stellte ich fest, dass alles leichter vonstattenging. Das Denken. Das Laufen. Das Fühlen.

Die Temperaturen waren wieder angenehmer geworden. Die Hitze der letzten Tage war vorbei. Ein richtig schöner Sommertag erwartete mich mit offenen Armen. Die Sonne stand klar am Himmel, und die Vögel freuten sich irrsinnig, wie ich ihren fröhlichen Lärm interpretierte.

Ich wanderte durch den Spessart und vergaß die Zeit. Auch den Fall. Sehr viel später kam ich wieder in Villbach an. Jetzt erst schaute ich auf die Uhr. 17.23 Uhr!

In der guten Stube saß Frau Bulling und strickte. Das hatte ich seit meinen Kindertagen nicht mehr gesehen.

„Guten Abend", sagte ich ruhig. Präziser, in mir ruhend. Sie schaute mit demselben Gesichtsausdruck zurück.

„Ich möchte eine Kleinigkeit essen. Heute früh bin ich ohne Frühstück losgezogen. Irgendwo durch den Spessart. Und jetzt bin ich wieder hier."

Sie nickte. Dann stand sie auf und bereitete mir etwas zu.

Ich aß mit Achtsamkeit. Lecker. Wieder neue Geschmackserlebnisse. Wir schwiegen. Es gab nichts zu sagen.

Mein Handy brummte. Der Ton war ausgeschaltet, aber der Vibrationsalarm informierte über den Eingang einer neuen Email. LTM.

„Cheffe, zurück aus WOB. Frau Blum hat ein glasklares Motiv. Sie ist bzw. war ihres Mannes überdrüssig geworden und hatte offensichtlich überlegt, ihre alte Liebe wieder aufzufrischen!"

Nähere Details musste ich nicht wissen. Ich vertraute LTM. Dieselben Gedanken hatte ich auch gehabt. Also mussten wir den Imker und die Professorenfrau ins Präsidium zum Verhör bestellen.

Erdbeben, Maisbauer oder die Bienen-Connection aus Imker und Bienenfrau? Die Blum spielte auf alle Fälle ein doppeltes Spiel.

Mir kam in den Sinn, dass ich den verstorbenen Professor noch einmal näher befragen könnte. Sein Notizbuch! Vielleicht konnte ich neue Erkenntnisse ableiten. Ich ging nach oben, um das Buch zu holen.

Ein Notizbuch im DIN-A4-Format. Groß und schwer. Eines Wissenschaftlers würdig. Sollte ich in meiner Kemenate bleiben? Unten war es gemütlicher.

Frau Bulling strickte, und ich versuchte, die Formeln und Notizen des Professors zu entwirren. Seite für Seite. Immer wieder das Gleiche. Formeln. Zahlen. Daten. Ich verstand nichts. Langsam wurde ich müde. Schon wollte ich das Buch zuklappen, als ich einen Zettel bemerkte. Er war ganz hinten in das Buch eingelegt, handschriftlich stand darauf:

*Kommen Sie heute um Mitternacht in den Wald. An die Kreuzung der Waldwege neben dem Maisfeld. 500 Meter vor dem Gehöft des Maisbauern. Ich liefere Ihnen die Beweise.*

Die Schrift hatte ich schon einmal gelesen. Kühlschrank, schoss es mir in den Sinn.

Tief holte ich Luft und war auf einmal hellwach. „Ich brauche etwas zu trinken", sagte ich in den Raum hinein und stand auf. Auf dem Weg zum Kühlschrank überlegte ich, wie ich Frau Bulling überlisten konnte. Gleichzeitig ein Getränk aus dem Kühlschrank nehmen und einen größeren gelben Zettel unbemerkt entfernen. Zuerst ein Glas aus dem Schrank. Dann Milch und Zettel. Es klappte.

Zurück auf meinem Platz trank ich die Milch in kleinen Schlucken. Frau Bulling lächelte mich an. Ich fühlte mich als Sohn adoptiert und gleichzeitig schuldig.

Den gelben Zettel heftete ich in das Buch das Professors und verglich die Handschrift: identisch!

Was hatte das zu bedeuten?

Ich kombinierte. Frau Bulling hatte Beweise. Für den Professor. Vermutlich zum Bienensterben. Wieso bestellte sie ihn um Mitternacht zum Maisfeld? Und wann war das passiert? Ich grübelte und fand keine Antworten.

Also beschloss ich, sie mit dieser Information zu konfrontieren. Ich tat es.

Verwundert nahm ich wahr, dass sie ohne erkennbare Gefühlsregung weiter strickte.

„Frau Bulling?"

„Ja, ich habe sie gehört."

„Und?"

„Na gut, wenn Sie die Wahrheit wissen wollen." Sie legte das Strickzeug beiseite.

„Es war tatsächlich das Erdbeben. Ihre Kollegin hat Recht."

Hoch konzentriert hörte ich zu.

„Wie ist es passiert?"

„Ja, ich habe Beweise gegen den Biobauern. Er bekämpft das Ungeziefer mit chemischen Mitteln. Als Biobauer darf er das nicht."

„Wie haben Sie das herausgefunden?"

„Ich sammle Kräuter und kenne den Wald. Irgendwann fand ich eine versteckte Grube. Darin befanden sich Fässer. Die wollte ich dem Professor zeigen."

„Und dann?"

„Dann kam das Erdbeben. Der Professor strauchelte und stolperte über eine Wurzel. Ich konnte ihn nicht halten. Den Rest wissen Sie."

Ich rekapitulierte noch einmal die Vorgänge in der damaligen Nacht. Ich schlief. Das Erdbeben weckte mich. Ich wurde wach und hatte Durst. Trank das Glas Wasser leer. Schlief benebelt wieder ein. Wurde später aber wieder wach, weil mich das Ereignis nicht los ließ. Ein Albtraum hatte mich geweckt. Dann war ich nach unten gegangen, und Frau Bulling war in diesem Moment von draußen hereingekommen.

„Das Erdbeben hatte mich geweckt. Als ich wach wurde, hatte ich Durst. Auf dem Nachttisch stand ein Glas Wasser. Ich trank es leer. Danach schlief ich gleich wieder ein. Das verstehe ich nicht."

Sie nahm sich ein wenig Zeit für die Antwort. Das war kritisch zu bewerten.

„Ja. Ich war doch mit dem Professor schon verabredet. Irgendwie musste ich Sie loswerden. Mir war es wichtig, dem Professor die Hinweise zu geben. Damit hätte er den Biobauern überführen können."

„Warum wollten Sie mich nicht einweihen?"

„Ich kannte Sie ja kaum. Wie hätte ich Ihnen vertrauen könnten?"

„Aber mich einfach so anlügen?"

„Es tut mir leid."

„Wie konnten Sie sicher sein, dass ich Ihr Verschwinden nicht bemerken würde?"

„Ich habe Ihnen ein Schlafmittel in Ihren Biertrunk gemischt und auch in das Wasser, das Sie auf dem Nachttisch stehen hatten."

Hexe! Nun konnte ich den Maisbauern verstehen.

Ihre Offenheit musste ich als Pluspunkt werten. Aber da krochen noch weitere Informationen in meinem Gehirn hervor.

„Sie sagten: ‚Es hörte sich so an, als ob er umgebracht wurde. Ein Fremder.'"

Nun schwieg sie sehr lange.

Geduldig wartete ich. Rabe und Katze hielten ebenso still.

Dann sagte sie: „Es tut mir leid."

Tief Luft holend sagte ich: „Frau Bulling, das kann doch nicht wahr sein. Sie waren angeblich dabei, als Professor Blum ums Leben kam. Und dann haben Sie uns in die Irre geführt und zugeschaut, wie wir in die falsche Richtung ermittelt haben."

Sie schwieg und schaute auf den Boden.

„Der Aufwand, den wir betrieben haben!"

Nach einer längeren Pause: „Bitte entschuldigen Sie. Es tut mir leid."

Ich schnaufte und konnte es nicht fassen. „Frau Bulling!" Nach einer längeren Pause, in der ich mich beruhigte: „Warum?"

„Ich hatte Sie, wie Sie gerade sagten, in die Irre geführt. Aus Scham konnte ich meinen Irrtum nicht korrigieren."

Gerade wollte ich aufbegehren. Meine Intuition raunte mir zu, dass ihr Verhalten nachvollziehbar war. Ich nahm mir daher viel Zeit und kam zum Ergebnis, dass Scham als Motiv gerechtfertigt wäre. Aus ihrer Sicht.

Bürokratisch natürlich nicht zu akzeptieren. Kosten. Staatsanwalt. Gefahr für meinen Job. Risiko? Nicht so wichtig. Also holte ich das zweite offene Thema aus meiner Schublade.

„Sie haben eine Anzeige aufgegeben. Vor sehr langer Zeit."

Sie schaute erstaunt: „Das wissen Sie?"

Ich lächelte und bluffte. „LTM."

Nun nickte sie. „Ja, eine wirklich pfiffige Assistentin. Was die alles herausfindet." Sie schüttelte den Kopf.

Nach einer längeren Pause. „Es war so. Ich war damals eine sehr begehrenswerte junge Frau. Mein geliebter Mann war einige Wochen im Ausland auf einer Geschäftsreise. Eines Abends ging ich wieder auf meine Kräutertour und wurde im Wald von Herrn Röder abgefangen. Er hat mich vergewaltigt. Ich konnte mich körperlich nicht widersetzen."

Sie schwieg. Ihre Falten im Gesicht wurden noch tiefer.

„Die Anzeige hatte keinen Erfolg. Die Beamten in der Polizeistelle glaubten mir kein Wort und verdächtigten eher mich! Wie gesagt: Ich war begehrenswert. Viele Männer hatten wohl ihre Phantasien. Oft in den Gesichtern abzulesen. Bei der Kerb. Man dichtete sich zusammen: Der Mann ist weg, die Kleine ist geil. So hat es der Biobauer den Polizeibeamten gesagt. Und sie haben es geglaubt. Mein Mann war entsetzt, kannte aber die Machtverhältnisse im Jossgrund. Frauen zählen hier nicht. Da gab es jüngst auch noch einen anderen Fall einer Frau Röder, die unterdrückt und vergewaltigt worden ist, sogar von ihrem eigenen Mann. Auch sie hatte mit ihrer Anzeige keine Chance gegen das Komplott aus Arzt und Polizeichef. Die Geschichte setzte sich unerbittlich fort. Mein Mann riet mir zu, die Anzeige zurückzuziehen, damit wir unsere Ruhe hätten. So habe ich es dann gemacht."

Die Erzählung nahm mich mit. Klar. Die unterdrückte, sogar vergewaltigte Frau. Auch die kleine Begebenheit in der Geschichte, von der ich ja wusste, machte alles noch glaubwürdiger.

Andererseits musste ich dies zum Anlass nehmen, alles noch einmal zu überprüfen. Sofort stand klar in meinem Kopf: späte Rache. Bisher das eindeutig beste Motiv! Das Erdbeben trifft leider den Falschen. Aber Frau Bulling, auch sonst ganz schön ausgeschlafen, erkennt ihre Chance und nutzt die Gunst der Stunde. Der Maisbauer steht klar unter Verdacht, und sie tut alles, um ihn ans Messer zu liefern. Wer immer der Täter oder die Täterin war. Sie erzählt die Geschichte so, dass es für mich passt. Hauptsache, der Maisbauer muss daran glauben.

Völlig ernüchtert lehnte ich mich zurück.

Eine andere Hypothese schoss mir in den Sinn. Sie konnte den Professor bewusst in die Spalte geschubst haben, um den Maisbauer in die Bredouille zu bringen. Das wäre äußerst durchtrieben.

Was stand im Obduktionsbericht? Während ich mich dies fragte, sagte ich:

„Das tut mir aufrichtig leid, Frau Bulling. Sie hatten einen verständnisvollen und offenbar sehr klugen Mann."

Sie weinte.

Leise ging ich nach oben.

## Obduktion

Auf meinem Zimmer suchte ich den Obduktionsbericht. Ich verfluchte LTM, stellte dann aber fest, dass ich mich selbst verfluchen sollte. Da ich alles an sie delegiert hatte, bekam ich nur die Ergebnisse zu sehen, die ich auch verlangte. Die Berichte waren bei ihr. Sie hatte daraus zitiert.

Also schrieb ich eine Email an LTM und stellte die alles entscheidende Frage. Wieder hatte ich Glück und Pech zugleich. Sie antwortete fast sofort. „Nein, der Todeszeitpunkt ist nicht genauer bestimmbar. Aufgrund der starken Hitzeentwicklung an den Tagen nach dem Erdbeben ließ sich der Zeitraum des Todes nicht exakt bestimmen. Der

Arzt gab einen Zeitraum von ca. 22 Uhr bis 4 Uhr morgens an."

Pech. Offen. Keine eindeutige Festlegung. Nun saß ich da und wusste wieder nicht weiter.

Was hatte Frau Bulling mir geraten? Sie haben doch Zeit!

Also legte ich mich schlafen und hoffte auf Erkenntnisse, die sich über Nacht einstellen würden.

Am nächsten Morgen war mir immerhin klar: Ich musste die verdächtigen Personen in Ruhe verhören. Im Präsidium. Also rief ich LTM an und gab ihr meine Gedanken durch. Sie sollte einen entsprechenden Bericht anfertigen und mir zur Abstimmung zuschicken.

Ich kam auf folgende Personen nebst den zugehörigen Motiven:

1. Biobauer. Motive: Alles in Gefahr. Status. Zertifizierung als Biobauer. Geld. Machtposition im Jossgrund. Er stößt den Professor, weil er ihm zu nahe kam und ihm alles wegzunehmen drohte.

2. Imker. Motiv: Freundin ausgespannt, späte Rache, will sie wieder zurückhaben.

3. Professorenfrau. Motiv: Ehemann um die Ecke bringen, weil sie mit Bienen-Alex zusammenleben will. Imker und Professorenfrau. Das passt. Schulfreundschaft. Erste Liebe. Sie hat zwar den Intellektuellen geheiratet, ihn aber in der Jugend mit dem Imker und anderen betrogen. Die alte Liebe flammte neu auf, zumal die Ehe im dunklen Wohnzimmer zu ersticken drohte. – Aber: Wie

kam sie in den Jossgrund? Das müsste noch überprüft werden.

4. Imker und Professorenfrau. Motiv: gemeinsame
   Sache. Die Koalition aus Fall 2 und 3. Gemeinsam
   sind wir stärker. Aber auch: Gemeinsam sind wir
   angreifbarer.

5. Kräuterhexe. Motiv: späte Rache an der Vergewaltigung. Schubst den Professor und schiebt
   dem Biobauern die Schuld in die Schuhe. Oder
   dreht die Geschichte nur so, dass sie für mich
   passt. Ganz undurchsichtig. Sie war angeblich dabei. Das verstand ich überhaupt nicht. Frau
   Bulling als kaltblütige Mörderin? Oder schützte
   sie jemanden mit dieser Erklärung, die den Biobauern entlastete?

6. Erdbeben. Unfall. Die Natur hat kein Motiv.
   Außer: survival of the fittest.

Mein Tagwerk war vollbracht. Dann ging ich in die Du-
sche. Ich blieb so lange unter dem heißen Wasserstrahl,
bis das Zimmer zu einer Nebelkammer geworden war.
Vorsichtig tapste ich zum Fenster und öffnete es weit. Die
Schwaden zogen langsam nach draußen. Nachdem ich
mich abgetrocknet hatte, schenkte ich der Waage einen
Blick. Ich hätte sie küssen können! Ich nahm weiter ab. Im
aktuellen Fall allerdings war ich stecken geblieben. Als der
Spiegel wieder funktionsfähig war, betrachtete ich mich in
Ruhe. Das Ergebnis war ernüchternd. Ich wurde älter.
Immerhin ein kleiner Trost: Ich sah erholt aus und wirkte
viel frischer als noch vor Wochen.

Unten in der guten Stube herrschte Stille. Das Geständnis des gestrigen Abends zog sich wie ein Nebel durch den Raum und behinderte die Kommunikation.

Ich aß in Ruhe mein Frühstück. Dabei stellte ich fest, dass man selbst kleinste Bissen automatisch zwanzig oder dreißig Mal kaut, wenn man innerlich ruhig ist.

Später ging ich vor die Tür und genoss den frühen Morgen und das angenehme Sommerwetter. Ich setzte mich auf eine Bank und schaute. Mein Blick fand keinen festen Bezugspunkt.

In meiner Hose vibrierte es. Das Handy. Eine Email von LTM. Der Bericht. Schon fertig! Unglaublich schnell, die Kleine. Ich las ihn und fand ihn gut. Nein, sehr gut. Dann gab ich ihn frei. Sie war meiner Empfehlung gefolgt. Ich war etwas überrascht, als ich ihn las. Es macht einen Unterschied, Gedanken im Kopf zu formulieren oder zu Papier zu bringen. Geschrieben wirken sie immer klarer. Hatte ich die richtige Intuition bewiesen? LTM hatte daraus einen logischen Bericht gefertigt.

Mein letzter Tag im Jossgrund. Ich ging in mein Zimmer und packte. Nachdem ich gezahlt hatte, nahm ich Frau Bulling in den Arm. Warum, wusste ich nicht. Dann fuhr ich davon.


## Montagsblues

Der Einschlag hätte nicht härter kommen können. Der Tag begann gut. Toni war schon im Büro. Wir umarmten uns. Frau Bulling kam mir in den Sinn. Nach dem überraschten Ausruf: „An dir ist ja nichts mehr dran!", holte mich die Wirklichkeit sehr schnell ein. Kaum saß ich am Schreibtisch, klingelte das Telefon. Möller. Seine schneidende Stimme bat mich, nein: befahl mir, sofort in sein Büro zu kommen. Mir schwante Übles.

„Ciao Toni, ich muss zum Staatsanwalt. Wäre ich doch im Urlaub geblieben."

„Kopf hoch, Chef, den überstehst du mit links!"

Als ich sein Büro betrat, legte er einen Bericht weg und sah mich kurz an. „Setzen Sie sich." Es blieb immer nur der Stuhl vor seinem riesengroßen Schreibtisch. Sein Bürostuhl war so eingestellt, dass er sehr hoch saß. Da er zudem groß gewachsen war, überragte er die vor ihm sitzende Person mindestens um Haupteslänge. Auch wenn man das Spiel kannte, ließen sich die körperlichen Signale nicht einfach ausknipsen. Man fühlte sich unterlegen. Ich tröstete mich mit einem mentalen Anker, der mir Kraft geben sollte. Wir Menschen verbrauchen den größten Teil der Energie zur Aufrechterhaltung der eigenen Wichtigkeit. Wie ein Luftballon, der sich ständig aufblähen muss, um sich prall zu fühlen. Also, sagte ich mir: gegenhalten und straffte meine Schultern.

„Seibold", den Herrn schenkte er sich schon seit langem. „Ich habe Ihre beiden Berichte gelesen. Die Auswertung ist Ihnen sehr gut gelungen. Das muss ich schon sagen. Gute Kennziffern. Gute logische Ableitungen. Auch der andere Bericht ist sehr gut geschrieben. Aber inhaltlich gefällt mir einiges nicht."

„Und was genau?"

„Nun. Erstens waren Sie nicht zuständig. Zweitens: Ein Erdbeben als Ursache für den Tod des Professors?"

„Herr Staatsanwalt", begann ich und versuchte, keinesfalls unterwürfig zu klingen, „die Pflicht rief. Ich saß an der Quelle. Die Kollegen vor Ort hätten ihre lieben Probleme gehabt, und eine Krähe hackt der anderen kein Auge aus."

„Wohl wahr, wohl wahr. Aber das Erdbeben als Ursache?"

„Wie im Bericht ausgeführt. Die Obduktion schließt Fremdverschulden aus und führt die tödliche Kopfwunde auf den Sturz zurück. Außerdem haben wir Frau Bullings Zeugenaussage."

„Der Sie offenbar vertrauen. Man braucht wenig Phantasie, um sich ein anderes Szenario vorzustellen."

„Ich habe in ihrer Pension fast drei Wochen Urlaub gemacht. In dieser Zeit gewinnt man einen anderen Eindruck von einem Menschen als in einem Verhör."

Er wirkte nachdenklich und bewies einen Funken Humor. „Das könnte man als neue Ermittlungsmethode entwickeln, ist allerdings völlig unmöglich. Zeit, Geld, und grundsätzlich nicht realisierbar. – Sie sehen, Seibold, so richtig bin ich nicht überzeugt."

Ich überlegte. Wie konnte ich ihn mit seinen eigenen Waffen schlagen? ZDF kam mir in den Sinn, Zahlen, Daten, Fakten. „Ein Mord weniger in Hessen, gut für unsere Statistik."

Er nickte. Ich war zu ihm durchgedrungen.

„Dann schließen wir die Akte. Ach: Wie macht sich übrigens meine Tochter?"

„Gut. Sie ist sehr aufgeweckt. Bienenfleißig. Sie haben ja gesehen, dass sie in meinem Auftrag den Abschlussbericht geschrieben hat."

„Ja, ja. Der Bericht ist sehr gut, wie ich schon sagte. Also Seibold, dann sind wir durch. Auf Wiedersehen."

Dieses Mal schlich ich nicht wie ein begossener Pudel aus seinem Büro. Zwar galt das Prinzip: Ober sticht Unter. Aber heute hatte ich es durchbrochen. Die Analogien stimmten im Prinzip, aber nicht in jedem Einzelfall: Hunde ziehen den Schwanz ein, wenn sie sich einem stärkeren Kläffer beugen. Ein Beugungsreflex? Unterwerfung? Totstellreflex? Von LTM gelernt: Der Staatsanwalt war ein Mensch, der auf ZDF-Kriterien hört. Man musste nur geschickt genug sein, die Intuition entsprechend zu verpacken

Am Schreibtisch fand ich einen Aktenvermerk, dass das Verfahren wegen meiner bei Rot überfahrenen Ampel eingestellt worden sei. Ich schickte Werner Ziegenbart eine SMS: Heute Abend auf ein Bier? Er antwortete rasch und wir verabredeten uns für 19 Uhr.

Dann las ich einen weiteren Vermerk von LTM. Der andere Fall Röder. Laut den Berichten hatte ihr Mann bei einem Spaziergang im Wald einen Herzinfarkt erlitten. Die Untersuchung des Amtsarztes bestätigte diese Todesursache. Fremdverschulden ausgeschlossen. Polizeiliche Protokolle gab es nicht.

Der Spessart verschluckte nicht nur seine Opfer, sondern auch die Schatten der Täter.

## Teil 2

*Nach dem „Stillen Schrei" bin ich oft gefragt worden, wie daraus eine Fortsetzung entstehen soll, da der erste Teil abgeschlossen ist.*

*Ist er wirklich abgeschlossen? Einige Leserkommentare meinen, dass Claudia einen Mord begangen hätte, der strafrechtlich kaum zu verfolgen wäre. Andere denken anders darüber. Im dunklen Echo wird diese Fährte wieder aufgegriffen und die Kommentare, die mich erreicht haben, werden mit verarbeitet. Mehrfach bin ich gefragt worden, ob Claudia die Fortsetzung überlebt. Einige LeserInnen haben mich sogar ausdrücklich darum gebeten. Auch bin ich gefragt worden, ob man bei dem Personal-Trainer, der als sehr sympathisch empfunden wird, einen Termin buchen könne. ;-)*

*Es gibt noch einen viel wichtigeren Grund dafür, dass das im stillen Schrei berichtete Geschehen nicht abgeschlossen ist. Bitte wechseln Sie die Perspektive: ein kleines Dorf, jeder kennt jeden. Ein sehr reicher Mann, keinesfalls beliebt, erleidet einen Herzanfall und stirbt. Quasi in den Armen seiner von ihm gequälten Frau. Sie beerbt ihn, wird sehr vermögend und lebt munter und fröhlich mit ihrem Lover, dem Personal-Trainer.*

*Ein solches Dorf hat eine Geschichte und ein Gewissen. In diesem Fall sind es natürlich Karls Freunde, die sich ihren eigenen Reim auf den Ausgang des Dramas machen. Für sie ist völlig klar: Seine Frau hat ihn auf perfide Art und Weise umgebracht.*

*Lassen sie ihr das durchgehen? Mitnichten, wie Sie als LeserInnen im folgenden Teil sehen werden.*

*Zurück in den Jossgrund und zu Kommissar Seibold und seinem Team, das sich mit einem Bienenzüchter, einem Bauern und einem mittlerweile verstorbenen Bienenprofessor befasst, dieses Mal aus einer anderen Perspektive erzählt. Diese Personen sind die wichtigsten Protagonisten der wahren Handlung, die in den tiefen Wäldern des Jossgrunds stattfand. Wann? Im Schaltjahr 2012, das gleichzeitig ein Jahr des Erdbebens war.*

*Die anderen beigemischten Personen entspringen mehr oder weniger zufällig der Phantasie des Autors. Jede Ähnlichkeit mit tatsächlich dort anzutreffenden oder lebenden Personen wäre ungewöhnlich und nur rein zufällig zu begreifen. ;-)*

## Wegscheide

Seibold fluchte leise vor sich hin. Es schien nur so, dass die Technik immer menschenfreundlicher wurde. Stattdessen wurde sie immer menschenähnlicher und neigte zu ähnlichen Reaktionen wie ihr Schöpfergeschlecht: Zeitweise schien sie unpässlich zu sein und verweigerte ihre Dienste teilweise oder funktionierte völlig anders als gewollt. Dann die völlige Katastrophe: Totalausfall, technischer Totstellreflex.

Wütend drückte Seibold mehrfach die Tasten des Autoradios mit integriertem CD-Player. Die eingeworfene CD kam nicht heraus und blieb verschluckt. Auch das Radio ließ sich nicht mehr aktivieren. Statt der erhofften Musik surrte und brummte das Gerät. Es machte sich offensichtlich lustig über ihn.

Also schweigend die Fahrt in den Jossgrund genießen. Er war genervt. Wurde er langsam zum Dinosaurier? Warum passierte es immer ihm, dass etwas nicht funktionierte? Weil er sich nicht durch Musik ablenken konnte, fing er an zu grübeln. Schon meldeten sich wieder seine Selbstzweifel. Die psychologische Betreuung kam ihm in den Sinn. „Sie müssen lernen, kleinere Misserfolge wegzustecken. Schieben Sie sich nicht immer die Schuld in die Schuhe." Blödes Gerede des Psychologen. Natürlich fühlte er sich nicht schuldig daran, dass Radio und CD-Player nicht gingen. Aber man durfte doch frustriert sein, wenn die Technik nicht funktionierte! Friede, Freude, Eierkuchen: Dieses Mantra hatte noch nie in dieser Welt funktioniert. Brot und Spiele: Das war die einzig gültige Formel in der Evolution des Menschen. Und wenn das Brot nicht ausreicht, wird man eben gewalttätig. Und natürlich auch, wenn man sich einem anderen Menschen überlegen fühlt und er nicht spurt, wie man es will. Oder ganz einfach nur als Machtdemonstration. Zur Verherrlichung der eigenen Hybris. Gladiatorenkämpfe. Sklaven gegen Löwen. Den

Daumen nach unten. Damals schon ein typisches Muster. Die Römer hatten den Facebook-Daumen erfunden. Oder Facebook kopierte das alte Rom.

Seibold drückte die Taste des elektrischen Fensterhebers. Ein Versuch, die Technik des Autos durchzutesten? Sublimation der Frustration? Schon wieder das Psychologengeschwätz in seinem Ohr. Befriedigt nahm er wahr, dass die Technik dieses Mal gehorchte und das Fenster brummend nach unten verschwand. Der Fahrtwind zerzauste ihm das Haar und blies auch seine trübsinnigen Gedanken weg. Spessart. Spechtswald. Tief holte Seibold Luft. Es roch würzig nach Herbst. Eine Windböe wirbelte vor seinem Auto das Laub auf und ließ es im Scheinwerferlicht eine Pirouette tanzen. Eine winzige Windhose. Laubhose.

In der letzten Stunde hatte das Wetter gewechselt. Zuerst noch schwüler Spätsommer mit Scharen von Insekten, die ihr Leben an der Windschutzscheibe beendeten. Jetzt ein Landregen, der von den Scheibenwischern über den Insektenbrei geschoben wurde und einen schmierigen Film auf der Windschutzscheibe des Polos hinterließ. Ihm schien es egal zu sein. So sollte auch er leben, dachte Seibold: Störendes einfach wegwischen, um klarer zu sehen. Leichter zu fühlen.

Langsam beruhigte er sich und ließ sich von den Vibrationen des kleinen Polos anstecken. Seelenmassage. Etwas blitzte im Dunkeln auf. Ein Reflex ließ ihn eine Vollbremsung machen. Der Wagen schlingerte. Ein Rudel Rotwild lief über die Fahrbahn. Die Augen einer Hirschkuh hatten das Scheinwerferlicht reflektiert. Das war definitiv nicht Frankfurt.

Wo sollte er übernachten? Bei Frau Bulling war er erst für morgen Abend angekündigt, und Kommissar Seibold verspürte Lust auf ein kleines Abenteuer. Auf seiner letzten Tour durch den Spessart war ihm das Gasthaus an der Wegscheide aufgefallen, witzigerweise Wirtshaus am Spessart genannt. Es war ein schmuckes Anwesen. Wegscheide. Ein Symbol für seinen Versuch des Neuaufbruchs.

Ein Schild warb um Biker. Allerdings zeigte die Werbestrategie heute Abend keinen Erfolg. Seibold war der einzige Gast.

Abendessen? Alles, was er wollte, so seine Ansage. Jägerschnitzel mit Pommes. Rumpsteak mit Bratkartoffeln. Wildschweinbratwürste in Soße mit Bauernbrot. Hähnchen mit Kartoffelsalat in Mayonnaise. Mit leuchtenden Augen pries ihm der Besitzer des Gasthauses seine Kalorienvielfalt an und wollte ihn zugleich in ein genauso werthaltiges Gespräch verwickeln. Für ihn.

Seibold war genau nach dem Gegenteil zumute. Kein fettes Essen und kein Gespräch. Er sagte ihm, dass er zum Wandern hier sei und vorab für eine Nacht und drei Weizenbiere bezahlen wolle. Es könne sein, dass er morgen noch vor dem Frühstück verschwunden sei. Das Auto würde er hier stehen lassen und am Ende seiner Tour wieder abholen.

Misstrauisch musterte der Wirt ihn.

„Füllen Sie bitte den Meldezettel aus?"

Krakelig schrieb Seibold Namen und Frankfurter Adresse auf den Zettel und unterschrieb.

„Das kann ich nicht lesen. Wie heißen Sie?"

„Thomas Seibold", knurrte er unwillig.

„Und was sind Sie von Beruf?"

Der Typ nervte Seibold. „Geben Sie mir bitte die drei Biere und den Zimmerschlüssel?"

„Wissen Sie, man muss schon genau hinschauen, wen man hier als Gast aufnimmt. Ich habe oft Biker hier. Da sind einige Rowdies dabei."

Wie ein Biker oder Rowdy sah er eigentlich nicht aus, fand Seibold. Oder doch? Nette fette Harley Davidson unter seinem nicht weniger fetten Hintern?

Der Wirt stellte die voll eingeschenkten Biergläser hin. „Wirklich drei Biere?" Blöde Frage im Nachhinein. Er hatte sie schon eingeschenkt. Wieder schaute er Seibold misstrauisch oder gar missbilligend an.

„Ja, ich mache eine Bierdiät. Ich esse nichts mehr."

Unverhohlen schüttelte der Wirt seinen Kopf. Ihm schien es überhaupt nichts auszumachen, wie das auf seinen Gast wirkte. Während er den Schlüssel vom Bord holte, murmelte er etwas, das Seibold aber nicht verstand.

Den Schlüssel klemmte sich Seibold unter die Achsel und stellte die drei Gläser zu einem Dreieck zusammen. Die wackelige Konstruktion balancierte er die Treppe hinauf. Vor dem Zimmer musste er die Biergläser abstellen. Er nahm den Schlüssel unter der Achselhöhle heraus und schloss auf. Das Zimmer war spartanisch eingerichtet. Ein

Bett. Ein Schrank. Eine Kommode. Kein Bild an der Wand. Keine Heizung. Kalt. Trotzdem verspürte er Lust auf die kalten Weizenbiere.

Die Matratze war hart. Erschöpft legte er sich hin. Die Klamotten ließ er an. Es dauerte nicht lange, dann war er ganz allein. Die drei Biere waren verschwunden.


**Waldleben**

Der nächste Morgen. Ein LKW hatte ihn geweckt. Im Zimmer war es eiskalt. An Schlaf war nicht mehr zu denken. Auch drückte seine Blase. Die drei Bier wollten ins Freie. Er musste niesen. seine Nase schwoll sofort zu. Das Niesen hörte nicht auf. Schnupfen oder Allergie? Egal. Die Hexe würde es schon richten, dachte er.

Mühsam richtete er sich auf und stellte die nackten Füße auf den Holzfußboden. Das Zimmer sah ihn kalkweiß an. Die Kälte drang in alle Fasern seines Körpers. Er floh ins Bad.

Dort suchte er Halt am Waschbecken. Schaute nach oben. Der Spiegel. Ein Fremder starrte ihn an. Genauso kalkweiß, nur mit schwarzen Einschlüssen. Die Augen tief in ihren Höhlen verschwunden. Ängstlich. Krank. Depressiv. Sie schienen zu sagen: Halt die Klappe. Lass uns in Ruhe. Geh wieder ins Bett.

Trotzig stemmte er sich dagegen und ging unter die Dusche. Er ließ den Wasserhahn an und stellte ihn auf ganz heiß. Das Wasser war eiskalt und blieb auch so. Noch funktionierte sein Gehirn ein wenig. Großes Haus. Einziger Gast. Leitungen. Es würde dauern, bis das Wasser warm war. Nach einiger Zeit bekam er Zweifel an seiner Theorie. Also drehte er den Hahn in die andere Richtung. Das Wasser wurde noch kälter. Unvorstellbar, aber wahr. Also wieder nach links. Da es nicht warm oder gar heiß wurde, beschloss er, einige Tropfen zu nutzen, um den Schweiß abzuwaschen.

Es blieb viel Duschgel auf der Haut, weil ihm das Wasser zu kalt gewesen war. Die letzten Reste einer schmierigen Feuchtigkeit rubbelte er mit einem hart gerippten Handtuch von seiner Haut. Das tat gut. Ein leicht schmerzhaftes Brennen ging in eine gewisse Wärme über.

Schnell schlüpfte er in frische Kleidung, packte seinen Rucksack und zog los. Die Uhr zeigte 6 Uhr 43 Minuten. Der Regen hatte zumindest aufgehört. Aber es war empfindlich kalt. Naiv oder verwegen, der Tag würde es zeigen, hatte er sich vorgenommen, einfach nach Westen zu laufen. Nach seiner Erinnerung würde er dort auf das Haus von Frau Bulling stoßen.

Er kletterte über Baumstämme, kämpfte sich durch dichte Fichten und lauschte dem hämmernden Stakkato des Spessart-Spechts, der ihm den Takt vorgab. Das Wandern tat ihm gut. Ruhe kehrte ein. Endlich gelang es ihm, abzuschalten. Wie würde es Frau Bulling gehen? Bei dem letzten Treffen hatte sie etwas depressiv und kraftlos gewirkt. Vielleicht nur eine Stimmungsschwankung? Oder baute sie doch stärker ab? Auch wenn sie im Jossgrund als Kräuterhexe verschrien war: Gegen das Sterben half kein

Kraut. Immerhin war sie für ihr Alter von 75 Jahren noch extrem rüstig. Andere starben früher.

Bei seiner ersten Tour in den Spessart war die alte Dame erstaunlich gut in Form gewesen: körperlich fit und geistig beweglich. Sie hatten zu dritt sogar einige Runden Skat miteinander gespielt, gemeinsam mit seiner Assistentin LTM. Und es war das erste Mal gewesen, dass er bei LTM einen unehrlichen Zug entdeckte. Sie trickste beim Kartenspiel. Nie hätte er es für möglich gehalten, dass es einen, wenn auch nur winzigen unehrlichen Zug an ihr geben könnte. War ihr Verhalten wirklich unehrlich? Oder war es nur ihre Leichtigkeit, die Welt in unwichtigen Dingen nicht ernst nehmen zu können?

Der letzte Ausflug an einem verlängerten Wochenende war allerdings ein wenig ernüchternd ausgefallen. Frau Bulling zeigte doch deutliche Alterserscheinungen und wirkte leicht verwirrt. Abwesend. Unkonzentriert. Er hatte nicht gewagt, sie darauf anzusprechen. Erste Anzeichen einer Demenz? Schon früher fielen ihm an ihr Verhaltensweisen auf, die in der Summe so untypisch waren, dass sie skurril wirkten. Extrem mundfaul. Sie sprach schon immer sehr wenig. Vermied es, irgendetwas doppelt zu sagen. Gab keine Antworten auf aus ihrer Sicht unnütze Fragen. Beim letzten Mal hatte Seibold diese Verhaltensauffälligkeiten aber schon sehr als besorgniserregend empfunden. War sie von der Alzheimer-Krankheit betroffen? Mehrfach ging sie zum Kühlschrank und kehrte wieder zurück auf ihren Platz, ohne etwas getan zu haben. Teilweise saß sie total abwesend da und hob nicht einmal den Blick, wenn man sie ansprach. Ihre Augen lagen tief in den Höhlen und blickten durch die Tischplatte nach unten. In die Hölle? Ihr Gesicht wirkte ausgezehrt. Die Wangen waren eingefallen. Das Sprechen schien ihr große Mühe zu bereiten. Als bräuchte sie all ihre Kraft, die schwere Zunge zu bewegen. Früher waren ihre Worte wie Kommandos gewesen. Befehle, die man befolgen musste. Das letzte Mal hingegen nur noch schwache Appelle und zum Teil unverständliche Botschaften.

Seibold seufzte. Wer hat das gesagt? Um alt zu werden braucht es Mut. Wie würde sie ihm heute begegnen? Das Telefonat mit ihr vor zwei Wochen, als er den heutigen Termin vereinbart hatte, war frischer verlaufen. Hatte sie sich wieder erholt?

Heute Abend würde er es wissen. Er spürte, dass die Bewegung an der frischen Luft ihm gut tat. Die Gedanken wurden leer. Das Wetter meinte es gut mit ihm. Eine Melodie kam ihm in den Sinn. Fröhlich pfiff Seibold ein Lied und wunderte sich über sich selbst. Veränderte der Wald seine Persönlichkeit?

Er hatte sich an dem Stand der Sonne orientiert und ganz offensichtlich verlaufen. Als er einige Häuser am Waldrand auftauchen sah, fand er sich in einer entfernten Ecke von Bad Orb wieder. Erstaunt stellte er fest, dass ihn dieser Fehler keinesfalls missmutig stimmte. Im Gegenteil! Mit einem Grinsen im Gesicht drehte er um und schlug die vermutete Richtung ein. Sie führte ihn am späten Nachmittag in den Golfclub. Wie auf ein externes Signal hin meldete sich spontan der Hunger. Er kehrte dort ein und nahm ein leichtes Pilzomelette zu sich. Nach einem großen Kaffee nahm er seine Wanderung wieder auf und wusste, dass nur noch eine kurze Strecke vor ihm lag. Die Dämmerung setzte bereits ein. Er fühlte die Anspannung steigen.

Als er die letzten Büsche umrundet hatte, lag das kleine Hexenhäuschen direkt vor ihm. Dunkel. Kein Licht brannte. Seibold wunderte sich. Er hatte seine Wochenendtour doch angekündigt. Hatte sie ihn vergessen?

Er betätigte den Klopfer an der Tür. Sie mochte keine Klingel. Nichts rührte sich. Er versuchte es erneut. Lauter. Auch der Rabe meldete sich nicht, der sonst in jedes Geräusch eingestimmt und seinen akustischen Senf dazu gegeben hatte. Merkwürdig. Er drückte die Türklinke. Verschlossen.

Seibold ging um das kleine Haus herum und blickte in jedes Fenster. Nichts zu sehen. Nichts zu hören. Seine Stimmung wurde schlagartig genauso dunkel wie die umgebende Finsternis. Hatte sie ihn versetzt? Vergessen? Als Folge ihrer vermuteten Erkrankung?

Er blickte sich um. Das nächste Haus war einige hundert Meter entfernt. Dort brannte Licht vor dem Eingang, und ein Fenster war erleuchtet. Seibold ging die Straße entlang zum Nachbarhaus. Klingelte dort. Ein Hund bellte. Schlurfende Schritte. Durch die verschlossene Tür: „Jou?"

„Guten Abend, können Sie bitte aufmachen?" Ich spreche nicht gern durch eine ungeöffnete Tür, war Seibolds Gedanke. Und er dachte, dass er dies nicht sagen müsste.

„Was wollen Sie?"

Also doch. „Ich spreche nicht gern durch eine ungeöffnete Tür. Machen Sie doch auf. Mein Name ist Seibold. Ich habe ein Zimmer in der Pension von Frau Bulling gebucht. Sie ist nicht da."

Es knarzte. Der Nachbar schloss die Tür auf und hielt den Hund am Halsband fest. Mit stummem Blick fixierte er Seibold.

„Ja, sie ist nicht da und wird auch nicht wiederkommen. Sie ist tot."

Seibold schluckte. „Vor zwei Wochen habe ich noch mir ihr telefoniert. Wann ist sie denn gestorben?"

„Jou. Montag vor einer Woche."

„Wurde sie schon beerdigt?"

„Jou. Am Freitag."

Seibold holte tief Luft.

„Und das Haus? Der Rabe? Die Katze?"

„Eine junge Frau hat sich darum gekümmert. Den Raben mitgenommen. Die Katze ist verschwunden."

„Eine junge Frau?"

„Jou, kennen wir hier nicht. Man sagt, sie sei ihre Tochter."

Frau Bulling hatte eine Tochter? Wenn diese Information richtig war, hatte die alte Dame einige Geheimnisse gehabt.

„Haben Sie ihre Adresse?"

„Nein. Ich kenne sie ja nicht."

Seibold schwieg. Und jetzt?

„Gibt es hier eine andere Pension? Ich brauche für heute Nacht ein Zimmer."

„In Villbach nicht. Da müssen Sie rüber nach Lettgenbrunn. Dort finden Sie zwei kleinere Hotels. Ist nicht weit. Znaimer Hof. Sudetenhof."

„Ja. Kenne ich. Also gute Nacht!"

## Znaimer Hof

Auf dem kurzen Weg an der Straße entlang dachte der Kommissar nach. Kam aber mit seinen Gedanken nicht weit, weil er nach wenigen Minuten schon da war. Er entschied sich für das erste empfohlene Hotel. Links von der Straße. Eine dunkle Erinnerung, das Restaurant mit den XXL-Portionen. Was die Gäste anbelangte, heute Abend aber nicht. Die Gaststube war leer.

Er trat ein und setzte sich auf eine Holzbank in der Ecke. Der Bedienung im Trachtenlook teilte er seine Wünsche mit. Ein Zimmer für drei Tage. Nach hinten raus. Er wolle wandern. Und ein Weizenbier und ein Steak mit Salatplatte.

Sie verschwand, und er gab sich wieder seinen Gedanken hin, die sich zäh durch seinen Kopf wanden. Erst einige Schlucke des Bieres brachten Bewegung in sein Oberstübchen. Mit jedem Schluck verflüssigte sich auch seine Denkgeschwindigkeit.

Frau Bulling war plötzlich verstorben und aus seinem Leben verschwunden. Auch wenn mit einem solchen Ereignis zu rechnen war, kam es immer viel zu schnell. Woran lag das? Er hatte realisiert, dass sie sich verändert hatte. Aber mit 75 Jahren kam ihr Sterben zu früh. Auch wenn es immer zu früh kam. Eine intuitive Regung befiel ihn. Sie lebte sehr gesund. Kräuter bestimmten ihr Leben. Wie konnte es sein, dass sie dennoch so plötzlich und für heutige Verhältnisse früh verstarb? Professoren und Kräuterhexen wurden, wenn sie nicht verbrannt worden waren, sehr alt. Früher und heute. Worin lag die Gemeinsamkeit? Gute geistige und körperliche Nahrung? Im Einklang mit der Natur? Bei Kräuterhexen lag die Antwort auf der Hand. Und bei Professoren? Erkenntnistheoretisch eben. Gesunder Geist hält den Körper gesund.

Die Bedienung kam mit seinem Steak und dem Salat. Gleichzeitig durchzuckte ihn eine Erkenntnis, die ganz tief aus seinen Eingeweiden kam: Möglicherweise stimmte etwas nicht. Er würde der Sache nachgehen. Also, die Agenda: Eine Tochter. Angeblich. Wer war sie? Wo lebte sie? Mit der Gabel führte er ein großes Stück Fleisch in den Mund. Er kaute mit Genuss. Der Salat war sehr gut angemacht. Die Beerdigung war sehr schnell erfolgt. Ja, das war üblich. Das Messer zerteilte das Fleisch. Komplett. Seine Gedanken waren bei Frau Bulling und zerlegten den Fall ebenso in kleine Teile. Dann legte er das Messer zur Seite und gabelte Fleisch und Salat in seinen Mund. Wie ein kleiner Junge. Wie zuletzt bei Frau Bulling, wenn sie ihm klipp und klar gesagt hatte, was und wie er es essen sollte. Posthum sein Nachruf.

Er wischte eine Träne aus seinen Augenwinkeln. Sie war eine Persönlichkeit, wie er sie in seinem bisherigen Leben nur selten getroffen hatte. Einzigartig in ihrer schrulligen Klarheit und Konsequenz. Er vermisste sie.

Dann bestellte er ein weiteres Bier, verputzte die letzten Reste seines Essens und beendete seinen persönlichen Leichenschmaus. Seine leise Grabrede lautete: Liebe Frau Bulling, ich werde der Sache nachgehen. Sie haben es verdient.

LTM anrufen? Er blickte auf die Uhr. Spät. Für ihn. Für sie natürlich nicht. Er entschied sich für die leise Zwischenlösung und schickte ihr eine SMS.

„Hallo, traurige Nachricht. Frau Bulling ist verstorben." Dann wollte er seine Initialen tippen, traf aber versehentlich die Sendetaste. Die SMS wurde verschickt. Mist, fluchte er leise vor sich hin, realisierte aber, dass dieses Mal nicht die Technik schuld war, sondern er selbst. Schlechte Gefühle kamen aber nicht auf, wie er feststellte. Er merkte sich das Muster: Wenn ich in Bewegung bin, spüre ich keine Selbstzweifel. Oder war er nur entspannt, weil das Bier wirkte?

Sein Telefon klingelte. Er schaute auf das Display: LTM. „Ja?"

„Chef, ist sie wirklich tot?"

Seibold meinte ein Schluchzen zu vernehmen.

„Ja."

Nun war es deutlich zu hören. LTM weinte.

Er wartete. Das Gefühl übertrug sich auf ihn. Auch er spürte, wie Tränen über seine Wangen flossen. Verlegen griff er zum Bierglas und nahm einen tiefen Schluck.

„Wie ist es passiert?", hörte er die Stimme von LTM.

In diesem Moment betraten eine Frau und ein Mann das Restaurant. Seibold schaute sie nur kurz an. Die Frau war schätzungsweise Mitte Dreißig, schlank, attraktiv. Der Mann wohl Anfang Vierzig.

„Warte. Ich gehe aufs Zimmer und rufe dich zurück."

Er nahm seinen Zimmerschlüssel, ging aufs Zimmer und rief LTM zurück.

„LTM. Ich weiß es nicht. Vor einiger Zeit hatte ich meinen Urlaub bei ihr gebucht, und als ich heute ankam, fand ich das Haus verschlossen vor. Dunkel. Keine Seele an Bord."

Wie immer. Sie konnte geduldig zuhören.

„Schließlich klingelte ich bei einem Nachbarn. Er teilte mir mit, dass sie vor knapp zwei Wochen verstorben sei."

Schnief. Das einzige Geräusch, das zu hören war.

„Wir hätten zur Beerdigung gehen sollen." LTM.

„Ja, aber wir wussten es doch nicht."

Beide schwiegen. In Trauer vereint.

„Und jetzt?" LTM.

„Der Nachbar sagte, sie hätte eine Tochter. Sie hat sich offenbar um alles gekümmert."

„Eine Tochter? Nein, das kann nicht sein."

„Wieso nicht?"

„Das hätte ich gewusst."

Sehr selbstbewusst von LTM vorgetragen. Ja, das ergab Sinn. Die beiden waren sehr vertraut miteinander geworden. Seibold war viel weiter außen vor gewesen, obwohl er den Eindruck hatte, dass seine Beziehung zu Frau Bulling von Offenheit und Vertrauen geprägt war.

„Der Nachbar hat es vorsichtig formuliert. Man sagt, sie hätte eine Tochter."

„Gut, könnte durchaus sein", lenkte LTM ein. „Sie war eine sehr verschlossene Frau. Vielleicht hatte sie ihre Geheimnisse. Auch vor mir."

Sie klang traurig, was Seibold verstehen konnte. Die beiden, zwei Generationen voneinander entfernt, hatten in der kurzen gemeinsamen Zeit wesentlich mehr Nähe und Vertrautheit aufgebaut, als es üblicherweise zwischen Großmüttern und Enkeln möglich war.

„LTM, es tut mir leid."

Sehr lautes Schniefen.

„Cheffe. Danke." Das Schniefen hörte auf. LTM hatte sich von ihrer Ersatz-Oma verabschiedet.

„Meldest du dich morgen telefonisch? Wir besprechen dann, was wir unternehmen. Ich finde, wir sind es ihr schuldig. Vielleicht müssen wir uns noch um einiges kümmern. Das Haus. Den Raben."

„O.k. Ich bin um acht Uhr bei Ihnen. Wo sind Sie?"

Ups. Die Spontaneität der Jugend.

„In Lettgenbrunn. Znaimer Hof."

„Schlafen Sie gut, Cheffe. Bis morgen."

Sie hatte aufgelegt.

## Gepolter

Es pochte an der Tür. Widerwillig öffnete Seibold seine Augen. Was war los? Da hörte er eine dumpfe Stimme. „Lisa, mach endlich auf!" Unterdrückte Aggression. Der Stimme war anzuhören, dass sie gebremst wurde. Am liebsten hätte sie wohl gebrüllt, traute sich angesichts der Umstände aber nicht. Nachts im Hotel.

Seibold wälzte sich schwer aus dem Bett, seinerseits aggressiv werdend. Er konnte es überhaupt nicht leiden, aus dem Schlaf gerissen zu werden. Wieder pochte es an der Tür. „Lisa, wenn du jetzt nicht endlich ..." Blöde glotzte der Mann Seibold an, nachdem dieser seine Tür geöffnet hatte. Seibold musterte ihn mit verkniffenen Augen, halb der Wut, halb dem gestörten Schlaf geschuldet. Es war der Mann, der gestern Abend mit der jungen Frau das Restaurant betreten hatte. „Was fällt Ihnen ein, so einen Lärm zu machen und an meine Tür zu pochen?"

„Entschuldigung. Ich habe mich im Zimmer geirrt."

In diesem Moment ging am hinteren Ende des Ganges eine Tür auf, und die besagte Frau schaute kurz heraus. Sagte nichts. Leicht torkelnd trottete der Mann auf sie zu.

Kopfschüttelnd schloss Seibold seine Tür und schaute auf die Uhr. Es war kurz nach 2 Uhr. Schnaufend legte er sich wieder ins Bett. Auf einmal hatte er einen komischen Geruch in der Nase. Besser: Gestank. Wonach roch es? Gedüngte Felder? Alkohol? Der Mann war offensichtlich angetrunken, hatte die Orientierung verloren und spiegelbildlich das falsche Zimmer am Ende des Ganges gewählt. Nervig.

Während er noch mit der unerwünschten Unterbrechung haderte, war er fast sofort wieder eingeschlafen.

Dies merkte er allerdings erst am nächsten Morgen, als erneut jemand an die Tür pochte. Er meinte, ein Déjà-vu zu erleben. Sofort meldete sich die Wut und brachte ihn in Schwung. Dem Blödmann würde er es aber zeigen. Schweren Schrittes trampelte er zur Tür, entriegelte sie und riss sie auf.

LTM grinste ihn an. „Moin, moin, Cheffe, acht Uhr, Frühstück."

Seibold hatte der Atem gestockt, doch mittlerweile ließ er mit offenem Mund langsam die Luft aus der Lunge weichen. Seine Züge entspannten sich. Er schüttelte den Kopf. Ein verlegenes Lächeln zog über sein Gesicht, weil er realisierte, dass er verschlafen hatte. Zumindest hatte er in dieser Nacht seinen schönsten Schlafanzug angezogen, dessen er sich nicht schämen musste.

LTM schien mal wieder seine Gedanken lesen zu können. „Tres chic, Cheffe. Längsstreifen stehen Ihnen. Die Farbe macht sich auch gut. Soll ich Sie noch einen Moment alleine lassen, damit Sie Zeit für die Morgentoilette haben? Ich bestelle dann schon mal das Frühstück. Wie wär´s mit einem doppelten Spiegelei mit Speck und dazu einen großen Pott Milchkaffee?", neckte sie ihn, wissend, dass er angesichts seiner ständigen Diätpläne ablehnen würde.

Doch er überraschte sie. „Gute Idee. In zehn Minuten bin ich unten."

Als er die Gaststube betrat, saß LTM auf der Eckbank und blätterte durch ihr iPad. „Cheffe, die Eintracht hat mal wieder gewonnen. Guter Bericht in der Zeitung."

„Danke fürs Wecken."

„Da nicht für", imitierte sie den hanseatischen Tonfall.

Seibold setzte sich. In diesem Moment brachte die Bedienung das doppelte Spiegelei. Es duftete verführerisch. Seibold schmierte sich dick Butter auf ein Vollkornbrot und biss herzhaft hinein, schob eine Portion Ei hinterher. „Mmmmh", entfuhr es ihm.

„Gelt, ein richtig kräftiges Frühstück am Morgen, das ist fein."

„Yep", nahm Seibold den Tonfall der Jugend auf.

Als er zwischen zwei Bissen den Kopf hob, sah er, wie die junge Frau aus der letzten Nacht die Treppen herunter kam und grußlos verschwand.

Als die Tür hinter ihr zugefallen war, kommentierte Seibold: „Ihr Mann oder Lover oder Weißnichtwer hat mich letzte Nacht aus dem Schlaf geholt."

„Normalerweise sagt man doch, dass die Frauen beim Sex laut sind?" LTM runzelte grinsend die Stirn.

„Nein, nicht so. Er pochte nachts um zwei Uhr an meiner Tür."

„Ach, und was wollte er von Ihnen, Cheffe?" Sie grinste noch immer.

„Lümmel. Er hat sich nur in der Tür geirrt. War angetrunken. Vermutlich schläft er noch immer seinen Rausch aus."

Während des Frühstücks diskutierten sie über die verstorbene Frau Bulling. Ließen alte Zeiten aufleben. Erzählten sich witzige Geschichten. Die Skatrunde. Die leckeren Knäckebrote. Sie waren sich einig, dass sie Frau Bulling noch etwas schuldig waren. Also sollte LTM vor Ort ein wenig recherchieren. Gab es diese Tochter? Wo lebte sie? War das Grab hergerichtet? Gab es einen Grabstein? Was passierte mit dem Haus? Stand es zum Verkauf? Dann wollten sie bei offenen Punkten ihre Hilfe anbieten – der letzte Freundschaftsdienst.

Das Ei war verputzt, der Kaffee getrunken und ein Ergebnis abgesprochen. Da kam schweren Schrittes der Störenfried der Nacht die Treppe herunter gepoltert. Grimmig schaute er zu Seibold und LTM herüber, warf den Schlüssel auf die Theke und verschwand wortlos.

„Merkwürdiger Typ, Unsympath erster Ordnung", kategorisierte LTM ihn ein. „War er das?"

„Ja. Und als du an meine Tür gepocht hast, dachte ich, er wäre es erneut."

„Ups, da habe ich ja Glück gehabt, dass Sie mich nicht angeschnauzt haben, Cheffe. Schnelle Reaktion, cool. Hätte ich Ihnen gar nicht zugetraut. Aber vielleicht waren Sie auch nur schläfrig, und ich habe Sie überschätzt?", zog sie ihn auf.

Gutmütig ließ Seibold es geschehen. Das war eben LTM. Seine Lieblings-Adoptivtochter, wenn er die Wahl gehabt hätte. Aber sie war ja die Tochter seines Lieblings-feinds, Staatsanwalt Möller.

„Aber mal ehrlich. Die beiden sind schon komisch. Kommen abends spät zum Essen. Ich ging gerade zu Bett. Wir hatten miteinander telefoniert, und ich wollte nicht, dass jemand unser Gespräch mithört. Dann verschwindet er offensichtlich und kommt um zwei Uhr wieder. Jetzt gehen beide nacheinander. Legen einfach den Schlüssel auf die Theke. Zahlen nicht."

„Na ja, vielleicht Dauergäste oder schon im Voraus be-zahlt", mutmaßte LTM.

Die Bedienung kam aus der Küche. „Alles in Ordnung bei Ihnen? Noch einen Kaffee?"

Seibold nickte. „Sagen Sie mal, diese beiden Gäste, die Frau und der Mann, die gerade Ihr Hotel verlassen haben. Wer sind die?"

Die Bedienung schaute misstrauisch und ließ sich mit ihrer Antwort Zeit. „Wir dürfen doch über Gäste keine Auskunft geben."

„Schon, wenn der Mann nachts um zwei Uhr an meine Tür pocht und mich aus dem Schlaf holt."

Die Frau im Trachtenlook wartete. Sie schien nicht überzeugt zu sein.

„Sind sie Dauergäste?"

„Nein, das kann man so nicht sagen."

„Aber beide sind einfach gegangen, haben den Schlüs-sel hingelegt. Nicht bezahlt."

„Wieso fragen Sie?"

„Weil ich mich immer noch ärgere über die nächtliche Störung. Und das Verhalten der beiden ist einfach ungewöhnlich. Heute früh kein Wort der Entschuldigung. Stattdessen finstere Blicke. Von beiden."

Die Bedienung zuckte so stark mit ihren Schultern, dass der im Ausschnitt des Trachtenkleids gut sichtbare Busenansatz erzitterte. Ihr schien es egal zu sein.

„Das Zimmer wurde im Voraus bezahlt."

„Keine Dauergäste, aber Stammgäste", fasste LTM nach.

Ein kurzes Grinsen auf dem Gesicht der Bedienung schien den richtigen Weg zu weisen. Um sich und ihr beiden neugierigen Gäste von der neuen Fährte abzulenken, nahm sie Zuflucht zum Service. „Noch einen Milchkaffee? Für beide?"

LTM und Seibold nickten. Die Bedienung verschwand.

„Cheffe, vielleicht ein One-Night-Stand mit Wiederholungscharakter. Die finsteren Blicke entsprangen wohl dem schlechten Gewissen der beiden."

„Wieso war er bei seiner Heimkehr so betrunken?"

„Keine Ahnung, Cheffe. Völlig unwichtig. Sie sind doch nur genervt, weil er sie aus dem Schlaf geholt hat. Sie sollten sich lieber über meine Gegenwart freuen."

„Ja. Aber wieso eigentlich?"

„Ich habe drei Wochen Bildungsurlaub eingereicht. Schon vergessen? Ich schreibe an meiner Dissertation. Das kann ich auch hier machen."

Stimmt, brummte eine innere Stimme des Kommissars. Er schaute LTM an. Lächelte dankbar. Sein rotschopfiger Goldengel.

## Journalistin

Am Abend erneutes Treffen im Znaimer Hof. Seibold und LTM hatten sich für 18 Uhr zum Abendessen verabredet. Er hatte den Tag mit Wandern verbracht, danach eine heiße Dusche genommen und ein kurzes Nickerchen gemacht: Er fühlte sich richtig gut und saß kurz vor sechs Uhr in der Gaststube. LTM war pünktlich.

„Hi, Cheffe", kam sie springlebendig in die Gaststube.

„Hi, LTM", freute er sich. Mit ihrer Fröhlichkeit und Unbeschwertheit war sie fast immer ansteckend. Die Leichtigkeit der Jugend. Doch wenn er ehrlich zu sich selbst war, musste er eingestehen, dass er in vergleichbarem Alter deutlich weniger mentale Frische aufgewiesen hatte. LTM war schon ein besonderes Kaliber!

„Cheffe, alles erledigt."

Die Bedienung kam endlich. Zupfte noch eine Schleife an ihrem Trachtenkleid zurecht. Baute sich vor ihnen auf. Nicht gerade freundlich. Auch wenn der Jossgrund Fremde nicht so sehr mochte, schließlich waren sie Gäste, und das Servicepersonal sollte auf Freundlichkeit getrimmt werden. Eigentlich. Sie legte die Speisekarte wortlos hin. „Möchten Sie schon Getränke bestellen?"

„Wir haben überlegt, dass die beiden von heute früh bestimmt ein Verhältnis haben", schaute LTM mit dem typischen Blick, so von Frau zu Frau, die Bedienung an, deren Gesicht doch tatsächlich rot wie eine Tomate wurde. Sie schwieg tapfer. LTM ließ nicht locker.

„Ich möchte eine rote Schorle. Was haben Sie an Säften? Kirsche, Trauben?"

„Kirsche."

„Ich nehme ein Hefeweizen", bestellte Seibold.

Abgang der Bedienung.

„Also, du Profilerin und Verhörspezialistin? Das Verhältnis hast du offensichtlich herausgefunden."

„Cheffe, alles in bester Ordnung. Ein anständiger Grabstein, ein gepflegtes Grab, ich habe mit dem Friedhofsgärtner gesprochen und ihn einen schwarzen Bambus einpflanzen lassen."

„Schwarzer Bambus?"

„Eine tolle Pflanze. Ist erst grün und wird nach und nach immer schwärzer. Erst einige Punkte, dann alle Halme."

„Warum?"

„Na, wegen des Rabens. Frau Bulling liebte die Kontraste. Ein weißer Rabe, eine schwarz-weiße Katze, nun ein grün-schwarzer Bambus. Fremd. So wie sie hier eigentlich auch eine Fremde war."

In der Tat. Stilvoll. Passend. Aber griff das nicht zu sehr in die Grabpflege ein? Was würden andere sagen? Die Tochter?

„Was hast du sonst noch gemacht bzw. herausgefunden?"

„Ich habe mit ihrer Tochter telefoniert."

„Also doch."

„Ja, eine ganz Nette. Sie ist Journalistin und lebt in München. Natürlich habe ich sie gefragt, ob sie mit unserer Grabbeigabe einverstanden ist."

Klar. Fast schon selbstverständlich. LTM bedachte immer alles. Ich fühlte mich wieder kleiner werden. Sie hatte viel Potenzial und war in jungen Jahren schon unglaublich gut.

Bier und Kirschschorle kamen. Immer noch muffig fragte die Bedienung nach dem Essen. Seibold bestellte ein Rumpsteak ohne Kräuterbutter, ohne Pommes, mit großer Salatplatte. Er addierte: Frühstück 400 Kalorien, Abendessen mit zwei Bier, eins in petto: 1.100 Kalorien = 1.500. Tagesbedarf normal plus Wanderung: 4.300. Energiebilanz: minus 2.800. Drei Tage: 8.400. Also etwa ein Kilo. Cool. LTM wollte die Riesenbratwurst mit Pommes. Rotweiß. Rot wohl nur deshalb, jedenfalls betonte sie das Wort etwas zu deutlich, um die Bedienung ein wenig zu ärgern.

„Wieso wussten wir nichts von der Tochter?"

„Ja, das war nicht einfach herauszufinden. Die ersten Minuten des Telefonats verliefen sehr schleppend. Sie war total zugeknöpft. Als ich ihr dann aber sagte, dass wir, ich habe auch von Ihnen berichtet, öfter bei ihr zu Besuch gewesen wären und ihre Mutter sehr geschätzt hätten, taute sie schnell auf. Sie sagte mir, dass sie mit dem

Jossgrund gebrochen hätte. Ihre Mutter hätte sie ein bis zwei Mal pro Jahr in München besucht."

„Und der Vater?"

„Das habe ich sie auch gefragt. Verstorben. Krebs. Schon vor vielen Jahren."

„Wie alt ist die Tochter?"

„50 Jahre."

„Also ist Frau Bulling mit 25 Jahren Mutter geworden. Sie hatte uns doch berichtet, dass sie viele Jahre verheiratet war."

„Ja, die Tochter stammt aus einer früheren Beziehung. Nach der Trennung wuchs sie bei ihren Pflegeeltern in München auf."

„Ungewöhnlich, dass sich die Mutter von ihrer Tochter trennt."

„Ja, Frau Brenner, so heißt die Tochter, Clara Brenner, begründete dies damit, dass sich ihre Mutter und ihr Vater quasi ab der Geburt überhaupt nicht mehr verstanden hätten. Es kam zu einer schnellen Trennung. Frau Bulling lernte dann offenbar den Mann ihres Lebens kennen und veränderte sich völlig. Ganz auf ihren Mann bezogen. Sehr, sehr verliebt."

„Wieso heißt sie Brenner?"

„Sie hat den Namen der Pflegeeltern angenommen."

„Was macht Frau Brenner für einen Eindruck, am Telefon?"

„Kühl, scharfsinnig, intellektuell. Sie ist freie Journalistin, auf psychologische Themen spezialisiert. Schreibt für diverse Zeitschriften und Zeitungen, unter anderem auch für die ZEIT."

„Was hast du alles mit ihr besprochen?"

„Hund, Katz und Maus, Rabe reimt auf Haus. Nein, ehrlich. Das Rabentier hat sie mitgenommen und dem Zoo in München übereignet. Sie hatte keine Verwendung für das Tier. Die Katze ist wohl entlaufen und hat es sich in der Nachbarschaft gemütlich gemacht. Haus? Sie weiß noch nicht, was sie damit tun will. Jedenfalls wird sie hier nie wohnen wollen. Also entweder vermieten, verpachten oder verkaufen."

„Und wie hat die Tochter den plötzlichen Tod ihrer Mutter kommentiert?"

„Er kam für sie völlig überraschend. Da sie sich nur zwei Mal im Jahr gesehen und fast nie telefoniert haben, hatte sie zuletzt keinen Eindruck vom Befinden ihrer Mutter."

Der Kommissar wirkte nachdenklich. Er erinnerte sich daran, dass Frau Bulling von einer langjährigen Ehe berichtet hatte. Irgendetwas war unstimmig an dieser Geschichte.

Das Essen kam. Wortlos. War die Bedienung verschnupft? Am Stress konnte es nicht liegen. Sie waren die einzigen Gäste.

„Noch ein Bier bitte", verlangte der Kommissar, der sein erstes Glas fast ausgetrunken hatte.

„Gern", antwortete die Bedienung mit einem leicht säuerlichen Grinsen. Also wohl doch etwas verschnupft.

Ob der frechen Art von LTM? Oder nur eingeschüchtert? Unsicher?

„Was sagt der Totenschein, und viel wichtiger, deine Intuition?"

„Beim Totenschein musste ich ein wenig tricksen", grinste LTM. „Da wir nicht offiziell ermitteln, war es nicht leicht, an diese Informationen zu kommen."

„Ich will gar nicht wissen, wie du das wieder geschafft hast. Ergebnis?"

„Was Ärzte so schreiben. Natürlicher Tod. Altersschwäche. Herzversagen."

„Natürlich keine Obduktion."

„Nein. Meine Intuition, zum zweiten Teil Ihrer Frage", flüsterte sie leise, „schon ein bisschen merkwürdig."

Schweigend aßen sie.

„Das Rumpsteak ist sehr zart. Kriegt man in Frankfurt nur in den teuersten Steakhäusern. Hier für den halben Preis. Gesegneter Jossgrund. Und deine Riesenbratwurst?"

„Riesig. Knackige Pommes. Lecker."

„Und? Beerdigen wir den gar nicht vorhandenen Fall Bulling, oder nicht?" Seibold schaute LTM an.

„Bei Ihrem Talent, Fälle magisch anzuziehen, sehe ich rabenschwarz. Vermutlich ist es so, dass allein Ihre Gegenwart oder Existenz aus normalem Leben dunkle Kriminalfälle produziert. Anders ausgedrückt: Würden Sie nicht leben, wäre Frau Bulling eines natürlichen Todes gestorben. Da Sie aber existieren, müssen wir vermuten, dass es nicht mit rechten Dingen zugegangen ist."

Das nannte man LTM-Logik.

## Das Trio

*Im stillen Schrei gab es einen Freundeskreis um Karl Röder. Er war der Mittelpunkt. Da er dies nicht mehr ist, nicht mehr sein kann, weil er unter der Erde liegt, treffen sich die Freunde notgedrungen ohne ihn. Heute ist sozusagen der Karl-Gedenktag.*

Zur selben Zeit. Pizzeria in Oberndorf. Dort ging sie hin, die Mafia von Oberndorf. Das frühere Quartett, das jetzt nur noch ein Trio war. Sie hatten im kleinen Nebenzimmer Platz genommen, um ungestört reden zu können. Sie wollten eine Runde Skat spielen, auf alte Zeiten anstoßen und herzhaft fluchen. Ihre derben Späße ausleben.

Momentan führte Dr. Klaus Hübner das Wort. Er war heute recht aggressiv gestimmt.

„Wisst ihr eigentlich, welches Datum heute ist?"

Christian Schwarzmantel, der hiesige Polizeichef nickte. Auch Dr. Stefan Nolting war es bewusst. Heute war der einjährige Todestag von Karl. Karl Röder. Seine Frau hatte ihn umgebracht. So viel stand fest.

Klaus nickte ebenfalls langsam und bedeutungsvoll. Drei Weizenbier hatte er schon intus. Vielleicht war aber auch seine Birne nur besonders gedankenschwer.

„Freunde. Wir müssen endlich etwas unternehmen."

Dummerweise kamen jetzt die Pizzas. Salvo brachte sie selbst und sagte jedem, was er bestellt hatte. Sicher war sicher. Er hatte schon einiges erlebt. Auch wenn die Oberndorfer Mafia zahm war im Vergleich zu seinen italienischen Vorfahren.

Klaus trank einen großen Schluck. Salvo hatte hinter sich die Tür geschlossen. Also konnte er fortfahren.

„Ich habe gestern in Lettgenbrunn zu Abend gegessen." Er machte eine Pause, um seine Gedanken und Worte zu sortieren. Zuvor hatte er die Pizza in kleine Stücke zerteilt und auch sortiert. Er nahm einen Happen mit viel Rand und kaute. Es knackte in seinem Mund. Der Teig war kross.

„Da war jemand. Gefährlicher Typ. Aus Frankfurt."

Kunstpause. Er nahm einen weiteren Schluck Bier. Beobachtete seine Freunde. Sie schauten ihn kurz an und widmeten sich ihrer Pizza.

„Ich habe rausgefunden, wer er ist."

Er schob sich ein Stück Pizza Diavolo in seinen Mund. Frische Peperonis schärften seine Kehle. Seine Stimme nahm das Gewürz auf.

„Ein Kommissar."

Seine Runde zuckte ob dieser Schärfe in seiner Stimme ein wenig, da man ihn selten so reden hörte. Die Körper spannten sich. Es schien spannend zu werden.

„Er schnüffelt hier herum."

Nun schaltete sich Christian ein. „Gemach, gemach. Hier ist nicht sein Revier. Oder? Wie heißt er?"

„Seibold, Thomas Seibold."

„Aus Frankfurt."

„Ja."

„Welches Kommissariat?"

„Das weiß ich nicht."

Stefan Nolting: „Das ist doch einfach für dich herauszufinden, Christian."

„Klar." Das schien ihm zu reichen. Die Pizza und sein Glas Chianti waren ihm wohl wichtiger. Aber er wusste es bereits. Bei dem Namen hatte es Klick gemacht. Er hielt sich aber erst einmal bewusst zurück.

„Kapiert ihr nicht", beharrte Klaus. „Er schnüffelt hier herum."

„Na, und wenn schon? Wir haben doch gute Gewissen."

„Ja. Aber wir sind uns doch einig, dass wir Karl rächen wollen. Oder gilt diese Vereinbarung nicht mehr?"

Klaus' Freunde schwiegen.

„Also, was ist jetzt?"

Christian zuckte die Schultern. „Es war deine Idee."

„Ich glaube es nicht", tobte Klaus drauflos. „Wir haben es uns geschworen. Und jetzt macht ihr einen Rückzieher? Ihr seid Memmen und könnt nur reden. Ich war schon tätig."

„Was hast du gemacht?", fragte Christian.

„Hast du keine Anzeige wegen eines Gülleanschlags erhalten?", fragte Klaus Hübner zurück.

„Ja, heute. Vor dem Haus von Claudia Röder. Der ganze Vorgarten und der Zugang zum Haus waren verseucht."

Der Notar war schneller im Kopf. „Warst du das?"

„Nein, natürlich nicht", grinste der Arzt schon leicht angeheitert. „Nie würde ich so etwas persönlich machen. Aber man kann ja Aufträge erteilen."

„Klaus", beschwichtigte ihn Dr. Stefan Nolting standesgemäß. Gewissermaßen notariell beurkundet. „Mach mal halblang. Aus dem Alter mit blöden Schulbubenstreichen solltest du raus sein. Ja, wir sind uns einig, dass seine Holde ihn zu Tode gelaufen hat. Christian und ich haben es damals überprüft. Anscheinend war es so. Wir wissen aber auch, dass Karl sie ganz schön gequält hat und, ganz ehrlich, ihr beide habt das Verhalten auch gedeckt. Sonst wäre er belangt worden." Er machte eine Pause und beobachtete die beiden. Immerhin war bei Christian ein leichtes Schuldgefühl zu spüren. Der Kopf war nach vorne gebeugt. Er wich seinem Blick aus. Nicht hingegen bei Klaus. Dessen Augen zogen sich zusammen, bis sie nur noch aus schmalen Schlitzen bestanden. Sein indischer Tigerblick, den er immer dann bekam, wenn er seine Wut gerade noch bändigen konnte.

Stefan fuhr fort. „Vorsatz ist ihr nicht nachzuweisen. Sie hat sich äußerst geschickt verhalten. Mit ihrem Smartphone um Hilfe gerufen. Auch hinterher hat sie nur Informationen zu Protokoll gegeben, die sie nicht belastet haben."

„Wir wissen aber doch, dass sie es getan hat."

„Nein", schaltete sich nun Christian ein. „Wir vermuten, wie es sich zugetragen hat. Nur wenn man ihr den Vorsatz nachweisen könnte, wäre sie zu belangen."

„Aber darum geht es doch gar nicht". Klaus war außer sich. „Wir sind uns sicher. Und wir waren uns einig, dass sie dafür bestraft werden muss. So kann seine Frau nicht mit ihm umspringen. Zu Tode hetzen und dann seine Millionen erben."

„Das scheint also dein wahres Motiv zu sein", vermutete nun Stefan. „Du neidest ihr die Kohle."

Da Klaus schwieg, setzte Stefan nach. „Ja, das macht dich so wütend. Du bist einfach geldgeil. Das ist mir schon früher aufgefallen."

„Lass ihn", sagte Christian.

Er war finanziell gesehen das ärmste Schwein der Runde, dachte Stefan. Nur Polizeichef. Niedriges Beamtengehalt. Aber nicht dem Gelde hinterher. Der Arzt verdiente wesentlich mehr als er, und er als Notar hatte aufgrund lukrativer Kundschaft und satter Gebührensätze schon viele Euros gescheffelt. Es war ganz einfach. Ein Notar hatte die Lizenz zum Gelddrucken. Die Verträge waren Standards und überall vorrätig. Man musste sie nur mit monotoner Stimme vorlesen und konnte anschließend lustvoll Gebührenrechnungen diktieren.

Auch Christian hing seinen Gedanken nach. Das leidige Geldthema. Jeder war bestechlich, auch er. Er hatte einige Rechnungen stellen dürfen, die als Personenschutz verbrämt worden waren. Grenzwertig, aber legal. Er hatte eine Genehmigung für Nebeneinkünfte. Dennoch blieb ihm ein schlechtes Gewissen, wusste er doch, dass es Schweigegeld war. Er hatte Karl mehrfach dabei unterstützt, ihn aus der Gefährdungszone herauszuholen. Seine brutalen Übergriffe auf seine Frau wären sonst geahndet worden. Aber ohne die Koalition mit Klaus, dem Arzt, wäre es nicht gelungen.

Finanziell gesehen waren alle drei zusammen im Vergleich zu Karl ein Nichts. Sein zweistelliges Millionenvermögen hatte er mit Handelstransaktionen gemacht. Sie hatten ihn nicht beneidet. Er war immer sehr großzügig gewesen und hatte ihre abendlichen Exkursionen, wohin auch immer sie führten, meist bezahlt. Mit einem Achselzucken. „Hauptsache wir haben alle Spaß. Alleine mag ich nicht." Das war sein Lieblingsspruch gewesen. Und nun war er seit einem Jahr tot, und ihre Skatrunde war auf das Minimum geschrumpft. Ihr finanzieller Mentor hatte sie verlassen. Verfaulte in der Erde, während seine Witwe lustig weiter lebte. Und nicht schlecht. Sie hatte drei Viertel seines Barvermögens geerbt und noch seine Villa, nannte eine Eigentumswohnung ihr Eigen und ließ sich von einem Personal Trainer namens Tim durchvögeln.

Stefan war mit seinen Gedanken noch nicht am Ende und wollte Klaus keinen Themenwechsel gestatten. Schon immer war ihm ein Dorn im Auge, dass Klaus ein Geldproblem hatte. Als Arzt verdiente er doch sehr gut. Wieso reichte es ihm nicht? Wieso hetzte er jedem Euro hinterher, als gelte es die Tour de France zu gewinnen? Seine Augen wurden ein wenig kühler. Er setzte seinen undurchdringlichen Notarblick auf.

„Wie lautet denn dein Vorschlag, Claudia Röder zu bestrafen?"

Während dieses erregten Dialogs war einiges gebechert worden. Mehrere Biere und der Rotwein waren getrunken worden. Die drei Freunde hatten nachbestellt und bereits nachgetankt. Klaus brauchte nach einer Pizza immer einen doppelten Malteser auf Eis. Dieses Mal allerdings zweimal. Beide hatte er längst mit einem schnellen Ruck hinuntergekippt. Er legte den Kopf dabei in den Rücken wie ein krähender Hahn. Salvo hatte sich wieder in seine Diskretionszone zurückgezogen. Die Tür war geschlossen.

Irgendetwas brachte Klaus heute besonders in Fahrt. Der Alkohol? Stefans Fragen? Seine alte Wut? Vermisste er seinen Gönner und Mentor?

„Ja, was glaubt ihr denn? Wieso soll diese blöde Tussi so davonkommen? Und überhaupt: Immer diese Weiber. Die Röder. Die Bulling. Die Schneider." Wütend starrte er in sein viertes Glas Weizenbier. Er redete zwar immer noch sehr laut, war aber schon lange nicht mehr klar zu verstehen.

Stefan versteifte sich. „Die Schneider? Lisa meinst du wohl? Wie soll ich das verstehen?"

Klaus kniff die Lippen zusammen. „Sorry, tut mir leid, Stefan. Aber siehst du denn nicht, dass es immer die Frauen sind, die uns Männer an der Nase herumführen?"

„Wieso führt Lisa dich an der Nase herum? Das ist doch genau andersherum. Du bist verheiratet, und du hast ein Verhältnis mit ihr." Das war juristisch korrekt. Notare hatten immer Recht. Gleichwohl musste man berücksichtigen, dass er ein Auge auf die attraktive Lisa geworfen hatte, aber nie zum Zuge kam. Also neidete er Klaus diese Beziehung und fungierte als anonymer Ritter. Das war sein privater Nebenkriegsschauplatz, den er mit Klaus hatte.

„Ja, stimmt schon. Aber sie ist einfach total süß. Und zu Hause läuft nichts mehr."

„Ihr beiden Streithälse, gebt mal Ruhe. Ich bin müde und habe keine Lust mehr auf Skat. Lasst uns Schluss machen", versuchte Christian erneut zu beschwichtigen. Seine Pizza war gegessen, der Rotwein war getrunken.

Doch die Streithähne hörten nicht auf ihn.

„Also. Lisa haben wir geklärt." Notariell konnte er beurkunden, dass Klaus mit seinen letzten Bemerkungen eingelenkt hatte. Die beiden Sätze hätte er genauso sagen können. „Wieso aber die alte Bulling?"

„Keine Ahnung", meinte Christian, „zumal sie tot ist."

„Tot?", fragte Stefan sofort nach.

„Das hast du nicht mitbekommen, weil du im Urlaub warst."

Alle schwiegen. Die Stille war ein Indiz dafür, dass alle drei nachdachten. Für den Notar war diese Information neu, aber sie hatte gerade für ihn eine besondere Bedeutung. Für den Arzt auch. Denn er hatte den Totenschein ausgestellt. Der Polizeichef der Region wiederum fragte sich, wieso seine engsten Freunde alles um sich herum vergaßen. Da stimmte offensichtlich etwas nicht.

Der Notar, geistig der beweglichste von den dreien, wagte sich als erster aus der Deckung.

„Glückwunsch!", formulierte er bewusst provokativ. Der Alkohol hatte auch bei ihm seine Spuren hinterlassen. Die Contenance schwand.

„Glückwunsch?", fragte der Polizeichef in Christian, der längst viel lieber zu Hause gewesen wäre. Aber die Pflicht rief.

Klaus schwieg immer noch. Ein Indiz für sein Schuldgefühl? Was ging hier vor?

„Glückwunsch!" Dieses Mal mit großer Lautstärke hervorgestoßen, als ob er mit seinem ganzen Körper auf die Hupe seines Autos gefallen wäre. Angriffslustig legte er sich nach vorne und stützte sich auf der Tischplatte ab.

Klaus nahm die Herausforderung an. „Wieso Glückwunsch? Ich habe ihr zu helfen versucht. Ich kann doch nichts dafür, dass sie auf einmal starb."

Seine Worte kamen wie aus einem Roboter. Gelernt? Geübt? Zu mechanisch?

„Ich verstehe gar nichts", versuchte Christian, sich wieder ins Gespräch zu bringen. „Wer klärt mich auf?"

Der Notar übernahm.

„Klaus ist Alleinerbe von Frau Bulling."

Totenstille im Nebenraum der Pizzeria. Doch leider nicht im Gedenken der Toten.

„Klaus, was heißt das?" Die Frage kam von Christian, dem Polizeichef.

Der Notar hätte eine Antwort darauf parat gehabt, weil er das Testament aufgesetzt hatte. Klaus entsprach dem Muster, dass er durchschaut zu haben glaubte. Neid. Gier. Geld. Aber möglicherweise war da noch mehr.

Doch er schwieg. Notare sprechen nur dann, wenn sie viel Geld verdienen können.

„Klaus!" Die Einleitung polizeilicher Ermittlungen?

Zögernd begann Klaus zu sprechen. Er wirkte völlig betrunken, aber ein anderer Teil seiner Persönlichkeit schien noch sehr wach zu sein.

„Frau Bulling rief mich zu sich. Sie sagte am Telefon, sie sei sehr schwach. Es würde ihr nicht gut gehen. Sonst wäre sie in meine Praxis gekommen. Also fuhr ich zu ihr."

Weder Stefan noch Christian unterbrachen Klaus oder stellten eine Frage. Freundschaftsdienst oder Professionalität?

Klaus fuhr fort. „Sie war erkennbar dehydriert. Hyponatriämie."

Das sagte den anderen nichts. Aber sie schwiegen weiter.

„Ich gab ihr etwas. Dann merkte ich, dass ihr Zustand schlechter wurde. Ich empfahl ihr, ihr Testament aufzusetzen." Nun schaute er Dr. Stefan Nolting an. Er tat ihm den Gefallen.

„Sie hat das Testament bei mir hinterlegt."

Klaus nickte.

„Und was steht drin?" Christian Schwarzmantel.

„Klaus ist der Alleinerbe." Notariell beurkundet.

**Jägersmann**

In dieser Nacht schlief Seibold ruhig und ungestört. Der Poltergeist trieb nicht sein Unwesen – oder vielleicht woanders. Die lange Wanderung in der frischen Luft des Spessarts und die beiden Weizenbiere hatten ihren Dienst verrichtet und für einen erholsamen Schlaf gesorgt.

Am nächsten Morgen wachte er genauso ungestört auf. Sanft. Leise. War auf einmal wach. Kein langsames Herüberdämmern in den Wachzustand. Merkwürdig. Gutes Gefühl. Mehr davon, nahm er sich sofort vor.

Nach dem Aufstehen ein kurzer Blick in den Spiegel, die Haare gerichtet, schnell rasiert. Auf zum Frühstück!

Dieses Mal saßen einige Personen in der Gaststube. Typ Handlungsreisende. Einfache, preiswerte Anzüge. Geschäftiges Treiben, aber dennoch in Ruhe. Gut. Sie störten nicht.

Die Bedienung kam und begrüßte ihn für ihre Verhältnisse außergewöhnlich freundlich. Vielleicht doch die Aversion gegen LTM?

„Dasselbe wie gestern?"

Seibold nickte und zückte sein Smartphone. Schaute nach, ob er wichtige Emails oder Nachrichten erhalten hatte. Zum Glück nicht. Also ging er zu den Tageszeitungen über. Er las einige Berichte über die Eintracht und über Gerichtsurteile zu interessanten Fällen. Ein langer Artikel befasste sich mit dem Bienensterben in der ganzen Welt. Ganze Völker, Milliarden von Bienen waren dahingerafft worden. Die Auswirkungen auf das menschliche

Leben wurden beleuchtet. Windbestäubung als unzureichender Ersatz für den Rückgang der Bienenpopulationen. Beeinträchtigung der Nahrungsmittelproduktion. Drohte der Menschheit eine gefährliche Ernährungskrise?

Sein Frühstück kam, und er verzehrte es mit Genuss und viel Ruhe. Im Gedenken an die Bienen bestellte Seibold noch eine Portion Honig mit einem Stück Butter und Hefezopf. Zuvor schaltete er den Funkempfang des Smartphones wieder aus. Wo war eigentlich LTM? Schlief sie heute aus? Er erinnerte sich, dass sie ein Nachttier war und bis weit nach Mitternacht arbeiten konnte, dafür dann aber bis zum späten Vormittag schlief. Offensichtlich folgte sie heute diesem Muster.

Der zweite Tag seines Kurzurlaubs hatte grandios begonnen. Ein äußerst erholsamer Schlaf gefolgt von einem kräftigen und leckeren Frühstück. Rapshonig. Fast weiß und dickflüssig wie Zuckerguss.

Dann stieg er nach oben in sein Zimmer und zog die Wanderschuhe an. Ein trockener, mittelwarmer Tag erwartete ihn. Er beschloss, eine ähnlich lange Wanderung zu unternehmen, dieses Mal aber eine andere Strecke zu wählen und sein Auto abzuholen.

Er machte sich auf den Weg. Die Kopfhörer im Ohr, die seine favorisierten Stücke als Playlist aktiviert. Er schritt im Takt eines Jazzstücks. Heinz Sauer. Christoph Lauer. Saxofon. Hard Jazz. Seine persönliche Kategorie. Synonym zu Hard Rock. Die Musikkritiker würden sich im Grabe umdrehen. Aber es war eine richtige Kategorie. Sauer blies einfach irre hart. Die Töne gingen durch die Eingeweide. Entnervt riss er sich die Ohrhörer heraus. So konnte man nicht wandern. Musik hören oder wandern. Beides zusammen ging nicht. Das hatten die jungen Leute noch nicht verstanden.

Befreit marschierte er los. Sein Gehirn war auf ein schnelles Wandertempo eingestellt. Die Beine wurden beweglicher. Nach zwanzig Minuten befand er sich im Flow. Die Sonne glitzerte durch die dunklen Nadelbäume und reflektierte sich in unzähligen Spinnweben. Einige Vögel zwitscherten entlang seines Weges. Nun endlich wurde ihm die Bedeutung von Twittern klar. Einmal huschte ein Fuchs über den Weg. Kommissar Seibold fühlte sich frei.

An einer Wegbiegung entschied er sich, nach links zu laufen. Das war offensichtlich die falsche Wahl, denn schon wenige Meter später traf er auf einen Mann in Grün. Schräg über dessen Schulter hing ein Jagdgewehr. Zu seinen Füßen saß ein Jagdhund.

Seibold stoppte. Blieb einfach stehen. Beide Männer schauten sich an. Keiner wollte den ersten Satz sagen. Schließlich machte die schwarze Labradorhündin die ersten Schritte. Ging auf Seibold zu. Dieser streckte ihr die Hand entgegen und ließ sie daran schnuppern.

„Ist das Ihr Revier?", fragte Seibold den Jäger.

„Ja. Und wer sind Sie?"

„Ich wandere hier. Komme aus Frankfurt. Und Sie?" Sie kämpften um die Oberhand.

„Für die morgendliche Jagd ist es schon zu spät. Ich bin auf dem Rückweg."

„Wieso zu spät?"

„Sie verstehen wohl nichts von der Jagd?"

Seibold musste grinsen, antwortete aber: „Nein, überhaupt nichts." Was auch der Wahrheit entsprach. Und doch auch nicht.

„Man jagt entweder sehr früh am Morgen oder spät abends. Oder man sperrt den Wald ab. Bei einer Drückjagd."

„Um das Risiko für Menschen auszuschließen?"

Der Jäger nickte.

„Haben Sie heute früh etwas geschossen?"

Der Jäger schüttelte den Kopf.

„Und Sie?"

Seibold schmunzelte und beschloss, die Wahrheit zu sagen. „Ich bin auch Jäger. Mein Revier ist Frankfurt."

„Was jagen Sie dort?" Der Blick war skeptisch.

„Verbrecher."

„Ach!" Der Jäger lächelte. „Also ein richtiger Kommissar?"

„Jou", verfiel Seibold in den Jossgründer Dialekt. Er blickte nach links, weil er dort aus den Augenwinkeln heraus eine Bewegung gesehen hatte. Eine Joggerin kam näher. Leichter, eleganter Laufstil. Der Pferdeschwanz wippte im Rhythmus ihrer Schritte. Sie lief an ihnen vorbei. Grüßte sogar kurz. Beide Männer schauten ihr hinterher.

Seibold: „Anmutig."

Der Jäger: „Unsere Marathonläuferin."

Seibold: „Ein Profi?"

Die Antwort, sybillinisch: „Weiß nicht. Jedenfalls läuft sie oft und wohl auch sehr gut. Sogar den Frankfurt-Marathon. Sie ist die erste Jossgründerin, die aktenkundig geworden ist. Letztes Jahr."

„Wie heißt sie?" Der Jäger zögerte kurz. Aber irgendwie schien er etwas loswerden zu wollen.

„Claudia. Claudia Röder."

Es machte nicht Klick beim Kommissar.

„Sagt mir nichts."

„Nun, sie ist eine kleine Legende hier."

„Wieso?"

Die beiden Männer hatten ein gemeinsames Thema gefunden und konnten ihr Reviergehabe endlich aufgeben.

„Frau Röder wohnt im Jossgrund. Sie ist eine, ja, kann man schon sagen, durchaus lustige Witwe."

„Was meinen Sie?"

„Nun, ihr Mann starb vor einem Jahr. Karl Röder. Steinreich, für hiesige Verhältnisse."

Ganz dunkel erinnerte sich der Kommissar. Das Gespräch im Sudetenhof. Er wurde wacher.

„Wie starb ihr Mann?"

„Sie liefen zusammen durch den Wald. Zum Schwarzen Berg. Dort erlitt er einen Herzinfarkt."

Seibold merkte sich diese Information.

„Und nun?"

Der Jäger lachte. „Und nun hat sie wieder lange Haare. Einen Pferdeschwanz. Damals, direkt nach dem Tod ihres

Mannes, hatte sie sich die Haare ganz kurz schneiden lassen."

Eine völlig unwichtige Information, fand Seibold. Wieso sagte ihm der Mann das? Er blickte den Jäger an und musterte ihn gründlich. Ein freundlicher Mensch stand ihm gegenüber. Offensichtlich redete er gern und viel. Lachfalten um die Augen. Große hellgraue Augen. Die grüne Jägerkleidung konnte den lebensfrohen Lebenswandel nicht verbergen. Ein ansehnlich dickes Bäuchlein spannte sich unter der Jacke, die XXL weit geschnitten war. Aber nicht weit genug für den Buddha-Bauch.

„Nun denn. War nett, Sie kennenzulernen. Ich marschiere mal weiter."

„Gute Wanderung wünsche ich Ihnen!"

„Danke."

Seibold streifte weiter durch den Wald und versuchte sich anhand des Sonnenstands zu orientieren. Er nahm sich vor, einen großen Kreis zu laufen, und versuchte, möglichst gar nicht auf die App zu schauen. Sein Weg führte ihn immer weiter in den Wald hinein. Er begegnete keiner Menschenseele und sah auch keine Tiere, außer zahlreichen unterschiedlich singenden Vögeln.

Nach einiger Zeit fand Seibold eine Bank mit einem schönen Ausblick. Nun nahm er sich Zeit, auszuruhen und doch ein wenig Musik zu hören. Im ersten Moment schämte er sich, als er die Ohrstecker einführte. Im Wald sitzen und Jazzmusik hören. Du bist doch kein durchgeknallter Teenager, schalt er sich. Doch schnell holte ihn der Frankfurter Jazz ein. Wieder Heinz Sauer und Christof

Lauer. Zwei Größen des Jazz, nicht nur lokal. Er hörte einen Mitschnitt des Hessischen Rundfunks. Eine Auftragskomposition der Stadt Frankfurt zum 700-jährigen Jubiläum der Stadt. Live war sie im Konzertsaal des Senders beim Frankfurter Jazzfestival aufgeführt worden, und er war dabei gewesen. Ein geniales Stück, das ihn bald in einen angenehmen meditativen Zustand eintauchen ließ. Seine Gedanken flossen frei dahin und machten sich selbstständig. Er dachte über Frau Bulling und ihre Tochter nach. Das Gespräch mit LTM.

Sein Bauch meldete sich und gab ihm ein Signal. Er beschloss, es aufzugreifen und sich erneut auf den Weg zu machen. Sicherheitshalber schaltete er nun sein Smartphone ein, um sich von der Navigation leiten zu lassen. Mist, stellte er mit Verwunderung fest. Kein Funksignal! Kein Wunder, im tiefsten Spessart, abseits der Zivilisation gab es keine Notwendigkeit für Funkmasten. Er zuckte mit den Schultern und überließ sich seinem Orientierungssinn, der ihn nach einiger Zeit auf eine Straße mit einem Parkplatz führte. Dort war ein Kriegerdenkmal errichtet, das er kannte. Von hier waren es nur noch wenige Meter bis zur Wegscheide.

Sein Polo stand einsam und verlassen auf dem Parkplatz und sprang beim Drehen des Zündschlüssels sofort an, als ob er sein Herrchen freudig begrüßen wollte.

**Kondolenz**

Wieder im Gasthaus. Seibold hatte geduscht und frische Kleidung angezogen. Er ging nach unten in die Gaststube, weil er hungrig war. Von der Bedienung war nichts zu sehen. Also suchte er im Smartphone die Rufnummer der Journalistin und tippte auf den Namen.

Es klingelte. Dort. Irgendwo. Hoffentlich. Bei ihm summte es nur im Ohr. Er war ganz guter Dinge, dass er sie sofort erreichen würde. Nach jedem Summton wuchsen die Zweifel. Er dachte nach. Freiberufliche Journalistin. Eigentlich immer erreichbar oder nie. Und wenn sie ihr Smartphone stummgeschaltet hatte? In einer wichtigen Besprechung war? Nicht gestört werden wollte?

Nach dem zehnten Summton gab er seufzend auf. Ärgerlich. Erneut realisierte er, dass er die Welt nicht beherrschen konnte. Legte das Smartphone zur Seite und schaute zur Bedienung, die gerade durch die Tür gekommen war und sich offensichtlich gelangweilt die Fingernägel lackierte. Im Lokal! Schon meinte er den stechenden Geruch von Lösungsmitteln wahrnehmen zu können, bis er merkte, dass ihm seine Augen einen Streich gespielt hatten. Sie hatte nur einige nervöse Handbewegungen gemacht, die in der Dunkelheit der Gaststube anders ausgesehen hatten.

Sie hatte seinen Blick wahrgenommen und kam auf ihn zu. Er gab seine Bestellung auf. Da klingelte sein Smartphone. Der Ton war auf maximale Lautstärke eingestellt. Es war ihm peinlich, obwohl er wieder der einzige Gast war. Noch. Schließlich war es erst 18.15 Uhr.

„Ja?" Nach einem kurzen Blick auf die Nummer, die ihm nichts sagte.

„Sie haben mich angerufen."

„Nein. Habe ich nicht." Er schaltete viel zu langsam.

„Doch. Auf meinem Smartphone."

Die Journalistin! Sie hatte offensichtlich vom Festnetz zurückgerufen. Es war eine andere Nummer.

„Sie sind Frau Brenner, Clara Brenner?"

„Wer sind Sie?" Scharf wie Chilis kamen ihre Worte durch den Lautsprecher und schmerzten in seinem Ohr, als hätte sich eine Metallklinge verbohrt.

„Mein Name ist Seibold." Schnell schaute er Richtung Theke und Küche. Aber niemand war zu sehen. Die Türen waren geschlossen. Dann fiel ihm ein, dass er indirekt sprechen konnte und seine wahre Identität nicht nennen musste.

„Der Kollege von Frau Möller, mit der Sie gesprochen haben."

Kurze Pause. Dann ein knallharter Schuss: „Kollege? Sie klingen wie ihr Großvater."

Bevor sich ein Gefühl von Kränkung einstellen konnte, antwortete er schnell und professionell: „Ja, ich bin älter und ihr Chef. Wir arbeiten sehr kollegial zusammen. Also stimmt Kollege." Das war eine einfache Entgegnung. Gleichwohl registrierte er, dass sie für feinste Nuancen empfänglich war. Sie machte ihrem Beruf als Journalistin alle Ehre.

Ein leises Lachen war zu hören. Eher das Geräusch eines kleinen Steins, der in einen Teich geworfen wird, eine Art Glucksen. Die ausgelösten Wellen waren nicht zu vernehmen. Aber ein tiefes Ein- und Ausatmen. Offensichtlich rauchte sie.

„Und was möchte der Großvater oder Chef von mir wissen? Die Kleine, oder soll ich Enkelin sagen, war durchaus ausgeschlafen und hat mir ein Loch in den Bauch gefragt. Kompliment! Sie sollten ihr das ausrichten."

Tief atmete Seibold ein und aus. Eine Zigarette, das wäre nicht schlecht. Eine alte Erinnerung kam in ihm hoch und lenkte ihn ab. Schon konnte er den angenehm bitteren Geschmack auf seiner Zunge spüren. Die Mundschleimhäute zogen sich zusammen. Seine Kehle wurde trocken. Er musste sich räuspern.

„Ja, LTM ist gut. Darum geht es nicht. Es macht aber einen Unterschied, ob man O-Töne hört oder nicht."

Sie inhalierte und atmete langsam aus. „Warum?" Sie ließ sein Argument gelten und gab ihm eine Chance.

„Ich fand Ihre Mutter sehr sympathisch."

„O.k. Eine Frage."

Seibold überlegte. Das war schwierig. LTM hatte sehr viel herausgefunden. Er hatte es noch nicht geschafft, zur Journalistin eine Beziehung aufzubauen. Wo sollte er ansetzen? Dann fiel ihm schlagartig ein, dass er noch gar nicht kondoliert hatte. Er hörte auf seinen Bauch und redete drauflos.

„Zunächst möchte ich Ihnen mein Beileid aussprechen. Und ich habe gar keine Frage. Mein Bauch sagt mir, dass mit dem Tod Ihrer Mutter etwas nicht stimmt."

Er schwieg. Frau Brenner auch. Er hörte nur ihren Rauch. Also fuhr er fort.

„Ihre Mutter war kerngesund. Kräuter und gesunde Ernährung bestimmten ihr Leben. Sie hat mich schon bei meinem ersten Besuch in kürzester Zeit, ja, ich möchte fast sagen: therapiert. Nicht nur durch ihre köstlichen Jossgrund-Smørebrøds, auch durch ihre Klugheit, ihre Lebensweisheit. Ich mochte Ihre Mutter."

Die Rauchwellen zischten lauter.

„Was hat denn Ihre Assistentin berichtet?"

Er hatte eigentlich fragen wollen. Aber die Frau schien wirklich mit Leib und Seele Journalistin zu sein und drehte das Gespräch herum.

„Alles. Junge Mutter, frühe Trennung, Scheidung mit dem Jossgrund, Vater an Krebs verstorben, Haus verkaufen oder vermieten. Noch offen."

Sie rauchte weiter. Konnte sie das nicht endlich lassen? Es nervte ihn. Er wollte nicht wieder anfangen. Spürte aber, wie beruhigend eine Zigarette sein konnte. Man beschäftigte sich mit ihr und brauchte nichts zu sagen.

„Frau Brenner, mich wundert, dass Ihre Mutter so plötzlich verstorben ist. Als Kommissar lernt man über die Jahre, seinem Bauch zu vertrauen. Ich habe das dunkle Gefühl, dass etwas nicht stimmt."

„Na gut", antwortete sie dieses Mal sehr schnell. „Dann kommen Sie nach München. Solche Themen sind nicht für ein Telefonat geeignet."

**Arztpraxis**

Dr. Stefan Nolting betrat die Arztpraxis von Dr. Klaus Hübner und ging an der Rezeption mit den Arzthelferinnen vorbei auf das Sprechzimmer zu. Die jungen Damen grüßten ihn respektvoll und schienen über seinen Besuch bereits informiert worden zu sein.

Der Arzt stand auf und begrüßte seinen Freund per Handschlag, sah aber sehr ernst aus. Dann setzte er sich wieder hinter seinen Schreibtisch und ließ Stefan auf dem Patientenstuhl Platz nehmen. Der grinste: „Willst du mich zum Patienten machen? In die Klapsmühle einweisen lassen? Das könnte dir so passen. Mich stört die Sitzposition nicht, Herr Doktor!"

„Also, was willst du? Eben am Telefon klang es sehr eilig." Klaus starrte Stefan mit einem Blick an, der diesem Angst machen musste.

„Der Abend in der Pizzeria. Du, der Alleinerbe von Frau Bulling."

„Ja und? Du hast das Testament doch selbst aufgesetzt."

„Ja, weil uns allen klar war, dass sie alleinstehend ist und keine Verwandten hat. Sie hat mir gegenüber klar zum Ausdruck gebracht, dass du der Erbe sein sollst."

„Dann ist doch alles prima."

„Nein, nichts ist prima."

Das Telefon klingelte. Der Arzt ging dran. „Ja?" Er hörte eine Weile zu. „Kein Notfall. Also muss er einen Moment warten."

„Nichts ist prima", nahm der Notar seinen Faden wieder auf. „Damals fiel mir auf, wie merkwürdig abwesend Frau Bulling wirkte. Das hast du mir medizinisch erklärt, und ich habe es akzeptiert. Verstanden habe ich es nicht. Was ist Hyponatriämie?"

„Eine Unterversorgung mit Natrium."

„Das ist doch schlichtweg Kochsalz?"

„Ja."

„Wieso dann so kompliziert?"

„Das ist der medizinische Fachbegriff."

„Hinter dem du dich versteckst."

„Was soll dieses rhetorische Scharmützel?"

„Wie entsteht eine solche Hyponatriämie?"

„Da gibt es vielfältige Ursachen."

Zäh wie ein vertrockneter Kaugummi. Der Notar kniff seine Augenbrauen zusammen. Weiter mit dem Verhör. „Und bei Frau Bulling?"

„Sie hatte tagelang Durchfall."

„Das ist doch nichts Schlimmes. Und man kann es behandeln."

„Na ja, bei alten Menschen und bei ganz jungen führt er schnell zur Dehydrierung."

„Was wohl Entwässerung heißt."

Sie schauten sich an wie zwei Boxer beim Wiegen. Wer würde zum ersten Schlag ausholen?

„Klaus, du unterschätzt mich. Mittlerweile habe ich nachgelesen. Ja, die Menschen sind leicht verwirrt. Bei richtiger Behandlung, nämlich langsamer Zuführung von Elektrolyten, tritt wieder Besserung ein. Bei falscher Behandlung können Entzündungen im Gehirn auftreten mit möglicherweise tödlichen Folgen."

Großes Schweigen. Allein das sprach Bände. Stefan Nolting wurde in diesem Moment alles klar. Sein Freund hatte alles auf eine Karte gesetzt. Das war kaltblütiger Mord gewesen. Und jetzt? Schließlich waren sie seit Jahren befreundet. Sollte er ein Geständnis aus ihm herauspressen? Dann hätte er erst recht einen Gewissenskonflikt. Aber alles so stehen lassen? Das konnte auch nicht sein.

„Stefan", begann Hübner ganz langsam, „lass dir sagen. Ich habe sie nach allen Regeln der ärztlichen Kunst behandelt. Bevor du auf irgendwelche dummen Gedanken kommst."

Kurzes Schweigen. Denn er setzte gleich nach.

„Wie war das noch, damals? Im Saunaclub auf der Hanauer Landstraße? Du hattest eine süße Rumänin gevögelt, die auf einmal einen Herzkasper hatte. Gezahlt hat übrigens unser Freund Karl. Wer hat die Lütte und vor allem dich gerettet? Tolle Schlagzeile: Notar Dr. Stefan Nolting aus dem Jossgrund vögelt Edelprostituierte zu Tode. Du hättest es bis auf die erste Seite der Bildzeitung geschafft. Glückwunsch."

Dieses Mal langes Schweigen. Der Punch saß. Erstaunlicherweise zeigte der Treffer keine Wirkung. Der Notar saß ungerührt da. Dann sagte er: „Sie hatte eine Tochter."

Der Arzt schüttelte den Kopf. „Was?"

„Nicht was, höchstens wer", korrigierte ihn sein notarieller Freund. „Frau Bulling hatte eine uneheliche Tochter. Ich bekam eine anonyme Information, der ich nachgehen musste. Ein paar Tage später kamen aber auch schon die offiziellen Mitteilungen. Auszüge aus dem Sterberegister. Die Tochter heißt Clara Brenner. Dann habe ich alles überprüft. Kurz nach der Geburt zur Adoption freigegeben. Bei Stiefeltern in München aufgewachsen. Da sie im Testament nicht ausdrücklich enterbt worden ist, gilt die gesetzliche Erbfolge. Ich habe nun die Pflicht, das Testament entsprechend den gesetzlichen Bestimmungen zu ändern. Du wirst deinen Teil erhalten, die Tochter ebenfalls. Ich lade dann zur Testamentsvollstreckung ein. Den Brief an die Tochter habe ich gestern weggeschickt. Hier mein Schreiben an dich."

Er zog es aus der Aktentasche und legte es dem Arzt auf den Schreibtisch. Der schaute ihn unergründlich an und sagte kein Wort davon, dass er von der Tochter bereits gewusst hatte. Allerdings auch erst seit kurzem.


## Zum Franziskaner

Seibold saß im ICE und träumte vor sich hin. Da er Urlaub machte, hatte er für sich felsenfest Position bezogen.

Keine Arbeit, sondern Freizeit. Sein Psychologe würde stolz auf ihn sein. Die Reise deklarierte er als posthume Referenz an Frau Bulling. Wenn er sie schon nicht mehr wiedersehen konnte und nicht bei ihrer Beerdigung gewesen war, dann schuldete er ihr noch etwas: den Besuch der Tochter. Insgeheim war er neugierig auf Frau Brenner. Sie war ohne ihre Mutter aufgewachsen. Gab es dennoch Ähnlichkeiten? Oder war sie ganz anders?

Sie hatten sich gestern gleich für den nächsten Tag verabredet. Er fuhr mit seinem Polo nach Aschaffenburg, zu Deutschlands angeblich schönstem Kleinstadtbahnhof. Dort stellte er seinen Wagen im Parkhaus ab und saß wenig später im Zug. Zuvor hatte er sich an einem Imbissstand eingedeckt: Milchkaffee für 1,50 €. Wo gab es denn so etwas? Butterbrezel mit Schnittlauch für einen Euro. In Frankfurt undenkbar. Machte Bayern den Unterschied aus oder die Kleinstadt? Sicherlich beides.

Ende der Träumerei. Einfach nur herumzusitzen, entsprach nicht seiner Natur. Schon immer hatte er sich über die Bahnreisenden gewundert, die stundenlang einfach nur im Abteil saßen, ohne etwas zu tun. Tickte er falsch? Konnte er Ruhe und Müßiggang nicht ertragen? War er hyperaktiv? Oder waren die anderen einfach nur träge? Er fand die Antwort. Für die anderen. Und für sich.

Aus seiner kleinen Aktentasche holte er seinen Krimi und begann zu lesen. Eigentlich hatte er das Lesen vor einiger Zeit aufgegeben, weil Wirklichkeit und Literatur so selten übereinstimmten. Aber die Buchbesprechung, auf die er im Internet gestoßen war, war sehr positiv ausgefallen. Er vertiefte sich in das Werk und blendete alles aus. Kein Schaffner kontrollierte ihn. Auch die Durchsagen hörte er nicht, weil der Krimi ihn derart fesselte. Umso überraschter war er, als der ICE auf einmal in München einfuhr. Schon, so fühlte es sich für ihn an. Er hatte die verflossene Zeit gar nicht wahrgenommen.

In München ließ er sich von seinem Smartphone bei bestem Wetter durch die Kaufingerstraße lotsen und kam pünktlich zum verabredeten Weißwurstfrühstück im Franziskaner an. Sie hatte ihm gesagt, dass sie oben sitzen würde. Dort wäre es meistens ruhiger. Auch vormittags.

Seibold ging die Treppe nach oben und fand wenige Personen vor. Eine schlanke Frau in einem dezenten Kostüm saß am Fenster und schaute nach draußen. Sie musste es sein. Er ging auf sie zu und sprach sie an.

„Grüß Gott."

Sie drehte ihm den Kopf zu.

„Setzen Sie sich, Herr Seibold." Sie gab ihm nicht die Hand.

Die beiden musterten sich. Es heißt, das Unbewusste des Menschen tauscht sich in siebzig Sekunden komplett aus. So jedenfalls die Meinung eines Frankfurter Professors für Psychologie, der längst tot war. Seibold hatte ihn noch in seinen Studentenjahren erlebt. Beeindruckend. Aber nicht nur der Professor, sondern auch Frau Bullings Tochter. Kerzengerade saß sie da, wirkte dabei aber nicht steif, sondern lässig. Es schien paradox. Woran lag es? Wie beim Lächeln der Mona Lisa musste es die Neigung ihres Kopfes sein. Ihre Ausstrahlung war souverän, aber auch leicht spöttisch. Noch vor Ende der siebzig Sekunden war Seibold klar: Ihrer Mutter sehr ähnlich. Attraktiv. Obwohl sie eine kühle Distanz versprühte, wie ein Gletscher im Sonnenlicht, konnte er sich ihrer Faszination nicht entziehen und beschloss, sie zu mögen.

„Wissen Sie überhaupt, wie man Weißwürste isst?"

Seibolds Antwort bestand aus einem mehrdeutigen Nicken seines Kopfes. Er fixierte Frau Brenner.

„Kam Ihnen der Tod Ihrer Mutter nicht auch sehr plötzlich vor?"

„Doch."

„Was dachten Sie sich dabei?"

Als Antwort schaute sie zum Fenster hinaus. Da die Bedienung kam, passte das Schweigen gerade. Sie bestellten ihre Weißwürste. Seibold gönnte sich ein alkoholfreies Weizenbier, sie nahm einen Pfefferminztee.

„Kein Schnaps im Dienst", spottete sie.

Er hatte sie richtig eingeschätzt und lächelte sie an. „Ich habe Urlaub und bin nicht im Dienst. Ihre Mutter hat mir das Biertrinken fast abgewöhnt. Nein, im Ernst. Einerseits stimmt das. Es gab immer diverse Tees. Aber Ihre Mutter konnte auch ein gutes Weizenbier einschenken."

„Ja, ihr Tod kam sehr plötzlich", nahm sie seine Frage wieder auf. „Aber damit muss man in dem Alter rechnen. Ich habe mit dem Arzt telefoniert, der sie betreut und auch den Totenschein ausgestellt hat. Sie sei eines natürlichen Todes gestorben und habe in den letzten zwei Wochen ihres Lebens unglaublich rasch abgebaut."

„Sie konnten nicht mehr mit ihr sprechen."

„Nein, Ihre Assistentin hat Ihnen doch sicher erzählt, dass wir etwa zwei bis drei Mal im Jahr Kontakt hatten und nur selten telefonierten. Meine Mutter war nicht die gesprächigste, wie Sie vielleicht bemerkt haben. Sie hat mich immer in München besucht. Ich wollte nicht in den Jossgrund. Diese Gegend ist für mich traumatisch. Ich verbinde damit meine Freigabe zur Adoption und übertrage dieses schmerzliche Erlebnis, die Psychologen nennen das so, auf den Jossgrund."

„Und im Jossgrund war offenbar nicht bekannt, dass Ihre Mutter eine Tochter hatte. Also konnte man sie auch nicht informieren."

„Richtig."

Die Würste kamen. Das ging schnell. Parallel die Getränke. Sie begannen zu essen.

„Wie erfuhren Sie dann vom Tod Ihrer Mutter?"

Sie stockte einen Moment. Das war nicht eine der bisherigen Pausen, sondern eine andere Bewegung.

„Über meine Pflegeeltern. Was ich nicht wusste: Meine Mutter hatte eine Freundin beauftragt, bei außergewöhnlichen Vorkommnissen die Pflegeeltern zu informieren. Das entsprach meinem Wunsch: Niemand im Jossgrund sollte von meiner Existenz wissen."

Seibold machte sich wieder einen gelben Zettel im Gehirn. Letztlich klang es logisch. Aber die Erklärung kam zu glatt. Außerdem hatte ihn dieses leichte Zucken im Vorfeld irritiert.

„Wer ist diese Freundin?"

„Sie heißt Anna Weissenberger und lebt in Lettgenbrunn. Sie sind zusammen zur Schule gegangen."

Noch ein gelber Zettel. Auf sein Namensgedächtnis konnte er sich verlassen.

„Wenn man von der Mutter zur Adoption freigegeben wird und das, wie sie selbst sagen, eine traumatische Erfahrung war, wie war dann Ihre Beziehung?"

„Führt uns das weiter? Wollten wir nicht darüber sprechen, ob im Zusammenhang mit dem Tod meiner Mutter etwas Ungewöhnliches geschehen sein könnte?"

Seibold schüttelte nur den Kopf.

Sie seufzte und lächelte das erste Mal ein wenig.

„Ja, in Ordnung. Ich bin ja nicht dumm. Ich wusste von der Existenz meiner biologischen Mutter nichts bis zu meinem 18. Lebensjahr. Das war zwischen ihr und meinen Adoptiveltern so vereinbart worden. Mit meiner Volljährigkeit sollte ich es erfahren und entscheiden dürfen, ob ich sie kennenlernen wollte."

Seibold widmete sich der Wurst und der Brezel. Brauchte sie ein Stichwort oder eine Frage? Nein.

„Sie fragen sich jetzt wahrscheinlich, wie das für mich war. Ich erinnere mich genau an den Tag, als mir meine Pflegeeltern sagten, dass sie gar nicht meine wahren Eltern wären."

Clara Brenner zuckte kurz mit den Schultern. „Für mich war das damals nicht viel anders als eine schlechte oder gute Note in der Schule. Oder als ich beim Joggen stolperte, fiel und mir die Hand brach. Success happens, shit happens. Alles nicht so wichtig. Ich hörte mir an, was meine Adoptiveltern sagten, und teilte ihnen mit, ja, ich möchte meine leiblichen Eltern kennenlernen. Dann kam die nächste Einschränkung: Mein Vater sei an Krebs verstorben. Nun gut, dann war er eben tot. Dann würde ich eben nur meine Mutter kennenlernen."

Das Mahl war vorbei. Seibold lehnte sich zurück. Auf dem Teller von Frau Brenner herrschte Ordnung. Sie hatte eine halbe Portion gegessen, und die andere Hälfte sauber auf dem Teller arrangiert.

„Das Treffen mit meiner Mutter. Sie kam nach München. Wir trafen uns in einem Café. Ich wollte einen neutralen Ort. Sie war freundlich zu mir, aber auch kühl. Vermutlich wegen des schlechten Gewissens. Dann erklärte sie es mir. In Abwesenheit ihres Mannes, der öfter auf Auslandsreisen war, war sie vergewaltigt worden. Sie wurde schwanger. Ihrem Mann konnte sie mich nicht unterjubeln, weil die Zeiten nicht passten. Die Vergewaltigung konnte sie ihm auch nicht beichten. Offenbar war er sehr eifersüchtig und wäre vermutlich durchgedreht. Sie liebte ihn und wollte ihre Ehe retten. Also hatte sie sich schweren Herzens für die Freigabe zur Adoption entschieden. Sie entschuldigte sich bei mir und fing zu weinen an. Es berührte mich. Da ich, wie sie bestimmt schon bemerkt haben, ein sehr analytischer Mensch bin, habe ich ihr verziehen. Alles war logisch. Wie ich zuvor schon sagte: Shit happens."

In der Tat lag in ihren Worten keine Bitterkeit. Mit einem Seitenblick holte sie die Bedienung heran.

„Einen Cappuccino bitte. Und Sie?" Ihre Augen richteten sich auf Seibold.

„Doppelter Espresso."

Beide schwiegen eine Weile.

„Meiner Assistentin haben Sie die Geschichte ein wenig anders erzählt."

„Ja." Gletscher schien schon zu stimmen. Eine Frau ohne erkennbare Gefühlsregung. Wahrscheinlich würde sie jeden Lügendetektortest bestehen.

„Wieso?"

„Wieso nicht? Plaudern Sie am Telefon wildfremden Menschen Ihre Lebensgeheimnisse aus? Lieber Kommissar", jetzt wurde sie ironisch, „ich liefere Ihnen das Motiv frei Haus: Ich wollte meine Ruhe. Meine Mutter wurde beerdigt, und ich wollte meine Jossgründer Vergangenheit mit in den Sarg legen."

Stimmt. Da passte es nicht, dass jemand herumstocherte und die Leiche samt ihrer Erinnerungen wieder lebendig machte. Seibold fröstelte es ein wenig. Trotz warmer Wurst im Bauch und heißem Espresso. Der Gletscher hatte ihn in den Bann gezogen. Er schüttelte sich kurz: Nein, er wollte die Frau mögen!

„Gut. Analytisch nachvollziehbar", imitierte er sie ein wenig, ohne sie zu karikieren. „Was machen Sie jetzt mit dem Haus?"

„Wie schon gesagt: Am liebsten verkaufen. Vermieten hieße ja doch, dass noch eine Bindung bleibt. Ich werde mich in den nächsten Tagen um einen Makler kümmern."

„Haben Sie eine Vorstellung, was das Haus einbringt?"
Seibold überlegte, ob er es sich leisten könnte. Verpachten. Als Pension. Später dann, im Ruhestand, als sein Häuschen nutzen. So hätte er immer noch eine Beschäftigung. Außerdem hatte er längst begonnen, den Jossgrund mit seinen tiefen Wäldern zu lieben.

„Sind Sie interessiert?"

Merkwürdig. Konnten analytisch begabte Menschen über so viel Empathie verfügen? Gedanken lesen? Nun, vielleicht lernte man es als Journalistin, den Dingen nachzuspüren und auf den Grund zu gehen. Eigentlich der Arbeit der Kripo nicht unähnlich.

„Vielleicht. Mir gefällt das Haus mit der guten Stube. Die Zimmer oben. Alles sehr schön, sauber, hell, freundlich. Viel Holz. Es riecht gut."

„Dann werde ich Sie informieren, wenn ein Makler das Haus bewertet hat."

„Die Maklergebühr könnten wir uns doch sparen."

„Natürlich. Ich rufe Sie an, bevor ich einen Auftrag vergebe." Der Gletscherblick verströmte eine gewisse Wärme.


## Aschaffenburg

Seibold saß wieder im Zug auf dem Rückweg Richtung Aschaffenburg. Die ersten zwei Stunden hatte er gepennt und war gerade wachgerüttelt worden. Die burschikose Schaffnerin wollte seinen Fahrausweis sehen. Das war so schnell nicht möglich. Er hatte sich ein Online-Ticket bestellt und es im Smartphone gespeichert, das aber ausgeschaltet war. Während das Gerät langsam hochfuhr, schaute er sich die Schaffnerin an. Sie waren auf Augenhöhe, weil sie recht klein war. Mit ihrem stechenden Blick strahlte sie Misstrauen aus, als wollte sie sagen: Auch dich werde ich kontrollieren. Ich habe schon andere Männer aus dem Schlaf gerissen. Sie waren noch größer als du. Wer bist du überhaupt, dass du dich erdreistest, einfach zu schlafen, während ich meiner Arbeit nachgehen muss?

Paul Watzlawick und seine Geschichte vom Hammer kamen Seibold in den Sinn. Der Hauseigentümer, der sich von seinem Nachbarn einen Hammer leihen wollte, aber das Gefühl hatte, dieser würde ihn immer stärker ablehnen. Schließlich entlud sich seine Wut und er brüllte ihn eines Tages an: Behalten Sie doch Ihren Scheißhammer! Seibold musste schmunzeln, was die Zugbegleiterin offenbar in den falschen Hals bekam und auf sich selbst bezog. Sie kniff die Augen noch mehr zusammen, sagte aber kein Wort. Hätte sie es getan, hätte er ihr die Geschichte vom Hammer erzählt. Zum Glück schwieg sie.

Nachdem er besonders sorgfältig kontrolliert worden war, ging sie weiter und nahm sich die anderen Fahrgäste vor. Seibold schaute aus dem Fenster. Auf den Krimi hatte er keine Lust. Zwar gefiel er ihm, aber seine Gedanken schweiften zum Gespräch mit Clara Brenner. Die Geschichte hörte sich plausibel an, zumal er sich erinnerte, dass Frau Bulling ihm von der Vergewaltigung berichtet hatte. Sie hatte damals allerdings erzählt, dass es der

Biobauer gewesen wäre. Das konnte sein! Da sie mit ihrer Anzeige keinen Erfolg gehabt hatte und der Biobauer davon gekommen war, wollte sie ihre Tochter nicht mit der Wahrheit belasten. Stattdessen ließ Frau Bulling den Vergewaltiger kurze Zeit später an Krebs sterben. Diese Variante konnte ihre Tochter eher akzeptieren, als wenn sie wüsste, dass der Mann noch am Leben war. Mütter beschützen ihre Kinder und nutzen dafür jedes Mittel. Auch Lügen.

Das Smartphone vibrierte. „Cheffe, wo sind Sie?", fragte eine Nachricht von LTM.

Er simste zurück. „Im ICE."

Nicht, dass er kurz angebunden war. Aber er hasste dieses Daumenklimpern. Ständig traf er die falschen Tasten. Kaum war die Nachricht mit einem zischenden Geräusch verschwunden, als ob eine Schlange danach geschnappt hätte, war die Antwort bzw. Frage von LTM schon da. Hatte sie sie parallel geschrieben? Oder war sie so schnell?

„Von nach?"

„M nach Aschaffenburg."

„Was haben Sie in München gemacht?"

Jetzt war es Seibold leid. Keine Lust auf Daumenverrenkungen. Er griff in die Tasten und bimmelte LTM an. Der ICE-Wagen hatte ein Telefonsymbol. Also sollte eine Funkverbindung möglich sein.

„LTM? Hi! Ich war in München und habe die Tochter von Frau Bulling getroffen."

„Wieso?"

„Ich hatte gestern mit ihr telefoniert. Ein Gefühl sagte mir, dass ich sie sehen sollte. Nach wie vor glaube ich, dass mit dem Tod ihrer Mutter etwas nicht stimmt." Besorgt schaute er sich um. Aber er war fast allein im Großraumabteil. Die anderen Fahrgäste saßen weiter weg und waren beschäftigt, hackten auf der Tastatur ihrer Notebooks herum oder trugen Ohrstöpsel.

„Was haben Sie herausgefunden?"

„Sie hat die Geschichte ihrer Adoption erzählt. Erst als sie volljährig wurde, hat sie von ihrer biologischen Mutter erfahren und sie auch kennengelernt."

„Vater?"

„Verstorben. Angeblich an Krebs. Aber ich denke, dass es anders gewesen sein könnte. Das erzähle ich dir, wenn wir uns sehen."

„Wann kommt Ihr Zug an?"

Seibold blickte auf seine Uhr. „In circa einer Stunde."

„Und dann mit dem Auto von Aschaffenburg in den Jossgrund? Dann sind Sie in etwa zwei Stunden da."

Das dürfte stimmen, dachte Seibold.

„Und was mache ich so lange?"

„An deiner Dissertation arbeiten."

„Nein. Ich habe mein Tagespensum erledigt und möchte was Spannendes erleben", forderte sie ihn.

„Du kannst Anna Weissenberger aufsuchen in Lettgenbrunn. Sie soll eine Schulfreundin …". Mist. Es tutete. Die Verbindung war zusammengebrochen. Also wählte er erneut.

„Hast du gehört?"

„Anna Weissenberger, Lettgenbrunn."

„Genau. Eine Schulfreundin. Sie soll die Tochter in München angerufen und über den Tod verständigt haben. Sie dürfte also einiges wissen, was uns interessieren könnte."

„Bingo. Bin schon unterwegs. Also bis gleich."

**Lilly**

LTM hatte die Adresse gegoogelt, aber nicht gefunden. Komisch. Also fragte sie die Dame an der Rezeption.

„Die Anna? Die wohnt hier um die Ecke. Südmährer Weg. Das letzte Haus auf der linken Seite. Berliner Straße bis zum Ende, dann rechts, links und wieder rechts. Es steht kein Name am Haus."

Warum, interessierte LTM in diesem Moment nicht. Und wieso die Dame an der Rezeption das alles wusste. Aber so war es wohl. In kleinen Orten wusste man alles voneinander. Nichts blieb geheim. Die Dorfgemeinschaft teilt alles miteinander, eine Großstadt versinkt in der Anonymität.

Sie machte sich auf den Weg und fand das alte Häuschen nach wenigen Minuten. Ein Namensschild gab es tatsächlich nicht, aber eine Klingel. Beim Drücken ertönten fast zeitgleich ein rasselnder Ton und das hysterische Gekläffe eines Hundes, der offenbar mit Höchsttempo herangeschossen kam und aufgeregt an der Tür scharrte.

„Lilly, leise", hörte sie eine dumpfe Frauenstimme und das Schlurfen von Holzschuhen. Die Tür wurde geöffnet, und sie sah einen Yorkshire-Terrier, der wie verrückt bellte. Vor Begeisterung oder vor Aggression? Das war nicht zu erkennen. Da die Besitzerin ihn aber fest an der Leine hielt, schien Freundlichkeit auszuschließen zu sein.

„Guten Tag", sagte die ältere Dame in reinstem Hochdeutsch, so gar nicht zum Jossgrund passend. Sie trug einen Umhang, der eine Mischung aus Morgenmantel und Schürze zu sein schien. Bei näherer Betrachtung löste sich dieser Eindruck aber auf, und der Umhang entpuppte sich als wunderschöne Tracht. Die Schürze war aus weißen Spitzen, die Tracht selbst in tiefdunklem Nachtblau. „Sie wünschen?"

„Frau Weissenberger?", fragte LTM.

„Ja."

„Mein Name ist Möller, Leonie", kürzte LTM dieses Mal ab. „Ich bin Kriminalkommissarin aus Frankfurt."

„Und?"

„Darf ich kurz hereinkommen? Es geht um Frau Bulling."

„Ja, kommen Sie. Lilly, sei brav."

Frau Weissenberger schloss die Tür und ging voran. Im Wohnzimmer nahmen die Frauen Platz.

„Sie haben keine Angst vor Hunden, gelt? Dann lasse ich Lilly von der Leine."

Der Hund schoss auf LTM zu und stupste mit der Nase ihren Unterschenkel. Der Schwanz wedelte mit einer Geschwindigkeit, die einem Propeller zur Ehre gereicht hätte. Würde der kleine Hund gleich abheben, kam es LTM in den Sinn? Sie kraulte ihn am Kopf. Ein süßer Kerl! Nein. Lilly. Also eine Hündin.

„Was möchten Sie wissen? Frau Bulling ist doch tot. Wieso ermittelt die Kriminalpolizei?"

„Wir ermitteln eigentlich nicht. Es ist so. Mein Chef, Kommissar Seibold, und ich waren ab und zu Gäste bei Frau Bulling in ihrer Pension. Wir hatten die alte Dame liebgewonnen."

Frau Weissenberger nickte. Schwupps sprang der Yorkshire auf LTMs Oberschenkel. Als Reaktion auf das Nicken. Der Hund kuschelte sich fast wie eine Katze in den Schoß von LTM und ließ sich verwöhnen.

„Wir erfuhren erst vor wenigen Tagen vor ihrem Tod. Leider konnten wir daher auch nicht an ihrer Beerdigung teilnehmen."

„Ja, der Tod kam sehr plötzlich. Ich war auch überrascht."

„Hatten Sie in den letzten Tagen ihres Lebens Kontakt mit ihr?"

„Nein. Ich war bei meiner Schwester in Hamburg zu Besuch, so dass ich Martha in den letzten Wochen nicht gesehen habe."

„Und wie haben Sie davon erfahren?"

„Ich wollte sie nach meiner Rückkehr besuchen und erfuhr von den Nachbarn, dass sie in einem Leichenwagen abgeholt worden war. Gerade drei Tage vor meiner Rückkehr."

„Und dann haben Sie ihre Tochter verständigt."

„Nein." Frau Weissenberger schüttelte den Kopf. „Den Notar. Ihre Tochter?"

Jetzt war LTM überrascht und zog leicht ihre Augenbrauen hoch. „Den Notar?"

„Ja, in den letzten Jahren wurde Martha ein wenig misstrauisch und komisch. Und kurz vor meiner Reise nach Hamburg war sie anders als sonst. Sie wirkte auf mich verwirrt. Ich besuchte sie, weil ich Kräuter kaufen wollte. Wir tranken einen Tee zusammen und sie nahm mir das Versprechen ab, den Notar zu informieren. Anonym."

„Anonym?"

„Das habe ich auch nicht verstanden. Ihre Erklärung dafür war: ‚Man weiß nie. Mir ist es lieber, wenn eine offizielle Amtsperson davon weiß. Sie wird dann schon das Richtige unternehmen'."

„Hatte sie ein Testament hinterlegt?"

„Nach meiner Kenntnis nicht."

„Dann ergab das doch keinen Sinn."

„Ehrlich, ich habe es auch nicht verstanden."

Beide schwiegen.

„Und Sie haben wirklich nicht ihre Tochter angerufen?"

„Martha hatte eine Tochter? Davon ist mir nichts bekannt."

LTM fand das merkwürdig. Aber es schien sinnvoll, wenn Frau Bulling die Existenz ihrer Tochter verheimlichen wollte. Allerdings hatte Seibold ihr gesagt, dass Frau Brenner von Frau Weissenberger angerufen worden wäre.

Und nun erklärte jene, sie würde nichts von einer Tochter wissen.

„Waren Sie auf der Beerdigung?"

„Nein. Die Beerdigung war schon vorbei."

Frau Weissenberger sah die ganze Zeit schon sehr nachdenklich aus. Im Raum war es dunkel geworden. Man konnte ihre Gesichtszüge kaum noch erkennen. Vielleicht verstärkte das den Eindruck der Nachdenklichkeit. „Stimmt das, mit der Tochter?"

„Ja."

„Warum hat Martha mir das nicht erzählt?"

„Ich weiß nur, dass die Tochter sehr früh zur Adoption freigegeben wurde."

Das Nicken war noch gut zu erkennen in der Dunkelheit des Raumes. „Dann wollte sie es wohl geheim halten. Aber der Notar wusste von der Tochter", zog Frau Weissenberger einen logischen Schluss.

So könnte es gewesen sein, dachte auch LTM.

„Aber wer hat dann die Tochter angerufen? Sie haben den Notar doch erst nach der Beerdigung informiert", fragte LTM.

„Ich weiß es nicht", sagte Frau Weissenberger.

Derweil hatte Lilly den Kopf auf LTMs Oberschenkel gelegt und schien eingeschlafen zu sein.

## Riesenbratwurst

Als das Gespräch beendet war, hob LTM Lilly vorsichtig von ihrem Schoß und setzte sie auf den Boden. Der Hund war sofort wieder springlebendig. Von null auf 100 in einer Sekunde.

LTM verabschiedete sich von Frau Weissenberger und lief munter die Straße hinunter. Sie dudelte ein Lied aus Kindheitszeiten und fing an zu hüpfen. Das Leben war schön!

Im Znaimer Hof bestellte sie eine Apfelsaftschorle und widmete sich geradezu detektivisch der dicken Speisenkarte. Akribisch las sie den kompletten Text und fühlte, wie ihr das Wasser im Mund zusammenlief. Ein Blick auf die Uhr zeigte ihr, dass der Kommissar jede Minute kommen musste, wenn der Zug pünktlich in Aschaffenburg angekommen war, kein Stau und auch sonst keine besonderen Verzögerungen eingetreten waren.

Er betrat in dem Augenblick die Gaststube, als sie bei der Riesenbratwurst angekommen war. Garantiert 500 Gramm und eine ebensolche Menge an in Butterschmalz gebackenen Bratkartoffeln. Kleiner Beilagensalat. Für erstaunliche 11,90 Euro. Das konnte doch gar nicht sein. Seibolds Ankunft war ein Omen. Sie musste diese Bratwurst ausprobieren.

„Cheffe, wir nehmen zusammen die Bratwurst", versuchte sie ihn zu überreden.

„Guten Tag, LTM", betonte er nachdrücklich ihren Namen und wollte damit wohl ausdrücken, dass er auf eine förmlichere Ansprache Wert legte. Zumindest in diesem Moment.

„Also, was ist?" Sie grinste. Sollte sagen: Der alte Typ ist schon o.k. Na klar, er echauffierte sich ab und zu über ihren lockeren Stil. Sie wusste aber, dass er sich insgeheim darüber freute. Das war an seiner Körperspannung abzulesen. Einige Tage Entzug von LTM bekamen ihrem Chef gar nicht. Sein Körper sank merklich zusammen. Wenn sie dann wieder auf den Plan trat, war er erst ein wenig förmlich, wirkte leicht gebeugt, ein klein wenig depressiv. Es dauerte keine fünfzehn Minuten, bis wieder Spannkraft in den großen Körper kam. Wie eine Feder, die aufgezogen wurde. Sie schien ihm Energie einzuhauchen. Dafür profitierte sie von seiner Erfahrung. Er hatte immer den Riecher für den roten Faden. Sie steuerte ihre Spontaneität, Frische und Kreativität bei. Ein toller Kriminalistencocktail! Sie mochte ihren Chef wirklich.

„Ich habe in München Weißwürste gegessen."

„Na und?"

„Zwei Mal Würste an einem Tag?"

„Schauen Sie, ich erkläre es Ihnen. Gegensätze sind wichtig. Heute Mittag gab es Weißwürste. Weiß. Fein. Heute Abend gibt es Schwarzbier und grobe Bratwurst mit dunkel gebratenen Bratkartoffeln. Yin und Yang. Sie und ich."

Dieses Mal ging es schneller. Seine Züge hellten sich schon auf. Keine fünf Minuten hatte es gedauert. Er grinste sogar.

„Und morgen muss ich büßen und wieder einen ganzen Tag lang fasten?"

„Nein, Cheffe. Wir machen Paretofasten."

„Was ist das?"

„Pareto war ein großer Nationalökonom. Man verbindet mit seinem Namen die so genannte 80/20-Relation."

Seibold nickte. Auf den Kopf gefallen war er nicht.

„Na gut. Ich nippe, und du haust dir den Magen voll."

„Ja", sagte LTM. Es hörte sich aber wie Jou an.

Lag es daran, dass der Imker in diesem Augenblick den Raum betrat? Alex Noll, der Imker im Jossgrund. Beide erkannten ihn sofort. Hatte er doch beim Bienensterben eine tragende Rolle gespielt. Der stattliche Mann. Wenn er ja sagte, hörte es sich immer an wie Jou.

Auch er erkannte Seibold und LTM sofort wieder, zögerte kurz, kam dann aber auf sie zu. „Mal wieder im Jossgrund?"

Er stand neben dem Tisch. Seibold übernahm die Antwort.

„Ja. Ich habe wieder einige Tage Urlaub und wollte bei Frau Bulling wohnen. Sie ist aber tot, wie Sie vermutlich wissen."

„Jou."

„Wollen Sie sich nicht zu uns setzen?", lud Seibold ihn ein.

„Jou, warum nicht."

Er nahm Platz. Es folgte ein oberflächliches Gespräch. Über Frau Bulling. Seinen Kummer. Die Beerdigung. Nur wenige Menschen wären bei der Beisetzung gewesen.

Seibold fragte nach. „Wer denn alles?"

„Der Priester, ein Ministrant, eine Frau in schwarz", er zuckte die Schultern, „mir unbekannt und ich."

„Sonst niemand? Wieso nicht?"

„Jou, Martha war sehr in sich gekehrt. Sie hatte kaum Kontakt mit anderen."

„Wie haben Sie von ihrem Tod erfahren?" LTM.

Der Imker schwieg einen kurzen Augenblick. Die Bedienung kam und wollte die Bestellung aufnehmen.

Seibold sagte: „Bitte später. Wir sind noch nicht so weit."

LTM: „Wir nehmen die Riesenbratwurst und zwei Teller. Ein Schwarzbier. Den Beilagensalat bitte doppelt und vorher bringen. Und Sie, Herr Noll?"

„Ich trinke nur ein Weizenbier. Muss noch mal los."

Der Imker holte tief Luft und richtete sich auf. „Kenia und ich waren unterwegs zu Martha". Kenia war seine Hündin. „Sie hatte Honig bestellt. Wir wollten liefern. Ich fand sie. Sie lag tot in der guten Stube."

Alle drei schwiegen. Nach einer Weile Seibold: „Das tut mir leid."

Alex Noll nickte. Er wirkte betrübt.

LTM. „Sie haben alle informiert?"

Der Imker schüttelte den Kopf. „Ich habe den Arzt angerufen und ihm alles Weitere überlassen."

LTM. „Wie ging es dann weiter?"

„Ich wartete auf ihn. Er kam und untersuchte Martha. Dann wählte er eine Nummer. Wenig später kam der Leichenwagen gefahren. Martha wurde zwei Tage später beerdigt."

Die beiden Biere kamen.

„Wenn Sie erlauben. Ich möchte Sie nicht weiter stören."

Der Imker stand auf und nahm sein Bier. Setzte sich in die andere Ecke des Lokals.

„Es nimmt ihn wohl immer noch mit." LTM.

„So sieht es aus." Seibold. Er trank einen großen Schluck Schwarzbier. „Lecker!"

LTM nippte an ihrer Apfelsaftschorle. „Soll ich mal berichten? Er kann uns ja nicht hören." Seibold nickte und setzte das Glas gleich noch einmal an, während LTM beginnen wollte. Allerdings kam in diesem Moment die Bratwurst, geschätzt einen Meter lang. Gekringelt wie eine Zielscheibe, tellergroß. Die Bratkartoffeln wurden separat gereicht. Der Salat ebenfalls. LTM wies darauf hin. „Wir wollten zwei Beilagensalate. Außerdem hatten wir die Bitte, sie vorher zu bekommen. Haben Sie das nicht gehört?"

Die Bedienung warf LTM einen unfreundlichen Blick zu und antwortete: „Ich bringe noch einen."

„Cheffe, dann fangen Sie doch mal an zu erzählen. Ich habe einen Bärenhunger. Ich mache Ihnen Ihre 20 Prozent zurecht."

Sie schnitt dem Kommissar einen Teil ab und schob ihn auf dessen Teller. Dann stürzte sie sich auf das Essen, als wollte sie die geringelte Bratwurst mit einem einzigen Bissen verschlingen.

Der Imker hatte sein Bier recht schnell getrunken. Er stand auf, winkte ihnen noch einmal zu und verließ die Gaststube.

Seibold berichtete von seinem Gespräch mit Frau Bullings Tochter. Besonders deutlich machte er, dass Frau Brenner LTM am Telefon angelogen hatte, und erklärte den Grund. Ferner wies er darauf hin, dass die Mutter ihrer Tochter die Geschichte von der Vergewaltigung anders erzählt hatte. Während LTM die Riesenbratwurst mit Bratkartoffeln vertilgte, musste sie zudem diese Neuigkeiten verdauen. Auch sie hatte zu Frau Bulling einen guten Draht gehabt. Einen besonders guten sogar. Die Ersatzoma. Die Vergewaltigung in ihrer jungen Ehe schockierte sie. „Hat sie Ihnen gesagt, wer es war?"

„Ja, der Biobauer."

„Dieser Idiot? Wieso hat sie nichts unternommen?"

Seibold erklärte es ihr und wies darauf hin, dass damals Aussage gegen Aussage gestanden hatte und der Biobauer vermutlich Kumpane hatte, die ihn deckten. Sie kam mit ihrer Anzeige nicht durch.

„Scheiß Männerwelt. Immer wieder das Gleiche. Die alten Säcke halten zusammen, und die jungen Frauen müssen es büßen." Sie schnitt mit einer solchen Heftigkeit durch die Bratwurst, als ob sie den Biobauern kastrieren wollte.

Wohl um sich abzulenken, die Frage nach Clara Brenner. „Wie ist Frau Bullings Tochter?"

„Trocken, analytisch, leicht zynisch. Wie ein Eisberg. Attraktiv. Groß. Schlank."

„Und? Mögen Sie sie?"

„Ich muss mir immer einen Ruck geben. Ja, sie ist mir sympathisch. Aber ihre eiskalte Art lässt mich frösteln. Sie lügt besser als Sharon Stone."

LTM grinste. „War wirklich eine coole Szene in dem Film, als sie ihre Beine übereinander schlug und die Cops realisierten, dass sie keinen Slip trug."

Seibold stutzte. „Der Film ist so alt, woher kennst du ihn überhaupt?"

„Cheffe", kaute sie Würstchen und Worte, „Filmklassiker sieht man heutzutage online per Apple-TV."

Seibold ärgerte sich über seine blöde Bemerkung. Für einen Kriminalbeamten war es doppelt schlimm, seine eigenen Erfahrungen auf andere zu projizieren und nicht offen zu fragen. Aber er war entspannt und in seiner privaten Sphäre. Als Kommissar schlüpfte er immer in eine Rolle. Etwas missmutig pickte er eine knusprige Bratkartoffel vom Teller und fühlte schlagartig, wie schnell er alterte. Im Gehirn. In der Technik. Apple-TV. Wie funktionierte das eigentlich? Soll ich fragen oder nicht? Er entschied sich dagegen und munterte sich auf: Nein, ich halte noch mit. Genau deshalb habe ich mir ja das Smartphone zugelegt.

„Also", fuhr LTM fort, „ich bin satt und kann auch etwas Spannendes berichten. Die Wurst war übrigens sehr, sehr lecker. Oder? Sie haben ja fast gar nichts gegessen. Darf ich mir noch ein Stückchen holen?", pickte sie in seine Wurst und schnitt ein großes Stück ab.

„Der Hammer zuerst. Frau Weissenberger hat Clara Brenner gar nicht angerufen, sondern den Notar!"

Seibolds Gesicht gefror. Weil er an den Gletscher dachte? Frau Brenner hatte offenbar erneut gelogen. Wieso?

„Stimmt das wirklich?"

„Ich habe keine Zweifel. Die Körpersprache war eindeutig. Und: Auch Frau Weissenberger wusste nichts von einer Tochter."

Das ergab Sinn. Frau Bulling hatte ihr Geheimnis sehr gut gehütet. Bis in den Tod.

„Den Notar, wieso ihn?"

„So richtig klar war es ihrer Freundin auch nicht. Aber es ging in die Richtung Absicherung, dass im Falle ihres Todes ihre Tochter benachrichtigt wurde. Frau Bulling wollte, dass der Notar anonym informiert wird, und sah den Grund darin, dass eine offizielle Amtsperson schon das Richtige unternehmen würde."

„Dafür macht man doch ein Testament."

„Das habe ich auch gefragt. Aber davon weiß Frau Weissenberger nichts."

„LTM, das ist mir ein Rätsel."

„Cheffe, mir auch."

Seibold grübelte und saß vor seinem leeren Bierglas. Dachte er darüber nach, noch ein Bier zu bestellen?

„LTM, wieso lügt uns Frau Bullings Tochter ständig an?"

„Haben Sie doch berichtet. Sie möchte ihre Ruhe haben."

„Heißt, wenn sie die Wahrheit gesagt hätte, würde es unruhig werden. Also schützt sie jemanden."

„Ja, aber wen, wenn nicht sich selbst?"

„Vielleicht weiß sie doch etwas vom Biobauern? Vielleicht denkt sie, dass sie nichts tun kann. Ihre Mutter hat es damals nicht vermocht, es ist längst verjährt, und sie hat auch keine Chance."

„Ja, aber wieso soll sie der Biobauer angerufen haben?"

„Na, wenn er weiß, dass sie seine Tochter ist."

„Weiß er es?"

„Ich weiß nicht. Wir fragen ihn."

„Du willst also nicht lockerlassen und aus Frau Bullings Tod einen Fall machen."

Prompt zückte Seibold sein Smartphone, winkte der Bedienung, zeigte auf sein leeres Bierglas und tippte auf die Telefonnummer von Clara Brenner."

„Pronto, Herr Kommissar. Schon wieder zurück in Frankfurt?"

„Frau Brenner, wieso haben Sie mich angelogen?"

„Das ist jetzt nicht so wichtig, Herr Kommissar. Als ich nach unserem Treffen nach Hause kam, fand ich einen Brief in meinem Briefkasten. Jetzt halten Sie sich fest. Ein Notar Dr. Nolting aus Oberndorf im Jossgrund hat mich zur Testamentsvollstreckung eingeladen. Es gibt also ein Testament, von dem ich nichts wusste."

„Wann ist der Termin?"

„Übermorgen."

„Ihre Mutter hat eben ein Testament gemacht. Das ist doch üblich."

„Mein Gefühl sagt mir, so wie ich meine Mutter kannte, dass sie das nicht gemacht hat. Sie fühlte sich noch viel zu rüstig, um ans Sterben zu denken. Wir haben darüber geredet. Patientenverfügung. Testament. Solche Themen. Sie wehrte immer rigoros ab."

„Vielleicht nur bei Ihnen? So, wie Sie Ihre Ruhe haben wollten, hat Ihre Mutter vielleicht ähnlich empfunden? Der Apfel und der Stamm."

„Kann sein", hörte er ein Zischen. Sie rauchte wieder.

„Und die Lüge?"

Es mussten zwei tiefe Lungenzüge gewesen sein, bevor sie weitersprach.

„Herr Kommissar, es ist alles viel komplizierter, als sie denken."

Das Bier wurde gebracht. Der Kommissar wagte nicht, es in die Hand zu nehmen. LTM starrte ihn an und versuchte, seine Gedanken zu lesen und zu erahnen, was Frau Brenner am anderen Ende sagte. Einige Brocken hatte sie verstanden. Das Smartphone übertrug relativ laut, obwohl der Lautsprecher nicht eingeschaltet war.

„Frau Brenner. Sie sind es Ihrer Mutter schuldig, mir die Wahrheit zu sagen."

LTM schüttelte den Kopf. Das nannte sie Seibold-Logik und funktionierte aus ihrer Sicht kaum.

„Also gut", nach einer weiteren tiefen Inhalation, die zu hören war. „Mein Vater hat mich angerufen."

Seibold riss die Augen auf und schaute LTM an. Unglaublich!

„Wer ist es?"

„Alex Noll, der Imker."

**Rotweingespräch**

Das Haus lag an einem schönen Berghang in Pfaffenhausen und hatte einen gepflegten Vorgarten. Der Gartenzaun, die beiden gemauerten Pfosten der Gartentür, der Weg zum Haus: perfekt juristisch angelegt, wie es sich für einen Notar gehört. Geradlinig. Keine Schnörkel. Einige Büsche waren millimetergenau getrimmt.

Christian Schwarzmantel, der Polizeichef, drückte die Klingel. Dr. Stefan Nolting, stand auf dem Schild. Notar. Gold. Gestanzt. Der Gong klang edel. Fast so überwältigend wie die musikalische Einleitung der Tagesschau. Alles war gut aufeinander abgestimmt.

Die Tür wurde geöffnet. Der Hausherr begrüßte den Polizeichef gut gelaunt. „Komm rein, Christian."

Dr. Nolting schritt agil über den Marmor der Diele, dabei machte er mit seinen Lederschuhen beträchtliche Geräusche. Es schien ihn nicht zu stören. Christian Schwarzmantel folgte ihm auf leisen Gummisohlen, fast unhörbar. Sein Echo.

So war es auch in ihrer Beziehung. Zwar war Schwarzmantel Polizeichef im Jossgrund, aber ihm war klar, dass er weder den Intellekt des Notars, noch die Geschäftstüchtigkeit von Karl besaß. Er buk deutlich kleinere Brötchen, seinem kargen Beamtengehalt angepasst. Deswegen war er früher mit Karl befreundet und immer noch mit Stefan Nolting und Klaus Hübner. Im Schatten dieser erfolgreichen Männer fühlte er sich wohl. Sie akzeptierten ihn, wie er immer wieder feststellte. Seine kleinen Gefälligkeiten, die er ihnen erwies, konnte er mit seinem Gewissen vereinbaren. So hatte er sich die Zugehörigkeit zu den höheren Kreisen im Jossgrund erkauft.

Doch jetzt machte er sich erstmals ernsthaft Sorgen über Klaus, den Arzt. Das letzte Gespräch in der Pizzeria ließ ihn nicht ruhen. Er hatte ein komisches Gefühl.

„Sag mal, Stefan, das ist doch merkwürdig. Mit dem Testament. Wieso hätte die alte Bulling Klaus als Erben einsetzen sollen?"

Stefan holte zwei große Rotweinkelche und stellte sie behutsam auf den Glastisch. Dieses Mal machte er keine Geräusche. „Ein schöner alter Rioja?"

Die Flasche war schon dekantiert, und der Wein atmete in einer geschwungenen Karaffe. Stefan schenkte vorsichtig ein. Langsam floss die dunkelrote Flüssigkeit in die Glaskelche. Rot wie Blut. Blutsauger. Der gierige Arzt. Diese Gedankenkette entspann sich im Kopf des Polizeichefs, als er fasziniert den langsamen Bewegungen von Stefan zuschaute.

„Prost, Christian."

„Prost, Stefan."

Beide genossen den Duft des Rotweins und nahmen kurz hintereinander mehrere Schlucke. Genau, sagte sich der Polizeichef. Man muss die richtigen Freunde haben.

„Ich weiß nichts. Außer, dass Frau Bulling ein Testament aufgesetzt und Klaus zum Alleinerben bestimmt hat. Erst nach ihrem Tod erfuhr ich, dass sie eine uneheliche Tochter hat. Ich werde sie kennenlernen. Übermorgen ist Testamentsvollstreckung. Ich habe sie eingeladen, und sie hat auch zugesagt."

„Und was passiert mit dem Erbe?"

„Nun, wie alles im deutschen Rechtswesen, ist es ganz schön kompliziert. Wer ein Testament aufsetzt, bestimmt seinen letzten Willen. Man nennt das auch die gewillkürte Erbfolge. Allerdings steht den Abkömmlingen des Erblassers, das sind zum Beispiel seine Kinder, ein Pflichtteil zu."

„Wie viel?"

„Vorausgesetzt, sie ist die einzige Tochter, wäre sie Alleinerbin gewesen, wenn es das Testament nicht gegeben hätte. Also 100 Prozent. Der Pflichtteil ist die Hälfte des gesetzlichen Erbteils."

„Klaus erhält also immer noch die Hälfte?"

„Ja."

„Wieso hat sie Klaus als Erben eingesetzt? Und dann noch als Alleinerben?"

„Ich weiß nicht. Aber die Tochter war ja nicht bekannt hier im Jossgrund. Vielleicht waren Mutter und Tochter völlig zerstritten."

„Ja, das könnte eine Erklärung sein." Erleichtert nahm Christian einen großen Schluck Rotwein. „Hast du auch etwas zu knabbern da?"

„Zu knabbern? Welch Sakrileg bei diesem Wein!"

„Ich habe Hunger!"

„Ich hole ein wenig Käse aus der Küche."

Der Notar verschwand mit lärmenden Schritten. Mich würde das nerven, dachte der Polizeichef. Dieser Krach im eigenen Haus. Vielleicht war seine Art zu gehen aber auch eine Machtdemonstration.

Stefan kam mit einer großen Käseplatte zurück. Vier riesige Stücke lagen darauf und ein Käsemesser. Dazu stellte er zwei kleine Teller hin.

Christian griff zu. Die erste Erklärung klang zwar plausibel. Wenn sie aber nicht stimmte?

„Hast du mit ihr am Telefon ausführlicher gesprochen? Sie befragt?"

„Es ist nicht meine Aufgabe, eine Befragung durchzuführen. Ich vollstrecke das Testament."

„Mensch, Stefan!", regte sich Christian auf.

„Christian", mit etwas schärferem Ton gesprochen, „Notar ist Notar. Der Polizeichef bist du."

Notar ist Notar, zitierte Christian sarkastisch im Stillen. Mit dem Blickwinkel des Polizeichefs waren ihm schon einige Dinge in der Tätigkeit des Notars aufgefallen, die er nicht koscher fand, aber er hatte natürlich nichts unternommen. Er hatte sogar das Gefühl, dass der Notar in seiner Amtsstube bei der Betreuung von Karls Geschäftsangelegenheiten nicht immer so korrekt gewesen war, wie er vorgab. Einmal hatte er Karl wohl auf ungesetzliche Weise geholfen und daran mitgewirkt, einen subtil vorbereiteten Betrug durchzuführen. Der Biobauer hatte Anzeige gegen ihn und Karl erstattet. Was war damals geschehen? Karl kaufte dem Biobauern sehr viel Land ab. Wälder, Wiesen, Felder. Der Vertrag war sehr umfangreich und erhielt eine Menge Klauseln. Der Biobauer stellte den Vorgang dann so dar, dass man sich auf einen wesentlich höheren Kaufpreis geeinigt hätte. Als er den Vertrag, den er beim Notartermin unterschrieben hatte, zugeschickt bekam, betrug der Kaufpreis nur ein Viertel der von ihm genannten Summe. Laut Biobauer soll der Notar beim Vorlesen des Vertragswerks aber den höheren Betrag genannt haben. Sämtliche schriftlichen Unterlagen im Notarbüro und auch die Zeugenaussagen der Schreibkräfte im Notariat bestätigten die gemeinsame Version von Stefan und Karl. Der Biobauer war also mit einem einfachen Bauerntrick hereingelegt worden – so jedenfalls der Eindruck des Polizeichefs, der sich aufgrund der Freundschaft zu Karl und Stefan seinen eigenen Reim darauf machen konnte.

Das Verfahren wurde schließlich außergerichtlich bereinigt und die Beschuldigten bzw. Urheber kamen davon, weil Herr Röder die Anzeige zurückgezogen hatte. Vermutlich hatte er eingesehen, dass er keine Chance hatte, den Prozess zu gewinnen.

Für den Notar war es ein Ritt auf einer Rasierklinge gewesen, wenn es sich so zugetragen hatte, wie der Polizeichef vermutete. Hätte der Betrug nachgewiesen werden können, wäre der Notar verurteilt worden und hätte seine Anwaltszulassung und das Notariat verloren. Da für ihn also sehr viel auf dem Spiel stand, dürfte Karl ihn finanziell an der Transaktion beteiligt haben.

Ein Jahr später bestätigte sich der Verdacht des Polizeichefs. Der Notar baute sich seine luxuriöse Villa, in der sie jetzt gemeinsam teuren Rotwein tranken. Und wieder diese arrogante Selbstlüge: Notar ist Notar! Welch ein selbstgefälliger Mensch, dachte er. Sagte aber:

„Also sollte ich Klaus verhören." Etwas zögerlich, weil er den Gedankengang des Betrugs nicht einfach auslöschen konnte.

„Meines Erachtens solltest du." Sehr bestimmt.

Christian nickte. Er versuchte nacheinander alle Käsesorten. Aß mit Seelenruhe. Trank den vorzüglichen Rotwein. Er war hin und hergerissen. Seinen Freund verhören? Sein Bauchgefühl verhieß ihm nichts Gutes. Hier bei Stefan herrschte eine Atmosphäre, in der er sich wohlfühlte. Wein, den er sich nicht leisten konnte. Käse, den er nicht kannte. Aber beides sehr lecker. War es richtig, diese Welt zu gefährden? Klaus gehörte auch dazu und hatte immer wieder seinen Beitrag dazu geleistet, dass alles funktionierte.

„Und was meinst du als Mensch? Als Privatperson? Kommt dir das mit dem Testament nicht spanisch vor?" Er blickte versonnen auf das Etikett des Weins.

Stefan holte tief Luft. „Also ganz privat! Und du zitierst mich auch nicht. Klar?"

Christian nickte und nahm einen ganz tiefen Schluck. Das Glas war leer. Er musste sich Mut antrinken.

Stefan, der perfekte Gastgeber, schenkte nach.

„Frau Bulling war offenbar alt geworden. Ich kannte sie ja kaum. Außerdem hörte ich von ihrem Spitznamen. Kräuterhexe. Sie lebte allein und war zuletzt recht einsam." Pause. Auch er trank einen Schluck und aß ein Stück Käse hinterher.

„Als sie das Testament aufgesetzt hatte, wirkte sie schon ein wenig geistig abwesend. Warte."

Er stand auf und ging zu seinem Bücherregal. Mit einem schnellen Griff zog er ein dickes Buch mit einem roten Einband hervor. Mit geübten Fingern blätterte er durch die Seiten. „Hier, es geht um die so genannte Testierfähigkeit: § 2229 Abs. 4 BGB (Bürgerliches Gesetzbuch) bestimmt, dass eine Person im Zustand der Testierunfähigkeit kein wirksames Testament errichten kann. Testierunfähig ist nach den gesetzlichen Vorgaben, wer wegen ‚krankhafter Störung der Geistestätigkeit, wegen Geistesschwäche oder wegen einer Bewusstseinsstörung nicht in der Lage ist, die Bedeutung des von ihm verfassten Testaments einzusehen und nach dieser Einsicht zu handeln.' Und: ‚Unwirksam wird ein Testament dann, wenn folgendes hinzukommt. Dem Testierenden musste aufgrund der vorliegenden Störung entweder die Einsichtsfähigkeit in sein Handeln oder die Handlungsfähigkeit selber fehlen, letzteres beispielsweise deshalb, weil ihm ein Dritter maßgeblich bei der Abfassung des Testaments die Hand geführt hat.'" Mit einem lauten Knall schlug er das Buch zu. Wie bei einer Versteigerung. Der Hammer fiel. Oder ein Richter verschaffte sich Gehör. So war es zumindest in amerikanischen Filmen zu sehen. Das Bild passte besser. Der Notar war zum Richter geworden.

Die Wirkung jedenfalls war bei Christian angekommen. Die Klarheit hingegen noch nicht. Deshalb fragte er vorsichtig und etwas umständlich nach: „Wenn ich dein juristisches Kauderwelsch also richtig verstehe, ich habe dich ja auch gefragt, ob Klaus irgendetwas damit zu tun haben könnte?"

„Sie schien mir etwas verwirrt zu sein. Aber wie gesagt: Ich kannte ihren Normalzustand nicht, ich hatte keine Vergleichsmöglichkeiten. Ich habe sie allerdings zwei Mal ganz ausdrücklich gefragt, ob das ihr erklärter Wille sei. Sie hat mir dabei fest in die Augen gesehen und mit fester Stimme geantwortet: Ja. Zu dem Kern deiner Frage: Gleichwohl kann es schon sein, dass Klaus ihr die Hand geführt hat. Ein Arzt kennt sich schließlich mit Medikamenten aus. Wer weiß, was er ihr gegeben hat."

Sie schwiegen. Der Polizeichef hatte Mühe, diese Analyse des Notars zu verdauen.

Der Notar fuhr schließlich fort, nachdem er zuvor noch einen Schluck genommen hatte und versonnen in das Glas schaute. „Klaus hat bestätigt, dass sie eine Unterversorgung mit Natrium hatte. Ich habe nachgelesen, dass Menschen in einem solchen Zustand verwirrt sein können."

„Also könnte es Klaus ausgenutzt haben."

Der Notar schwieg. Bedeutete es, dass er zustimmte? Schweigen als Bestätigung? Dann fuhr er jedoch fort:

„Viel mehr bewegt mich, dass Frau Bulling mir nicht nur mit fester Stimme geantwortet und in die Augen gesehen hat. Es war fast magisch. Sie schien mich mit ihren Augen zu durchbohren. Festzunageln. Irgendetwas wollte sie mir damit sagen. Ich habe es aber nicht verstanden. Diesen Blick werde ich jedenfalls nie vergessen. Damals spürte ich, dass sie den Spitznamen Hexe zu Recht trug."

Und der Polizeichef hatte nun einen weiteren Fall, in dem die Mitwirkung des Notars mehr als zweifelhaft war. In früheren Zeiten, in denen ihr Gönner Karl noch gelebt hatte, hatte es ihn weniger gestört. Karls Ableben brachte einiges in Unordnung. Sogar in seinem Kopf.

## Honigbrötchen

LTM und Seibold saßen noch kurze Zeit zusammen. Er trank ein weiteres Bier, sie bestellte sich eine Kirschsaftschorle. Dann diskutierten sie diese völlig überraschende Wende. Alex Noll, der stattliche Mann. Der Imker des Jossgrunds. Ein Kind der Liebe? Oder war er der Vergewaltiger, den es zu schützen galt? Welche Implikationen hatte diese neue Erkenntnis auf das Bienensterben bzw. das Ableben des Bienenprofessors Blum? Sie rekapitulierten den Fall noch einmal.

Der Imker ruft seinen Freund, den Bienen-Blümle an, weil seine Bienen wie Fliegen dahinsiechen. Er informiert ihn und schildert ihm seinen Verdacht. Der angebliche Biobauer würde Pestizide verwenden und hätte später wohl auch genmanipulierten Mais angebaut, was aber nie nachgewiesen werden konnte. In der Nacht des Erdbebens verschwindet der Bienenprofessor in einer Erdspalte. Die Obduktion ist nicht eindeutig. Genickbruch. Entscheidende Frage: Geschubst oder während des Erdbebens gefallen? Es gibt einige Verdächtige, durchaus auch die Bulling und der Imker, der Biobauer, vor allem aber das Erdbeben.

Darauf hatten sich LTM und der Kommissar schließlich festgelegt. Damals.

Nun schauten sich beide tief in die Augen. Waren sie voreingenommen gewesen? Hatten sie Frau Bulling unbewusst aus Sympathie schützen wollen, dem Erdbeben die Ursache zugesprochen und damit aus einem Verbrechen einen Unfalltod gemacht? LTM sprach aus, was der Kommissar dachte. Beide erstarrten. Der GAU für einen Alt-Kommissar, und für eine Jung-Kommissarin, die auf ihren scharfen Verstand große Stücke hielt, auch nicht gerade schmeichelhaft.

Und nun stellte sich heraus, dass Frau Bulling und der Imker ein gemeinsames Kind hatten: Clara Brenner, den Jossgrund meidend, in München lebend, penetrant lügend, eine eiskalte Analytikerin.

Als sie sich die Köpfe heiß diskutiert hatten, ging Seibold schlafen. Zu viel Bier. Zu viel Information. Noch völlig unsortiert.

Sie verabredeten sich zum Frühstück und kamen überraschend schnell überein, sich um acht Uhr zu treffen. LTM beschloss, einen kleinen Nachtspaziergang zu machen. Sie war noch nicht müde.

Noch einmal ging sie den Weg zu Frau Weissenberger hinauf und fand das Haus komplett dunkel vor. Nichts regte sich. Lediglich der Wind pfiff durch die Bäume und ließ das Laub in unterschiedlichen Tönen rascheln. LTM versuchte anhand der Tonfärbung, auf die Gattung der Bäume und die Struktur der Blätter zu schließen. Kleines und feines Blattwerk erzeugte helle silberne Töne, die schweren Eichen raschelten tiefer und die Nadelhölzer gaben einen ganz anderen Ton von sich. Interessant, stellte sie fest. Formen der Natur zeigen sich in musikalischen Mustern. Hatte Kepler so die Planetengesetze der Umlaufbahnen in musikalische Schwingungen transformiert?

Dann schlug sie einen Bogen und ging um das halbe Dorf herum, immer auf der äußersten Straße, bis sie wieder im Znaimer Hof ankam. Die Gaststube war leer. Sie ging zu Bett und erfreute sich an dem spartanisch eingerichteten Zimmer. Reduktion schafft Klarheit. Hatten das die Mönche schon verstanden? Offensichtlich. Die Spartaner wohl auch. Sonst würde das Adjektiv nicht stimmen.

Am nächsten Morgen war Seibold fünf Minuten vor ihr da und hatte schon einen Korb mit Brötchen auf den Tisch gestellt. Dazu zwei Gläser frisch gepressten Orangensaft. Gerade verließ er den Tisch und ging ein weiteres Mal auf das Frühstücksbuffet zu.

„Cheffe", kam LTM die Treppe herunter gehüpft und in die Gaststube geschossen. Sie nahm mit einem Blick wahr, dass der Tisch schon gedeckt war. „Wenn Sie ein paar Jahrzehnte jünger wären, also ernsthaft: Diesen Service könnte ich mir gefallen lassen. Der jüngeren Generation fehlt eindeutig Galanterie. Wie kann ich mich revanchieren? Die Käseplatte? Oder ein von LTM gemixtes Müsli Bircher Art?"

Es war schön zu sehen, wie Seibolds Züge lächelten und entspannt wirkten. In seinem Frankfurter Büro war das nie der Fall. Ein Jossgrund-Effekt?

Seibold entschied sich für das Müsli und erfreute sich an LTMs Mischung im doppelten Sinn: Hier das klein geschnittene Obst mit Haferflocken und Joghurt, dort der muntere Rotschopf, dessen Mundwerk heute früh nicht stillstehen wollte.

Sie legten sich einen Schlachtplan für das Gespräch mit dem Imker zurecht. LTM preschte vor. „Regel Nr. 1: Ich fahre."

Seibold lachte. „Regel Nr. 2: nicht so schnell, dass ich das Frühstück riskiere."

LTM war dran: „Regel Nr. 3. Wir konfrontieren ihn sofort mit der vollen Wahrheit und beobachten seine Reaktion."

„Regel Nr. 4: Wie geht es dann weiter?"

LTM voll und ganz in ihrem Element, dankbar die Stichworte des Kommissars aufgreifend: „Völlig klar! Wir improvisieren. Ich erwarte schlichtweg, dass uns der Bienen-Alex seine Lebensgeschichte erzählt: von dem sexuellen Akt beginnend, über die Freigabe der Tochter zur Adoption bis zum heutigen Tag. Auch er hat doch gelogen."

„Wann?"

„Na gestern! Beerdigung!"

Bei Seibold fiel der Groschen nicht. Gestern. Beerdigung. Die Zeiten passten überhaupt nicht zusammen. LTM merkte es und soufflierte:

„Er war bei der Beerdigung. Und eine Frau, die er nicht kannte. Das kann doch wohl nicht wahr sein. Es war seine Tochter!"

Seibold nickte. An die Beerdigung hatte er nicht mehr gedacht.

Es folgten noch einige oberflächliche Witzeleien und Betrachtungen. Viele weitere Regeln. Dann schloss LTM die Diskussion ab: „Regel Nr. 12: Wenn ich mein Honigbrötchen zu Ende gegessen habe, düsen wir los. In meinem Auto."

Wenige Minuten später bestiegen beide LTMs weißen Cinquecento. Der Kommissar staunte jedes Mal, wie geräumig dieses Auto war. Der Nachfahre des berühmten kleinen 500ers aus den fünfziger Jahren. Alles wurde größer im Laufe der Zeit. War dies ein universelles Gesetz? Expandierte die Welt? Das Universum? Nur eine leise Stimme ermahnte ihn: Auch du, pass auf, dass du nicht weiter expandierst. Aber der Kommissar war so gut drauf, dass er sie überhören konnte.

LTM fuhr zügig, aber nicht zu schnell und beachtete Regel Nr. 2. Auch das schätzte der Kommissar an ihr. Sie war zwar manchmal ausgeflippt, verrückt und unange-passt, aber sie hielt sich an Vereinbarungen. Versonnen schaute er sie von der Seite an.

„Zu schnell?"

„Nein, gerade richtig. Nein, stimmt nicht. Genau rich-tig." Damit meinte er nicht ihren Fahrstil, sondern sie persönlich. Das konnte sie aber nicht wissen. Er konnte es ihr nicht sagen. Warum eigentlich nicht? Während er da-rüber nachdachte, kamen sie an, und die Aktivität ver-drängte den Gedanken. Wie so oft.

Auf dem Hof des Imkers war es still. Kein Hund lief ih-nen entgegen.

Alex Noll kam gerade zur Tür heraus und wollte zu sei-nem Schuppen. Er hielt inne und wartete auf die beiden Ankömmlinge.

„Guten Morgen, Herr Noll", grüßte ihn Seibold. Der Imker antwortete nicht. LTM beobachtete und schwieg. Alle erstarrten und warteten ab. Dann LTM, die einen Zugang fand.

„Keinen Hund mehr?"

Der Imker schüttelte den Kopf. „Nein. Vielleicht später. Irgendwann. Kenia war mir ans Herz gewachsen. Ich brau-che noch meine Zeit."

„Was ist passiert?" Natürlich wieder LTM.

„Sie wurde vergiftet."

Seibold und LTM hätten sich sehr gern angeschaut. Aber ihre Erfahrung verbot es Ihnen. Es funktionierte. Beide schauten den Imker an. Die Zeit schien still zu ste-hen.

LTM spürte intuitiv, dass Handeln überhaupt nicht wichtig war, also nahm sie sich Zeit für das Erspüren, Nachdenken, Ergründen.

Die nächste Frage kam dann vom Kommissar. Er war in diesem Moment schneller unterwegs, weil er wusste, dass der Ball im Spiel bleiben musste.

„Von wem?"

„Weiß ich nicht."

Stillstand. Alle warteten auf einen Impuls.

„Es ist sehr kühl. Gehen wir ins Haus?" LTM half ein wenig nach.

„Was wollen Sie denn überhaupt von mir?"

„Mit Ihnen über Ihre Tochter sprechen, Clara Brenner." Der Kommissar.

„Jou, dann kommen Sie mal."

Nun blickten sich LTM und Seibold an. Der Imker schritt mit kräftigen Schritten voran und kehrte ihnen den Rücken zu. Von Überraschung keine Spur, was wiederum sie verwunderte.

In seiner Wohnküche stand ein großer Holztisch. Eine flache Baumscheibe, vielleicht fünf Zentimeter dick, auf zwei Baumstämmen montiert. Ein Stück Wald in der Küche. Kräftig. Man meinte, das Holz riechen zu können.

„Was zu trinken?"

„Wir haben gerade gefrühstückt. Honigbrötchen im Znaimer Hof. Ihr Honig?", fragte LTM.

„Jou."

„Sehr lecker", sagte der Kommissar und schaute sich aufmerksam um. Der Raum war relativ dunkel. Er verlief nach Westen und hatte nur ein kleines Fenster. An einem solchen Herbsttag mit dunklen Wolken hätte man eigentlich Licht machen müssen. Doch Alex Noll unterließ es.

„Dann erzähle ich mal", schaute er sie beide fragend an.

Seibold nickte und schaute gleichzeitig nach rechts, weil er LTM signalisieren wollte, dass ein Geständnis folgte. Ihre Augen wirkten riesengroß. Die Dunkelheit? Die geweiteten Pupillen? Oder ein mentaler Effekt?

„Die Martha und ich hatten mal ein Verhältnis."

Jeder Satz kam in Zeitlupe aus ihm heraus.

„Ich war damals sehr verliebt in sie."

Wieder eine Pause. Musste er darüber nachdenken? Nein. Etwas seit vielen Jahren Erstarrtes musste erst wieder spürbar werden.

„Ihr Mann war im Ausland. Oft für längere Zeit."

Sein Gesicht entspannte sich, und er lächelte ein wenig.

„So konnten wir uns ab und zu sehen."

Er schwieg für längere Zeit und schien sich in seinen Erinnerungen zu verlieren.

„Bis es dann passierte. Nicht nur einmal. Es war, das darf ich sagen, die heißeste Zeit meines Lebens."

Er schwieg und tauchte in die Vergangenheit ein. Der Respekt gebot es, zu schweigen. Schließlich fuhr er fort.

„Jou, und dann ist es passiert. Sie wurde schwanger."

Obwohl es fast 10 Uhr am Morgen war, wurde es im Raum nicht heller. Im Gegenteil. Die Dunkelheit passte sich der Stimmung an, die Alex Noll erzeugte. Er berichtete von seiner Vaterschaft, die ein helles Kapitel seines Lebens hätte sein sollen, aber letztlich nicht war.

„Dabei hatten wir noch Glück. Ihr Mann war ja oft und lange unterwegs."

Waren es die Erinnerungen an die längst verflossene Zeit, die ihn beschleunigten? Seine Augen glänzten und sein Bericht nahm erheblich an Geschwindigkeit auf.

„Martha war immer sehr schlank. Auch im siebten Monat konnte man kaum etwas sehen. Sie kleidete sich geschickt. Die Öffentlichkeit bekam nichts mit. Sie ließ sich nur selten irgendwo sehen, und ich machte die Einkäufe. Jou. Ihr Mann war dann sehr lange im Ausland, über ein halbes Jahr. Die ersten drei Monate bekam er nichts mit, dann war er weg. Martha brachte das Baby in Gelnhausen im Krankenhaus auf die Welt." Ein stolzer Vater blickte sie an. Aus den Augen schimmerten aber auch Wehmut, Verletzung und Schmerz hindurch. Die Zeit legte sich wieder über seine ursprüngliche Freude und löste das Gegenteil aus.

Er stand auf und ging zum Kühlschrank. „Ich brauche was zu trinken. Sie auch?"

Er holte sich einen Korn und trank schnell drei Gläser. Wischte sich mit dem Handrücken über den Mund. „Jetzt geht es mir besser. Das brennt so schön im Bauch."

Eine längere Pause begann. Wollte er nicht weitererzählen? Es schien noch dunkler im Raum zu werden.

„Jou. Wir hatten viel Streit damals. Ich drängte, dass sie sich von ihrem Mann trennen sollte. Martha wollte das nicht. Vielleicht sagte sie mir nicht die Wahrheit. Ich weiß es nicht. Ich habe viele Jahre Zeit gehabt, darüber nach-zudenken. Aber ihr Mann, der Ingenieur war, brachte viel Geld nach Hause. Mit Bienen war kein Staat zu machen. Ich glaube, dies war der Grund."

Seibold lagen einige Fragen auf der Zunge. Er hielt sich aber zurück. Auch LTM schwieg und hing gebannt an den Lippen des Imkers.

„Martha setzte sich eiskalt durch. Sie hatte schon nach Adoptiveltern Ausschau gehalten. Bereits eine Woche nach der Geburt war alles perfekt. Für sie."

Er goss sich zwei weitere Schnäpse ein und ergänzte dann fast tonlos: „Clara wuchs dann in München auf."

Daraufhin schwieg er und machte nicht den Anschein, je wieder sprechen zu wollen. Krachender Donner ließ die Umgebung erzittern. Ein Herbstgewitter begann in dem Moment, als der Imker seine Schilderung beendet hatte. Damit war auch klar, warum es in der Hütte immer dunkler geworden war.

Niemand wagte in diesem Moment zu sprechen. Eine heilige, aber dunkle Form der Stille war eingetreten. Für den Kommissar war es dann leicht. Die Pflicht machte ihm keine Schwierigkeiten mehr. Er war es gewohnt.

„Hat sich Frau Bulling im Laufe der Jahre verändert?"

„Jou. Früher war sie total materialistisch eingestellt. Aber nach dem Tod ihres Mannes schwenkte sie in das Gegenteil um. Kräuter. Ihr kleines Heim. Sehr früh abbezahlt. Und noch ein kleines Vermögen, die Ersparnisse aus der Berufstätigkeit ihres Mannes. Sie lebte dann für sich."

„Und die Tochter?"

„Sie hatte mir verboten, zu Clara Kontakt aufzunehmen."

„Wieso haben Sie sich das gefallen lassen?" Nun brach es aus LTM heraus.

Der Imker seufzte. Man konnte es nicht hören, da wieder ein krachender Donner aus den Wolken fuhr. Aber sein gewaltiger Brustkorb hob und senkte sich.

„Ich sagte schon. Wir hatten oft Streit. Ich bestand darauf. Sie hatte aber die besseren Argumente. Wie immer."

Er zuckte mit den Schultern und ergänzte dann: „Ein leiblicher Vater bringt das Adoptivsystem durcheinander. Waren ihre Worte. Da hatte sie Recht. Ich verzichtete schließlich."

„Haben Sie mittlerweile Kontakt?" Der Kommissar.

„Nein, eigentlich nicht."

„Das verstehe ich nicht." LTM.

„Nun. Ich habe insgeheim recherchiert. Sie ist meine Tochter. Ich hatte eine tiefe Sehnsucht nach ihr. Schließlich fand ich heraus, wo sie lebt."

„Und dann?" LTM ging die Geschichte zu langsam vorwärts.

„Der Zufall wollte es, das ich mitbekam, dass Martha Kontakt zu Clara hatte, als diese volljährig wurde. Ich stellte sie zur Rede."

„Und?" Seibold und LTM gleichzeitig.

„Martha berichtete mir, dass sie mich für tot erklärt hätte. Und auch dafür hatte sie hervorragende Begründungen. Sie hatte es unserer Tochter so geschildert, dass sie aus einer Vergewaltigung gestammt hätte. Der Vergewaltiger wäre dann an Krebs verstorben. Sie sagte: Lass unsere Tochter in Ruhe. Es geht ihr gut. Du bringst nur Unruhe in ihr Leben."

Seibold nickte. Mütter beschützen ihre Kinder. Frau Bulling war sehr bestimmend gewesen. Auch er hatte sich ihrem Einfluss nicht entziehen können. Der Imker hatte schließlich klein beigegeben.

„Dann haben Sie aber doch Kontakt aufgenommen?" LTM wollte diese Version nicht akzeptieren.

„Ja, nach dem Tod von Martha."

Er nahm noch ein Schnäpschen, konnte aber weiter klar formulieren. Wie viel vertrug er? Am frühen Morgen!

Während die beiden ihn beobachteten und über sein Verhalten nachsannen, fuhr er fort. „Ich rief sie an und sagte ihr, ihre Mutter sei gestorben. Das war das erste Mal, dass ich ihre Stimme hörte."

Noch ein Glas Korn.

„Und?" Dieses Mal fragte Seibold nach. Er hielt es nicht mehr aus.

„Sie war so, so unterkühlt. Ich fühlte mich abgewiesen."

„Was haben Sie zu ihr gesagt?" Seibold schüttelte den Kopf.

„Dass ich ihr wahrer Vater sei und Martha sie angelogen hätte."

Seibold zog die Stirn hoch. „Glauben Sie, dass Ihre Tochter Ihnen das abnahm?"

Der Imker zuckte mit den Schultern. Natürlich nicht. Aber er hatte der Stimme seines Herzens folgen müssen. Nach so langer Zeit.

„Wie ging es weiter?" Der Kommissar war im Verhörmodus.

„Ich bestand darauf, dass wir uns sehen."

"Und, was geschah?" LTM.

„Sie willigte ein."

Das Rauschen draußen hatte sich verändert. Regen hatte eingesetzt.

„Wie ging es weiter?"

„Sie sagte, sie würde zur Beerdigung kommen. Dann könnten wir uns sehen. Aber nicht im Jossgrund."

Alex Noll verarbeitete seinen Schmerz aufs Neue. Es war seinem Gesicht anzusehen. Schließlich fuhr er fort.

„Wir trafen uns dann in Würzburg. Sie bestand auf einer großen Stadt. Da sie mit dem Auto aus München kam, lag es gut auf der Route."

Erneut nahm er die Flasche in die Hand. Doch statt sich einzuschenken, brachte er sie zum Kühlschrank. „Sie wollen ja nicht."

Nachdem er sich wieder gesetzt hatte, sagte er. „Wir trafen uns in einem großen Restaurant. Als sie reinkam, erkannte ich sie sofort. Martha, nur größer. Auch etwas von mir."

Der Regen wurde leiser. Die Geräusche erstarben. Der Imker dämpfte unwillkürlich seine Stimme.

„Das war sehr bewegend für mich. Ich wusste aber überhaupt nicht, wie ich mich verhalten sollte."

Nach der typischen Pause ging es weiter. „Sie übernahm dann die Führung. Sie sagte nur: Erzähl!"

„Ich nahm mir Zeit und dachte erst einmal nach. Weil ich nicht wusste, wie ich anfangen sollte. Dann erzählte ich eben alles. Meine Liebe zu Martha. Das Kind. Mein Wunsch, mit ihr zusammen zu bleiben. Ihre Ablehnung. Der Kampf um die Gemeinsamkeit, um das Kind. Die Entscheidung für die Adoption. Die erlogene Geschichte mit der Vergewaltigung. Der angebliche Krebs."

Schlagartig wurde es hell im Raum. Die Sonne war durch die Wolken gebrochen und tauchte den Raum in grelles Licht. Ihr Schein fiel auf ein Bild an der Wand, das in der Dunkelheit des Raums nicht zu sehen gewesen war. Ein Landschaftsgemälde aus Öl. Eine Bank. Ein Weg durch eine Wiese. Im Hintergrund Wald. Auf der Bank ein kleines Mädchen, das dem Betrachter den Rücken zukehrte und den Blick in die Ferne richtete.

LTM. „Ist das Clara?" Sie deutete auf das Bild.

„Jou. Ich habe es gemalt."

Seibold: „Hat Ihre Tochter Ihnen geglaubt?"

„Anfangs nicht. Sie hat viele kritische Fragen gestellt. Aber zum Schluss war sie überzeugt."

„Und die Vergewaltigung war erfunden?"

„Nein, war sie nicht. Der Röder hat Martha tatsächlich vergewaltigt. Das war vor meiner Zeit. Martha hatte es mir erzählt."

Seibold sah aus dem Fenster und blinzelte in das helle Licht. Das menschliche Leben hielt viele Tragödien bereit. Alex Noll, so stattlich und attraktiv er war, hatte eine starke Wirkung auf Frauen. Seibold erinnerte sich, dass der Imker in jungen Jahren mit der Frau des verstorbenen Bienenprofessors auch eine Beziehung gehabt hatte. Aber letztlich ging er immer leer aus. Die Frauen entschieden sich gegen ihn. Wieso? Welche anderen Faktoren machten das Gelingen von Beziehungen aus? Kurz kam ihm seine gescheiterte Ehe in den Sinn. Dann sah er den Imker an und versuchte, sein Schicksal zu verstehen. Frau Bulling war wohl nicht immer so nett gewesen, wie er sie kennengelernt hatte. Im Gegenteil!

„Frau Bulling war früher also ganz anders gewesen. Letztlich hat sie Ihnen Ihre Tochter genommen."

„Jou."

„Macht Sie das nicht wütend oder verbittert?"

Der Imker dachte nach. „Nein, das Leben kommt und geht. Man kann es nur annehmen. Ich habe meinen kleinen Hof und meine Bienen. Demnächst vielleicht wieder einen Hund."

Die Tochter schien in seinem Kopf noch nicht angekommen zu sein.

„Und wie geht es jetzt mit Ihnen und Ihrer Tochter weiter?" LTM.

„Ich weiß es nicht. Claras Stimmung änderte sich zum Schluss."

„Was hat sie gesagt?" Der Kommissar.

Der Imker nahm sich wieder seine Zeit, bis er antwortete: „Warum hast du nicht mehr um mich gekämpft?"

Ein leichtes Zucken lief durch seinen Körper. Er versuchte das Schluchzen zu unterdrücken und wischte sich eine Träne aus seinem Auge.

„Sie hatte Recht. Ich hätte mehr kämpfen müssen. Das habe ich ihr gesagt. Und dann musste ich im Restaurant weinen."

Nun schluchzte er auf. Ein Beben ging durch den großen Mann. Dieses Mal ließen der Kommissar und LTM ihm alle Zeit der Welt. Irgendwann beruhigte er sich.

„Und das waren die letzten Worte Ihrer Tochter?"

„Jou. Aber sie hat mich in den Arm genommen und lange festgehalten."

**Hausbesuch**

Er hatte ein ungutes Gefühl im Bauch, als er vor der Privatwohnung des Arztes stand. Bevor Christian Schwarzmantel bei Dr. Klaus Hübner klingelte, holte er tief Luft. Diese abendlichen Hausbesuche brauchte kein Mensch. Aber es musste sein.

Klaus öffnete ohne Begrüßung und ließ ihn herein. Allein das deutete schon auf ein schlechtes Gewissen hin.

Sie nahmen im Wohnzimmer Platz.

„Helga ist in ihrer Frauengruppe. So haben wir Ruhe. Was willst du?"

Der Polizeichef bemerkte erneut und in dieser Situation besonders deutlich, dass Notar und Arzt sich stark unterschieden. Schon immer war der Notar recht förmlich und auf Höflichkeit bedacht, auch wenn er die Spritztouren nach Frankfurt genauso mit Genuss absolviert hatte. Seine Argumente waren: Es war nicht ungesetzlich, mit einem Callgirl ins Bett zu gehen und Spaß zu haben. Sie bezahlten ja anständig dafür. Na ja, das stimmte nicht ganz. Denn immer war Karl derjenige, der alle ausgehalten hatte. Karl, mit seinem großen Vermögen, das er legal, halblegal und wohl auch illegal erworben hatte.

Während der Notar auf gute Umgangsformen Wert legte und seine Geldgier zumindest nicht offen zeigte, war der Arzt unverhohlen vom Stamme Nimm. Immer auf seinen Vorteil bedacht. Selten etwas zurückgebend. Von großer Dankbarkeit war auch nichts zu sehen oder zu spüren gewesen. Oft trank er noch ein Bier mehr und prostete Karl begeistert zu. Dieser akzeptierte das als Dankeschön, weil er seine Freunde um sich herum haben wollte.

So auch jetzt. Kein Angebot eines Getränks. Beim Notar hatte es erlesenen Rotwein gegeben.

„Hast du ein Bier?"

„Bist du nicht im Dienst?" Das klang sehr ironisch.

„Nein."

Widerwillig stand der Arzt auf und ging in die Küche. Er kam mit zwei Weizenbieren zurück und reichte Christian Flasche und Glas. Während er sich selbst einschenkte, wiederholte er. „Was willst du?"

Christian war rhetorisch nicht der Stärkste. Er hatte nicht gelernt, dass man auf Umwegen bisweilen leichter zum Ziel kam. Also fiel er mit der Tür ins Haus. „Das mit dem Testament und der Bulling. Es beschäftigt mich."

„Wird das ein Verhör?", begehrte Klaus auf.

„Nein, beruhige dich. Aber es ist doch merkwürdig. Sie ist krank, du behandelst sie, sie stirbt. Du wirst als Erbe eingesetzt."

„Sie war eine einsame alte Frau."

„Das wäre alles nachvollziehbar, wenn sie keine Tochter gehabt hätte."

Klaus schwieg und trank von seinem Bier.

„Aber niemand wusste von der Tochter. Du auch nicht. Deshalb konntest du das inszenieren."

„Spinnst du?", brauste der Arzt auf. „Unterstellst du mir jetzt einen Mord?"

„Ich unterstelle gar nichts. Aber Stefan ist auch aufgefallen, dass die Bulling sehr verwirrt war."

„Du hast hinter meinem Rücken mit Stefan gesprochen?"

„Klaus, beherrsch dich. Wir sind zwar befreundet, aber
ich leite hier die Polizeistelle. Wenn ich so etwas erfahre,
muss ich dem nachgehen."

„Quatsch, wo kein Kläger, kein Richter."

„Das ist zu kurz gesprungen. Du solltest ein paar Schritte weiterdenken. Die Tochter wird das nicht akzeptieren."

„Blödsinn."

„Laut Stefan könnte es sein, dass die Bulling nicht
mehr testierfähig war."

„Ihr beide habt wohl eine Verschwörung im Sinn?
Spinnt ihr?"

„Dann kann die Tochter das Testament anfechten, und
du gerätst schwer unter Beschuss."

Erregt sprang der Arzt auf und brüllte: „Das muss ich
mir von dir nicht gefallen lassen. Du hast die Nutten in
Frankfurt auch auf Karls Kosten gevögelt."

Der Polizeichef erbleichte. Ja, das stimmte. Aber das
war zweierlei Maß. Ein kaltblütiger Mord war etwas anderes.

Doch der Arzt war noch nicht fertig. „Wenn du mir hier
in den Rücken fällst, dann sage ich deiner Holden, was du
alles getrieben hast."

Christian Schwarzmantel holte tief Luft. Das wäre ein
Desaster. Seine Frau war sehr religiös und würde glatt die
Scheidung einreichen. Ein Skandal! Wenn man das Ganze

dann noch aufblies, konnte er sogar dienstlich belangt werden und seine Stelle verlieren. Dafür musste nur ein findiger Anwalt die alte Beziehung zwischen Karl und Claudia ausgraben. Dort hatte er einige Male die Augen zugedrückt, allerdings auf Basis der ärztlichen Atteste von Klaus. Eiskalte Schweißtropfen rannen sein Rückgrat hinunter. Wie kam er aus dieser Sache wieder heraus?

„Klaus, ich will dir doch nichts Böses. Ich habe nicht vor, gegen dich zu ermitteln. Noch liegt ja auch keine Anzeige vor. Aber du solltest gewarnt sein."

„Du bist ein merkwürdiger Freund", das letzte Wort verächtlich betonend. „Das hätte ich nicht von dir gedacht. Geh und lass mich jetzt allein."

**Testamentsvollstreckung**

Im Notariat. Dr. Klaus Hübner war sehr frühzeitig gekommen und hatte gehofft, den Notar vorher noch abfangen und sprechen zu können. Doch der ließ ausrichten, dass dies nicht möglich sei. Also saß der Arzt im Wartezimmer. Die Tür öffnete sich und eine großgewachsene schlanke Frau betrat den Raum. Das musste die Tochter sein. Ihr folgte Alex Noll, der Imker. Clara Brenner hatte ihren Vater über den Termin informiert und ihn gebeten, mitzugehen.

Man sah Dr. Hübner an, dass er angestrengt nachdachte und Fragen formulierte. Was soll das? Die Frau war sicherlich die Tochter. Soll ich sie ansprechen? Was sucht der Imker hier?

Vom Plan, den er sich vor dem Erscheinen des Imkers zurechtgelegt hatte, ließ er sich allerdings nicht abbringen. Er stand auf, legte alle Höflichkeit in seine Stimme und fragte: „Sie sind, nehme ich an, Frau Bullings Tochter?"

Diese lächelte ihn nur kalt an, verweigerte ihm die Hand und sagte: „Erst einmal möchte ich hören, was der Notar zu berichten hat."

Doch damit wollte der Arzt sich nicht zufrieden geben. „Was machen Sie denn hier, Herr Noll?"

Im kleinen Jossgrund mit den Orten Burgjoss, Oberndorf, Pfaffenhausen und Lettgenbrunn gab es nicht viele Ärzte. Eigentlich nur ihn. Ab und zu kam ein anderer Arzt hinzu, hielt sich aber nicht lange. So war auch Herr Noll hin und wieder als Patient bei ihm gewesen, allerdings sehr selten. Er verfügte wohl über eine robuste Natur.

Dieser wiederum antwortete höflich: „Jou, ich begleite Clara."

„Wieso, Herr Noll?"

Clara Brenner schaute ihren Vater an und sagte: „Lass gut sein, Axel. Wir warten auf den Notar."

Dann saßen sie zu dritt schweigend im Wartezimmer. Die Spannung war förmlich zu spüren. Endlich ging die Tür auf und die Notariatsassistentin bat die Personen in den Besprechungsraum.

Der Notar begrüßte alle Anwesenden und war ebenfalls irritiert, dass Alex Noll zugegen war. „Herr Noll. Darf ich erfahren, weshalb Sie hier sind? Ich habe Sie nicht zu diesem Termin geladen."

Frau Brenner ergriff das Wort: „Ich habe ihn darum gebeten. Das hat verschiedene Gründe. Mir war es wichtig, einen Beistand zu haben."

Die Stirnfalten des Notars glätteten sich wieder. Offensichtlich gab es keine Einwände.

Nachdem die Ausweise vorgelegt und geprüft worden waren, belehrte sie der Notar über die Besonderheiten einer Testamentsvollstreckung. Nach den allgemeinen Erläuterungen wollte er dann das Testament verlesen, um anschließend beratend zur Verfügung zu stehen. Die Teilnehmer waren einverstanden.

„So lese ich nun vor. Testament. Ich, Martha Bulling, wohnhaft in Villbach, Hindenburgstraße 3, bestimme hiermit Herrn Dr. Klaus Hübner, wohnhaft in Jossgrund-Oberndorf, Waldstraße 26, zu meinem Alleinerben." Bevor der Notar die weiteren Formalien vorlesen konnte, platzte Frau Brenner in den Vortrag. „Das ist unglaublich. Ich beantrage eine Unterbrechung. Wir treten sofort in die Beratung ein."

Der Notar war sprachlos. Er schien sich zu fragen, wie er reagieren sollte.

Klaus Hübner konnte die Spannung nicht ertragen und polterte los. „Was ist? Was gibt es zu beraten?"

„Der Fall ist doch wohl klar, oder nicht?", entgegnete Clara Brenner mit scharfer Stimme.

„Ja, alles ist klar. Ihre Mutter hat mich zum Alleinerben bestimmt."

„Nein, das hat sie nicht."

„Hier steht es doch schwarz auf weiß."

Der Notar schaltete sich ein. „Frau Brenner, zum Thema Beratung gäbe es sehr viel zu sagen. Zunächst kann ich festhalten, dass Ihnen ein Pflichtteil zusteht, da Sie die direkte Nachkommin sind."

„Und ich erkläre hiermit, dass ich das Testament anfechten werde. Genau diese Art der Beratung möchte ich bei Ihnen in Anspruch nehmen. Und ich hielte es für gut, wenn Dr. Hübner in dieser Zeit den Raum verlässt."

Der Arzt zischte. „Anfechten? Wieso das denn?"

Kühl antwortete Frau Brenner: „Weil ich davon ausgehe, dass Sie meiner Mutter, sagen wir es vornehm, ein wenig zu sehr die Hand gereicht haben."

Erregt stand der Arzt auf und machte einen Schritt auf Clara Brenner zu. Das wiederum führte zu einer Reaktion des Imkers, der aufsprang und sich zwischen ihn und seine Tochter stellte. Das machte den Arzt noch wütender, und er verlor die Beherrschung. Er holte energisch aus und wollte sich wohl Platz verschaffen, doch da kam auch schon die rechte Faust des Imkers angeschossen und landete im Gesicht des Arztes. Es knirschte laut. Dr. Hübners Nase war gebrochen.

Danach war Totenstille im Raum. Nicht erstaunlich. Das war immer so. Nach dem Lärm war die Stille umso intensiver. Nicht einmal ein Wimmern des Arztes war zu hören. Vielleicht war der körperliche Schmerz noch gar nicht in seinem Gehirn angekommen.

Der Notar war mittlerweile ebenfalls aufgesprungen und wollte die Situation beruhigen.

„Bitte, bitte, bewahren Sie doch Ruhe. Setzen Sie sich wieder hin." Dann in die Ruftaste seiner Telefonanlage: „Frau Aschenbrenner, bringen Sie bitte einige Papiertücher, oder besser ein Handtuch. Dr. Hübner hat Nasenbluten."

Sie kam kurze Zeit später und gab dem Arzt das Material. Paradoxerweise musste er sich nun selbst versorgen. Aber sein Gemüt schien durch den Vorfall erst einmal abgekühlt worden zu sein. Er verhielt sich ruhig, auch als Frau Brenner sich wieder zu Wort meldete.

„Also, Dr. Nolting. Ich wünsche Ihre Beratung zu den Themen: Anfechtung und Testierfähigkeit. Und ich bestehe darauf, dass Dr. Hübner den Raum verlässt."

Der Notar nickte. Das war rechtens. Der Arzt stellte die Gegenwehr ein und verließ den Raum.

Es folgte ein längeres Gespräch, das Frau Brenner allerdings keine neuen Erkenntnisse vermittelte. Im Vorfeld hatte sie sich bei einem Anwalt ausgiebig vorbereitet. Sie wollte nur herausfinden, welche Rolle der Notar in diesem Verfahren spielte. Ihre analytischen Fähigkeiten sagten ihr, dass auch er Zweifel an der Rechtmäßigkeit des Testaments hegte, dies aber nicht zugeben wollte. Der Notar wiederum schien dies zu spüren und gab sich betont formal und hilfsbereit.

Nun schaltete sich der Imker ein. „Herr Notar, ich habe Martha Bulling einige Wochen vor ihrem Tod einige Male gesehen. Sie bestellte immer Honig bei mir, den ich ihr dann vorbeibrachte."

Dann machte er eine seiner berühmten Pausen. Dr. Nolting war es nicht gewohnt und fragte sofort nach. „Ja?"

Alex Noll nickte. Er war noch nicht so weit. Dann fuhr er fort. „Frau Bulling hatte sich in den letzten Wochen stark verändert. Sie wirkte abwesend. Irgendwie verwirrt."

In die Pause hinein der Notar: „Ja? Was wollen Sie damit sagen?" Dann besann er sich auf seine Rolle als Notar und setzte nach: „Und überhaupt? Wieso sind Sie hier? Mit welcher Berechtigung stellen Sie mir Fragen?"

Nach seiner typischen Pause. „Ich habe Ihnen bislang gar keine Frage gestellt." Die Antwort auf die Frage des Notars hingegen folgte nicht. Dann: „Jetzt habe ich doch eine Frage. Wie wirkte Frau Bulling auf Sie bei der Abfassung des Testaments?"

Der Notar richtete sich an Frau Brenner. „Frau Brenner, Sie sind Frau Bullings Tochter und Ihnen steht ein Pflichtteil zu. Sie können das Testament auch anfechten. Aber wieso ist Herr Noll hier? Eine solche Testamentseröffnung ist doch eine höchst vertrauliche Angelegenheit."

„Ich habe vor meinem Vater keine Geheimnisse."

Der Notar erstarrte. Vater. Frau Bulling und Herr Noll. Niemand hatte davon gewusst.

„Das war mir nicht bekannt", kam es lahm aus dem Mund des Notars.

„Und die Frage meines Vaters?"

„Ich kannte Ihre Mutter kaum. Wenn Sie mich so fragen: Nein, ich hatte nicht den Eindruck, dass Sie nicht bei klarem Verstand war."

„Gut. Wir haben genug von Ihnen gehört. Wenn Sie wollen, können Sie Herrn Hübner hereinrufen und ihm mitteilen, dass wir das Testament anfechten werden und zusätzlich weitere Schritte in die Wege leiten werden. Auf Wiedersehen."

Imker und Tochter verließen die Kanzlei.

Als der Notar den Arzt aus dem Wartezimmer holen wollte, stellte er fest, dass er bereits gegangen war.


## Verschwörung

An diesem Tag war das Wetter freundlicher. Seibold steckte noch das Gewitter in den Knochen. Das war eine gespenstische Erfahrung gewesen. Und dann noch der Bericht des Imkers.

Diese Gedanken gingen ihm durch den Kopf, als er wieder durch den Wald stapfte. Schließlich machte er Urlaub. LTM war im Znaimer Hof geblieben. „Cheffe, wandern ist nichts für junge Leute. Mal kurz eine Stunde joggen oder Badminton spielen, bis der Körper klatschnass ist. Aber wandern?" Zum Glück hatte sie nicht gesagt, wandern sei für alte Leute. Ihre weitere Erklärung war: Sie schrieb an ihrer Dissertation. Das sei auch der wahre Grund für den Urlaub. Wo sie schriebe, sei doch völlig egal. Die Tastatur ihres Notebooks sei immer dieselbe. Er solle schön wandern gehen, und sie würde weiter an ihrer Diss arbeiten.

Abermals hatte er sich eine andere Strecke ausgesucht und ließ sich im Groben von den Himmelsrichtungen und bei den einzelnen Wegabzweigungen von seiner App leiten. Insgeheim hoffte er auf ein kleines Wunder und auf die Begegnung mit dem Jäger Speckbauch, wie er ihn voller Sympathie für sich genannt hatte. Seinen Namen kannte er ja nicht, und da er selbst auch nicht gerade der Dünnste war, verband ihn dieser Spitzname zusätzlich mit dem Jägersmann. Oder noch besser die schlanke Joggerin. Die Marathonläuferin des Jossgrunds. Auch ein Spitzname. Hatte er selbst eigentlich auch einen? Er sollte Toni fragen. Oder LTM. Diese Frau mit dem lustig wippenden Pferdeschwanz hatte sehr attraktiv ausgesehen. Er nahm sich vor, sie anzusprechen, wenn er sie treffen sollte.

Da sah er plötzlich eine Bewegung. Schon wollte er sich freuen und darüber wundern, dass aus Wunschdenken so einfach Wirklichkeit würde. Doch weit gefehlt. Der absolute Gegenentwurf zur pferdegeschwänzten Joggerin wälzte sich schnaubend und dröhnend wie eine Bisonherde auf ihn zu. Ein bekleidetes Marshmallow, Schlabberpulli, Schlabberjeans, quälte sich mit rot glühendem Kopf an ihm vorbei. Als es wieder stiller wurde, klingelte sein Smartphone. Frau Brenners Rufnummer erschien im Display. Annehmen oder weiter Urlaub machen? Die Neugierde siegte.

„Ja?"

„Kommissar Seibold?"

Oh, so förmlich.

„Ja?"

„Ich möchte Sie sprechen."

Er hatte Lust, ein wenig Eisberg zu spielen. Außerdem hatte sie ihn und LTM mehrfach angelogen.

„Ich habe Urlaub."

„Prima, dann haben Sie ja auf alle Fälle Zeit."

„So war das nicht gemeint. Ich bin gerade auf einer Wanderung durch den Jossgrund."

„Schön. Winken Sie mal. Vielleicht kann ich Sie sehen."

„Sie sind auch hier?"

„Wir hatten heute den Notartermin wegen des Testaments."

„Wir?"

„Sie sind doch ein guter Kommissar."

„Und die Antwort auf meine Frage?"

„Der Erbe, mein Vater und ich."

Der Erbe? Wer konnte das sein?

„Der Erbe?"

„Ich sehe schon, Kommissar. Der Fall interessiert Sie. Oder nicht?"

Trotz ihrer eisigen Art fand er sie sympathisch. Oder immer noch der Tribut an die Mutter?

„Ich bin mitten im Wald. Wollen wir uns zum Abendessen treffen?"

„Nein. Wo sind Sie?"

„Warten Sie. Ich telefoniere mit meiner Landkarte."

Er nahm das Smartphone vom Ohr und schaute auf der Karte nach.

„Ich bin auf halbem Weg zwischen Lettgenbrunn und Pfaffenhausen. Hier am Waldrand sehe ich die Straße."

„Dann gehen Sie jetzt in Richtung Straße. Ich bin in zehn Minuten dort und hole Sie ab. Passt das?"

„Besser 15 Minuten."

Er machte sich auf den Weg und lotste Frau Brenner zu einem Parkplatz, der für Wanderer eingerichtet worden war. Sie fuhr ein hellrotes Audicabrio. Auf der Beifahrerseite öffnete sich die Tür. Der Imker stieg aus. „Kommen Sie, Herr Seibold. Ich setze mich nach hinten."

Der Kommissar nahm auf dem Beifahrersitz Platz und war natürlich neugierig. „Der Erbe?"

„Das erzählen wir Ihnen in Ruhe. Wo setzen wir uns hin?"

„Mein Hotel bietet sich an. Da ist tagsüber unter der Woche fast nie jemand. Außerdem ist meine Kollegin dort."

Sie brauchten nur wenige Minuten mit dem Auto. LTM war nicht in der Gaststube. Hatte sie geflunkert?

„Ich gehe kurz nach oben und hole sie."

Er ging die Treppe nach oben und klopfte an ihre Tür. „LTM?"

„Yes, Sir. Sie wünschen?" Schon öffnete sich die Tür. „Na, Sie Wandersmann, keine Lust mehr oder vom rechten Weg abgekommen?"

„Komm runter. Wir haben Besuch. Ach, du solltest dir etwas anderes anziehen." Auch sie im Schlabberpulli wie der morgendliche Jogger. „Ich gehe schon mal vor."

Wenig später kam LTM in gewohnter Manier die Treppe heruntergeschossen und staunte nicht schlecht, als sie Vater Imker und Tochter Brenner neben dem Kommissar sitzen sah. Hoffentlich gute Nachrichten, dachte sie.

„Moin, moin", grüßte sie hanseatisch. „Jou", der Imker, und „Grüß Gott", Clara Brenner mit ihrem Münchner Idiom.

„So. Nun sind wir komplett. Sie haben ein Anliegen, Frau Brenner." Der Kommissar ging in Führung.

„Wir hatten heute früh den Termin zur Testamentsvollstreckung bei Notar Dr. Nolting. Meine Mutter hat einen Arzt namens Dr. Hübner als Alleinerben eingesetzt."

Gespannte Stille legte sich auf die Gesichter von Seibold und LTM. Das klang merkwürdig.

„Welche Schlüsse ziehen Sie daraus?", fragte Seibold.

„Vielfältige. Der Arzt hat sie betreut. Meinem Vater fiel auf, dass meine Mutter in den letzten Tagen ihres Lebens verwirrt schien."

„Dasselbe hat die Freundin Ihrer Mutter, Frau Weissenberger, erwähnt."

Frau Brenner nickte. „Ich habe den Notar gefragt, wie sein Eindruck war. Seine Aussage war juristisch korrekt. Mein Gefühl sagt mir aber, dass er uns etwas verschwiegen hat."

„Notare sind auch nicht mehr das, was sie einmal waren." LTM.

„Also schlussfolgern Sie was?" Seibold.

„Nun, es gäbe verschiedene Möglichkeiten. Vielleicht war sie einfach nur verwirrt. Wieso aber hätte sie den

Arzt als Alleinerben einsetzen sollen? Sie war nicht dement, und ich kann mir nicht vorstellen, wieso sie mich, ihre Tochter einfach vergessen haben sollte. Außerdem: Zwischen ihr und dem Arzt gab es keine besondere Beziehung. Er war ihr Hausarzt, ja. Aber meine Mutter war zeitlebens kerngesund und brauchte nur alle Jubeljahre einen Arzt. Ihr Kräutergarten war ihr Arzt und Gesundheitsbegleiter. Fazit: Entweder hat er sie nicht richtig behandelt oder sogar ihre Gesundheit bewusst verschlechtert. Oder er ging davon aus, dass sie keine Verwandten hatte, und wollte sich daher das Erbe sichern. Oder sagt man erschleichen?"

„Yep, für mich klingt das sehr logisch", preschte LTM vor.

Der Imker schaute sie wohlwollend an. Jetzt hatte er eine Tochter gefunden und schien sich, wie fast alle, in LTM als Bild eines möglichen Enkels zu verlieben. So konnte man jedenfalls seinen äußerst freundlichen Blick deuten.

„Wie ist der Notartermin verlaufen? Haben Sie Ihre Bedenken zum Ausdruck gebracht?"

„Jou", meldete sich der Imker. „Dr. Hübner brauste auf und wollte meiner Tochter an die Kehle. Ich musste ihn stoppen."

„Was genau ist passiert?" Seibold.

„Es gab einen Zusammenstoß. Seine Nase ist wohl gebrochen. Dann haben wir ihn des Zimmers verweisen lassen ..."

„… und den Notar in die Zange genommen", ergänzte seine Tochter. „Wir sind gegangen und sitzen jetzt mit Ihnen zusammen. Ich bitte Sie, den Fall zu übernehmen und zu untersuchen."

„So einfach geht das nicht. Die Polizei braucht einen Auftrag. Sie müssen Anzeige erstatten, sich anwaltlich beraten lassen und dann werden die Ermittlungen aufgenommen, hier von der örtlichen Polizeibehörde."

„Das möchte ich aber nicht. Ich möchte, dass Sie das übernehmen."

„Das darf ich schon zuständigkeitshalber nicht."

„Das ist mir egal."

„Cheffe", mischte sich LTM ein. „Beim Tod des Bienen-Blümles waren Sie auch nicht so auf Formalien bedacht. Außerdem haben Sie doch schon einige Vermutungen angestellt, dass Frau Bulling keines natürlichen Todes gestorben sein könnte. Also, übernehmen wir?"

Seibold zog die Augenbrauen hoch. Noch einen mündlichen Verweis des Staatsanwalts kassieren? Aber LTM hatte Recht. Man konnte es als Freundschaftsdienst für Frau Bulling rechtfertigen und damit eventuell neues Licht auf den Tod des Bienenprofessors werfen. Außerdem war Gefahr im Verzuge: Der Fall war hochaktuell und sehr brisant. Wenn es etwas zu vertuschen gab, blieb nicht viel Zeit. Also musste die Leiche obduziert werden. Daran führte kein Weg vorbei.

„Ich sehe, dass Sie einverstanden sind." Frau Brenner.

„Woher wollen Sie das wissen?"

„Ihr Gesichtsausdruck hat es mir verraten."

„Na gut. Da meine Assistentin quasi im Alleingang entschieden hat und ich ihr nicht in den Rücken fallen will. Nur darum."

„Gut." Sie kramte in ihrer Handtasche und zog ein Notizbuch hervor. „Meine Mutter hat Tagebuch geführt. Ich habe es in ihrer Schublade gefunden. Ihre Schrift ist sehr gut leserlich. Sie sollten keine Probleme damit haben. Die letzten Einträge verdeutlichen, dass ihr Gesundheitszustand sich rapide verschlechterte. Einige Einträge fehlen. Sie hat sonst täglich geschrieben. Andere sind wirr und mir unverständlich."

Sie reichte es ihm. „Hier. Vielleicht können Sie daraus wertvolle Informationen gewinnen."

## LTM-Spirale

Vater und Tochter hatten sich verabschiedet. Seibold saß mit LTM zusammen. Die Mittagszeit nahte und der Hunger machte sich bemerkbar. Komisch, dachte er. Im Wald und beim Wandern hätte er wahrscheinlich gar nicht ans Essen gedacht.

Sie bestellten jeweils eine Salatplatte und machten sich daran, einen Plan zu entwerfen. Frau Brenner hatten sie aufgetragen, Anzeige zu erstatten und die Obduktion zu beantragen. Da Seibold und LTM nicht offiziell ermitteln konnten, bestand die Vereinbarung darin, dass sie auf besonderen Wunsch von Frau Brenner die Gefahr der Vertuschung verhindern sollten.

Die Bedienung kam und kündigte an: „Zwei Mal Schweinshaxe in Bratensoße mit Bratkartoffeln."

LTM: „Das haben wir nicht bestellt. Ich glaube, dort hinten die Gäste." Dann zauberte sie einen Kugelschreiber hervor und fing an, auf das Papiertischtuch zu malen. „Schauen Sie, Cheffe. Das ist die LTM-Spirale. Ich zeige Ihnen mal, wie ich den Fall sehe."

Mit flinken Fingern hatte sie eine Spirale gezeichnet und einige Namen eingesetzt. „Im Mittelpunkt steht Frau Bulling. Das Kreuz ist das Symbol für den Tod. Von dort entwickelt sich der Fall. Die tote Frau Bulling inspiriert Sie, weiteres in Erfahrung zu bringen. Sie führt uns zu ihrer Tochter, diese wiederum zu ihrem Vater. Die verschlungenen Ringe sind das Symbol für ein Ehepaar, hier als Synonym für das Elternpaar oder die frühere Liebe zwischen Imker und Bulling verwendet. Nun kommt die Überraschung. Es gibt ein Testament, aber die Tochter ist nicht als Erbin eingesetzt, sondern ein uns vorher nicht bekannter Arzt, Dr. Hübner. Bei der Testamentsvollstreckung kommt es zu einem Eklat. Ein klares Indiz dafür, dass an der Sache etwas faul ist."

Die Bedienung kam erneut. „Hier Ihre zwei Krüge Schwarzbier." LTM grinste. „Der Tisch dort drüben." Dann fuhr sie fort: „Im damaligen Fall hatten wir die üblichen Verdächtigen: Biobauer, Imker, Frau Bulling und das Erdbeben. Ich prognostiziere, dass der aktuelle Fall uns weitere Informationen bringen wird, mit deren Hilfe wir unter Umständen den Tod des Professors anders deuten können. Habe ich Ihre Gedanken richtig gelesen?"

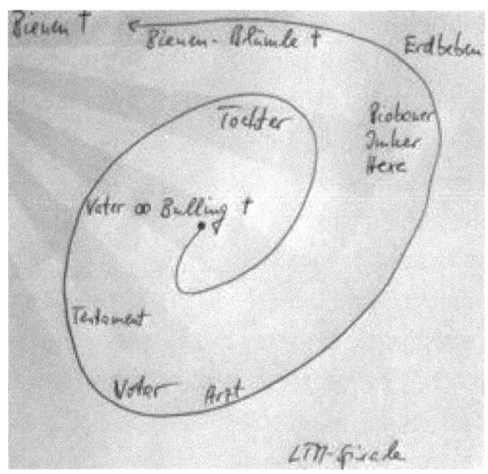

Beeindruckt schaute Seibold auf die kleine Skizze. Alles drin. Nicht zu viel, nicht zu wenig. Erstaunlich. „Lernt ihr das im Psychologie-Studium?"

„Iwo, solch nützliche Sachen lernt man doch nicht im Studium! Marke Eigenbau."

„Sieht ein bisschen wie ein prozessorientiertes Mindmap aus."

„Cheffe, cooler Kommentar. Stimmt!"

Die Bedienung erneut. „Sie wollten noch einen Beilagensalat." Da LTMs Kommandos sie offenbar verwirrt hatten, schaute sie dieses Mal ausdrücklich den Kommissar an. Er antwortete, zeigte aber auch seine Irritation: „Nein, hatten wir nicht bestellt." Die Bedienung schüttelte den Kopf und ging.

LTM. „Also ehrlich, Kommissar. Die ist verknallt in Sie."

„Was?"

„Das ist so offensichtlich. Sie kommt doch nicht drei Mal mit einer falschen Bestellung zu unserem Tisch. Und immer hat sie Sie dabei fixiert, förmlich angeknabbert. Das müssen Sie doch gespürt haben!"

„LTM, du spinnst."

„Nein Cheffe, so macht man das hier im Dorf. Das nennt man schlichtweg Anmache."

Da der Kommissar nicht wusste, ob sie ihn auf den Arm nahm oder es ernst meinte, sagte er gar nichts.

LTM legte nach. „Sie interessieren sich doch für meine Dissertation. Das ist ein klassischer Fall von Fallanalyse. Bedienung flirtet nach den Jossgründer Gesetzen mit einem attraktiven Mann. Er merkt es nicht. Sie wiederholt den Versuch. Er reagiert wieder nicht. Dann ein drittes Mal. Er weist sie schroff zurück. Sie geht irritiert. Und nun wird es spannend. Ist sie ein aggressiver oder regressiver Persönlichkeitstyp? Im ersten Fall kommt sie ein viertes Mal und schüttet Ihnen das nicht bestellte Bier auf Ihr Hemd."

Der Kommissar lachte. Er griff nach seinem Kaffee und verzog schmerzverzerrt das Gesicht, bevor er einen Schluck nahm.

„Was ist?", fragte LTM.

„Ich weiß nicht. Meine linke Schulter tut sehr weh. Da war gerade ein stechender Schmerz."

„Sie sitzen auch seit Tagen schon so verkrampft herum."

„Ja. Mein Rücken ist verspannt. Vielleicht das fremde Bett?"

„Für mich ist der Fall klar", sagte LTM mit tief verstellter Stimme und schaute dem Kommissar in die Augen. „Kennen Sie den Spruch?"

„Na klar. Meine Lieblings-Krimiserie der 60er Jahre. Kommissar Bernard, dem Täter auf der Spur. Regie, Jürgen Roland. Der Kommissar schaute zum Ende des noch ungeklärten Falls in die Kamera, sagte diesen Satz und dann durfte man anrufen und seine eigene Lösung präsentieren."

„Cheffe, ich bin beeindruckt. Das hätte ich jetzt nicht von Ihnen erwartet."

„Und du?"

„Wie schon gesagt: Apple TV. Nein, war ein Spaß. Im Psychologie-Studium musste ich darüber eine Seminararbeit schreiben. Wie wirkt sich der Abbruch der Sendung kurz vor der Lösung auf die Psyche des Menschen aus? Das nennt sich Zeigarnik-Effekt. Genauer gesagt, sollte ich untersuchen, welche Besonderheiten sich aus dieser Theorie im Zusammenhang mit diesem Sendeformat ergaben."

„Und, was hast du herausgefunden?"

„Sind Sie an der wissenschaftlichen Erkenntnis interessiert oder an Anekdoten?"

Während Seibold noch überlegte, welche Antwort intelligent und witzig zugleich sein könnte, plapperte sie schon weiter.

„Der Effekt beschreibt, was bei der Unterbrechung einer Aufgabe geschieht, ganz grob gesagt. Nun, das menschliche Verhalten ist sehr unterschiedlich. Die wenig Zielorientierten, die das Fernsehen oft nur als Ablenkung betrachten, haben das vermeintliche Ende der Sendung ganz anders genutzt." Sie trank einen Schluck von ihrem Tee.

„Wie?"

„Sie schleppten ihre Frau oder Freundin ins Bett und wechselten somit den Tatort."

Der Kommissar schmunzelte und dachte an seine eigenen Erfahrungen mit der Sendung. Er hatte tatsächlich zwei Mal angerufen und auch die richtige Lösung präsentiert. Jugendjahre.

„Nein. Die Lösung ist, Sie bekommen eine Massage. Ich kümmere mich darum", sagte sie und verschwand an der Rezeption. Dort sah er, wie sie sich eine kurze Auskunft geben ließ und anschließend ein Telefongespräch führte.

Sie kam zurück. „Auf, ins Auto. Sie haben einen Termin. Hier ist die Adresse. Und schnell, bevor die Bedienung ihren Rachefeldzug inszeniert."


**Kasseler Rücken**


Es war ein hübsches Häuschen am Hang. Von weitem sah es aus wie eine Biene: in einem sanften Gelbton verputzt mit schwarzen Fensterläden und Balkonbrüstungen. Als letztes Haus in der Straße stand es vor einer steil nach oben verlaufenden Böschung und hatte der Natur den letzten Flecken bebaubaren Lands abgerungen. Dahinter lag ein Stück Feld, dahinter begann schon der Wald. Hübsch bepflanzte Blumenkästen zierten die Balkone. Nach rechts öffnete sich neben dem Haus eine große Terrasse, die auf der einen Seite mit einer Treppe zum Souterrain führte. Dort war die Massagepraxis mit Ayurveda-Therapie.

Manfred, der Masseur, begrüßte den Kommissar freundlich. Ein Bär von einem Mann stand Seibold gegenüber. Schwarze Haare, lang, wild und ungekämmt, ein schwarzer Bart, geschätzte fünf bis sieben Tage alt, und eine Bärenpranke, die sich ihm näherte. Der Kommissar bekam Angst um seine Knochen. Ob sie diesen Kräften standhalten würden?

Doch der Händedruck war erstaunlich sanft, wie auch der Blick aus den tiefbraunen Augen. „Sie haben Rückenprobleme?"

„Vielleicht habe ich mir zu viel zugemutet. Ich wandere fast täglich und bin es nicht gewohnt. Dann das fremde Bett im Hotel. Außerdem habe ich seit wenigen Tagen ein Ziehen in der linken Schulter. Vielleicht habe ich mich verlegen."

„Schauen wir mal. Machen Sie sich bitte bis auf die Unterhose frei und legen Sie sich auf die Massageliege. Mit dem Kopf nach unten, dort über das Loch."

Der Kommissar platzierte sich entsprechend und steckte seine Nase durch die Öffnung. Der Masseur rieb ihn mit einem leicht gewärmten Öl ein und fuhr mit den Händen über seinen Rücken, testete dann die Beweglichkeit der beiden Oberarme im Schultergelenk, aber alles äußerst sanft und immer in Rücksprache mit dem Kommissar. Der entspannte sich zusehends.

„Ja, Ihre linke Schulter ist blockiert. Die rechte ist frei beweglich. Tut es weh, wenn ich diesen Punkt berühre?" Er baute den Druck langsam auf, bis der Kommissar erst den Atem anhielt, dann leicht stöhnte, aber immer noch nichts sagte.

„Sie sind ein harter Hund, oder?"

Das stimmte eher nicht, dachte der Kommissar.

„Was sind Sie denn von Beruf?"

Die Frage passte ja als direkte Fortsetzung. „Kommissar".

„Dann müssen Sie doch eigentlich Kampfsporttraining machen, oder nicht?"

Eines der üblichen Vorurteile. „Nein."

Offensichtlich registrierte Manfred die Einsilbigkeit und sagte: „Dann will ich jetzt mal loslegen. Ich erkläre Ihnen, was ich mache. Als Erstes fange ich an, Ihren Körper mit meinen Händen zu massieren. Ich lockere Ihre deutlich verkrampften Muskeln. Und dann erhalten Sie eine Reisabreibung. Dazu nehme ich einen Beutel, der mit Reis gefüllt ist und die Extrakte der Beinvillewurzel enthält sowie Milch und Butterghee. Damit reibe ich Ihren Körper ein. Die Inhaltsstoffe nähren das Gewebe und tragen dazu bei, dass sich Kallus bildet, neues Gewebe. Außerdem werden Entzündungen herausgezogen."

Und in der Tat legte der Masseur los. Abwechselnd mit der Hand und dem prall gefüllten heißen Beutel strich er über den Rücken. Die Temperatur war sehr hoch, aber gerade noch auszuhalten. Geschwindigkeit und Druck nahmen zu. Zwischendurch wurde der Beutel immer wieder kurz in den warmen Sud getaucht, damit die Temperatur hoch blieb. Nachdem er eine Weile die Zähne zusammengebissen hatte, entfuhr dem Kommissar schließlich die Bemerkung: „Vermutlich hat mein Rücken jetzt die Farbe von Kassler angenommen."

„Ja, meine Spezialität. Kasseler Rücken. Deswegen kommen die Patienten von weit hergefahren."

Unterdrückt stöhnend arbeitete er weiter. Vielleicht um die Töne des Kommissars zu übertönen? Nein, er arbeitete sich richtig in Rage. Seibold konnte spüren, wie viel Kraft hinter den Massagebewegungen steckte und wie anstrengend die Arbeit war. Ihm kam in den Sinn, dass auch manche Tennisspielerinnen ihren Beruf mit geräuschvollen Untermalungen betrieben. In solchen Momenten freute er sich, Kommissar zu sein.

„So", meldete sich Manfred nach einer längeren Phase des Arbeitens, Stöhnens und Schweigens wieder zu Wort. „Ihre Haut ist schön gerötet. Die Therapie wirkt. Nun können Sie sich auf den Rücken legen. Ich mache Ihnen noch eine kurze Ganzkörpermassage, damit Sie mich einigermaßen gut in Erinnerung behalten. Morgen und übermorgen werden Sie allerdings einen Muskelkater im Rücken haben. Das zeigt, dass der Heilungsprozess beginnt. So, Herr Kommissar. Umdrehen."

Während Manfred die Oberschenkel bearbeitete, fragte er weiter.

„Was macht ein Kommissar aus Frankfurt hier im Jossgrund? Ermitteln?"

„Nein. Urlaub."

Doch der Masseur ließ nicht locker.

„Und dann so verspannt? Das klingt nicht nach Urlaub. Ihre Muskeln sagen mir, dass Sie ermitteln."

„Das ist doch Quatsch."

„Sie glauben mir nicht? Haben Sie schon einmal von Körpersprache gehört?"

„Na klar."

„Na also."

Jetzt wurde Seibold neugierig.

„Was spricht mein Körper denn?"

„Nun. Sie sind Rechtshänder. Haben meistens eine sitzende Tätigkeit. Der Nacken ist verspannt. Nicht viel, aber etwas. Vermutlich werden Sie nicht viel am PC sitzen. Sonst wären die Knötchen viel ausgeprägter in Ihrem Alter."

Nicht schlecht, Herr Specht, dachte der Kommissar. Das stimmte alles. Käme beim Ertasten des Rückens von LTMs etwas anderes heraus, ertappte er sich bei einem leicht unkeuschen Gedanken? Zurück zur Behauptung des Masseurs.

„Und wieso ermittle ich?"

„Das ist für einen Masseur die Kür. Die eben berichtete Pflicht aber war einfach. Das sind die groben Muster. Die feinen Strömungen zeigen Mikrospannungen an. Ihr ganzer Körper ist mikrofein verspannt. Sie beschäftigt ein Thema. Es lässt sie nicht los."

Interessant. War er ein Wahrsager?

„Machen Sie das mit allen Patienten?"

„Na klar, ich muss meinen Geist auch ein wenig beschäftigen. Denken Sie, Massage findet nur mit den Händen statt?"

„Was finden Sie denn über die Jossgründer so alles heraus?"

„Oh, viel. Sehr viel!"

„Und ich vermute, dass einige bei Ihnen sich eine Menge von der Seele reden."

„In der Tat."

„Von Masseuren und Friseuren kann man also viele Geheimnisse erfahren."

„Ja, kann man so sagen."

„Ihr Erlebnis, das Sie am meisten beeindruckt hat?"

„Herr Kommissar, Massagegeheimnis. Sie haben doch auch die Verpflichtung, zu schweigen."

„Aber wenn ich mal aus ermittlungstechnischen Gründen eine Information brauche und Ihnen die Berechtigung auch nachweise, dann kann ich Sie fragen."

„Selbstverständlich, Herr Kommissar."

Die restliche Massage war dann so angenehm, dass Seibold nach wenigen Minuten eingeschlafen war.

## Visite 1

Am nächsten Morgen kam der Kommissar kaum aus dem Bett. Der Rücken fühlte sich steif an. Da der Masseur zum Schluss auch noch eine Ganzkörpermassage gemacht hatte, waren die Beine fest wie Betonsäulen. Mit ungelenken Bewegungen stieg Seibold aus dem Bett und mühte sich ins Bad. Nach einer langen und heißen Dusche fühlte er sich wohler.

LTM saß schon am Frühstückstisch. „Cheffe, ich habe gestern alles vorbereitet. Wir haben zwei Termine, erst der Notar, dann der Arzt. Nach dem Frühstück geht's zur Visite! Nix wandern heute. Haben Sie das Tagebuch von Frau Bulling studiert?"

„Ja. In den letzten vier Wochen ihres Lebens herrschte zunächst vor allem Normalität. Dann schrieb sie von einer Durchfallerkrankung, die trotz verschiedener Kräutertees nicht besser wurde. Sie rief den Arzt. Danach wurden die Einträge spärlicher und, wie ihre Tochter schon sagte, verwirrender. Aber keinerlei Hinweise, die den Arzt belasten."

„Mist."

„Schnelle Erfolge sind eben selten. Das ist so. Anderes Thema: Was macht deine Diss?"

„Geht gut voran. Heute Nacht habe ich ein wichtiges Kapitel geschrieben."

„Worüber? Gestern hast du mir ja einen ersten Eindruck vermittelt."

„Profiling."

„Aha. Wie würdest du in einem solchen Fall sagen: So genau wollte ich es jetzt nicht wirklich wissen. Echt."

LTM grinste, verschwand am Buffet und kam kurze Zeit später wieder. „Hier, Ihr LTM-Spezialmüsli."

„Also. Ich erkläre es Ihnen gern. Der Fallanalytiker, so der korrekte deutsche Begriff. Was Sie ja wissen und natürlich auch, was er oder sie tut. Meine Diss soll untersuchen, welche besonderen Erfolgsbeiträge die Psychologie leisten kann. Denn die Schwerpunkte der Fallanalyse liegen heute noch in anderen Bereichen."

„Interessant. In welchen?"

„Hauptsächlich geht es darum, aus den Spuren am Tatort und der besonderen Art der Straftat Verhaltensmuster abzuleiten. Aus diesen ermittelt man hauptsächlich über statistische Analysen Hinweise auf sozioökonomische Merkmale, die einen Zusammenhang zu einem möglichen Täter herstellen können. Das sind dann eher soziologische Betrachtungen. Häufig wird dann die Menge derjenigen Menschen eingegrenzt, die man zum Beispiel zu einem Gentest einlädt. Das hat bekanntlich schon ganz oft funktioniert. Meine Arbeit geht weiter in die Tiefe: Ich soll ermitteln, wie man anhand psychologischer Modelle ein virtuelles Profil eines Täters ableiten kann. Daraus könnte man dann zum Beispiel auch Prognosen ableiten: Tötet er weiter? Wann und in welcher Frequenz? Wer könnte das nächste Opfer sein?"

LTM textete Seibold weiter zu und ging in Details. Obwohl ihn das Thema interessierte, war er mit seinen Gedanken woanders. Der Fall Bulling beschäftigte ihn. Außerdem fühlte er sich heute merkwürdig schlapp. Das konnte doch nicht an der Massage liegen?

Das Frühstück war beendet und LTM winkte fröhlich mit ihrem Autoschlüssel. Da es letztes Mal gut funktioniert hatte, hatte Seibold keine Bedenken, sich ihren Fahrkünsten anzuvertrauen. Er genoss die Fahrt durch die schönen Täler des Spessartwaldes und erfreute sich an den wirbelnden Blättern des Herbstes. Indian Summer im Jossgrund.

LTM parkte den Wagen vor dem Notariat auf dem Gästeparkplatz. Sie gingen zum Empfang und wurden freundlich begrüßt. Man geleitete sie mit dem Hinweis in ein Besprechungszimmer, dass der Notar sogleich kommen würde.

Wenig später betrat er gemessenen Schrittes den Raum, mit jeder Geste auf seine Wirkung bedacht. Körperliche Steifheit sollte wohl notarielle Seriosität vermitteln.

„Guten Morgen, Frau Möller, guten Morgen, Herr Seibold." Er reichte beiden die Hand. Ein warmer und fester Händedruck strahlte zusätzliches Selbstvertrauen aus.

„Danke, dass Sie Zeit für uns haben, zumal wir nicht in einem Ermittlungsverfahren sind", begann der Kommissar.

„Aber ja doch. Wenn ich helfen kann, tue ich das gern." Da diese Worte rein sachlich klangen, wirkten sie weder einschmeichelnd noch aufgesetzt.

„Frau Möller hat Sie informiert. Wir beide waren mit Frau Bulling befreundet und häufiger zu Gast in ihrer Pension. Nun ist sie verstorben und hat bei Ihnen ein Testament hinterlassen. Darüber möchten wir mit Ihnen reden."

„Wie gesagt, sehr gern. Doch erlauben Sie mir die Frage, mit welcher Legitimation?"

Bevor Seibold antwortete, ließ er die Persönlichkeit des Notars auf sich wirken. Vordergründig war er freundlich, hilfsbereit, höflich. Doch da schwang etwas anderes mit, das er nicht mit Worten fassen konnte. Eine gewisse Unnahbarkeit. Kaltblütigkeit? Ein formaler Schutzwall, hinter dem sich egoistische Interessen verbargen?

Dies ging ihm blitzschnell durch den Sinn, und er öffnete gerade den Mund zu einer Erwiderung, als LTM schon vorpreschte.

„Die Legitimation ergibt sich aus unserer Freundschaft zu Frau Bulling. Da wir von ihrem Tod nicht erfahren haben, konnten wir ihr leider nicht die letzte Ehre erweisen. Wir versuchen dies nachzuholen. Ich habe eine Grabbepflanzung in Auftrag gegeben, selbstverständlich in Abstimmung mit ihrer Tochter. Übrigens eine sehr nette Frau. Finden Sie nicht auch?"

Man meinte fast das Zischen der Synapsen im Kopf des Notars hören zu können. Oder war es die Bewässerungsanlage des Aquariums?

Seibold unterdrückte ein Grinsen. Elegant die Frage nach den Formalien umschifft und einfach eine menschliche Geste angeführt, die kein Mensch negativ bewerten würde.

„Sie verstehen natürlich, dass ich aufgrund meiner Schweigepflicht nicht berechtigt bin, Ihnen Auskünfte zu erteilen, es sei denn, Sie können nachweisen, dass Sie offiziell ermitteln oder eine Vollmacht der Tochter vorlegen."

„Iwo", schien sich aktuell gerade zu einer Lieblingsfloskel LTMs zu entwickeln. „Der Inhalt des Testaments ist uns bereits bekannt. Frau Brenner hat uns darüber und über die Vorkommnisse in Ihrem Notariat anlässlich der Testamentsvollstreckung ausführlichst informiert", betonte sie süffisant den unschönen Superlativ, Notarsprache nachahmend. „Wir möchten etwas über die letzten Stunden von Frau Bulling erfahren. Sie waren doch neben wenigen anderen die Person, die noch kurz vor ihrem Tod mit ihr gesprochen hat."

„Neben wenigen anderen? Wer sind diese anderen Personen?"

Seibold schaute zu den Fischen im Aquarium und stellte fest, dass sie etwas sehr Beruhigendes hatten. Schweigende bewegliche Farbspiele. Wahrscheinlich hielten sich deshalb viele Menschen einen solchen Schaukasten? Man konnte ihnen zuschauen, wurde nicht dämlich angequatscht wie in diesem Augenblick und konnte in Ruhe seinen eigenen Gedanken nachsinnen. Ohne den Blick vom Aquarium zu wenden, sagte er: „Herr Dr. Nolting, wir wollen etwas von Ihnen erfahren. Also? Wie verliefen die letzten Momente in Frau Bullings Leben? Welchen Eindruck hatten Sie von ihr? War der Arzt dabei, als sie das Testament diktiert hat?"

Dr. Nolting holte erkennbar Luft und begann, langsam und sorgfältig zu artikulieren. Die Stimme wurde ein wenig schärfer, die Sprechgeschwindigkeit ein wenig langsamer. „Frau Bulling kam in der Tat in Begleitung des Arztes. Dr. Hübner begründete das damit, dass sie sehr schwach auf den Beinen wäre und um seine Hilfe gebeten hätte. Dann formulierte sie mit eigenen Worten, dass sie Dr. Hübner zum Alleinerben einsetzen möchte. Ich bereitete alles vor. Dann fragte ich sie, ob das ihr ausdrücklicher Wille wäre. Sie nickte, daran kann ich mich noch genau erinnern. Dann las ich ihr den Text vor, und sie unterschrieb eigenhändig. Dr. Hübner brachte sie dann wieder nach Hause."

„Und welchen Eindruck hatten sie von ihr?" Seibold.

„Ich kannte sie ja nicht persönlich. Sie lebte einsam und zurückgezogen. Nach meiner Kenntnis hatte sie keine Angehörigen. Auch Dr. Hübner, darüber wurde ja mittlerweile ausführlich gesprochen, ging davon aus. Von der Existenz einer Tochter war niemandem etwas bekannt. Insofern war es plausibel, dass eine ältere Dame kurz vor ihrem Tod ein Testament aufsetzt und ihren Hausarzt begünstigt."

„Lieber Herr Notar", blickte LTM ihn mit ihren scharfen grünen Augen stechend an, „uns erscheint das völlig implausibel. Wohlwollend halten wir Ihnen zugute, dass Sie Frau Bulling nicht kennen. Wir hingegen schon."

„Wieso ist das implausibel? Keine Angehörigen, Ihr Hausarzt hilft ihr in den letzten Tagen ihres Lebens, leistet Sterbebeistand und wird daher von ihr bedacht."

„Nein", konterte LTM. „Warum keine Stiftung? Frau Bulling lebte naturverbunden, war eins mit ihrer Umgebung. Einen Hausarzt hatte sie auch nicht. Sie lebte sehr gesund und nutzte ihre Kenntnisse der Kräuter und weiterer Nahrungsmittel. Sie war auch nicht einsam. Sie besuchte ihre Tochter jedes Jahr in München. Nur wusste das hier niemand. Auch Dr. Hübner nicht. Und dann braucht man nur noch einen Millimeter weiterzudenken."

Der Notar nahm von seinem Schweigerecht ausgiebig Gebrauch. Wie abgesprochen oder einstudiert, wechselten sich Seibold und LTM mit Fragen ab.

„Eine Frage haben Sie noch nicht beantwortet: Wie wirkte Frau Bulling auf Sie?"

„Wie gesagt, ich kann keinen Vergleich ziehen."

„Das ist keine Antwort auf unsere Frage. Dann schildern Sie doch einfach Ihre Eindrücke."

„Nun, wie wirken ältere Menschen? Langsam, bisweilen etwas abwesend, auch ein wenig gedankenverloren, etwas kraftlos. So oder so ähnlich, also überhaupt nicht untypisch für eine ältere Dame, wirkte Frau Bulling auf mich."

„Also keinesfalls nicht testierfähig?"

„Da sprechen Sie einen wichtigen Punkt an. Natürlich muss ein Erblasser testierfähig sein. Darauf haben wir Notare schon zu achten. Gleichwohl entzieht es sich unserer Kompetenz, das zu beurteilen."

„Und Ihr Eindruck?"

„Der war positiv. Sonst hätte ich das Testament ja nicht aufgesetzt."

Alle drei nahmen sich eine kurze Pause. Dann formulierte LTM messerscharf: „Es war doch ein Arzt da, der genau diese Kompetenz besaß. Haben Sie ihn denn gefragt?"

Im Gesicht des Notars war zu erkennen, wie der Kiefermuskel hervortrat. Der Notar biss wohl auf Granit. Als Antwort fand er nur: „Nein."

„Und wenn Sie ihn gefragt hätten, lieber Dr. Nolting", setzte LTM zum K.O.-Schlag an, „hätte sein Urteil wegen Befangenheit kein Gewicht."

„Wir haben keine weiteren Fragen. Wenn Sie uns noch etwas sagen wollen, erreichen Sie uns in Lettgenbrunn im Hotel." Seibold stand auf, gab dem Notar die Hand, schaute ihm kurz, aber intensiv in die Augen und verließ den Raum. LTM tat es ihm schweigend gleich.

**Flurfunkintermezzo 1**

Er wurde sofort durchgestellt, weil in diesem Augenblick kein Patient im Sprechzimmer war. Wohlweislich hatte er sich den Vormittag freigehalten. Er war schließlich vorgewarnt.

„Hallo Klaus, Stefan hier. Du musst aufpassen. Das sind zwei scharfe Hunde. Genauer gesagt, ein Hund und eine Hündin."

„Wie ist das Gespräch verlaufen?"

„Pass insbesondere auf die Kleine auf. Die ist rotzfrech und hat überhaupt keinen Respekt. Sie kann einen einlullen, und dann sticht sie auf einmal messerscharf zu."

„Erzähl doch endlich!"

„Tue ich doch die ganze Zeit. Ich denke, das waren die wichtigsten Informationen. Inhaltlich gibt es nichts zu sagen. Sie wollten mich festnageln. Aber das ist ihnen nicht gelungen. Ich habe mich korrekt verhalten. Außer ..." Er stockte.

„Außer?"

„Wenn man es genau nimmt, hatten sie mich in der Sackgasse. Testierfähigkeit ist das Stichwort. Damit werden sie dich durch die Mangel drehen. Also pass auf. Ich habe dich vorgewarnt."

Der Arzt dachte: Zum Glück funktionierte die Freundschaft noch. Stefan musste man einfach ab und zu mal härter rannehmen.

## Visite 2

Dr. Hübner empfing Kommissar Seibold und LTM mit gespannter Aufmerksamkeit. Sein Händedruck war eher weich und flüchtig. Auch der Blickkontakt während der Begrüßung war nur oberflächlich und kurz. Dann setzte er sich in seinen Arztstuhl hinter einen riesengroßen Schreibtisch. Seibold und LTM mussten davor in zwei Besucherstühlen Platz nehmen. Einen Besprechungstisch gab es nicht.

„Sie wünschen?"

„Das hatte ich Ihnen doch am Telefon bereits erklärt", schoss LTM sofort los.

„Ihnen dürfte doch klar sein, dass ich an meine ärztliche Schweigepflicht gebunden bin", kam es viel zu scharf und aggressiv zurück.

„Auch das hatten wir heute früh schon erledigt. Es geht nicht um eine offizielle Ermittlung, in der Sie Ihre Schweigepflicht sowieso brechen müssten, sondern um unsere Anteilnahme am Tod von Frau Bulling. Sie als eingesetzter Alleinerbe scheinen ja Frau Bulling nahe gestanden zu haben, sonst wären Sie wohl nicht dazu bestimmt worden. Also sollten Sie unser Anliegen doch sicherlich bestens verstehen. Oder nicht, Herr Dr. Hübner?"

Das beim Notar ironisch eingesetzte ‚lieber' ließ sie dieses Mal weg. War ihr Dr. Nolting schon nicht sympathisch, so war dieser Dr. Hübner die Steigerung von Antipathie.

„Ja, da haben Sie natürlich Recht", besann sich Dr. Hübner eines Besseren. „Ja, ich war der Vertraute von Frau Bulling, ihr Hausarzt. Von Angehörigen war nie die Rede. Die Existenz der Tochter kam für uns alle im Jossgrund völlig überraschend. Deshalb habe ich mir gar keinen Kopf darüber gemacht, dass mich Frau Bulling als Alleinerben einsetzte. Hätte ich von der Tochter gewusst, wäre alles anders gelaufen."

„Wie denn?" Seibold griff erstmals ein.

„Nun, dann hätte ich Frau Bulling entsprechend beraten und sie natürlich gefragt. Vielleicht hatte sie ja Streit mit ihrer Tochter, keine Ahnung. Allem Anschein nach existierte die Tochter ja gar nicht."

„Und dann hätten Sie Frau Bulling geraten, das Häuschen mit dem geschätzten Wert von 220.000 Euro und das nicht unbeträchtliche Barvermögen in Höhe von 370.000 Euro doch lieber gleich der Tochter zu vermachen, die jetzt laut Gesetz nur den Pflichtteilsanspruch hat?"

„Hat Ihnen der Notar Inhalte des Testaments mitgeteilt?", platzte der Doktor wütend heraus.

LTM und Seibold registrierten Hübners Veränderung natürlich sofort. Zwischen ihm und dem Notar gab es offensichtlich eine stärkere Verbindung, als bisher bekannt war.

„Nein." LTM.

„Woher wissen Sie es dann?"

„Das müssen wir Ihnen doch nicht sagen. Aber wir tun es dennoch, weil wir nichts zu verbergen haben, im Gegensatz zu Ihnen", sprach LTM mit leiser, aber ätzender Stimme. „Frau Brenner hat es uns mitgeteilt."

Dr. Hübner versuchte mühsam ruhig zu bleiben. Sein Brustkorb hob und senkte sich in schnellen Rhythmen.

„Nun möchten wir von Ihnen vor allem wissen, wie Sie den Gesundheitszustand von Frau Bulling einschätzten. Schließlich waren Sie Ihren eigenen Worten nach ihr Hausarzt."

„Na gut, dann verzichte ich in diesem Fall auf meine ärztliche Schweigepflicht, um meine Kooperationsbereitschaft zum Ausdruck zu bringen." Offensichtlich hatte der gute Herr Doktor kapiert, dass er keine andere Wahl hatte, zumal er sich schon mehrere Male vergaloppiert hatte.

„In den letzten Wochen war sie sehr schwach geworden. Klagte über Müdigkeit. Auf einmal wurde alles so anstrengend. Ich gab ihr daraufhin Vitaminkomplexe und Ginseng-Präparate. Die helfen bei alten Leuten oft Wunder."

„Haben Sie ihr Blut untersucht?"

„Na selbstverständlich."

„Und der Befund?"

„Den weiß ich nicht mehr."

„Dann können Sie ihn jetzt doch sicherlich einsehen. Haben Sie ihn als Ausdruck in der Patientenakte oder führen Sie elektronische Stammdaten?"

„Also ich finde, bei aller Offenheit, das geht jetzt doch zu weit. Aber ich versichere Ihnen, da war kein besonderer Befund. Außer einer Unterversorgung mit Eisen, soweit ich mich erinnere. Daher auch die Schlappheit und Müdigkeit."

„Jetzt fällt Ihnen also doch noch das Ergebnis der Untersuchung ein. So, so. Und die Todesursache?"

„Sie starb eines natürlichen Todes. Eines Abends ging sie zu Bett und wachte am nächsten Morgen nicht mehr auf. Wie wir es uns alle wünschen."

Wie auch immer: Seine Mimik verzog sich zu einer Grimasse. Offensichtlich stritten die verschiedenen Gefühlsanteile in ihm um ihre Vorherrschaft. Er wollte seine Gesprächspartner mit dem Gemeinplatz am Ende seiner Aussage wohl ein wenig einlullen. Aber ein anderer Teil seiner Persönlichkeit funkte dazwischen. Letztlich wirkte die Aussage hämisch.

LTM hatte verschiedene Skalen für die Einstufung von Menschen zur Verfügung. Beim Merkmal widerlich würde sie ihm glatt die Bestnote geben. Die Erkenntnis hatte sie schon bei ihrem Telefonat gehabt.

Seibold schaute LTM an und sagte: „Du, ich glaube, wir sind durch. Oder?"

„Ja, aber komplett."

„Nein, nicht ganz", befand der Kommissar. „Ich habe noch einen Punkt. Sie müssen vor einigen Tagen ziemlich dicht gewesen sein. Oder?"

„Was meinen Sie?"

„Wir kennen uns."

„Nicht, dass ich wüsste."

„Sagte ich doch. Sie müssen ganz schön dicht gewesen sein."

Der Arzt schwieg. Aus den Augenwinkeln sah Seibold, dass LTMs Mundwinkel zuckten. Sie konnte sich nur knapp ein Grinsen verkneifen und wusste offensichtlich, worauf er hinauswollte.

„Sind Sie eigentlich verheiratet?", quälte ihn der Kommissar weiter.

„Ja."

„Dann war das also nicht Ihre Frau, die Sie neulich nachts im Hotel aufgesucht haben?"

Der Arzt wirkte völlig verdutzt.

„Irrtümlicherweise haben Sie mich nachts aus dem Bett geklopft, weil Sie sich in der Tür irrten."

Auf die Stirn des Arztes traten Schweißperlen.

„Sie stanken und verströmten eine Mischung aus Alkoholgeruch und intensivster Landluft, Marke gedüngtes Feld, und hinterließen mir diesen Gestank, als ich die Tür meines Hotelzimmers öffnete. Um Ihrem Gedächtnis ein wenig auf die Sprünge zu helfen: Sie donnerten mitten in der Nacht an genau diese Tür und holten mich aus dem Schlaf. Wirklich nicht nett von Ihnen."

Die Kiefer des Arztes mahlten.

„Wer war denn die junge hübsche Dame?"

„Das geht Sie gar nichts an."

„Nun gut. Wir können auch Ihre Frau fragen."

„Unterstehen Sie sich!" Viel zu laut, noch mühsam beherrscht.

„Also?", dieses Mal LTM, das Grinsen nicht mehr unterdrückt.

„Lisa, meine Freundin."

„Lisa wer?"

„Lisa Schneider."

„Wohnhaft in?"

„Wieso fragen Sie?"

„Vielleicht wollen wir sie befragen?"

„Warum?"

„Lieber Doktor, Sie sind verdächtig. Es ist Aufgabe der Kriminalpolizei, verdächtigen Spuren nachzugehen. Vielleicht findet man interessante Ergebnisse. Das soll bisweilen geschehen. Also?"

„In Burgjoss."

„Danke, Dottore. Sie können Ihre hübsche Freundin schon mal informieren, dass wir sie vorerst nicht vernehmen werden."

Der Arzt sah aus wie ein gequetschtes Fragezeichen. Zusammengesunken hing er über seiner imposanten Schreibtischplatte, sich mühsam mit den Armen abstützend, ohne Körperspannung.

„Ich erkläre es Ihnen, was ich mit vorerst meine", spielte LTM mit ihm. „Die Geliebten von Ehemännern müssen eins lernen: schweigen und sich in Geduld üben. Dann kriegt man so schnell nichts heraus. Sie darf noch ein wenig üben."

## Flurfunkintermezzo 2

Die Leitung des Polizeichefs war besetzt. Der Arzt kam nicht durch. Er versuchte es erneut. Erst beim dritten Mal hatte er Glück.

„Christian, hier ist Klaus. Du musst dem Treiben dieses Kommissars und seiner ekligen Assistentin ein Ende bereiten."

„Stefan hat mich gerade informiert. Bei dir waren sie auch?"

„Ja, die sind eiskalt, und sie ist die absolute Härte. Rotzfrech. Der sollte man den Arsch versohlen. Mindestens."

„Was haben sie denn alles gefragt?"

„Christian, die dürfen doch gar nichts fragen. Dieser Seibold leitet doch gar keine Ermittlungen."

„Das stimmt."

„Du musst dich einschalten. Das muss ihm untersagt werden."

Der Polizeichef hob die Schultern, was der Arzt natürlich nicht sehen konnte. Aber er spürte durch die Verzögerung die Ratlosigkeit.

„Klaus, hör zu. Dieser Seibold hat im letzten Jahr hier im Jossgrund tatsächlich ermittelt. Damals gab es einen Streit zwischen den verschiedenen Polizeibehörden. Wir haben regional natürlich unsere Zuständigkeiten. Aber du weißt auch, Ober sticht Unter. Zufällig stieß dieser Kommissar in seinem Urlaub auf einen Unfall oder ein Verbrechen, das ließ sich nicht ermitteln. Er wohnte damals bei der Bulling in der Pension. Und dann starb in der Nacht des Erdbebens dieser Professor. Der Fall wurde schließlich von der Staatsanwaltschaft in Frankfurt niedergeschlagen. Also kein Mord, sondern ein Unfall, dem Erdbeben geschuldet."

„Interessant. Woher weißt du das?"

„Ich habe vom Kampf der Zuständigkeiten erfahren. Unsere hiesige Mordkommission hatte sich kräftig aufgeregt, zog aber schließlich den Kürzeren."

„Daraus kannst du doch jetzt etwas machen. Über Bande spielen. Den Kollegen den Tipp geben, dass sie sein Vorgehen stoppen sollen."

„Gute Idee, Klaus. Ich kann es versuchen. Bist du telefonisch erreichbar?"

„Ja. Ich habe für heute Vormittag alle Termine abgesagt."

Der Arzt ging ins Internet und recherchierte Informationen zum Erbrecht. Seit ihren letzten Auseinandersetzungen traute er dem Notar nicht mehr über den Weg.

Wenig später klingelte sein Telefon. Seine Sprechstundenhilfe stellte durch: „Herr Schwarzmantel."

„Ja?"

„Klaus, die Hütte brennt. Jetzt wird es gefährlich für dich."

„Was ist los?"

„In der übergeordneten Polizeibehörde liegt eine Anzeige vor, gegen dich. Der Kollege wollte mir nicht alle Details verraten. Aber wir kennen uns gut. Daher hat er mir ein wenig mehr erzählt. Du wurdest angezeigt wegen vorsätzlicher Tötung in Einheit mit unterlassener Hilfeleistung. Wenn du verurteilt wirst, landest du im Knast und deine Approbation ist dahin."

„Scheiße!"

Der Polizeichef musste den Hörer vom Ohr nehmen. Er hatte den Eindruck, dass ein Orkan durch seinen Gehörgang tobte.

„Das ist noch nicht alles. Ferner hat Frau Brenner die Obduktion der Leiche beantragt. Die wurde auch schon in die Wege geleitet. Der Anwalt ist, so mein Kollege, extrem gut und hat alles schon genehmigt bekommen."

## Staatsanwalt

Im Znaimer Hof tobte der Bär. Einige Motorradfahrer hatten Station eingelegt und die Gaststube fest im Griff. Nicht auszudenken, wenn die verwirrte Bedienung ihnen alles, nur nicht das Gewünschte liefern würde.

„Wollen wir drüben in den Sudetenhof gehen? Sind nur drei Minuten zu laufen", grinste LTM den Kommissar an. „Dort stand kein einziges Auto. Vielleicht ein Indiz, dass es nicht schmeckt?"

„Nein", antwortete der Kommissar. „Ich habe dort schon gegessen. Es war lecker. Die Gastronomie ist feiner. Du bekommst erlesene Wildspezialitäten. Antilopenfleisch in Aprikosensoße an Duftreis mit Mangokugeln, wenn ich mich richtig erinnere."

„Sie haben wohl ein Feinschmeckergedächtnis. Also los!"

Sie gingen die wenigen Schritte und hingen ihren Gedanken über die Gespräche beim Notar und Arzt nach. Im Restaurant angekommen, suchten sie sich eine kuschelige Ecke. Alles war frei.

Die Bedienung nahm freundlich ihre Wünsche entgegen und brachte zügig die Getränke. LTM brach das Schweigen. Sie hielt es wohl nicht mehr aus. „Papi."

Der Kommissar verstand gar nichts. Redete sie ihn jetzt auch noch mit Papi an? Bevor er seine Gedanken aber sortieren konnte, sprach sie schon weiter. „Wir müssen an meinen Papi denken!"

Der Oberstaatsanwalt. Sein Lieblingsfeind.

„Wieso?"

„Cheffe, den zu erwartenden Prozessen immer einige Schritte voraus sein, so lautet eine Regel von mir. Wir machen hier ganz schön Wind. Sie wissen doch: Wer Wind sät, wird ..."

„... staatsanwaltliche Schelte ernten", ergänzte der Kommissar.

„Genau", zog sie die Vokale in die Länge und machte aus dem kurzen Wort fast eine Melodie. „Mein Papi hat es immer gern, frühzeitig informiert zu werden. So hat er das Gefühl, alles kontrollieren zu können. Und so kann man ihn ganz leicht austricksen."

„Wie?"

„Nun, wir können davon ausgehen, dass ihm dieser Fall ganz schnell zu Ohren kommen wird. Der Arzt und der Notar stecken meines Erachtens zumindest teilweise unter einer Decke. Sie werden ihre Beziehungen spielen lassen. Wenn sich die örtlichen Ämter erst einmal ihre Zuständigkeiten gesichert haben, wird es schwierig werden, dagegen anzukommen. Sie werden wahrscheinlich wieder auf seine ureigene Art angeblafft. Soll ich es mal vormachen? Ich kenne ihn gut!"

„Besser nicht. Was schlägst du vor?"

„Sie rufen ihn an und sagen ihm so viel, wie er wissen muss, damit er unseren Ermittlungen den Rücken stärkt."

„Gute Idee. Gib mir mal seine Dienstnummer."

„Er müsste noch am Platz sein. Ein typisches Muster für ihn ist, dass er von 12 bis 13 Uhr in seinem Büro bleibt, wenn alle in die Mittagspause gehen. Dann erledigt er ungestört seine wichtigen Dinge, weil fast nie jemand anruft oder vorbeikommt. Wenn die anderen zurückkehren, geht er in die Pause. So hat er mehr Ruhe. Sein Hauptmotiv ist aber eher, dass er die Nähe zu anderen Menschen kaum erträgt."

Interessant, was das Töchterlein so über ihren Papa preisgab. Aber das war schon immer so gewesen. Nicht, dass die beiden auf Kriegsfuß gestanden hätten. Aber ihre Beziehung bestand aus gegenseitigem Respekt und wenig väterlicher Wärme, wie LTM ihm früher ausführlich berichtet hatte. Vielleicht gelang ihm mit ihrer Unterstützung, seine äußerst unterkühlte Beziehung zu ihrem Vater aufzupolieren?

„Staatsanwalt Möller". Allein Möllers Stimme konnte Seibold Angst machen und wie eine Glasscherbe durch seine Eingeweide pflügen.

„Hier ist Kommissar Seibold. Haben Sie einen Moment Zeit?"

„Eigentlich nicht."

„Fünf Minuten, sonst droht Ihnen Ungemach." Seibold hörte, wie etwas zur Seite gelegt wurde. Er hatte die volle Aufmerksamkeit, das war zu spüren. „Ihre geschätzte Frau Tochter und ich sind im Jossgrund. Reiner Zufall. Sie schreibt an ihrer Dissertation, ich wollte zwei Wochen Urlaub machen. In meiner Lieblingspension. Kurz vor meiner Ankunft ist die Inhaberin der Pension verstorben. Es gibt Indizien dafür, dass ihr Arzt Erbschleicherei betrieben und sie vorsätzlich getötet hat. Dazu gibt es eine Anzeige und einen Antrag auf Obduktion. Der Vermutung liegt nahe, dass die örtliche Mischpoke hier zusammen hält. Auch der Notar könnte involviert sein. Deshalb eine Vorinformation an Sie. Ihre Tochter und ich haben entschieden, dass wir ein Auge darauf haben, damit kein Beweismaterial vernichtet oder in anderer Form Sand in die Ermittlungen gestreut wird."

„Geben Sie mir mal meine Tochter."

Seibold reichte LTM das Smartphone und zuckte wortlos die Schulter.

LTM hörte eine Weile ausdruckslos zu. Dann sagte sie nur: „Si, Papi." Sie nickte. „Alles klar, Papi."

Dann drückte sie rote Taste und beendete das Gespräch. Während sie Seibold das Smartphone reichte, fragte er: „Und?"

„Bingo. Wir dürfen."

„Irgendwelche Regeln?"

„Na klar, was meinen Sie, warum er so lange geredet hat."

„Welche?"

LTM grinste. „Na, so das Übliche. Kein Aufsehen. Keine offizielle Rückendeckung. Wenn wir Scheiße machen, werden Sie es büßen. Ich sollte dann auch gefälligst aufpassen, wenn ich mich mal wieder zu Hause blicken lassen wollte, usw."

Sie zuckte mit den Schultern und sah der Bedienung entgegen, die in diesem Moment das Essen brachte. Alles sehr dekorativ angerichtet und lecker duftend.

Seibold schaute sie von der Seite an. „LTM, hast du noch ein paar Tipps für den Umgang mit deinem Papa?"

„Mit meinem Papa oder mit Ihrem Staatsanwalt?"

„Mach doch ein wenig Profiling, wie in deiner Dissertation. Vom allgemeinen Umgang mit Staatsanwälten unter besonderer Berücksichtigung der Persönlichkeitsmuster des Herrn Möller."

„Cooles Thema! Da können wir hier gleich bis zum Abendessen bleiben."

## Überläufer

Der Polizeichef blies Trübsal. Zwar hatte er seinem Freund wahrheitsgemäß berichtet, aber letztlich nur das Ergebnis. Sein Bekannter im Präsidium hatte noch viel klarere Worte gefunden. Er kannte den Schriftsatz des Anwalts, der als Begründung für die Anzeige und den Antrag der Obduktion diente. Also sagte er ihm: Der Arzt sitzt so gut wie sicher hinter Gittern, wenn die Obduktion der Leiche ein Ergebnis bringt, das den Arzt belastet.

Er grübelte und grübelte. Durch seine Polizeiarbeit hatte er immerhin so viel verstanden: Der Notar hatte das geringste Risiko. Der Arzt saß tief in der Scheiße. Er selbst war irgendwo dazwischen. Denn Klaus war ein Typ, der die Schuld immer bei den anderen suchte. Um seinen eigenen Kopf zu retten, würde er andere aus dem Boot stürzen oder mit unter Wasser ziehen, wenn er in Not war. Nicht auszudenken, wenn die alten Geschichten mit Karl zur Sprache kommen würden!

Ihm blieb nur die Flucht nach vorn. So schmiedete er einen Plan. Er brauchte einfach mehr Informationen, damit er rechtzeitig Bescheid wusste und eventuell gegensteuern konnte. Oder die Chance hatte, unerkannt Informationen zu manipulieren. Also, auf in die Höhle des Löwen. Der Notar hatte ihm gesagt, die beiden hätten ihr Quartier in Lettgenbrunn. Dort gab es nur zwei Hotels.

Er setzte sich in seinen Privatwagen und fuhr los. Beim Sudetenhof stoppte er und fand die beiden ganz allein im Restaurant. Ein älterer Herr und eine junge Rothaarige. Das musste das teuflische Duo sein.

Vorsichtig näherte er sich den beiden, bis diese aufschauten. „Entschuldigen Sie bitte, ich bin mir nicht sicher. Ich suche zwei Personen. Aus Frankfurt. Einen Kommissar."

„Und wer sind Sie?"

Christian Schwarzmantel deutete die Rückfrage als Betätigung seiner Vermutung. „Christian Schwarzmantel, Leiter der örtlichen Polizeibehörde, Polizeioberkommissar."

„Angenehm, Seibold. Was führt sie zu uns?"

„Ich wollte Ihnen meine Dienste anbieten. Mir ist zu Ohren gekommen, dass eine Anzeige vorliegt. Es wird zu Ermittlungen kommen. Dabei ist doch wichtig, dass man einen Ortskundigen im Team hat."

„If you can´t beat them, eat them", schwadronierte LTM bewusst vorwitzig. Man sah ihr an, dass sie den örtlichen Polizeichef unsympathisch fand.

Christian Schwarzmantels Blick zeigte, dass er die Bemerkung nicht verstanden hatte.

„Setzen Sie sich doch", schlug Seibold vor. „Was ist Ihnen denn genau zu Ohren gekommen?"

„Nun, Frau Bullings Tochter hat Anzeige erstattet. Sie liegt im Präsidium bereits vor. Auch die Obduktion wurde genehmigt. Sie wird am Nachmittag durchgeführt."

Das ging ja rasend schnell, dachte Seibold. Der Anwalt von Frau Brenner musste auf Zack sein. Schön, dass sie auf diese Art und Weise davon erfuhren.

„Dann wissen Sie also auch, gegen wen Anzeige erstattet wurde." LTM.

„Ja, gegen Dr. Hübner, unseren Arzt im Jossgrund."

„Sie kennen sich sicher persönlich", nahm LTM den Faden auf.

„Ja, natürlich. Ich muss sogar sagen, dass wir befreundet sind."

„Dann können wir Sie leider nicht in das Team aufnehmen. Befangenheit", konstatierte LTM.

„So war das mit dem Team ja auch nicht gemeint. Ich will mich gar nicht einmischen. Aber wenn Sie Informationen brauchen: Sie wissen, Sie können auf mich zählen."

„Welchen Reim machen Sie sich denn auf die ganze Geschichte?", fragte Seibold.

Damit hatte der Polizeichef nicht gerechnet. Seine Antwort fiel daher auch nicht sonderlich geschickt aus. Zuerst teilte er die bereits bekannten Informationen zum Testament mit. Dann verhedderte er sich. Etwas wirr schwenkte er auf den Imker über und versuchte einen Nebenkriegsschauplatz zu eröffnen.

„Wollen Sie einen Kaffee, Herr Schwarzmantel, wie immer?", hörten sie plötzlich die Stimme der Bedienung, die gerade den Raum betreten hatte.

„Ja, gute Idee. Danke."

„Sie waren gerade bei Herrn Noll angekommen, dem Imker. Dass er Frau Bullings Liebhaber war und Frau Brenners Vater ist, war im Jossgrund offensichtlich genauso unbekannt?"

„Ja." Er schien erleichtert, dass er eine Frage mit einem einfachen Ja beantworten konnte und der Ausweg zu gelingen schien. Doch weit gefehlt.

„Wie lange sind Sie bei der Polizei tätig? Sie dürften so Mitte 40 sein."

„Seit fast 30 Jahren", berichtete der Polizeichef stolz. „Ich habe nach der Schule dort angefangen und die Laufbahn des gehobenen Diensts eingeschlagen."

Der Kommissar überlegte. Einen Versuch war es wert.

„Vermutlich werden Sie das nicht wissen können, weil es vor Ihrer Zeit war. Es war ja auch nicht bekannt, dass Frau Bulling und Herr Noll eine Beziehung hatten, aus der ein Kind hervorging. Zur selben Zeit soll Frau Bulling vergewaltigt worden sein."

„Ja, das stimmt", leuchteten die Augen von Schwarzmantel auf.

„Wieso wissen Sie das?", schoss LTM ihre Frage ab.

„Reiner Zufall. Nein, um ehrlich zu sein, nicht ganz. In meiner Ausbildung hatte ich einige Wochen den Auftrag, das Archiv zu ordnen. Da ich mit der Arbeit relativ schnell fertig war, nutzte ich die Zeit, mir ein genaueres Bild über den Jossgrund zu machen. Das war schließlich legal und auch sinnvoll. Man sollte seine Vergangenheit kennen, um für die Zukunft gewappnet zu sein."

Welch tiefe philosophische Erkenntnis, dachte der Kommissar. Was sich alles aus der Neugierde des Menschen entwickeln lässt.

„Mir kam dabei eine Anzeige zu Gesicht", fuhr Schwarzmantel fort. „Frau Bulling hatte Anzeige gegen Ludwig Röder erstattet. Vergewaltigung." Er dämpfte seine Stimme. Gerade rechtzeitig, denn nun kam sein besonderer Kaffee, mit einer Sahnehaube. Seibold sah aus den Augenwinkeln, dass LTM leicht die Nase rümpfte. Wieso?

Sie warteten, bis die Bedienung verschwunden war. LTM war schneller als Seibold: „Ergebnis?"

„Das Verfahren wurde eingestellt. Aussage gegen Aussage."

„Und dass sich der Imker nur als Vater ausgibt, der Biobauer, wie wir Herrn Röder intern nennen, aber der wahre Vater ist?" Seibold.

In den letzten Sekunden hatte sich der Polizeichef verändert. Es hatte ihm die Sprache verschlagen, und der Mund blieb ein wenig offen.

„Nein, wir meinen, dass dies zeitlich nicht passt", verpasste ihm LTM gleich die Antwort.

Schwarzmantel atmete wieder. Doch er war nicht aus der Gefahrenzone, wie die nächste Frage zeigte.

„Wie ist denn Ihre Einschätzung des Biobauern? Sie kennen ihn persönlich?"

Schwarzmantel war erleichtert, wie man seiner Mimik entnehmen konnte. Mit geröteten Wangen und verschwörerischer Miene beugte er sich vor: „Da gibt es jede Menge Ungereimtheiten. Nie war ihm etwas nachzuweisen. Einmal wurde auch sein Status als Biobauer in Zweifel gezogen. Ob es nicht erlaubte Düngemittel oder genmanipulierte Saat waren, immer gab es etwas." Und dann fiel ihm noch etwas ein. „Und im letzten Jahr lief doch auch eine Ermittlung gegen ihn, oder?"

Seibold nickte.

„Also, wenn Sie mich fragen: Er war es!"

„Wie kommen Sie zu dieser Überzeugung?"

Er zuckte mit den Schultern und trank seinen Kaffee. Ein leichter Schaumrand blieb an seiner Oberlippe hängen, ohne dass er dies zu merken schien. „Schmeißfliegen ernähren sich von Mist."

„Sie haben offensichtlich keine gute Meinung vom Biobauern."

Da schüttelte er nur noch den Kopf.

„Na, vielen Dank für die kollegiale Hilfe", beendete Seibold das Gespräch. Er stand auf und verabschiedete sich vom hiesigen Polizeichef. „Zum Kaffee laden wir Sie ein."

Als er weg war. Seibold zu LTM. „Was hältst du von ihm?"

„POK, POK", äffte LTM das Geräusch eines Spechts nach. "Polizeioberkommissar POK Schwarzmantel gleich

Schwarzseher. Aber was den Biobauern anbelangt, könnte er Recht haben.

„Du magst ihn nicht und hast deshalb die Nase gerümpft", vermutete Seibold.

„Ja, zum ersten Teil der Frage, nein zum zweiten." Seibold zog die Augenbrauen hoch, doch LTM ließ ihn nicht lange schmoren. „Der Kaffee war ein Pharisäer und enthielt Rum. Alkohol im Dienst!"


**Obduktionsbericht**

Der nächste Tag verlief ohne besondere Ereignisse. Seibold walkte bzw. wanderte durch den Spessart, je nachdem, wie man seine Geschwindigkeit sportlich einordnen wollte. Auch dieses Mal wurde sein Wunsch nach einer Begegnung der höheren Art nicht erhört. Weder der Jäger, noch der Pferdeschwanz, aber auch nicht das schnaufende Marshmallow kreuzten seinen Weg. Dafür ein Fuchs, ein einzelnes Reh, und an der Jossa sah er doch tatsächlich einen Waschbären. Oft hörte er das Trommeln der Spechte am Totholz, wie er sich dunkel der Jägersprache erinnerte. Leider bekam er keinen dieser Vögel zu Gesicht.

LTM wollte sich tagsüber um ihre Dissertation kümmern. Sie hatten sich zum Abendessen verabredet.

Seibold war schon um 17.30 Uhr in der Gaststube, weil er riesigen Hunger hatte. Waschbärenhunger, wie er meinte. Er hatte ein Exemplar dabei beobachtet, wie es einen Apfel zwischen den Vorderpfoten hielt und im Wasser zu waschen schien. Kam daher der Name? Er konnte sich keinen Reim darauf machen. Reinliche Tiere? Oder interpretierte er diese Geste einfach nur falsch?

An der Rezeption hinterließ er, dass er schon eine Bestellung aufgeben wollte. Die Frau antwortete, dass die Küche erst um sechs Uhr öffnen würde. Die Köchin wäre auch noch nicht da. Sie könnte ihm aber schon ein Bier zapfen. Er stimmte zu.

So wartete er hungrig und labte sich an seinem Hefeweizen, ehe LTM pünktlich um sechs die Treppe herunter polterte. Sie konnte nicht langsam. Das war ein Fremdwort für sie.

„Hi Cheffe, alles o.k.?"

„Yep. Du, ich habe einen Waschbären gesehen."

„Sie wollen mir wohl einen Bären aufbinden", nahm sie das Wortspiel auf.

„Wieso?"

„Das sind nachtaktive Tiere."

Seibold zuckte die Schulter. „Keine Ahnung. Vielleicht gibt es bei Waschbären ja auch Eulen und Lerchen wie bei uns Menschen."

„Ungewöhnlich. Kann aber sein. Die sehen putzig aus, nicht wahr?"

Die Bedienung kam und nahm die Bestellung auf. Seibold wollte es krachen lassen, Rumpsteak mit Pommes und Salat. LTM, Rohkostsalatplatte.

„Wie bist du mit deiner Dissertation vorangekommen?"

„Super. Ich habe ein tolles Kapitel entworfen. Aber, viel wichtiger, ich habe eine Überraschung für Sie."

„Die wäre?"

„Obduktionsbericht." Sie grinste über beide Wangen, dass die Mundwinkel fast bis zu den Ohrläppchen reichten.

„Wie hast du das geschafft?"

„Papi hat geholfen. Es ist immer gut, zum Oberstaatsanwalt gute Beziehungen zu unterhalten."

„Ergebnisse?"

„Offensichtlich wohl eine Hyponatriämie."

„Und das ist was?"

„Eine Unterversorgung mit Kochsalz."

„Und die ist tödlich?"

„Wenn der Körper bestimmte Elektrolyte, so der Oberbegriff, nicht ausreichend enthält, dehydriert er sehr schnell. Wie wir alle wissen, halten wir es ohne Nahrung recht lange aus. Ohne Wasser hingegen nur wenige Tage."

„Kann man diesen Zustand künstlich herbeiführen?"

„Ja, wohl auch. Indem man zum Beispiel Medikamente verabreicht, die Durchfall verursachen, und dann nicht gegensteuert."

„Und der Obduktionsbericht beweist dies?"

„Nein, ganz so einfach ist es nicht. Sie ist ja schon einige Tage tot. Aber alle Indizien sprechen dafür, dass dies die Ursache ist. Sie hatte auch Entzündungen im Gehirn, was wiederum darauf schließen lässt, dass die Unterversorgung ausgeglichen wurde, aber zu schnell. Das würde auf einen ärztlichen Kunstfehler hindeuten. Man muss den Natriumspiegel wieder langsam aufbauen, sonst gibt es diese irreparablen Schäden im Gehirn. Aber auch andere Indizien deuten darauf hin, dass sie auf eine Achterbahn geschickt wurde und daran letztlich verstarb."

„Und der Steuermann dieser Todesfahrt war der Arzt."

„Dafür spricht sehr viel."

Seibold dachte nach. „Und die Testierfähigkeit?"

„Gutes Stichwort. Ich habe nachgelesen. Die Normalwerte von Natrium liegen zwischen 135 und 150 einer Volumeneinheit. Jetzt wird es interessant: Schon bei einem Wert von 130 treten Verwirrtheitszustände ein! Da sie schon einige Wochen tot ist, hat man statistische Verfahren angewendet, die auf einen Wert von etwa 105 hindeuten."

„Also könnte man mutmaßen, dass der Arzt sie gezielt in den Tod getrieben hat. Ein Arzt, LTM!"

„Na und? Ärzte sind auch Lebewesen der Gattung homo affensis, also dem Affen zugehörig. Und wie viele Ärzte gibt es, die einen schwungvollen Handel mit Organen treiben? Oder falsche Silikonpräparate in Frauenbrüste operieren? Oder nicht einmal als Arzt ausgewiesen sind und dann Verstümmelungen an männlichen und weiblichen Geschlechtsorganen vornehmen und dies medizinisch-kulturell rechtfertigen oder ..."

„Hör auf, mir vergeht der Appetit. Du hast Recht. Es gibt zahlreiche Ärzte, die als Mörder in die Geschichte eingegangen sind. Die Ausbildung eines Menschen macht nicht vor Verbrechen halt. Priester vergewaltigen ihre Schutzbefohlenen genauso wie Lehrer ihre Schüler sexuell missbrauchen. Affenmenschen, wie du es so schön pseu-dolateinisch zum Ausdruck bringst."

„Nichts gegen Affen. Die sind oft anständiger als wir Menschen."

„Wohl wahr."

Nach einer Pause des gemeinsamen Nachdenkens. „Reicht das für einen Haftbefehl?"

„Ach so, Cheffe, habe ich ganz vergessen. Ja, es reicht. Und der Doktor ist auch schon in Gewahrsam genommen worden. Einschließlich der Patientenakte von Frau Bulling. Die ist allerdings gesäubert. Nur wenige Unterlagen, keine Laborberichte."

„Haben wir gepennt? Einen Fehler gemacht?"

„Vielleicht. Wenn man schlafende Hunde weckt. Was hätten wir anders machen können?"

Seibold überlegte. „Meines Wissens nichts. Ohne be-gründete Verdachtsmomente konnte man seine Patien-tenakte nicht beschlagnahmen. Und erst die Obduktion ergibt eine Handhabe. So ist das deutsche Rechtssystem eben: Es schützt oft die Täter und bietet ihnen die Mög-lichkeit der Vertuschung."

LTM grinste wieder. Sie hielt ihm ihr iPad hin, worauf ein Laborbericht zu sehen war. Seibold staunte nicht schlecht. „Wie hast du das geschafft?"

„Ganz einfach. Der Arzt konnte zwar die Patientenakte manipulieren, aber auf die Akten im Labor hat er keinen Zugriff. Ich musste lediglich recherchieren, mit welchem Institut die Arztpraxis zusammenarbeitet."

„Und der Wert?", fragte der Kommissar nach, der sich in der Zahlentabelle nicht so schnell zurechtfand.

„108. Also ganz eindeutig", kommentierte LTM.

Das Essen wurde serviert. Die Bedienung mit der dreifachen Falschlieferung sprach kein Wort.

Als sie weg war, griff LTM diese Beobachtung sofort auf. „Sehen Sie, Cheffe, jetzt ist sie beleidigt."

„Was?"

„Na, die Bedienung. Ihre Flirtversuche wurden nicht erwidert, nun schaut sie nur noch sauer aus der Wäsche."

„Ach LTM, lass gut sein. Wir lassen uns jetzt das Essen schmecken. Aber du weißt doch sicher noch mehr. Verhaftet. Wer verhört den Arzt?"

LTM grinste. „Ich habe uns eine Gästekarte besorgt. Wir dürfen dabei sein."

„Aber du hast dich heute nicht um deine Dissertation gekümmert?"

„Doch. Der Arzt wird eine Fallstudie."


**Polizeipräsidium Südosthessen**


Bis zum Vernehmungstermin machte Seibold wirklich Urlaub. LTM verschwand zwischendurch nach Frankfurt, erschien aber zum Termin in Offenbach und traf sich vorab mit dem Kommissar. Nach einer kurzen Begrüßung gingen sie gemeinsam zu Herrn Krauter, der das Verhör durchführen würde.

Seibold kannte ihn nur vom Namen her. Sie waren sich noch nicht persönlich begegnet. LTM hatte die Information erhalten, dass er im Zimmer R 3.07 auf sie warten würde.

Als sie vor der Tür standen, klopften sie sicherheitshalber an. Die Gebräuche waren überall anders. Sie hörten ein gedämpftes Herein und betraten den Raum. Ein Mann Ende 30 erwartete sie. Dunkelblonder Bürstenhaarschnitt, leichte Sommersprossen, schwarze dicke Brille. Er trug keinen Anzug, sondern war leger gekleidet.

„Sie müssen der legendäre Seibold sein. Richtig?" Er begrüßte ihn mit Handschlag. „Frau Möller, wir haben telefoniert. Sie haben ja einflussreiche Freunde, in Anführungszeichen."

„Wieso legendär?", fragte LTM neugierig.

„Nun, wir schreiben das letzte Jahr. Sie erinnern sich doch sicherlich an das Erdbeben? Es gab ein weiteres Beben, weil Sie, werter Kollege, sich in unsere Zuständigkeiten eingemischt haben." Er sagte es so sachlich, dass nicht zu erkennen war, ob es ein Vorwurf oder nur eine Feststellung war. „Legendär eben deshalb, weil solche Rangeleien um Kompetenzen doch eher sehr selten sind. Normalerweise beachten wir die regionalen Zuständigkeiten zu 100 Prozent."

Noch immer war nicht zu erkennen, worauf der Kollege Krauter hinauswollte. Er verströmte so viel Trockenheit und Sachlichkeit, dass einem die Sahara wie ein Feuchtgebiet vorkam.

Seibold beschloss, es wie LTM zu versuchen. Er setzte ein breites Lächeln auf und sagte: „Mir ist nicht klar, ob ich Ihre Anmerkung als Lob oder als Tadel auffassen soll."

Seibolds Lächeln schien ansteckend zu sein, denn die Züge seines Gegenübers entspannten sich. „Lob. Habe ich das nicht schon durch das Adjektiv legendär zum Ausdruck gebracht?"

„Doch. Aber Sie wissen doch: Wir alle fragen lieber nach. Es hätte auch ironisch gemeint sein können."

Dann setzten sich die drei an einen runden Besprechungstisch, den Süßigkeiten zierten. „Mmh, habt ihr hier in Offenbach höhere Budgets als wir?", unkte LTM und nahm sich sofort einen schokoladenbezogenen Keks.

„Nein", antwortete Mr. Staubtrocken. „Diese Naschwaren habe ich privat bezahlt."

„Ich schlage vor, dass wir Ihnen einige Informationen weitergeben, die für das anstehende Verhör hilfreich sind", begann Seibold die Besprechung und fasste im Wechsel mit LTM die Ereignisse der letzten Tage zusammen. Sie erwähnten auch, dass sie schon mit dem Arzt, dem Notar und dem Polizeichef des Jossgrunds gesprochen hatten.

Da noch Zeit übrig war, ging Seibold zudem auf die Ereignisse des Vorjahrs und den Tod des Bienenprofessors ein. Seinen kurzen Vortrag beendete er mit dem Satz: „Im Einvernehmen mit dem Oberstaatsanwalt hatten wir damals die Ermittlungen eingestellt, weil sich alle Verdachtsmomente zerstreuten und ein Unfall sehr wahrscheinlich schien."

„Ein Staatsanwalt ist eben ein mächtiger Mann. Mal sagt er ja, wie beim letzten Mal, dann wieder ja, wie dieses Mal. Sonst säßen Sie beide heute nicht hier. Oft genug auch nein, oder? Ich für meinen Teil führe hierüber keine Statistik. Das würde mich nur frustrieren. Mein Motto lautet: innerhalb des Systems alle Möglichkeiten nutzen, außerhalb des Systems meine eigenen Freiheitsbegriffe definieren. Deswegen fand ich Ihre Ermittlungen damals auch richtig. Übrigens: Ihre Informationen sind überaus hilfreich."

LTM wagte sich mal wieder sehr weit vor. „Herr Krauter, Kommissar Seibold und ich haben das Gefühl, dass uns der aktuelle Fall auch auf die Fährte zur Aufklärung des Todes des Bienenprofessors führen könnte. Fragen Sie nicht, warum. Es ist reine Intuition."

„Wir werden sehen. Es ist an der Zeit, dass wir gehen. Kommen Sie bitte."

Die Tür zum Verhörzimmer wurde aufgeschlossen, und der Arzt staunte nicht schlecht ob der Invasion, die auf ihn zurollte. Zwei Protagonisten kannte er ja bereits. Der dritte im Bunde stellte sich vor. „Krauter. Ich werde das Verhör leiten. Guten Tag Herr Anwalt, guten Tag Herr Dr. Hübner. Das ist Kommissar Seibold aus Frankfurt, das ist Frau Möller, seine Kollegin."

Nachdem alle Platz genommen hatten, kam Krauter zur Sache. „Können wir beginnen oder gibt es vorab noch Klärungsfragen?"

Der Anwalt von Dr. Hübner, ein Dr. Behrenschon, begann mit langatmigen formalen Ausführungen. Sie trugen zur Sache überhaupt nichts bei, waren aber eindeutig zu seiner Selbstprofilierung gedacht. Vielleicht wollte er auch bei seinem Mandaten Eindruck schinden. Ungerührt hörte Kommissar Krauter sich alles an und sagte dann: „Wird zu Protokoll genommen, Herr Anwalt. Ich beginne jetzt."

Es folgte eine akribische Aufarbeitung der einzelnen Fakten. Der Arzt hatte seinen Text mittlerweile besser gelernt. Offensichtlich hatten sein Anwalt und er ein gemeinsames Training absolviert. Vor allem hatte sich Dr. Hübner dieses Mal im Griff und rastete nicht mehr aus.

Nahezu zwei Stunden vergingen, ohne dass Neues zum Vorschein kam. Die Informationen schmeckten Seibold und LTM wie ein ausgelutschter Kaugummi. LTM wurde immer unruhiger, was an ihrem wippenden Fuß zu erkennen war. Der Kommissar schmunzelte in sich hinein: So lange hatte LTM noch nie auf einem Fleck gesessen. Aber in Offenbach tickten die Uhren offensichtlich anders als in Frankfurt.

Schließlich kam das Verhör in die entscheidende Phase: Es ging um Frau Bullings Erkrankung und die medizinisch fachgerechte Behandlung. Krauter konfrontierte den Arzt mit Einzelheiten aus dem Obduktionsbericht. Überraschenderweise ging Dr. Hübner dabei nicht in die Knie, sondern wurde sehr selbstbewusst. Mit einem Blick auf seinen Anwalt führte er aus: „Dr. Behrenschon und ich haben im Vorfeld diesen Aspekt ausführlich besprochen. Er hat mir dringend geraten, aus Gründen des Selbstschutzes von meiner ärztlichen Schweigepflicht Abstand zu nehmen." Kunstvoll setzte er eine Pause, die nicht ohne Wirkung blieb. Die drei Vertreter der Polizeibehörde zeigten eine ganz andere Körperspannung. „Es liegt mir fern, jemanden zu beschuldigen, aber offensichtlich führt kein Weg daran vorbei. Ich habe überlegt, wer die Tat, so es eine sein sollte, begangen haben könnte. Als Arzt bin ich da im Vorteil, weil ich fast alle Bewohner des Jossgrunds persönlich kenne. Mir entgeht fast nichts. Außerdem sprechen sich Patienten bei mir aus. Da hört man fast alles. Ferner habe ich überlegt, wer mir vielleicht schaden möchte, oder wer aus einer solchen Tat einen Vorteil ziehen könnte. Mir sind zwei Personen eingefallen." Wieder setzte er eine Pause.

„Zunächst ist da Claudia Röder. Sie war früher öfter bei mir in Behandlung, hat aber irgendwann den Arzt gewechselt. Das wiederum hängt mit ihrem ehemaligen Mann zusammen, Karl Röder. Karl, übrigens ein sehr guter Freund von mir, verstarb letztes Jahr an einem Herzinfarkt. Offiziell bei einem Waldlauf mit seiner Frau." Wieder machte er eine Pause, um zu sehen, wie seine Ausführungen wirkten. Niemand tat ihm den Gefallen, eine Frage zu stellen. Also musste er fortfahren. „Wir, der Freundeskreis von Karl, hierzu gehörten auch der Notar und der Polizeichef, hatten alle den Eindruck, dass dieser Tod von seiner Frau geplant war." Die erneute Pause hielt er dieses Mal durch. Bis Krauter fragte: „Wie kann man einen Herzinfarkt vorsätzlich planen?"

Der Arzt konnte sich ein winziges siegessicheres Lächeln nicht verkneifen. „Sie müssen wissen, dass Karl extrem übergewichtig war. Ich habe ihn mehrfach gewarnt, dass er bei unveränderter Lebensweise ein sehr hohes Infarktrisiko eingehen würde. Er hat mich nur ausgelacht und gesagt, das sei sein Leben. Volles Risiko, voller Genuss."

Dr. Hübner schaute kurz zum Fenster hinaus, als wolle er seine Gedanken sammeln. Dann fuhr er fort. „Seine Frau hingegen ist höchst sportlich. Sie hat den Frankfurt Marathon absolviert. Und kurze Zeit danach macht sie mit ihm einen gemeinsamen Jogginglauf in den abendlichen Wald hinein, hinauf zum Schwarzen Berg. Das ist die höchste Steigung im Jossgrund. Genau dort bekam er den Herzinfarkt! Ich sage Ihnen, das war geplant und inszeniert."

„Und die zweite Person?", fragte Krauter mit gelangweilt klingender Stimme.

„Ein weiterer Patient von mir, den ich als Hausarzt betreue, hat mich des Öfteren aufgesucht, weil er leichte bis mittelschwere Vergiftungserscheinungen aufwies. Ich habe ihn behandelt. Deshalb weiß ich, dass er mit Giften hantiert und experimentiert. Er setzt sie in der Landwirtschaft ein. Ich habe ihn im Verdacht, dass er Frau Bullings Gesundheitszustand manipuliert hat."

Kühl und sachlich konterte Krauter: „Der Obduktionsbericht zeigt keinerlei Anzeichen einer Vergiftung."

„Ich weiß. Gleichwohl gibt es Gifte, die einige Zeit nach dem Exitus kaum oder gar nicht nachweisbar sind. Ohne mehr sagen zu können, möchte ich aber ausdrücklich darauf hinweisen, dass mir Informationen vorliegen, die ein solches Vorgehen seitens einer anderen Person möglich machen. Diese Person könnte auch in anderer Form vorgegangen sein. Ich weiß aus Gesprächen, dass jemand sehr gut informiert ist und sein Wissen möglicherweise zu Frau Bullings Nachteil eingesetzt hat."

Das war nicht mehr der Arzt, wie ihn Seibold und LTM kannten. Hier sprach der Anwalt mit der Stimme des Arztes.

Ungerührt fragte Krauter: „Und wer ist diese Person?"

„Herr Ludwig Röder, der Landwirt."

Krauter schaute Seibold und LTM an. An deren Körpersprache erkannte er, dass ihnen dieser Name bekannt war. „Ich unterbreche das Verhör. Wir ziehen uns zur Beratung zurück."

In einem schallisolierten Nebenraum ging das Gespräch zu dritt weiter. „Sie kennen diesen Namen?"

„Ja, auch die Person. Wir nennen ihn den Biobauern. Er war damals übrigens dringend der Tat am Bienenprofessor verdächtig. Ich habe ihn in Frankfurt persönlich vernommen. Ohne Ergebnis. Keine Widersprüche. Keine Indizien. Kein gar nichts. Wir haben ihn freigelassen."

„Aber bemerkenswert ist es schon, dass dieser Name erneut auftaucht. Oder?"

Kam hier ein leichter Schweizer Akzent durch?

„Das Schlimme ist: Es gäbe sogar ein Motiv, das der Arzt allerdings kaum kennen kann."

„Welches?"

„Frau Bulling wurde in jungen Jahren, es dürfte ziemlich genau fünfzig Jahre her sein, da war der Arzt noch nicht einmal geboren, vom Biobauern vergewaltigt. Das ist aktenkundig. Es gab damals eine Anzeige. Das Verfahren wurde aber eingestellt."

„Dann müsste doch Frau Bulling den Biobauern umbringen und nicht umgekehrt, oder?"

„Sagen Sie: Schimmert bei Ihnen ein Schweizer Akzent durch?"

„Gut erkannt, Herr Kollege. Ich habe die ersten Jahre meines Lebens in Bern verbracht."

LTM philosophierte drauflos. „Wer weiß, was sich zwischen Frau Bulling und dem Biobauern im Verlauf der Jahre abgespielt hat. Vielleicht hat sie ihn erpresst. Bei der Untersuchung von Professor Blums Ableben war auch sie tatverdächtig. Sie beschuldigte den Biobauern. Daraus könnten sich neue Rachegelüste entwickelt haben. Irgendwann war es der Biobauer dann leid. Altersstarrsinn. Nichts mehr zu verlieren. Da fallen einem tausend Motive ein."

„Und diese Joggerin?", fragte Krauter nach.

Seibold: „Persönlich kenne ich sie nicht. Aber bei meinen Wanderungen im Wald ist sie einmal an mir vorbeigelaufen."

Krauter hörte sehr gut zu. „Woher wussten Sie, dass sie es war?"

„Ich unterhielt mich mit einem Jäger, der sie kannte und mir einiges über sie erzählte."

Alle drei dachten nach. Seibold meldete sich als Erster. „Das wäre der Jahrhundertfall, wenn eine dieser beiden Personen die Tat begangen hätte. Claudia Röder ist ganz klar eine Nebelkerze. Beim Biobauern müssen wir schon genauer hinschauen. Die Fakten belegen aber klar, dass es der Arzt war, lieber Kollege Krauter. Bitte berücksichtigen Sie auch sein Verhalten uns gegenüber bei der ersten Vernehmung. Heute wurde er dressiert. Die Patientenakte enthält keine Blutwerte. Uns gegenüber hat er betont, dass es Laborwerte gab. Das war doch äußerst dumm von ihm, diesen Befund aus der Akte zu entfernen. Außerdem haben wir den Befund aus seinem Stammlabor vorliegen. Damit können Sie ihn festnageln. Es ist eine reine Schutzbehauptung, den Biobauern und die Joggerin zu beschuldigen."

„Sie haben Recht. Dennoch müssen wir seine Einlassungen überprüfen und den Biobauern, wie Sie ihn nennen, und die Joggerin vernehmen. Wollen Sie das übernehmen, wenn wir schon so eng kooperieren? Sie kennen ihn ja bereits aus dem früheren Fall. Ich grille unseren Doktor noch ein wenig, damit er mehr Informationen über die Giftmischerei des Biobauern preisgibt. Und zum Schluss des Verhörs ziehe ich die Schlinge anhand der vorliegenden Fakten zu. Wollen wir uns die Arbeit so teilen? Ihr Herr Papa wird sicherlich damit einverstanden sein, oder?"

LTM hob die Hand und holte zu einem Give-me-five-Schlag aus. Beide Männer schlugen nacheinander ein.

## Biobauer

LTM hatte ihren Wagen in Offenbach stehen gelassen, weil sie zusammen in einem Auto fahren wollten. Für die Rückfahrt hatten sie vereinbart, dass Seibold sie in Wächtersbach zum Bahnhof bringen würde.

Zuvor hatten sie sich noch einen kleinen Imbiss bei einem Italiener gegönnt, was allerdings untertrieben war. Aus der beabsichtigten Kleinigkeit wurde schließlich eine Riesenpizza. Dazu bestellte LTM einen Beilagensalat mit Balsamicodressing und einen leichten Rotwein für den Kommissar, zu dem sie ihn geschickt überredet hatte. Sie wollte wieder fahren. Ihre Rechnung ging auf.

Trotz des Espressos dauerte es keine zehn Minuten, bis der Kommissar in einem Mittagsschlaf versunken war. LTM stellte das Autoradio leiser und fuhr, für ihre Gewohnheiten äußerst gemütlich über die Autobahn. Nach einer knappen halben Stunde, kurz vor Bad Orb, klingelte das Smartphone des Kommissars, das in der Konsole steckte. Schnell nahm sie sein Telefon ans Ohr. Sie wollte das Schläfchen des Kommissars schützen und hatte anhand der Nummer gesehen, dass es Kommissar Krauter war.

„Ja?", sprach sie leise.

„Seibold?"

„Nein, Möller. Er schläft."

„Die Kollegen aus Frankfurt. Unglaublich. Legendär. Halten einen Mittagsschlaf und haben eine Fahrerin. Kann ich mich zu Ihnen versetzen lassen? Geht das direkt über Sie oder Ihren Papa?"

Ganz so staubtrocken war der Krauter offenbar doch nicht. LTM schmunzelte.

„Wo wollen Sie denn hin? Zur Sitte?"

„Nein, ich bin glücklich verheiratet. Wenn schon, denn schon, Mordkommission. Nichts anderes kommt in Frage. Aber zur Sache: Das Verhör hat noch eine Menge Details ergeben. Zum Biobauern und zur Joggerin. Allerdings ergibt sich aus den Details kein neues Bild. Der rote Faden bleibt gleich. Es sind Schutzbehauptungen und Nebelkerzen, wie Ihr Kollege so treffend sagte. Ich wollte Sie darüber informieren, damit Sie vor Ihren weiteren Gesprächen Bescheid wissen. Also führen Sie Ihre Gespräche und wir telefonieren wieder. O.k.?"

„Bingo. Danke."

Wenig später wachte der Kommissar auf. „Bin ich eingeschlafen?"

„Nein, aufgewacht."

„Das war wohl der Rotwein."

„Kann schon sein. Aber er hat doch gut getan, oder nicht?"

Jou, sagte der Kopf des Kommissars und bereite ihn auf die Kommunikation mit Biobauern, Imkern und anderen Jossgründer Bewohnern vor.

„Wir überfallen ihn ganz einfach und hoffen, dass wir ihn auf seinem Hof antreffen. Ja?"

„Jou", probierte er es auch laut aus.

Hinter Bad Orb fuhren sie durch den schönen Wald und kamen wenig später beim Biobauern an. Ein großer Schäferhund kam angesprungen. Zwar hatte der Kommissar keine Angst vor Hunden, aber dieses Tier war riesengroß und legte eine enorme Geschwindigkeit an den Tag.

„Er will bestimmt nur spielen", lautete LTMs Kommentar.

Ein gellender Pfiff, und der Hund ging in die Bremsen. Der Biobauer näherte sich ihnen. Der Kommissar hatte den Eindruck, dass er ihn sofort wiedererkannte. Aber seinem alten Muster der Sprachlosigkeit oder mageren Sätzen mit drei Wörtern gehorchend, sagte er erst einmal nichts. Nicht einmal Guten Tag, Grüß Gott oder Halleluja.

„Guten Tag, Herr Röder." Seibold.

„Was wollen Sie?" Exakt drei Wörter.

„Mit Ihnen sprechen."

„Worüber?"

„Im Haus."

Sie marschierten los, eskortiert von dem schwanzwedelnden Schäferhund. LTM ging direkt neben ihm und kraulte ihn am Hals.

Das großzügige Haus des Biobauern hatte eine enorme Eingangshalle mit einer geräumigen Ledergarnitur, die vor einem offenen Holzkamin stand. An den Wänden, wie konnte es anders sein, Geweihe von Hirschen und Rehböcken. Dazwischen immer wieder Regale, vollgestopft mit Büchern. Ein Wildschweinkopf blickte direkt auf den Esstisch.

Der Bauer setzte sich.

„Es liegt eine Anschuldigung gegen Sie vor."

Schweigen. Herr Röder hielt es nicht für nötig, darauf zu antworten oder eine Frage zu stellen.

„Also, ich hole mal etwas weiter aus", fuhr Seibold fort. „Wir haben uns ja im letzten Jahr sehr ausführlich unterhalten. Mehrfach. Hier vor Ort. In Frankfurt im Präsidium. Sie standen unter Verdacht, den Bienenprofessor getötet zu haben. Darauf werden wir heute auch noch zu sprechen kommen. Zunächst geht es aber um Frau Bulling."

Allseits Schweigen.

„Sie ist tot."

Er schwieg noch immer.

„Wissen Sie das?

„Jou."

„Waren Sie bei der Beerdigung?"

„Wieso?"

„Ist das hier im Jossgrund nicht so, dass Leute einer Altersgruppe entweder Kontakt untereinander haben oder sich zumindest die letzte Ehre geben?"

„Ich jedenfalls nicht."

„Auch dann nicht, wenn man in jungen Jahren eine sexuelle Beziehung zu der Person hatte?"

Seine sowieso schon kleinen Schweinsaugen schrumpften noch mehr. Eine weitere Bemerkung des Kommissars und sie würden vermutlich ganz verschwinden.

„Sie sind beredt im Schweigen", forderte der Kommissar ihn indirekt zu einer Antwort auf. Aber das funktionierte natürlich nicht.

Ein Wunder, dass sich LTM die ganze Zeit nur mit dem Schäferhund beschäftigt hatte, der ihr zu Füßen lag und ihre kraulenden Finger genoss. Nun hielt sie es nicht mehr aus.

„Herr Röder, auch Schweigen spricht Bände. Es wäre ganz schön, wenn Sie ein wenig mit uns reden würden. Ich sage Ihnen, welchen Vorteil es hat. Sie sind uns viel schneller wieder los und können danach Ihren Tag gestalten, wie Sie möchten. Der Kommissar und ich haben auch noch Wichtiges vor. Also. Kommen Sie in die Gänge. Wir wissen, dass eine Anzeige wegen Vergewaltigung gegen Sie vorlag. Der Euphemismus des werten Kommissars war da nicht ganz berechtigt. Aber er ist eben ein höflicher Mensch. Ich als Frau kann da nur sagen: Mir sträuben sich die Nackenhaare."

„Das war gelogen."

„Wieso hätte Frau Bulling lügen sollen?"

„Na gut. Dann will ich Sie mal aufklären. Die Martha war in jungen Jahren eine ganz scharfe Braut. Sie hatte mit einigen Männern im Jossgrund eine Beziehung. Leider hat sie auf den Falschen gesetzt. Der Herr Ingenieur war viel auf Reisen. Und sie hatte einen starken sexuellen Drang."

Er blickte aus dem Fenster. Seine Züge entspannten sich. „Es passierte auf einem Fest. Sie hat mich verführt. Wir trieben es dann in einer Scheune."

Dann richtete er seinen Blick fest auf LTM. „Leider wurden wir entdeckt. Sie fing an zu schreien und zu toben, kratzte mich."

Sein Gesicht schien in diesen Sekunden zu altern. „Weil es sich herumgesprochen hätte, hat sie in diesem Augenblick eiskalt eine Vergewaltigung daraus gemacht. So konnte sie vor ihrem Mann bestehen."

LTM hatte gebannt zugehört. Ihre Miene verriet immer noch Skepsis.

„Sie glauben mir nicht? Über die angebliche Vergewaltigung wurde nicht gesprochen. Schlimmes wird hier im Jossgrund totgeschwiegen. In flagranti ertappt zu werden, wäre die Sensation geworden. Jeder hätte es weitererzählt."

„Wissen Sie, wie Frau Bulling gestorben ist?", schaltete sich der Kommissar ein.

„Nein. Aber es ging sehr plötzlich."

„Sie werden beschuldigt, sie vergiftet zu haben."

Jetzt ruckte der Kopf nach oben. Das erste Mal, dass er überrascht wirkte.

„Wer sagt das?"

„Der Arzt."

Der Biobauer schaute wieder aus dem Fenster. Er schüttelte den Kopf.

Seibold fragte sich, welches der drei Muster Oberhand gewinnen würde. Schweigen. Sätze mit drei Wörtern oder seine auch vorhandene Fähigkeit, lange Ausführungen vorzunehmen, die man ihm gar nicht zugetraut hätte, Seibold aber schon einmal beobachtet hatte, als er im

Beisein seiner Skatfreunde große Reden geschwungen hatte. Die Bücher waren wohl doch nicht nur Dekoration, sondern offensichtlich gelesen worden.

„Der Arzt", begann er träge. „Interessant. Ich glaube, ich muss Ihnen wohl ein wenig den Jossgrund erklären. Er ist eine schwarze Gegend. Nicht umsonst heißt der höchste Berg hier auch Schwarzer Berg. Der Jossgründer ist ein dunkler Mensch. Warum, kann ich Ihnen nicht sagen. Aber hier regiert viel Neid und Missgunst. Dabei könnte es gerade hier, im tiefsten Herzen der Natur, friedlich zugehen."

Pause.

„Ich bin recht erfolgreich als Bauer. Manche neiden mir das. Dann werden Gerüchte in die Welt gesetzt. Pestizide. Genmanipulierter Mais. Gifte kämen zum Einsatz. Alles Schwachsinn. Ich bin erfolgreich, weil ich im Morgengrauen aufstehe und mit dem Sonnenuntergang mein Tagwerk beende. Gut organisiert bin. Kenne mich mit der Natur aus. Andere sind weniger erfolgreich. Warum auch immer."

Erneute Pause.

„Nun kommen wir zu unserem Arzt. Kein Wunder, dass gerade er mich beschuldigt. Dr. Hübner ist ein Emporkömmling. Er stammt aus einfachsten Verhältnissen, hat aber vom lieben Herrgott einen scharfen Verstand in die Wiege gelegt bekommen. Gutes Abi, sehr gute Noten. Medizinstudium. Menschlich ein Drecksack. Gierig. Hat sich früher immer an unseren Weltunternehmer Röder drangehängt. Er heißt genauso wie ich, aber wir waren nicht verwandt. Vielleicht vor Hunderten von Jahren. Ich weiß es nicht. Aber der Karl Röder war ein Schlitzohr. Händler. Der konnte mit allem handeln. Schon als Schüler. Mit diesem Talent hat er ein Weltunternehmen aufgebaut und ist steinreich geworden, bis er letztes Jahr verstarb. So unerwartet kam das für mich nicht. Er war fett."

Nach einer kurzen Pause fuhr er fort. „Aber ich wollte Ihnen eigentlich über den Arzt berichten. Der Arzt, der Notar, der Unternehmer und der Polizeichef des Jossgrunds: Diese vier Männer waren eine sehr enge und verschworene Gemeinschaft, fast hätte ich Bande gesagt. Denn sie haben hier ganz schön muntere Spiele getrieben, wie man so hört. Jeder von ihnen ist anders: der Unternehmer sehr erfolgreich, der Notar in seinem Kielwasser profitierte von zahllosen Verträgen und hohen Gebührensätzen, der Polizeichef schnupperte ein wenig an der großen Welt, ist aber ansonsten eine arme Sau und dann kommt noch der Arzt: Dr. Avaritia."

„Bitte?", fragte Seibold nach.

„Avaritia, lateinisch, die Gier", half LTM aus.

„De brevitate vitae, Seneca. Von der Kürze des Lebens. Die Menschen verschwenden ihre Lebenszeit aufgrund von Gier, Neid und Begierden", dozierte der Biobauer jetzt auf einmal. „Vielleicht hat Seneca nicht in Rom gelebt, sondern hier im Jossgrund, könnte man sarkastisch anmerken. Den Arzt wird seine Gier richten und sein Leben verkürzen."

Seibold wunderte sich, welche Abgründe sich hier auftaten. Jossgrund. Abgrund.

„Zum Tod von Karl Röder gibt es auch Gerüchte." LTM. Der Biobauer nickte. „Jou, habe ich von gehört."

Er wurde wieder einsilbiger.

„Wie anfangs gesagt. Wir wollten auch noch über den Bienenprofessor mit Ihnen sprechen. Ist Ihnen noch etwas eingefallen?"

„Nein. Aber aufgefallen."

„Und was?" LTM.

„Der Imker hatte in den letzten Wochen häufig Damenbesuch."

„Ja, seine Tochter."

„Nein."

Drei Fragezeichen auf der Stirn von Seibold. Der Hund hob den Kopf und sah LTM an, weil sie aufgehört hatte, ihn zu streicheln. Im Raum hing eine besondere Spannung.

„Die Frau des verstorbenen Professors."


**Pferdeschwanz**


LTM fuhr den Wagen aus dem Hof. Nach einer Schweigeminute ging es los. Sie kommentierte das Gespräch in einer solch atemberaubenden Geschwindigkeit, dass der Kommissar keine Gelegenheit bekam, etwas zu fragen oder gar zu sagen. Offensichtlich hatte sich eine Menge bei ihr angestaut.

Im Mittelpunkt standen ihre Überlegungen zu Frau Bulling. LTM war unbestechlich in ihrem Denken. Für sie war es eine mathematische oder physikalische Gleichung: Kraft x Weg. Mit Frau Bulling waren sie viele gemeinsame Wege gegangen, und daraus hatte sich eine kraftvolle Beziehung entwickelt. Der Weg mit dem Biobauern war äußerst kurz. Aber seine Behauptung, dass es sich um eine vorgetäuschte Vergewaltigung gehandelt hatte, klang nicht unlogisch.

Als sie doch Luft holen musste, sagte der Kommissar: „Das ist die falsche Strecke."

„Wieso? Hier geht es zum Bahnhof nach Wächtersbach. "

„Nein. Wir wollen doch noch Frau Röder befragen."

„Wieso das denn? Das ist doch völlig unnötig." LTM war in ihren Gedanken noch bei Frau Bulling.

„Nein, ist es nicht." Seibold.

„Doch, Sie selbst haben gesagt, Nebelkerze."

„Wir müssen gründlich sein."

„Nein, Sie selbst haben mir beigebracht: Kümmere dich um Wichtiges."

Der Kommissar schwieg.

LTM schaute ihn von der Seite an. „Also was ist wichtig? Ihr hübscher Pferdeschwanz?"

Der Kommissar schwieg noch immer.

„Meines Wissens hat sie einen festen Lebensgefährten. TPT. Tim Personal Training. Keiner kennt seinen Nachnamen. Dafür gibt es Röders en masse."

Sie aber hatte schon eine andere Fahrtrichtung eingeschlagen, hielt Ziel auf Burgjoss.

„Aber nochmal, Cheffe. Das war doch jetzt ein interessantes Gespräch? Zuerst dachte ich, der kann keine vier Wörter zusammenbringen. Und dann diese Gedanken. Seneca. Die Bücherwand."

„Und die Professorenfrau?", fragte der Kommissar?

„Das ist höchst interessant. Womöglich haben Sie mit Ihrer Vermutung, dass uns dieser Fall auf die Spur des alten Verbrechens führt, recht gehabt."

„Nein, du!"

„Nein, Sie!"

„Nein, du hast diese Spirale gezeichnet."

„Das war doch eine Nacherzählung. Ich habe nur gemalt, was Sie im Kopf hatten."

So stritten sie fröhlich weiter und alberten herum, bis sie vor der prachtvollen Villa des verstorbenen Weltunternehmers Röder standen.

LTM kamen gerade der Arzt und sein Verhältnis mit Lisa in den Sinn. „Da Sie gern hübsche Frauen verhören: Sollen wir uns die Gespielin des Arztes, Lisa, auch noch vornehmen?"

Seibold grinste. „Nein, ich vertraue deiner Analyse, dass wir von ihr nichts oder nur sehr wenig erfahren würden. Zumindest zum jetzigen Zeitpunkt."

Sie klingelten und hatten Glück. Frau Röder öffnete.

„Ja?"

„Frau Röder, Kommissar Seibold, meine Kollegin Frau Möller."

„Sie wünschen?"

„Können wir hereinkommen?"

„Na klar."

Sie führte die Besucher in das Wohnzimmer, das beeindruckend schlicht eingerichtet war. Sehr wenige, aber hochmoderne Möbel ließen den riesigen Raum noch größer erscheinen. Eine Medienwand war symmetrisch aufgebaut. In der Mitte ein ultragroßer Flachbildschirm, an den Seiten zur Wand Elektrostaten als Lautsprecher. Alles vom Feinsten.

„Ich glaube, ich kenne Sie", sprach sie den Kommissar an.

„Ja?"

„Sie standen neulich neben unserem Jäger im Wald."

„Stimmt. Gute Beobachtungsgabe."

„Was darf ich Ihnen zu trinken anbieten?"

„Haben Sie einen Milchkaffee?", hoffte LTM.

„Ja."

„Zweimal", ergänzte der Kommissar. „Und etwas Wasser. Still."

Sie ging nach draußen und rief ins Treppenhaus. „Tim, kommst du mal bitte?"

Wenig später betrat ein blonder Hüne den Raum. „Hi, I´m Tim. Wer sind Sie?"

Der Kommissar stellte LTM und sich noch einmal vor.

Claudia Röder brachte die Getränke und setzte sich neben Tim auf ein weißes Ledersofa. „Was führt Sie zu uns?"

Sie nahm die Hand von Tim. Wie süß, schoss es LTM durch den Kopf.

„Frau Röder, kannten Sie Frau Bulling?"

„Na klar, wir haben bei ihr des Öfteren verschiedene Kräuter und Mixturen gekauft. Sie kannte sich in der Naturmedizin sehr gut aus. Sie ist tot. Leider."

„Waren Sie bei der Beerdigung?"

„Nein. Wir waren verreist und haben erst hinterher von ihrem Tod erfahren. Das ist sehr bedauerlich. Wir mochten sie."

Interessant, dachte der Kommissar. Sie formuliert alles in der Wir-Form. Hält Händchen. Traute Zweisamkeit. Da er einige Zeit schwieg, um seine Gedanken zu ordnen und seine Beobachtungen zu verarbeiten, fragte Frau Röder nach: „Wieso fragen Sie?"

„Sie werden beschuldigt, Frau Bulling vergiftet zu haben."

Sie erbleichte und krallte ihre Hand in Tims Pranke. „Wer behauptet so etwas?"

„Wer könnte so etwas behaupten?" LTM.

„Mein Gott, ich habe keine Ahnung. Tim, was meinst du?"

„Viele."

„Nein, nicht schon wieder dieses Thema." Frau Röder schüttelte den Kopf.

„Welches Thema?" Seibold.

„Ach, Tim und ich stellen leider immer wieder fest, dass wir hier nicht dazu gehören. Das ist schwierig. Mein verstorbener Mann war ein sehr erfolgreicher Unternehmer, aber nicht sehr beliebt. Ich bin seine Erbin, zu einem großen Teil. Den anderen Teil hat er in eine Stiftung eingebracht, die auch sehr stark im Jossgrund investiert. Die

Gemeinde ist schuldenfrei, das gibt es in Deutschland nicht oft. Trotzdem haben wir eine hervorragende Infrastruktur, eben privat finanziert. Aber, wie sagt schon das Sprichwort: Undank ist der Welten Lohn."

„Wenn die Antwort viele ist, dann fällt es natürlich nicht leicht, eine bestimmte Person zu nennen. Richtig?" LTM schaute den beeindruckenden Tim an.

„Right."

„Hätten Sie dennoch einen Favoriten?"

„Meinen Sie mich oder Claudia?"

„Beide."

Fast synchron zuckten die beiden die Schultern."

„Und was ist mit dem Arzt?"

Claudia Röder warf Tim einen schnellen Blick zu. „Umgekehrt wäre es wohl richtiger."

„Wie meinen Sie das?" Seibold.

Sie holte tief Luft. Dann besann sie sich. „Bevor ich Ihnen antworte: Warum fragen Sie mich das? Wieso beschuldigt mich der Arzt? Ist Frau Bulling wirklich vergiftet worden?"

„Bitte beantworten Sie unsere Frage. So sind leider die Spielregeln." LTM.

„Also gut. Dann muss ich ein wenig weiter ausholen. Mein Mann und ich führten keine gute Ehe. Mehrfach kam es zu großen Problemen, weil er zu Gewalttaten neigte. Anfangs war ich bei Dr. Hübner in Behandlung, der aber mit meinem Mann befreundet war. Alles fiel immer wieder auf mich zurück. Deshalb wechselte ich irgendwann den Arzt."

„Es geht das Gerücht, dass Sie Ihren Mann zu Tode gelaufen haben?"

Sie hatte sich fast komplett unter Kontrolle. Nur ihre Fingerknöchel wurden etwas weißer, weil sie die Hand von Tim fester umfasste.

„Ja, das spricht man hier. Es gehört in dieselbe Schublade wie das zuvor Gesagte."

„Ist damals ermittelt worden?"

„Ja, dafür haben die Freunde von Karl schon gesorgt."

„Ergebnis?"

„Er ist an einem Herzinfarkt gestorben. Natürlich habe ich Hilfe gerufen."

„Dr. Hübner behauptet, Sie hätten Ihren Mann vorsätzlich getötet."

„Wie soll das denn gehen? Einen Herzinfarkt vorsätzlich auslösen?"

„Nun, sie sind eine versierte Läuferin. Durchtrainiert. Haben Sie nicht sogar den Frankfurt Marathon absolviert?"

„Ja."

„Und Ihr Mann wurde uns als fettleibig und stark übergewichtig beschrieben. Da ist es doch ein Leichtes, jemanden in den Herzinfarkt zu treiben."

Tim schaltete sich ein und spielte den Beschützer. „Mr. Kommissar, ich bin Personal-Trainer. Das ist alles sehr unlogisch, was Sie sagen. Wer fett ist, bewegt sich nicht gern, kommt schnell außer Atem. Der Körper stoppt dann irgendwann die Bewegung, weil Beschwerden auftreten. Der Überlebensinstinkt greift."

„Wieso sterben dann viele Hobby- oder Profisportler? Denken Sie an den Zugspitzlauf in Deutschland. Mehrere Tote." LTM.

„Damals war die Temperatur zu niedrig. Right. Ein gutes Beispiel, dass es immer mal wieder vorkommt, dass jemand seine Grenzen nicht richtig spürt. Aber Karl war, so sagt man, ein Fuchs. Ein brillanter Unternehmer. Hatte alles unter Kontrolle. Hat alle kontrolliert. Den konnte niemand zu etwas bewegen, was er nicht wollte."

Gerechtigkeit versus Sympathie? Wie soll man Gerechtigkeit überhaupt definieren? Das beschäftigte den Kommissar immer wieder. Die beiden waren ihm sympathisch. Der verstorbene Unternehmer schien ein hochgradig dominanter Egoist gewesen zu sein, der seine Frau verprügelte. Siegte die Gerechtigkeit schließlich doch? Bekanntlich nicht immer. Aber vielleicht in diesem Fall. Für ihn war das Kapitel Karl gegen Claudia Röder abgeschlossen. Ein Blick zu LTM zeigte ihm, dass es bei ihr genauso war.

„Noch einmal zurück zu Dr. Hübner. Er hat Sie beschuldigt. Was ist sein Motiv? Will er damit Rache üben?"

„Keine Ahnung", zuckte Frau Röder mit den Schultern. „Er ist mir unsympathisch, und ich gehe ihm komplett aus dem Weg. Da sollten Sie ihn selber fragen."

„Könnte Herr Dr. Hübner ein Motiv haben, Frau Bulling zu vergiften?"

„Right, this makes sense", schaltete sich Tim ein. "Sie ist alleinstehend, hat keine Angehörigen, besitzt ein Haus. Nennt man das nicht Erbenschleicherei?"

„Erbschleicherei, ja."

„Und andere mögliche Täter, mal angenommen, sie ist vergiftet worden?"

Dieses Mal zuckten sie synchron mit den Schultern.

„Der Biobauer namens Röder?"

Sie runzelten zugleich die Stirn. Siamesische Zwillinge, an den Händen zusammengewachsen. „Den kennen wir kaum", nahm Claudia Röder den Ball und die Wir-Formulierungen wieder auf.

„Der Imker, Herr Noll?" LTM.

„Nein, der kann doch keiner Fliege oder Biene etwas zuleide tun."

Interessant, befand der Kommissar. LTM testete, welche Informationen über Mutter Bulling, Vater Noll und ihre Tochter hier angekommen waren. Offensichtlich gar keine, was wiederum für die Isolation dieser beiden sprach.

„Danke für den leckeren Kaffee", sagte der Kommissar, stand auf und verabschiedete sich.


**Professorenfrau**

Seibold und LTM saßen wieder im Auto.

„Total süß. Händchenhaltend. Verliebt bis über beide Ohren." LTM schwärmte.

Der Kommissar, etwas muffig: „LTM, du musst noch lernen, dich von solchen Dingen nicht ablenken zu lassen. Sympathie oder Antipathie sind Faktoren, die zu Fehlurteilen führen können. Wir müssen sachlich und objektiv bleiben."

„Ach Cheffe, was soll der Quatsch? Wer hat Ihnen denn diesen Unsinn vermittelt? Hat man das früher so gelernt? Kein Wunder, dass es so viele Fehlurteile gab. In Wahrheit läuft es genau andersherum: Die menschliche Intuition weiß ganz genau einzuschätzen, wen man vor sich hat. Es dauert gerade mal siebzig Sekunden, bis …"

„… das Unbewusste in uns die Einschätzung eines fremden Menschen komplett vollzogen hat", beteten sie wörtlich den Satz fast gemeinsam zu Ende. LTM war aber so verblüfft, dass sie mit dem Sprechen aufhörte.

„Michael Lukas Möller."

„Sie kennen ihn?"

„Sogar persönlich. Ich habe Vorlesungen bei ihm gehört."

LTM kriegte sich nicht mehr ein. „Cheffe, das ist ja oberkrass! Der geniale Opa Michi, mein Großvater. Darüber haben wir noch nie gesprochen. Das ist ja witzig. Unglaublich!"

Und Seibold wunderte sich wieder, wie klein die Welt ist. Nie wäre er auf den Gedanken gekommen, dass Oberstaatsanwalt Möller, sein Lieblingsfeind, der Sohn des hoch geachteten Psychologie-Professors Möller ist! Und LTM ist die Enkeltochter. Während Seibold in seinen Erinnerungen kramte, hörte er mit halbem Ohr auf den neuerlichen Wortschwall, der sich aus LTMs Mund ergoss. Sie schwärmte vom ihrem Opa und erzählte eine Anekdote nach der anderen.

Nach einiger Zeit erwachte Seibold aus seiner Trance und schaute verwundert aus dem Auto. „Wo fährst du hin?"

„Na, zum Imker."

Das war LTM. Immer alles im Blick, immer alles im Griff. Sie tauschten noch einige Erinnerungen an ihren Opa aus und gelangten schließlich auf den Hof des Imkers. Dort stand ein Auto mit Wolfsburger Kennzeichen. In flagranti. Heute war ein Glückstag.

Munter stieg der Kommissar aus und ging auf das Haus zu. LTM folgte ihm. Mittlerweile war es sehr dunkel geworden, und man konnte schon beim Näherkommen erkennen, dass im Haus nirgendwo Licht brannte. Vielleicht waren die beiden Vögel ausgeflogen?

Da sich nach dem Klingeln auch nichts regte, wurde der Feierabend eingeleitet. „Schluss für heute", entschied der Kommissar. „Was machen wir? Soll ich dich zum Bahnhof fahren?"

„Nee, auf das Imkergespräch bin ich viel zu neugierig. In Ihrem Hotel gibt es garantiert noch ein freies Zimmer. Oder nicht?"

„Dann lassen wir uns das Abendessen gut schmecken. Diese winzige Pizza von heute Mittag macht enorm hungrig."

Auf der Fahrt ins Hotel schickte der Kommissar seinem Kollegen Krauter eine kurze Nachricht, während LTM wieder fuhr: „Biobauer und Unternehmerwitwe angetroffen. Wir meinen: unschuldig. Nebelkerzen. Bei Ihnen?"

**Gegacker**

Seibold schlief bei offenem Fenster. Er hatte vergessen, es zu schließen, und bekam die Quittung. Ein Hahn, der womöglich an Schlafstörungen litt, fing viel zu früh an, sein gellendes Gekreische anzustimmen. Mehrfach wälzte Seibold sich im Bett hin und her, vergrub seinen Kopf unter dem Kopfkissen, ermordete den vorlauten Hahn und kochte eine Suppe aus ihm – nichts half.

Grummelnd stand er auf und blickte auf die Uhr. Es war ja schon kurz nach sechs! Über acht Stunden geschlafen. Das sollte eigentlich reichen.

Er war mit LTM für 7.30 Uhr zum Frühstück verabredet. Was sollte er bis dahin machen? Schnell schlüpfte er in frische Klamotten und schlich leise aus dem Hotel. Eine Stunde strammes Walking, kreuz und quer durch den Ort. Er sortierte seine Gedanken.

Kurz vor acht Uhr war er zurück. LTM saß schon am Frühstückstisch und hatte für ihn mit gedeckt: Müsli, frisches Obst, eine Tasse dampfenden Kaffee mit einer Haube Milchschaum. Seibold ließ es sich schmecken. Sein Smartphone vibrierte. Eine SMS von Krauter: „Nichts Neues. Meines Erachtens ist er schuldig." Seibold zeigte sie LTM.

Sie nickte. „Ja, so sieht es aus. Was macht der Profiler daraus? Er sucht nach dem treibenden Lebensmotiv des Arztes und findet folgendes:

*Ohne Moos ist nicht viel los,*
*drum ward die Gier des Arztes groß.*

*Er wollt sich nun ein Erbe erschleichen,*
*doch die Kripo ließ sich nicht erweichen.*
*Kein Goldsack fiel ihm in den Schoß"*, limerickte sie.

„Drum ging er ohne Hast,
alsbald auch in den Knast", kalauerte der Kommissar.

„So, Cheffe, frisch gestärkt schauen wir jetzt mal, ob wir Imker und Professorenfrau beim Frühstück erwischen. Los geht´s!"

Die kurze Fahrt führte sie durch einen trüben Morgen. Der Nieselregen des frühen Herbstes legte sich mit den Wischerblättern des Autos an. Der Kommissar beobachtete dieses ständige Ringen um die Vorherrschaft, dieses Hin und Her. Wie im richtigen Leben, dachte er. Was sind wir Menschen anderes als Scheibenwischer und trotzen der Natur immer wieder kurzfristig klare Sicht ab. Dann nieselt es wieder. Oder es überschwemmt eine Sturmflut New Orleans, oder ein Tsunami löscht die Kernkraftwerke in Fukushima aus und ändert blitzschnell die Energiepolitik in Deutschland. Will uns die Natur damit zeigen, wo wir im Unrecht sind? Der Mensch herrscht gerade mal 40.000 Jahre über diesen Planeten. Das sind schließlich nur Millisekunden gemessen an den Milliarden Jahren der Evolution. The nature strikes back. Gegen die Natur gab es kein langfristiges Konzept. Was würde als Nächstes passieren? Würden die 1.000 Meter-Türme in Dubai oder Hongkong einstürzen? Kurzfristig sah es zumindest so aus, als würde der Scheibenwischer gewinnen. Doch dem Nieselregen schien das nichts auszumachen.

Und schon waren sie da. Im Haus brannte Licht. Ein Blick auf die Uhr: 8.48 Uhr.

Kaum hatten sie geklingelt, wurde die Tür geöffnet. Heiter, aber etwas überrascht, blickte der Imker sie an. „Herr Seibold, Frau Möller." Er hatte sich ihre Namen gemerkt. Ein höflicher und aufmerksamer Mensch.

„Dürfen wir hereinkommen?"

Wortlos machte Herr Noll den Weg frei und ging voran in die Wohnküche. Dort war für zwei Personen der Frühstückstisch gedeckt.

„Sie haben Besuch?" Seibold.

„Setzen Sie sich doch. Möchten Sie auch etwas zum Frühstück?" Seibold und LTM schüttelten den Kopf. „Ja, ich habe Besuch. Frau Blum ist hier."

In dem Moment kam sie auch schon die knarzende Holztreppe herunter. „Oh, Frau Möller und Herr Seibold", zeigte sich auch die Professorenwitwe mit sicherem Namensgedächtnis. „Was führt Sie zu Herrn Noll?"

Seibold übernahm die Gesprächsführung. Wieder dieses Hin und Her. Verdächtig oder unverdächtig führte nach längerem Hin- und Herschieben der Gedanken schließlich zur Einstufung schuldig oder unschuldig. Er hatte das Bienensterben und seine Liste der Verdächtigen des letzten Falls noch im Kopf. Frau Bulling stand darauf. Allein oder mit dem Imker zusammen, dem ehemaligen Jugendfreund. Zunächst sprach er aber den aktuellen Fall an.

„Frau Bulling ist kürzlich gestorben."

Er schaute die Professoren-Frau an. „Wie beim Tod Ihres Mannes stellt sich die Frage: natürliche Ursache oder nicht?"

Seibold machte wieder eine kleine Pause. Imker und Professorenfrau schwiegen und warteten.

Frau Blum brach das Schweigen als Erste. „Haben Sie zum Tod meines Mannes etwas Neues herausgefunden?"

„Nein, nachdem die Ermittlungen seinerzeit eingestellt wurden, sind keine neuen Ergebnisse aufgetaucht."

„Und welche Informationen zu Frau Bullings Tod gibt es?"

„Dringend tatverdächtig ist der örtliche Arzt, Dr. Hübner."

„Kennst du ihn?", fragte sie den Imker.

„Jou, wer kennt ihn nicht. Er ist der einzige Arzt hier."

„Und, was denkst du über ihn?"

„Ich habe kein Vertrauen zu ihm. Er ist ein merkwürdiger Mensch."

„Traust du ihm eine solche Tat zu?"

Interessant, befand der Kommissar. Sie hat die Führung inne. Eine Frau, die auf ein Ziel zusteuert und nicht aus den Augen lässt.

Der Imker zuckte mit den Schultern. „Mit Bienen kenne ich mich besser aus."

LTMs rechtes Bein begann wieder zu wippen. Ihr wurde es offensichtlich zu langweilig. Immer diese Nebenschauplätze. Ihr Motto war: Frisch gewagt ist halb gewonnen.

„Und Sie sind also zu Besuch hier. Das erste Mal? Bleiben Sie länger? Was ist der Grund Ihres Besuchs?"

Sie hätte vermutlich gern noch viele weitere Fragen gestellt. Aber zumindest hatte das geöffnete Ventil den größten Druck beseitigt.

Frau Blum schaute sehr konzentriert und kümmerte sich nicht um das Frühstück. Der Imker hingegen bestrich ein halbes Brötchen dick mit Butter und ließ mit einem Löffel dunklen Honig darüber laufen. Er beobachtete, wie die zähe Flüssigkeit langsam herabtropfte. Der Faden wurde dünner und riss schließlich. Dann sammelte sich wieder eine kleine Welle und floss erneut.

„Ich wollte Alex mal wieder besuchen. Wir kennen uns ja schon aus der Schulzeit."

Nur eine knappe Antwort auf eine mehrteilige Frage. LTM löste ihren Blick vom Honigfluss und schaute Frau Blum direkt in die Augen. „Kurze knappe Antwort. Sehr kurz. Sehr knapp. Wenn ich mich richtig erinnere, hatte ich mehrere Fragen gestellt."

„Was soll das? Werde ich hier verhört?" Eine leichte Aggression lag in Frau Blums Stimme.

Interessant, bemerkte LTM für sich. Wer ein reines Gewissen hat, braucht nicht zum Gegenangriff überzugehen.

„Nun, Wolfsburg und Jossgrund ist zwar nicht so weit auseinander wie Palermo und Wolfsburg, um einen Kinofilm zu zitieren, doch fragt man sich, wieso jemand eine solche Reise auf sich nimmt. Und, ich wiederhole mich:

Zum ersten Mal? Zum wiederholten Mal? Mit welchem Motiv?"

„Frau Möller", reagierte die Professorenwitwe ein wenig gereizt. „Ist das der Ton der heutigen Jugend? Es geht doch um mein Privatleben. Ich bin Ihnen wirklich keine Rechenschaft schuldig."

„Oh nein, verehrte Frau Blum, da täuschen Sie sich. Der Grund für den Tod Ihres Mannes war entweder ein Unfall oder ein Mord oder eine mystische Mischung aus beidem. Sie stehen immer noch auf der Liste der Tatverdächtigen, auch wenn das Verfahren eingestellt worden ist. Tote sprechen nicht mehr. Dennoch hat uns Frau Bulling nach ihrem Ableben indirekt viele neue Informationen geliefert, die wir gerade überprüfen. Wussten Sie zum Beispiel, dass Frau Bulling und Herr Noll eine gemeinsame Tochter haben?"

„Ja, natürlich, das hat Alex mir erzählt."

„Und wann?"

„In den letzten Tagen. Ich habe seine Tochter sogar kennengelernt, bevor sie nach München zurückgefahren ist."

Immerhin. In dieser Richtung bestand also Offenheit. „Noch einmal. Sind Sie das erste Mal seit dem Tod Ihres Mannes hier oder nicht?"

Nur ein kurzes Zögern, dann: „Nein, nicht das erste Mal."

Interessant. Ihr Gatte lag noch keine vier Monate im Grab und schon begab sich die lustige Witwe auf Reisen? Auch der persönliche Eindruck war ein anderer als zuvor in Wolfsburg. Sie war ganz anders gekleidet. Frisch. Jugendlich. Helle Farben. Moderne Frisur. Waren die Haare nicht auch heller?

„Haben Sie sich die Haare gefärbt?" LTM.

„Erlauben Sie!" Nun schaute sie den Kommissar an. „Kommissar Seibold. Muss ich mir das gefallen lassen?"

Der zuckte nur mit den Schultern. Alex Noll hatte während des immer heftiger werdenden Dialogs das Essen allmählich eingestellt. Das nur halb gegessene Brötchen lag auf dem Teller, der Honig lief über die Kante des Brötchens. Auf dem Teller bildete sich ein bernsteinfarbener See.

„Also ja", fuhr LTM ungerührt fort. „Ein anderes Thema: Frau Bulling hatte damals den Biobauern, Herrn Röder, unter Verdacht. Er wurde daraufhin auch von Kommissar Seibold vernommen. Ohne Ergebnis. Wie sehen Sie beide das heute? Haben Sie neue Erkenntnisse oder Informationen?"

„Was soll ich dazu sagen? Ich habe keine Ahnung. Ich lebe hier nicht. Außerdem kenne ich den Mann gar nicht. Axel?" Das Muster blieb. Frau Blum ging voran und übernahm die Initiative.

Der Imker zuckte mit den Schultern. „Wir sind im selben Alter, kennen uns aber kaum. Ich begegne ihm nur selten. Er lebt sehr zurückgezogen und hat fast gar keinen Bekanntenkreis. Man könnte ihn als Einsiedler bezeichnen. Auch wenn er etwas brummig wirkt, ist er, glaube ich, kein schlechter Mensch."

Seibold schaute auf die Uhr. „LTM, wir müssen zu unserem nächsten Termin. Ihnen ein schönes Frühstück. Ach, wie lange bleiben Sie denn, Frau Blum?"

„Das weiß ich noch nicht. Alex und ich wollten einige Schulerinnerungen auffrischen und alte Bekannte hier in der Gegend besuchen."

Wieder eine Antwort, die keine war. Oder doch.

## Pettersson und Findus

Im Auto. LTM. „Wir haben keinen Termin. Zurück ins Jossgrundbüro alias Hotel? Sie wollten das Gespräch beenden? War ich zu vorlaut? Wissen Sie, Cheffe, das war hysterisches Gegacker. Sie kennen doch bestimmt Pettersson und Findus, die schwedische Kinderserie. Da gibt es eine Katze. Die geht in den Hühnerstall. Dann gackert das Federvieh immer ganz aufgeregt drauflos. Das war hier auch so. Blond gefärbte Haare. Auf jung getrimmt. Nachtigall, ich hör dich quietschen." LTMs Redefluss war nicht zu stoppen.

„Ick hör dir trapsen", korrigierte der Kommissar.

„Sag ich doch, wenn solche Vögel mit ihren Krallen über Steinterrassen hopsen, quietscht es mehr als es trapst. Habe ich selbst schon beobachtet und gehört. Cheffe, die Frau ist nicht koscher. Ihr Verhalten zeigt, dass sie uns etwas verheimlicht."

„Na klar, ist doch ganz einfach", sagte Seibold. „Ihr Gatte liegt kaum vier Monate im Grab, und sie macht sich bereits auf den Weg. Das ist noch eine ältere Generation, LTM. Früher war es üblich, ein Trauerjahr in Schwarz zu führen. Sie bricht mit den Normen ihrer Generation. Das macht ein schlechtes Gewissen."

„Ja, sehe ich auch so. Dennoch schwingt da etwas anderes mit. Schließlich stand sie damals auf Ihrer Liste! Allein oder mit Beteiligung, vielleicht mit dem Imker oder eben dem Erdbeben."

„Und jetzt?", fragt der Kommissar.

Sie grinste, wie er mit einem Blick zur Seite feststellte. „Für mich ist der Fall klar. Für Sie auch?"

„LTM kopiert Kommissar Bernard."

„Ja, der Typ war cool. Günther Neutze in der Hauptrolle. Einer der drei Neutze-Brüder."

„Drei? Ich kenne nur Günther und Horst Michael."

„Hanns."

„Hans Neutze?"

„Hanns Lothar, mit zwei n. Geboren als Hanns Lothar Neutze, und unter dem Künstlernamen Hanns Lothar auftretend."

„Hast du Psychologie studiert oder Filmwissenschaft?"

„Man darf doch wohl ein Hobby haben und ein bisschen Allgemeinbildung voraussetzen, oder nicht?"

Rums. So war LTM. Süß.

„Also", begann der Kommissar. „Ich würde sagen, wir nehmen die Fährte wieder auf. Damals befand sich der Biobauer im Visier. Die Witwe saß weit entfernt in Wolfsburg. Mittlerweile habe ich vom Biobauern ein ganz anderes Bild als damals. Und die Witwe ist dem Geschehen auf einmal ganz nahe gekommen. Gefährlich nahe. Täter und Tatort, das kennen wir ja zur Genüge. Auch wenn vielleicht der Imker das eigentliche Motiv ist. Wir sollten überprüfen, ob sie schon früher in der Nähe war. Damals konnte sie kaum beim Imker übernachten. Also, LTM: Hotelspurensuche."

„Bingo. Wird erledigt."

Sie setzte den Kommissar im Hotel ab, ging auf ihr Zimmer und schnappte sich ihr Notebook. Zwar hatte sie eine Datenbank, in der sie die relevanten Fakten der von ihr bearbeiteten Fälle archivierte, aber sie musste gar nicht nachschauen. Den Zeitpunkt des Erdbebens hatte sie sowieso im Kopf. Der Todestag des Professors. Also die Tage davor. Dann besorgte sie sich die Berechtigung für den Zugriff auf das Melderegister und hoffte auf einen Treffer in Bad Orb. Leider nicht der Fall. Nähere Umgebung, auch nichts. Allerdings konnte es sein, dass Frau Blum bei einer kleinen Pension abgestiegen war, die das Meldeverfahren nicht so ernst nahm, bei Freunden übernachtet hatte oder in der weiteren Umgebung abgestiegen war.

Sie holte tief Luft. Dann schloss sie die Augen und entspannte sich. Was sagte ihre Intuition? Wenn sie gekommen war, dann nach Bad Orb. Da man in Hotels beim Ausfüllen des Meldescheins keinen Ausweis vorzeigen musste, könnte sie unter einem anderen Namen abgestiegen sein. Ein Kunstname wäre gefährlich gewesen, da automatische Suchprogramme auch solche Algorithmen enthielten. Also ein richtiger Name. Vielleicht hatte sie die

Daten einer Person verwendet, von deren Existenz sie wusste und die völlig unbedenklich war, weil sie nicht auf Reisen war. Also jemand aus ihrer Umgebung in Wolfsburg. Ferner glaubte LTM, dass Frau Blum, anders als ihr recht geiziger Mann, das Leben genießen wollte. Das beste Hotel in Bad Orb war das Kurhotel neben der Therme.

Sie veränderte ihre Eingaben und bekam an den drei Tagen vor dem Erdbeben prompt einen Eintrag gemeldet: Frau Isolde Kösling, Elbinger Weg 1, Wolfsburg. Im örtlichen Telefonbuch nachgeschaut: Die Person war gemeldet. LTM wählte die Ziffern. Kurze Zeit später meldete sich die Stimme einer älteren Dame. „Kösling, ja bitte?"

„Guten Tag, Frau Kösling. Hier ist das Kurhotel in Bad Orb. Herzlichen Glückwunsch. Sie haben gewonnen!"

Die Leitung schien tot zu sein. „Junge Dame, ist das wieder einer dieser Tricks auf den Kaffeefahrten, mit denen Sie ältere Leute hereinlegen wollen?"

LTM grinste. Die Dame gefiel ihr. „Nein, Frau Kösling. Unser Hotel verlost pro Quartal einen Reisegutschein. Als sie vor gut drei Monaten bei uns zu Gast waren, haben Sie wie alle anderen Gäste an der Verlosung teilgenommen. Sie haben gewonnen: eine Woche freie Kost und Logis und kostenloser Eintritt in unsere Therme!"

„Junges Fräulein, das hört sich gut an. Leider war ich noch nie in meinem Leben in Bad Orb."

LTM hätte schreien können!

„Ups, Frau Kösling, das tut mir leid. Dann muss es eine Verwechslung sein."

„Keine Ursache, junges Fräulein, keine Ursache."

LTM stürmte aus ihrem Zimmer. Doch halt, zu schnell. Wo bekam sie jetzt ein Foto von Frau Blum her? Fiebrig recherchierte sie im Internet. Die Beerdigung des Professors in Wolfsburg. Er war doch ein Promi. Die Witwe auf der Beisetzungsfeier. Da würde es mit etwas Glück ein Foto geben. Bingo! Sie lud es auf ihr Notebook, machte eine Ausschnittvergrößerung und bearbeitete es noch ein wenig.

Dann stürmte sie los. Da sie dieses Mal auf die schwachen Nerven ihres Chefs keine Rücksicht nehmen musste, kitzelte sie aus seinem Polo alles heraus und ließ ihn auf vollen Touren durch den Jossgrund brausen. Nebenher sang sie ein paar Liedchen und versuchte, die mit der jeweiligen Drehzahl verbundene Tonhöhe als Kontrapunkt zu nutzen und harmonische Akkorde mit ihrem Gesang zu produzieren. Um ehrlich zu sein, hatte sie diese Methode ihrem Papa abgeschaut. Der hatte bisweilen die Marotte, das Brummen des elektrischen Rasierapparats als Unterton für sein Stimmbandtraining zu benutzen. Er klang dann wie ein einsamer Mönch, der in einer Kirche Choräle singt. Da sie das Verhalten ihres Papas, der völlig unmusikalisch war, etwas abstrus fand, hatte sie ihn mal darauf angesprochen. Die Auflösung war banal. Er hatte bei einer Schauspielerin ein Medientraining absolviert. Sie hatte ihm diese und weitere Übungen zur Kräftigung seiner Stimme verordnet.

Das passte zu ihrem Papa. Er war öffentlichkeitsscheu und bereitete sich gerade deshalb auf diese Auftritte gewissenhaft vor. Sie grinste und summte weiter ihre Melodien. Wenigstens etwas hatte sie sich von ihrem gestrengen Papa abgeschaut.

Im Kurhotel angekommen fragte sie an der Rezeption nach dem Chef. Förmlich, aber nicht unfreundlich, auf alle Fälle gut trainiert, erwiderte die Dame: „Vielleicht kann ich Ihnen auch helfen."

„Das können Sie sicherlich", antwortete LTM. „In diesem Fall wäre mir Ihr Chef aber böse, da es um eine diskrete Angelegenheit geht."

„Ich werde schauen, ob er Zeit hat."

Eine Minute später kam ein jüngerer Herr. Keine 35 Jahre alt. Hotelchef in so jungen Jahren?

„Was kann ich für Sie tun?"

LTM gab ihm die Hand. „Möller. Können wir dort auf die Seite gehen?" Sie blickte Richtung Bar. Daneben gab es zahlreiche Sitzgelegenheiten. Kein Mensch hielt sich zu dieser Zeit dort auf. Sie nahmen Platz.

„Kriminalpolizei Frankfurt." Sie zeigte ihren Dienstausweis. „Wir ermitteln in einer diskreten Angelegenheit, und ich möchte vermeiden, dass Ihre Angestellten davon erfahren. Ich hoffe, das ist in Ihrem Sinn."

„Ich bin Ihnen dankbar. Worum geht es?"

„Vom 15. Juni bis 17. Juni war eine Frau Kösling hier zu Gast. Das habe ich aus dem Melderegister erfahren. Sie haben doch bestimmt Dienstpläne, aus denen man ersehen kann, wer seinerzeit an der Rezeption eingesetzt war. Ich möchte dieser Person einige Fragen stellen."

„Frau Kösling, die Dame aus Wolfsburg?"

LTM zog die Augenbrauen hoch. „Si!"

„Ich erinnere mich an sie. Zwar stehe ich nicht oft an der Rezeption, aber den einen oder anderen Gast bekomme ich mit. Die Dame trat sehr fordernd auf, weshalb ich eingeschaltet wurde. Sie hatte ein Einzelzimmer gebucht, wollte aber für eine Nacht ein besonders schönes Doppelzimmer haben, weil ihr Mann zu Besuch kam."

„Haben Sie den Mann zufällig kennengelernt?"

„Nein, nicht zufällig, sondern bewusst."

„Das verstehe ich nicht."

„Nun, wenn der Hoteldirektor bei einem anspruchsvollen Gast involviert ist, mache ich aus Prinzip daraus ein Training für meine Angestellten. Ich habe Frau Kösling einen Gutschein für das Abendessen ausgestellt, damit sie den hohen Preis für unsere Suite auch akzeptiert. Beim Essen habe ich mich dann nach ihrer Zufriedenheit erkundigt."

„Wie sah der Mann aus?"

„Oh, in Ihrem Alter, aber sehr sportlich! Groß gewachsen, athletisch, viril. Ja, ein sehr stattlicher Mann mit einer prächtigen Mähne."

Also nicht der Professor. Ganz klar: der Imker.

„Ich habe hier ein Foto von Frau Kösling, zur Sicherheit." Sie klappte das Notebook auf und zeigte das Bild von Frau Blum.

„Ja, das ist sie. Allerdings war sie frischer gekleidet. Aber es war ja auch Frühsommer."

„Danke, Herr Gebauer", hatte sie seinen Namen abgelesen. „Wir werden Sie später als Zeugen brauchen. Denn diese Frau Kösling heißt in Wahrheit Blum. Die offizielle Zeugenaussage können Sie auch in der Polizeidienststelle in Bad Orb abgeben. Dafür müssen Sie nicht extra nach Frankfurt kommen."

„Das ist sehr angenehm. Aber worum geht es denn?"

„Nun, Sie verstehen, dass wir bei laufenden Ermittlungen keine Auskünfte geben können. Aber ich sage Ihnen zumindest so viel: Der Mann, der mit Frau Blum die Nacht verbracht hat, war nicht ihr Ehemann."

Der Hotelchef grinste. „Aber das kommt doch ganz häufig vor!"

**Haftbefehl**

Zurück im Hotel schlich LTM auf ihr Zimmer. Sie wollte dem Kommissar nicht über den Weg laufen.

Dann setzte sie eine förmliche Email auf und beantragte Haftbefehl gegen Frau Blum. Das war vielleicht ein wenig voreilig. Aber sie hatte eine gute Intuition und eine Beziehung, die sie jetzt nutzen würde. Wenn Sie als Tochter schon unter Papa Staatsanwalt zu leiden hatte, sollte sich dies anderweitig bezahlt machen.

Um 17 Uhr hatte sie alles erledigt. Noch eine Stunde Zeit bis zum Abendessen mit ihrem Chef. Sie setzte sich im Lotussitz auf den Boden und meditierte eine halbe Stunde.

Dann ging sie erfrischt nach unten. Seibold saß schon da.

„Cheffe, wir feiern!"

„Was denn?"

„Sie hatten Recht. Es war die Blum."

„Soso, und woher weißt du das?"

„Ihr Hotelauftrag war richtig. Ich bin ihr auf die Fährte gekommen."

„Sie war damals also tatsächlich in einem Hotel hier in der Gegend gemeldet?"

„Nein, war sie nicht, sondern Frau Kösling." Sie schmunzelte.

Seibold merkte, dass LTM wieder spielen wollte. Diese Kinder! Aber er spielte mit. „Also unter falschem Namen."

„Ja, genau!"

„Wie hast du das herausgefunden?"

LTM berichtete es ihm. Und auch den Rest.

„LTM, Klasse! Dickes Kompliment. Aus dir wird noch was!"

Jetzt lachte sie. Sie und ihr Cheffe. Oder Cheffe und sie. Ganz egal. Aber ein tolles Team!

„Du willst feiern", befand der Kommissar. „Lass mich raten, die Riesenbratwurst oder lieber das Kilo T-Bone?"

„Wieso oder?"

Beim Abendessen besprachen sie dann, wie die Tat abgelaufen sein konnte und die Strategie, mit der man Frau Blum zu einem Geständnis bewegen konnte. Sie tüftelten verschiedene Varianten aus.

Längere Zeit berieten Sie über den Imker. Wusste er davon? Deckte er die Tat? Alte Liebe rostet nicht.

Die mittlerweile verstummte Kräuterhexe kam auch zu Wort und wurde analysiert. Dabei kam es zu einem Disput.

„Sie war ein ganz schönes Früchtchen", stellte der Kommissar fest.

„Wieso?" Schon LTMs Stimme ließ erkennen, dass sie auf Krawall und Verteidigung eingestellt war.

„Na, ihr Mann ist auf Reisen. Dann verführt sie den Biobauern im Heu und zeigt ihn wegen Vergewaltigung an, um ihren guten Ruf und ihre Ehe zu retten, weil sie erwischt wurden. Das ist doch beinhart! Damit nicht genug. Vom Imker wird sie schwanger, entzieht ihm die Tochter und schwärzt ihn so an, dass er keine Chance hat, mit seiner Tochter in Kontakt zu treten. Tot. Krebs. Die Tochter schickt sie in die Wüste zu Pflegeeltern, nur um ihr schickes Jossgrund-Leben mit ihrem Ingenieur zu verbringen. Rabenmutter und Männerverbrennerin, also das pure Gegenteil einer Heiligen."

„Cheffe, das dürfen Sie nicht so eng sehen. Sie war jung. Wollte leben! Was turnt ihr Mann auch irgendwo in Afrika herum? Der war dort vermutlich auch kein Kind von Traurigkeit. Vielleicht hat sie sogar etwas mitbekommen. Ingenieure auf Reisen, tun nicht nur speisen, sondern kosten auch von anderen süßen Leckereien."

Das reimt sich nicht, wunderte sich der Kommissar. Vielleicht war sie dieses Mal zu erregt, als dass ihr spontan ein Limerick gelang.

„Du nimmst sie in Schutz. Das ist in Ordnung. Im Alter schien sie auch anders geworden zu sein. Die Lebenserfahrung läutert uns Menschen. Ein alter Stein, der im Flussbett des Lebens abgeschliffen wird, ist auch nicht mehr eckig und kantig, wie in seiner Jugend, sondern rund. Gleichwohl hatte sie auch im Alter noch Haare auf den Zähnen, das haben wir beide zu spüren bekommen."

„Aber der Imker ist schon eine fatale Figur", nahm LTM ihn erneut unter die Lupe. „Offenbar ein Frauenversteher, aber kein Frauenhalter, sondern ein Bienenhalter. Die Frauen laufen ihm entweder davon, wie Frau Blum ihrem Professor hinterher, oder lassen sich nicht einfangen, selbst dann nicht, wenn sie mit ihm ein gemeinsames Kind hat. Merkwürdig. Dabei ist er so groß und stattlich. Sogar jetzt im Alter noch attraktiv. Wieso?"

„Keine Ahnung. Du bist doch die Profilerin."

Sie grübelte. „Ich finde ihn sympathisch. Aber irgendwie, ich weiß nicht, ich finde, er hat keinen Arsch in der Hose. Ist es das?"

Seibold nickte. Ja, das dürfte es sein. Er hätte mehr kämpfen müssen. Auch bei Frau Blum war offenkundig: Sie hatte die Hosen an.

„Und die Tragik ist, dass er seine alte Liebe womöglich auch nicht halten kann, weil wir sie ihm wegschnappen." LTMs Schlusswort des Abends.

**Verhaftung**

Es geht doch nichts über gute Beziehungen. Papa hatte gespurt! Das war auch völlig o.k., denn er hatte einiges gut zu machen.

LTM gurrte vor Freude, als sie ihre morgendlichen Emails aufrief. Der Haftbefehl war als elektronisches Dokument angekommen. Das Hotel hatte bestimmt einen Drucker. Gedacht, getan. Sie sprang nach unten und fragte sich bis zur Chefin durch. Schnell lud sie aus dem Internet den Treiber herunter, schloss das Notebook an das Gerät an und gab den Befehl zum Drucken. Die Chefin wollte sich über das Papier beugen, doch LTM verwehrte ihr den Blick. „Zutritt verboten!"

Dann schnappte sie Technik und Papier und ging in die Gaststube. Der Kommissar war noch nicht da. Heute würde es ein anderes Frühstück werden. Abwechslung bestimmt das Leben. Sie gab der Bedienung einige Sonderwünsche mit auf den Weg. Sie solle darauf achten, wenn Herr Seibold die Treppe herunterkäme und dann den besprochenen Ablauf vornehmen.

Und da war Seibold auch schon. Eine junge Bedienung servierte dem Kommissar einen duftenden Teller. „Strammer Max für Sie!"

Der Kommissar schaute erstaunt. „Strammer Max?"

LTM: „Kennen Sie nicht? Tribut an Norddeutschland, zur Feier der Auflösung. Eine Scheibe gutes Bauernbrot, etwas Butter, Schinken und darauf zwei Spiegeleier. Sie werden sehen: Das gibt Kraft für das anstehende Verhör." Beim letzten Wort flüsterte sie.

Dem Kommissar, der immer mit seinem Gewicht haderte und kämpfte, schmeckte es ausgesprochen gut. Das Frühstück verlief einmal mehr als Monolog. LTM textete ihn zu und sprang von einem Thema zu einem anderen, wie ein Wasserfrosch von Seerose zu Seerose. Zwischendurch gluckste sie vor Freude. Das Bild passte. Und zum Schluss war der Kommissar im Bilde. Sogar der schriftliche Haftbefehl war vorhanden.

Dann fuhren sie los zum Hof des Imkers. Es war wieder kurz vor neun Uhr. Und sie hatten auch dieses Mal Glück. Das Liebespaar schien morgens erst einmal in Ruhe auszuschlafen und dann immer gegen 9 Uhr zum Frühstück zusammenzukommen. So auch dieses Mal. Die Szene war fast eine Wiederholung der letzten. Klingeln. Öffnen. Erstaunen. Gedeckter Tisch für zwei. Er noch alleine.

Seibold und LTM hatten sich darauf verständigt, dass sie den Angriff durchführen sollte. Das lag LTM im Blut. Straightforward, geradlinig aufs Ziel zuschießen.

Als alle, auch Frau Blum, am Tisch saßen und das übliche Geplänkel vorbei war, schoss sie sofort los. Von Null auf Hundert in zwei Sekunden. Schneller als ein Rennwagen.

„Hallo Frau Kösling."

Der Treffer saß. Frau Blum erstarrte.

„Ein Kommissar im Fernsehen würde Ihnen jetzt die Frage stellen: Wo waren Sie in der Nacht vom Soundsovielten auf den Soundsovielten? Und in welcher Nacht waren Sie mit Herrn Noll zusammen? Im schönen Kurhotel von Bad Orb."

Seibold liebte diese Leichtigkeit und Unbeschwertheit. Er hatte dann immer das Gefühl, im Theater oder im Kino zu sitzen. In der allerersten Reihe. Mitten im Geschehen. Ihr Vorgehen entsprach zwar nicht ganz den Vorschriften, aber was sollte es. Ihr Ton war eben salopp. Die Jugend! Die Zeiten änderten sich. Und da sie brillant war, durfte sie sich mehr erlauben.

Imker und Witwe saßen da wie Wachsfiguren. Auch wächsern bleich.

„Am besten, Frau Blum, Sie erzählen uns Ihre Version."

„Ich weiß von keiner Frau Kösling", versuchte sie es mit Leugnen.

„Liebe Frau Blum", begann LTM. Seibold kannte auch dieses Muster zur Genüge. Wenn diese Form der Anrede kam, fühlte sich LTM schlichtweg verarscht. Meistens wurde es danach für den Gesprächspartner noch bitterer. „Ich mag ja aus Ihrer Perspektive in die Kategorie Enkeltochter passen, was unseren Altersabstand anbelangt. Aber weder Alter noch Altersabstand schützen bekanntlich vor Dummheit oder Torheit. Immerhin waren Sie mit einem Professor verheiratet und sollten in den langen Ehejahren einiges darüber gelernt haben, wie man wissenschaftlich arbeitet. Auch das ist hinlänglich bekannt. Nicht nur Wesenszüge gleichen sich an, sondern sogar optische Erscheinungsformen. Ersparen Sie mir ausführliche Berichte, wie sich alleinstehende Personen, männlich wie weiblich, die mit einem treuen Vierbeiner zusammenlebten, im Laufe des Lebens auch optisch anglichen. Ich appelliere somit an Ihre Vernunft und empfehle Ihnen dringend und ein letztes Mal, reinen Tisch zu machen."

„Ist es denn ein Verbrechen, sich hier im Hotel einzumieten? Weil ich vielleicht in der Nähe meines Mannes sein wollte? Falls er mich brauchte? Mein Mann war sehr eigen als Wissenschaftler. In der Tat. Aber er brauchte auch immer wieder Nähe." Kurz vor dem letzten Wort zögerte sie ein wenig. Sie schien wohl zu überlegen, wie es auf den Imker wirkte. „Er mochte es aber überhaupt nicht, wenn man ihm zu nahe kam. Also beschloss ich, ihm inkognito nachzureisen. Telefonisch standen wir ja in enger Verbindung. Wenn er mich brauchen würde, wäre ich schnell da gewesen. Dann hätte er mich als wissenschaftlichen Schatten auch akzeptiert. Wenn nicht, wäre ich wieder still nach Hause gefahren und hätte ihm nichts davon erzählt."

„Und da es Ihnen allein langweilig wurde, haben Sie beschlossen, sich von Herrn Noll die Einsamkeit vertreiben zu lassen", spann LTM die Märchengeschichte fort.

„Darf man denn keinen Besuch im Hotel empfangen?" Das klang schon ganz schön pampig.

„Wohl schon. Wenn man aber vorher von einem Einzelzimmer auf ein Doppelzimmer wechselt, klingt das irgendwie anders, oder nicht?"

„Wer behauptet denn das?"

„Der Hotelmanager, der Sie auch eindeutig identifiziert hat."

„Na und? Mein Mann war auch nicht immer treu, wie mir einige seiner Studentinnen unbedingt mitteilen mussten."

„Und was geschah in der Nacht des Erdbebens?"

„Mein Mann starb, wie Sie wissen. Leider ist es weder Ihnen noch Ihrem Vorgesetzten gelungen, den Hergang der Nacht eindeutig aufzuklären. Mein Favorit für eine solche Tat ist weiterhin der Bauer Röder. Mein Mann war ihm auf der Fährte. Genmanipulierter Mais, Pestizide. Das spricht doch Bände!"

„Und Sie waren in dieser Nacht im Wald. Auf den Spuren Ihres Mannes. Er hatte Sie ausführlich darüber informiert, dass er dem Biobauern nachts auf die Spur kommen wollte. Also waren Sie dort in der Nähe und ergriffen die Gelegenheit beim Schopfe."

„Sie haben eine lebhafte Phantasie, junges Fräulein", gebrauchte sie denselben Begriff wie die echte Frau Kösling.

Der Imker rutschte die ganze Zeit etwas unruhig auf der Bank hin und her. LTM bemerkte dies und fragte: „Herr Noll?"

„Ich weiß nicht, ob Martha, also Frau Bulling, Ihnen davon berichtet hat."

„Wovon?"

„Sie war nachts an der Grube, in denen der Biobauer seine Fässer versteckt hatte, und wollte sie dem Professor zeigen. Sie war mit ihm verabredet."

LTM schaute fragend.

„Ja, das ist uns bekannt", sprang der Kommissar ein.

„Ich möchte Martha keinesfalls beschuldigen. Aber sie war auf den Röder nicht gut zu sprechen."

„Auch das ist uns bekannt."

Dann schwiegen alle.

LTM. „Sie wollten Ihrer Freundin, darf ich das so sagen, beispringen."

„Jou. Sie wollen den Fall doch aufklären. Also brauchen Sie Informationen, um die Wahrheit herauszufinden."

„Und Sie, Herr Noll, waren Sie in dieser Nacht auch im Wald?"

Er zuckte mit den Augenlidern. Hieß das ja?

„Interessant. Nachts im Wald. Auf alle Fälle der Professor. Dann Frau Bulling, auch bestätigt. Vielleicht auch der Biobauer, nicht bestätigt. Aber Sie auch, Herr Noll?"

„Nein." Er war eine ehrliche Seele. Vermutlich sagte er die Wahrheit. Aber warum zuckten seine Augen?

„Aber irgendetwas beschäftigt Sie. Was?"

Er zögerte jetzt sehr lange. Doch dann kam ein leises Jou aus seiner Kehle.

„Dann schildern Sie uns doch, was Sie wissen."

Er stand auf. „Ich muss erst mal auf Toilette."

Frau Blum schaute indigniert auf den gedeckten Frühstückstisch, entschied sich dann aber doch, ein Brot zu nehmen und mit einer Scheibe Schinken zu belegen. Ohne Butter oder Margarine.

Nach einiger Zeit kam der Imker wieder. Offenbar hatte er sich kaltes Wasser ins Gesicht gespritzt, zumindest ließen dies einige Haare vermuten, die feucht auf der Stirn klebten.

„Tut mir leid, Barbara", schaute er Frau Blum an. „Ich muss mein Gewissen erleichtern. Seit Gerolds Tod kann ich nicht mehr ruhig schlafen." Längere Pause. Die Spannung in der Wohnküche schien zu knistern. Recht ungerührt biss Frau Blum in ihr Brot.

„Gerold hatte zwei Dinge herausgefunden. Dass du ihm gefolgt bist und dass zwischen uns beiden etwas ist." Frau Blum kaute indessen weiter. Nach einer Pause. „Wir haben noch nicht darüber gesprochen. Zunächst konnte er dich zu Hause unter eurer Festnetznummer zwei Mal nicht erreichen. Das machte ihn misstrauisch. Er recherchierte und fand heraus, dass du in Bad Orb bist. Das hat er mir gesagt."

Jetzt hatte sie ihr Brot zu Ende gekaut und heruntergeschluckt. Sie wurde wesentlich aufmerksamer und verfolgte das Gespräch intensiver. Ihre Augen wurden kleiner. Der Imker machte weiter. „Außerdem hatte er im nächsten Schritt herausgefunden, dass zwischen uns etwas war."

Der Imker war eine grundehrliche Haut. Die folgende Pause war nicht inszeniert, sondern entsprach seiner Hilflosigkeit. „Ich habe mit dir nicht darüber gesprochen. Damals. Es tut mir leid. Aber dein Mann sagte damals: Erst löse ich den Bienenfall. Dann werde ich den zweiten Fall lösen. Er sagte es mit einem Unterton, den ich nie vergessen werde. Ich verstehe bis jetzt nicht, was das alles bedeutete. Er sah mich so merkwürdig an."

Alle schwiegen. Er irrte immer noch hilflos in seiner Gefühlswelt umher. „Hat er damals nicht mit dir gesprochen?"

Jetzt explodierte Frau Blum. „Bist du bescheuert, mir so in den Rücken zu fallen?"

LTM und Seibold notierten sich diese Eruption. Speicherten sie verbal und optisch auf ihren Festplatten. Daraus würde sich ein gutes Verhör entwickeln lassen.

LTM zog den Haftbefehl aus ihrer Tasche und belehrte Frau Blum über ihre Rechte.

**Polizeipräsidium**

*Frau Blum war mittlerweile in U-Haft angekommen. Dem Leser seien die bürokratischen Zwischenschritte erspart.*

Kommissar und LTM bereiteten sich auf das ultimative Verhör vor.

Währenddessen waren die Ermittlungen gegen den Arzt in Offenbach erfolgreich weitergegangen. Er gestand schließlich, weil sich die Schlinge um seinen Hals immer tiefer zugezogen hatte. Die Ablenkungsstrategien und Nebelkerzen hatten nicht funktioniert. Sein Anwalt, Dr. Schlauibus, wie LTM ihn nannte, hatte ihm geraten, das kleinste Schuldgeständnis zu wählen: Das war in diesem Fall die Einleitung einer Behandlung, die letztlich nicht erfolgreich war. Das ausführliche medizinische Studium eines solchen Falls, dass der Anwalt vorgenommen hatte, bedeutete folgendes: Es war kein Kunstfehler. Der menschliche Organismus funktioniert nicht wie eine Maschine. Jeder Mensch reagiert anders. Er, Dr. Hübner, hatte sich körperlich und seelisch außerordentlich engagiert um seine Patientin gekümmert. Der Anwalt war Experte im Einschätzen von Richtern. Mit diesem Vorgehen würde er Pluspunkte für den Arzt sammeln und ihm seine Approbation retten. Außerdem sollte er erklären, das Erbe nicht annehmen zu wollen. Er wäre von anderen Voraussetzungen ausgegangen, in Unkenntnis einer Tochter.

Krauter hatte ihnen heute telefonisch berichtet. Seibold und LTM machten einen Haken hinter den Arzt. Erledigt. Aber die Professorenwitwe bereitete ihnen Sorgen. Beide waren fest von ihrer Schuld überzeugt. Aber es gab bis jetzt keinen stichhaltigen Punkt, um sie festzunageln. Wenn sie standhaft leugnen und kein Dritter sie belasten würde, käme sie vermutlich durch.

Also vereinbarten sie, auch den Imker zum Verhör zu laden. Im System der Verteidigung war er der Schwachpunkt. Die Psychologin in LTM hatte herausgearbeitet: grundehrlich, konfliktscheu, wenig kämpferisch, nachgiebig, lässt sich von anderen dominieren. Er hatte den Stein ins Rollen gebracht. Nun gab es einen Konflikt zwischen ihm und der Professorenwitwe, den sie und Seibold zusätzlich schüren wollten. In diesen Spalt musste man einen Keil treiben und kräftig draufhauen.

Sie nahmen sich zuerst Frau Blum vor. Der Imker wartete in einem anderen Zimmer. Schon nach kurzer Zeit drehte sich das Gespräch mit Frau Blum im Kreise. Sie hatte sich gut im Griff und ließ sich zunächst nicht provozieren. Einen Anwalt wollte sie nicht, und der Aufzeichnung hatte sie achselzuckend zugestimmt.

„Wir machen eine Pause", entschied der Kommissar. „Wollen Sie einen Kaffee?"

„Nein, lieber einen Tee. Ostfriesenmischung mit etwas Sahne. Richtige Sahne, keine Kaffeesahne."

Seibold und LTM verließen den Raum und gingen in das andere Zimmer. Der Imker saß dort ohne Beschäftigung und schaute aus dem Fenster, als sie den Raum betraten.

„Herr Noll", begann der Kommissar, „das Gespräch mit Frau Blum hat zumindest einiges an Klarheit gebracht. Wie es aussieht, rostet alte Liebe nicht. Sie beide haben offensichtlich entschieden, Ihre frühere Beziehung wieder aufzugreifen."

„Jou."

Die gewählte Strategie war gefährlich. Einerseits wollten die beiden Kommissare den Eindruck erwecken, dass sich das zarte Band gefestigt hätte. Als Folge würde der Imker seiner Freundin zur Seite stehen. Schließlich wollte er endlich einmal eine Frau dauerhaft an seiner Seite haben. Andererseits barg dieses Vorgehen aber die Gefahr, dass er sie deswegen nicht in die Pfanne hauen würde. LTM meinte, diese Strategie sei etwas schizoid, könnte aber funktionieren, weil der Imker grundehrlich sei. Ein Verbrechen würde er nie decken! Also spekulierten sie, dass er im Glauben, ihr zu helfen, immer mehr nützliche

Informationen liefern würde, mit denen sie letztlich die Witwe entlarven könnten.

„Sie erzählten uns gestern, dass der Professor Ihnen und seiner Frau auf die Schliche gekommen war. Er wusste, dass seine Frau auch in Bad Orb war, und er hatte von Ihrem Verhältnis erfahren. Hat er Sie mit weiteren Vorhaltungen konfrontiert?"

„Nein. Er hat nur diese beiden Sätze gesagt. Und dass er sich erst um das Bienensterben und dann um das zweite Thema kümmern würde."

„Sind das nicht ungewöhnliche Prioritäten?"

Der Imker zuckte die Schultern. „Er war mit Leib und Seele Professor. Von Barbara weiß ich, dass ihm die Ehe völlig unwichtig geworden war."

„Ist es nicht dennoch merkwürdig, dass er mit seiner Frau in Bad Orb kein Treffen vereinbart hat?"

Der Imker zuckte die Schultern.

„Haben die beiden telefoniert? Ist Ihnen sonst etwas aufgefallen?"

„Ich weiß nicht."

„Und Frau Blum hat mit Ihnen über das Thema auch nicht geredet?"

„Nein. Sie hat es von mir erfahren. Sie waren dabei."

„Wieso haben Sie das nicht früher angesprochen?"

„Es war mir unangenehm."

LTM nickte. Das passte in sein Persönlichkeitsprofil: Konflikten aus dem Weg gehen. Jetzt musste sie die Schraube anziehen und mehr Druck erzeugen.

Sie hatte eine Idee und schaute Seibold an. Das Signal, dass sie das Verhör weiterführen wollte.

„Herr Noll. Sie wollen doch auch nicht, dass Frau Blum noch mehr in Verdacht gerät. Überlegen Sie doch mal: Was könnte in der Nacht passiert sein? Wir wissen, dass der Professor im Wald war und Frau Bulling. Sie wollte ihm ja das Loch zeigen, in dem die Giftfässer versteckt waren. Könnte es nicht sein, dass auch Frau Blum dort war? Was könnte sich dort zugetragen haben?"

Der Imker dachte angestrengt nach. Das war zu spüren. Sein Gesicht war angespannt, einige Stirnfalten gruben sich tiefer ein. Der Berg gebar aber nicht einmal eine Maus. „Ich weiß nicht, was sich zugetragen hat."

LTM dachte nach. Er war ein ehrlicher Mann. Richtig lügen würde er nicht. Dann wurde ihr klar, dass sie ihm keine mehrteiligen Fragen stellen durfte. Er hatte seine Antwort auf die letzte Frage bezogen. Sie änderte die Strategie.

„Waren Sie jede Nacht mit ihr zusammen?"

„Nein, nur die eine Nacht."

„Und die anderen Nächte?"

„Nein."

„Was hat Frau Blum in den anderen Nächten gemacht?"

„Keine Ahnung."

„In der Nacht des Erdbebens?"

„Weiß nicht."

„Es könnte also sein, dass Frau Blum in dieser Nacht im Wald war."

Er holte tief Luft, und es fiel ihm offensichtlich schwer, aber er sagte es. „Jou."

„Also konstruiere ich mal für Sie. Professor und Frau telefonierten. Er machte ihr Vorwürfe. Sie bedrängte ihn. Wie auch immer, das ist noch unklar, sie war dann im Wald. Und dort passierte etwas Außergewöhnliches. Vielleicht ein Streit. Das Erdbeben. Eine Mischung aus Schubsen und Fallen. Der Professor tot, seine Frau erst Täter, dann Witwe, Frau Bulling Zeugin."

Sie ließ diese Prozesskette auf ihn wirken. Er schien deutlich blasser als zuvor.

Beim Kommissar machte es im Kopf Klick. Er schaute LTM an. „Bitte mach alleine weiter. Ich muss etwas nachschauen." Er verließ den Raum.

„Hat Ihnen Frau Bulling denn nach der Erdbebennacht nichts erzählt, was zur Aufklärung beitragen könnte?"

„Nein, sie hatte doch den Biobauern in Verdacht. Die Geschichte kennen Sie ja, mit der Vergewaltigung. Die beiden verband ein Leben lang eine hasserfüllte Beziehung. Und später wurde Martha auch noch grün, was sie vorher nicht war. Die Natur war ihr Leben und zum Schluss ihre Liebe. Weil der Biobauer gegen die Natur sündigte, verstärkte sich ihr Hass noch."

„Und vor dem Erdbeben? Was haben Sie da besprochen?"

„Martha und ich?"

Interessant. Er grenzte ein. Eine unbewusste Reaktion? Der Spur würde sie folgen.

„Ja."

„Nun, die Informationen, die für den Professor wichtig waren. Ich habe ja auch den Zettel überbracht, dass sie ihn um Mitternacht treffen wollte."

„Sie und den Professor?"

„Ich habe ihm nur den Zettel gegeben. Die Stelle kannte er."

„Sie und Frau Blum?"

Er wurde starr. Das schien ein Treffer zu sein. Kleinlaut gab er zu: „Ich habe Barbara davon berichtet."

„Also wusste Frau Blum von dem geplanten Treffen. Zeit und Ort waren ihr bekannt."

„Jou."

„Also könnte sie theoretisch dort gewesen sein."

Zögerlich und leise, aber ein, „Jou".

LTM lehnte sich zurück. Das war ein gutes Zwischenergebnis. Sie überlegte, wie es weitergehen könnte. Er wusste offensichtlich nicht mehr. Also musste sie Frau Blum mit den neuen Erkenntnissen konfrontieren. Noch perfider wäre natürlich die Strategie, Herrn Noll bestimmte Aussagen in den Mund zu legen. Oder sie könnte behaupten, dass Frau Bullings Tochter sich mit ihrer Mutter über die Ereignisse der Erdbebennacht unterhalten hatte. Letztlich war sie sich unschlüssig. Ein Verhör konnte man nur als roten Faden planen, letztlich musste man aber flexibel darauf reagieren, was der Tatverdächtige sagte und wie er körpersprachlich reagierte.

Sie verabschiedete sich vom Imker und verließ den Raum. Wo war der Kommissar? Sie beschloss, einen Zwischenstopp im Büro einzulegen, bevor sie sich erneut mit

Frau Blum beschäftigen würde. Sie sollte ruhig ein wenig schmoren. Das Vorzimmer war verwaist. Toni war offenbar unterwegs. Aber die Tür von Seibolds Büro stand offen. Er saß hinter seinem Schreibtisch und blätterte in einem Notizbuch. LTM durchzuckte ein elektrischer Schlag! Natürlich! Das Tagebuch von Frau Bulling.

„Na, Cheffe, schon etwas gefunden?"

„Ja, sauber protokolliert. Hier, lies selbst."

LTM vertiefte sich in die aufgeschlagene Seite und staunte nicht schlecht. Dann runzelte sie die Stirn.

„Also, auf in die nächste Runde. Blum, die vierte. Oder sind es schon fünf?"

Sie gingen in das andere Verhörzimmer. Frau Blum begehrte auf. „Es ist eine Frechheit, dass Sie mich hier so lange festhalten. Ich möchte jetzt gehen."

„Nein, Frau Blum bzw. Kösling. Sie haben uns mehrfach angelogen und sich die Wahrheit nur scheibchenweise entlocken lassen. Wir möchten nun endlich komplett aufgeklärt werden." Seibold.

Sie schwieg. Bockig kreuzte sie zusätzlich die Arme vor ihrer Brust.

„Wir wissen, dass Sie in dieser Nacht im Wald waren."

„Das stimmt nicht."

„Doch."

„Frau Blum, sie sind in einer schlechten Position. Wollen Sie nicht doch unserer Belehrung folgen und einen Anwalt einschalten?"

„Nein!" Sie lief dabei rot an. „Ich habe ein reines Gewissen und brauche keinen Anwalt."

„Also gut. Herr Noll hat zugegeben, dass Sie über Ort und Termin des nächtlichen Treffens zwischen Ihrem Mann und Frau Bulling informiert waren."

„Na und? Was beweist das denn?"

„Die Möglichkeit, dass Sie zur Tatzeit am Tatort gewesen sein könnten."

„Eben. Könnten." Sie äffte LTMs Tonfall nach.

LTM studierte sie intensiv. Interessant. Eine hartnäckige Lügnerin. Gab nur preis, was man sowieso schon wusste. Wirkte in ihrer echten Wut überzeugend. So könnte sie vielleicht sogar einen Lügendetektortest bestehen. Überzeugt sein von dem, was man sagte. An sich selbst glauben.

Sie seufzte und schaute den Kommissar an. „Wollen Sie den Vorleser spielen? Oder soll ich die Vorleserin geben?"

„Mach du ruhig."

LTM las aus Frau Bullings Tagebuch vor. „Gestern eine schicksalshafte Nacht. Wegweisend. Ist der Biobauer nun dran? Treffen mit Professor. Wollte Versteck der Giftfässer zeigen. Da kam einiges dazwischen." Sie machte eine Pause und schaute Frau Blum an.

„Was ist das?"

„Frau Bullings Tagebuch."

Die Witwe schwieg und kniff die Lippen zusammen. Sollte wohl heißen: Ich sage gar nichts mehr.

LTM las weiter. „Plötzlich tauchte eine fremde Frau auf. Wie war sie auf uns gestoßen? Tiefdunkle Nacht. Sie entpuppte sich als Frau des Professors. Die beiden fingen an zu streiten. Der Wortwechsel wurde heftiger. Es kam zu Handgreiflichkeiten. Und dann geschah das Unglaubliche."

LTM hörte auf zu lesen und sah Frau Blum an. „Wie geht es weiter? Sie sollten uns die Fortsetzung berichten."

„Nein. Lesen Sie weiter."

„Frau Blum, das Strafmaß reduziert sich bekanntlich, wenn der Täter kooperiert."

Starrsinnig entgegnete sie: „Ich habe keine Tat begangen."

„Das steht hier aber anders."

„Dann lesen Sie doch vor."

LTM ließ sich nicht verunsichern und blieb cool. „Also gut. Die Erde wackelte. Ein Erdbeben. Frau Blum stand direkt vor ihrem Mann. Sie stieß ihn. Er fiel und verschwand. Eine Erdspalte hatte sich gebildet. Als das Beben nachließ, kletterte ich hinunter. Er war tot. Der Kopf war abgeknickt. Genickbruch. Seine Frau stand erstarrt davor. Was sollte ich tun? Sie sagte nichts. Der Mond verschwand kurz hinter einer Wolke und kam dann wieder zum Vorschein. In dieses Licht hinein sagte sie: Alex Noll und ich haben ein Verhältnis. Nun steht mein Mann dem nicht mehr im Wege."

Frau Blum öffnete die Arme und atmete tief durch.

Seibold und LTM verstanden dies als Signal. Sie würde etwas sagen. In der Tat begann sie. Allerdings zuerst mit einer Frage.

„Ist das alles?"

LTM schaute noch einmal in das Buch. „Ja. Der letzte Eintrag an diesem Tag."

„Fast gut beobachtet und auch ziemlich gut wörtlich wiedergegeben", nahm Frau Blum ihre Darstellung des Geschehens auf, „aber eben nur fast. Die Nacht war recht hell. Wir hatten Vollmond. Es gibt übrigens, vielleicht ist Ihnen das bekannt, mehr Erdbeben bei Vollmond und Neumond. Der Himmel war leicht bewölkt. Ab und zu verschwand der Mond hinter einer Wolke. Dann wurde es schlagartig richtig dunkel, zumal die Bäume auch noch viel Licht schluckten. In anderen Momenten durchstrahlte der Mond das Nadelgehölz silbrig schimmernd. Es wäre eine schöne Nacht gewesen, wenn nicht dieser Unfall geschehen wäre. Ja, mein Mann und ich haben uns gestritten. Aber Sie sollen wissen, wie es sich genau zugetragen hat."

Es folgte eine sehr lange und überaus eloquente Darstellung des Geschehens. Ihrer Ehe. Der Anfangstage. Der Verliebtheit. Ihrer Entscheidung für ihn und gegen den Imker. Sie hätte hier alles aufgegeben und wäre ihrem Mann nach Wolfsburg gefolgt, nun wirklich nicht der Nabel der Welt. Eine Technokratiestadt, dominiert vom Volkswagenwerk. Sie hätte lieber in München gewohnt. Kultur. Kunst. Konzerte. Die Ehe ging mit den Jahren den Bach hinunter.

Die letzten Monate vor dem Tod ihres Mannes wären äußerst kritisch gewesen. Ihr Mann wäre auch nicht bereit gewesen, über ihre Beziehung zu sprechen. Letztlich brachte er es auf eine Formel, die er immer wiederholte. Er sagte, erst der Beruf, dann du. Das nervte sie. Sie hätte seit Monaten schon auf einer Aussprache bestanden. Und sie hätte ihm auch klipp und klar gesagt: Wenn nicht, verlasse ich dich.

Dann auf einmal dieses Bienensterben. Natürlich faszinierte ihn dieser Fall. Aus dem Slogan: Erst der Beruf, dann du, wurde: Erst der Fall, dann du. Sie reiste ihm hinterher. Versuchte, ihn vor Ort zu stellen. Er verweigerte sich ihr erneut. Dann fuhr sie ihm am Tag des Erdbebens hinterher, traf ihn aber nicht. Sie wurde immer wütender und beschloss, ihn nachts im Wald aufzusuchen. Ort und Zeit des Treffpunkts kannte sie von Alex. Sie war sehr unruhig. Sie wollte endlich angehört werden. Wenn nicht, würde sie ihn eben bei der Arbeit stören. Er fertigte sie brüsk ab. Es gab einen heftigen Streit. Erst der Fall, dann du. Und keinesfalls störst du mich bei meiner Arbeit. Er drehte sich einfach um und ließ sie stehen. Und das noch vor einer fremden Frau. Unglaublich! Sie fasste ihn an der Schulter und wollte ihn festhalten, umdrehen. Er sollte sie ansehen, wenn sie mit ihm sprach. Dann das Erdbeben. „Ich kann gut verstehen, dass es aus Frau Bullings Perspektive anders aussah. In Wirklichkeit versuchte ich ihn festzuhalten. Uns eine letzte Chance zu geben."

Seibold und LTM waren beeindruckt. Die Lebensgeschichte des Ehepaars Blum in 30 Minuten.

LTM fasste sich schneller. „Und Ihre, nun, überaus kühle und schonungslos offene Aussage, dass Sie mit Herrn Noll ein Verhältnis hätten und Ihr Mann dem nicht mehr im Wege stehen könnte?"

Die Witwe lachte. Eine lustige Witwe? „Da sehen Sie, was mein Mann aus mir gemacht hat. Früher war ich ganz anders, emotional, feurig, ich ging lachend durch die Welt. Aber dieser Wissenschaftler hat aus mir im Laufe des Lebens eine kühle und rationale Frau gemacht."

Bauchgefühl und langjährige Erfahrung sagten dem Kommissar, hier einen Schlusspunkt zu setzen. Er bremste LTM, die möglicherweise noch weiter gemacht hätte, indem er ihr seine Hand auf den Unterarm legte.

„Machen wir eine Pause?", fragte er sie. LTM nickte.

„Also, Frau Blum, wir haben Ihre Aussagen auf Tonband. Sie wollten gehen. Das dürfen Sie jetzt."

Sie stand auf, sagte „Auf Wiederschauen" und verließ den Raum.

LTM. „Sie meinen, dass hat keinen Sinn?"

„Genau. Es steht Aussage gegen Aussage. Sie kann ihre Version sehr eloquent darstellen. Frau Bulling ist tot. Wir haben nur den Eintrag im Tagebuch. Das Verfahren war, übrigens durch deinen Papa, schon eingestellt worden. Eine Wiederaufnahme wird nicht möglich sein. Es sei denn, du hast Lust, es deinem Papa anzutragen."

LTM grinste. „Darf ich ehrlich sein? Die überaus klare und 27 Jahre meines Lebens durchdachte Antwort lautet: Nein."

Seibold: „Hast du auch den Eintrag auf der nächsten Seite gelesen?"

„Na klar, Cheffe."

„Ist doch der Hammer, oder?"

„Ja. Unsere liebe Frau Bulling. Wir haben sie ganz schön falsch eingeschätzt. Keineswegs die liebevolle Kräuterfrau, die sich aufopfernd um wandernde Kommissare und rothaarige Gören als Ersatzoma kümmert, sondern offenbar eine richtige Hexe.“

„Vielleicht haben wir ihre Beziehung zum Biobauern auch falsch eingeschätzt. Ich glaube ihm, dass es keine Vergewaltigung war. Aber offensichtlich gab es da noch mehr. Sonst kann ich ihr Verhalten nicht verstehen. Du?“

„Sie fahren doch sowieso wieder in den Jossgrund. Sprechen Sie doch noch mal mit ihm.“

„Gute Idee. Aber zuerst sollten wir unseren Imker befreien.“

**Epilog**

Der dunkle Jossgrund hatte nun doch seine Verbrechen preisgegeben. Weil die Kräuterhexe nach ihrem Tod beredter wurde als zu Lebzeiten. Waren die Verhältnisse dort anders? Kamen die dunklen Wahrheiten erst ans Licht, wenn es besonders dunkel wurde? So hatte die stumme Kräuterhexe posthum viele Entwicklungen in Bewegung gesetzt, die zu Lebzeiten nicht möglich gewesen waren.

Das Gespräch zwischen dem Biobauern und dem Kommissar brachte noch weiteres Licht in das Dunkel. Ja, der Bauer hatte in jungen Jahren versucht, Frau Bulling das Leben schwer zu machen. Kein Wunder! Wer wird schon gern der Vergewaltigung bezichtigt, wenn es keine war. Die Anzeige. Die Schmach. Es bleibt immer etwas hängen. Auch das entfernte ihn sicherlich weiter von den Menschen oder war vielleicht sogar der Impuls für sein Einsiedlerleben. Unter Umständen sogar noch tiefergehend. Seibold hatte schon den Eindruck, dass er bei Frau Bulling Feuer gefangen hatte. Wenn man dann in tiefer Verliebtheit eine solche traumatische Erfahrung macht, kann sich das ins Gegenteil verkehren. Nie wieder eine Frau, lieber der Hof und die Bücher. Aus enttäuschter Liebe kann leicht dauerhafte Einsamkeit werden.

Zunächst hatte er sich aber noch zu rächen versucht. Er lag ihr Jahre in den Ohren und bedrängte sie, zumindest der Polizei gegenüber den Sachverhalt aufzuklären, um ihn zu rehabilitieren. Doch sie weigerte sich. Weil er nicht locker ließ, baute sich in ihr eine neue Wut auf, die zu dauerhaftem Ärger führte. So wurde er irgendwann ihr Feind. Hinzu kam vermutlich noch ein gewisser Altersstarrsinn, den auch andere abbekamen. So ergaben ihre Rachegelüste Sinn. Wider besseres Wissen jemandem einen Mord in die Schuhe zu schieben, ist schon heftig.

Aber sie hatte es klipp und klar dokumentiert. Der Tagebucheintrag am Tag nach dem Erdbeben.

*Der Kommissar zu Gast im eigenen Haus. Mal sehen, wie ich ihn instrumentalisieren kann. Der tote Professor lässt sich doch gut dem Biobauern in die Schuhe schieben. Ein Versuch ist es wert.*

Die Kräuterhexe war verstummt. Stumme sprechen nicht. Doch. Sogar, wenn sie tot sind, dachte der Kommissar.

## Dank

Wann glückt das Leben? Hierauf gibt es unendlich viele Antworten. Wenn man einen Baum gepflanzt, ein Haus gebaut und ein Kind gezeugt hat? Bei vier wundervollen Kindern namens Theresa, Cosima, Alexandra und Leon multipliziert sich das Glück. Vom Baum zum Holz zum Papier zum Buch: Wenn man ein Buch veröffentlicht hat?

Ich danke meiner Frau für ihre Geduld, mit der sie meine Leidenschaft für das Lesen und Schreiben von Krimis erträgt. Meinem Lektor, Rainer Vollmar, für unbestechliches und wertvolles Feedback. Meinen Freunden Hans Robert, alias Hubertus Zipperlein, für seinen Glauben an mich als Krimischriftsteller und Bernd für viele philosophische und psychologische Gespräche zur Natur von uns Menschen. Und meinem viel zu früh gestorbenen Vater und meiner nun 85-jährigen Mutter, die mir dieses geglückte Leben durch ihre Liebe ermöglichten.